JN441523

뱀파이어 헌터, 에이브러햄 링컨

뱀파이어 헌터, 에이브러햄 링컨

세스 그레이엄 스미스 지음
양병찬 옮김

ABRAHAM LINCOLN VAMPIRE HUNTER

조윤커뮤니케이션

삶과 죽음의 경계는 기껏해야 희미한 그림자일 뿐이다.
삶이 어디에서 끝나고 죽음이 어디에서 시작되는지를
어느 누가 알겠는가.

– 에드거 앨런 포

Facts

1. 1607년부터 1865년까지 250여 년 동안 미국의 암흑가에서는 뱀파이어가 창궐했지만, 이 사실을 믿는 사람은 거의 없다.

2. 에이브러햄 링컨은 당대의 뛰어난 뱀파이어 헌터 중 하나였으며, 일생 동안 뱀파이어와 치른 전쟁 이야기를 몇 권의 비밀 일기로 남겼다.

3. 오래 전부터 링컨의 비밀 일기가 존재한다는 그럴듯한 풍문이 전해져 내려와 역사가들과 전기 작가들의 귀를 솔깃하게 했다. 그러나 대부분의 사람들은 이를 뜬소문으로 여기고 있다.

CONTENTS

제2부

뱀파이어 헌터

제3부

대통령

서문

"나는 내 눈으로 직접 본 사실들을 차마 내 입으로 말할 수가 없다. 그렇다고 하여 내 한 몸의 안일을 위해 입을 다물 수도 없다. 만약 내가 천기를 누설한다면, 모든 미국인들은 광기에 휩싸이거나 자기네 대통령을 정신병자로 취급하게 될 것이다. 그럼에도 불구하고 진실은 종이와 잉크로 살아남아야 한다. 그리고 이 일기에 나오는 모든 인물들이 한 줌의 티끌로 사라질 때까지 감춰져 있어야 한다."

– 에이브러햄 링컨, 1863년 12월 3일자 일기에서

I

내 목덜미에서는 피가 흘러내리고 있다. 손이 부들부들 떨린다. 그가 아직 거기 서서 나를 바라보고 있는 것만 같다. 건너편엔 텔레비전 한 대가 켜져 있고, 한 남자가 미국의 단결에 대해 연설하고 있다.

그러나 이제 그런 건 중요하지 않다.

지금 내 관심사는 오직 앞에 놓인 책들뿐이다. 가죽으로 제본된 열 권의 책들은 크기가 제각각이고, 저마다 검은색 또는 갈색의 그림자가 드리워져 있다. 어떤 것은 낡고 닳았으며, 어떤 것

은 표지가 찢어지고 제본이 풀어져 입김만 훅 불어도 흩어질 것 같다. 책 옆에는 빨간 고무줄로 단단히 묶인 편지 한 뭉치가 놓여 있다. 그중 어떤 것은 모서리가 불에 그슬렸으며, 어떤 것은 지하실 바닥에 흩어져 있는 담배꽁초의 필터처럼 누렇게 물들어 있다. 그 사이에 유독 광택을 발하는 백지 한 장이 보인다. 종이의 한쪽 면에는 내가 모르는 사람 열한 명(아홉 명의 남자와 두 명의 여자)의 이름이 적혀 있다. 이름 옆에는 전화번호도 이메일도 없고 주소만 덩그러니 적혀 있다. 그리고 종이 맨 아래에는 다음과 같은 문구가 휘갈겨 써있다.

우리는 당신을 기다립니다.

텔레비전 속 남자는 아직도 연설을 하고 있다.

내 손에는 열 권의 책 중에서도 가장 작고 낡은 책이 들려 있다. 빛바랜 갈색의 표지는 긁히고 때 묻어 다 해어졌다. 한때 책을 보호하던 놋쇠 버클도 부서진 지 오래다. 책에는 잉크로 쓴 글씨가 가득 차 있지만, 일부는 시커멓게 굳어 버리고 일부는 너무 희미해져서 내용을 분간하기 어렵다. 이 책은 총 118페이지로서 지은이의 소망, 이론, 전략 등이 손 글씨로 적혀 있고, 이상한 모습을 한 남자들의 초상화가 여러 장 담겨 있다. 또한 타인으로부터 들은 이야기와 그에 대한 보충 자료들이 적혀 있다. 나는 이 책을 읽으면서 지은이의 필체가 어린아이의 조심스러운 글씨체로부터 다부진 젊은이의 자신감 넘치는 필체로 진화해 가는 과정을 볼 수 있었다.

나는 책을 한 번 훑어보고 나서 주위를 두리번거렸다. 주변에 아무도 없는지 확인하기 위해서였다. 그러고는 찬찬히 다시 읽어볼 요량으로 첫 페이지를 펼쳤다. 그 순간, 내가 책을 처음 보았을 때 품었던 의구심은 확신으로 바뀌었다. 이와 동시에 앞으로 닥쳐올 위험에 대한 막연한 두려움이 뇌리를 스치고 지나갔다.

그 책은 황당하지만 매력적인 말로 시작되고 있었던 것이다:

에이브러햄 링컨의 일기

라인벡은 뉴욕에서 멀리 떨어진 외딴 마을로, 세월이 흐르면서 잊혀간 곳 중 하나다. 거리에는 가족끼리 운영하는 가게들과 낯익은 얼굴들이 즐비하고, 미국에서 제일 오래된 여관이 아직도 적당한 가격으로 손님을 맞이하고 있다. 라인벡 사람들은 손수 만든 이불을 서로 교환하고, 난로에 나무를 때서 방을 덥힌다. 나는 이곳 사람들이 집에서 만든 애플파이를 창턱에 올려놓고 식히는 광경을 여러 번 본 적이 있다.

라인벡의 다른 상점들과 마찬가지로, 이스트마켓 스트리트의 잡화점은 이 마을의 쇠락한 과거를 잘 보여준다. 1946년 이후로 마을 주민들은 시계에서부터 리본, 연필, 크리스마스 인형에 이르기까지 모든 것들을 이 가게에 의존해 왔다. 오랜 세월 햇빛에 바랜 간판에는 '우리 가게에서 팔지 않는 물건은 쓸모없는 물건입니다' 라는 기고만장한 글귀가 적혀 있다. 하지만 친절하게도 '가게에 없는 물건은 구해 드립니다' 라는 글귀도 보인다. 가게 안으로 들어가면 바닥의 체크무늬 리놀륨과 천장의 형광등 사이에 온갖 잡다한 물건들이 진열되어 있다. 물건의 가격은 유성 볼펜으로 적혀 있고, 직불카드를 내밀면 마지못해 받아 준다. 나는 영업 시간인 오전 8시 30분부터 오후 5시 30분까지 이 가게를 내 집처럼 드나들었다. 가게는 매주 월요일부터 토요일까지 문을 열었다.

나는 열다섯 살 때부터 매년 여름방학을 이 가게에서 보냈기 때문에 사람들은 내가 학교를 졸업하면 으레 가게 일을 도울 기라 생각했다. 가게 주인인 잔과 알은 나를 항상 친자식처럼 대했다. 필요할 때는 내게 일자리를 주었고, 학교에 다니는 동안에는 용돈을 대주었다. 나는 은혜를 갚기 위해 졸업을 하고 그해 6월부터 12월까지 꼬박 6개월 동안 그분들을 위해 일했다. 낮에는 가게에서 일하고 야간과 주말에는 소설을 썼다. 초고를 작성하고 꼼꼼히 다듬어 완성하는 데는 꽤 많은 시간이 걸렸다. 라인벡에서 맨해튼까지는 기차로 한 시간 반 거리였는데, 나는 6개월 동안의 의무 방어전이 끝나면 맨해튼으로 뜰 계획이었다. 그리고 교정 아르바이트를 하며 소설을 계속 쓸 작정이었다.

그러나 이후 9년 동안 나는 가게를 벗어나지 못했다.

그사이 나는 결혼을 했고, 자동차 사고를 당했는가 하면, 아이까지 생겼다. 소설 쓰는 일을 중단하고 대여섯 개의 직업을 전전하다가, 아이를 또 낳은 후에는 빚더미에 올라앉았다. 나는 소설 쓰기를 포기하고 아이, 결혼 생활, 주택 대출, 가게 운영 등 전혀 다른 일에 신경을 쓰기 시작했다. 상상조차 할 수 없었던 돌발 상황이 연이어 벌어지자 나는 우울증에 걸릴 지경이었다. 설상가상으로 인근에 생긴 편의점이 손님까지 끌어가는 바람에 울화통이 터졌다.

나는 재고 관리를 위해 컴퓨터를 구입하고 빼앗긴 손님을 되찾기 위해 새로운 아이디어를 생각해 냈다. 마침 헌책방인 레드훅이 문을 닫아, 나는 레드훅의 재고를 사들여 가게 뒤편을 도서 대여 코너로 꾸몄다. 그리고 경품, 재고 처분 세일, 통신 판매 등 손님을 모을 수 있는 일이라면 뭐든지 다 했다. 끊임없이 새로운 아이디어를 고안해 내서 실천에 옮겼다. 그런 필사적인 노력 덕분에 가까스로 수지를 맞출 수 있었다.

그 무렵 나는 헨리라는 손님과 대화를 나누기 시작했다. 사실 그는 1년 전부터 우리 가게를 드나들고 있었다. 하지만 우리가 나누는 대화라고 해봐야 "좋은 하루 되세요"나 "안녕히 가세요"와 같은 의례적인 인사말이 전부였다. 내가 그의 이름을 알게 된 것도 마을 신문에 난 기사를 통해서였다. 기사에 의하면, 그는 뉴욕의 번화가에 큰 점포를 하나 사들여 운영하고 있다고 했다.

나이는 스물일곱쯤으로 나보다 약간 어렸는데, 갈색 피부에 헝클어진 검은 머리를 하고 상황에 따라 다른 선글라스를 쓰고 나타났다. 차림새로 보아 돈이 많은 것 같았다. 명품 티셔츠, 모직 재킷, 내 차보다 비싼 청바지 등 모든 것이 그의 재력을 나타내고 있었다. 그러나 그는 내 가게에 들르는 여느 부자들과는 다른 데가 있었다. 괘씸한 부자들은 '음식물 반입 금지'라는 안내문도 무시한 채 커다란 헤이즐넛 종이컵을 들고 가게를 휘젓고만 다녔지 물건을 사는 데는 한 푼도 쓰지 않았다. 반면 헨리는 예의 바르고 조용했다. 무엇보다도 그는 가게에 들를 때마다 50달러어치 넘게 물건을 사갔다. 그가 고르는 물건 대부분은 전문 용품점에서나 구할 수 있는 고급 브랜드였다. 그는 가게에 들어와 물건을 고르고 값을 치른 다음, "좋은 하루 되세요"라는 말을 남기고 바람처럼 사라졌다. 그때마다 나는 "안녕히 가세요"라는 말로 답해 주었다.

2007년 어느 가을날이었다. 카운터에 앉아 노트에 뭔가를 끼적이고 있을 때 그가 나타났다. (나는 기발한 생각이 떠오르거나 특이한 현상을 발견할 때마다 기록해 두려고 금전등록기 옆에 노트를 항상 비치해 둔다.)

그는 카운터 건너편에 서서 – 마치 내가 그에게 무슨 충격적인 말이라도 한 것처럼 – 나를 뚫어지게 쳐다보고 있었다.

"왜 그만두신 거죠?"

"뭘요?"

헨리는 내 앞에 놓인 노트를 가리켰다. 나는 그때까지 원라인 스토리(한 줄짜리 단문들로 이루어진 짤막한 이야기)를 구상하느라 네 시간 동안 끙끙거리고 있었다. 한 문장을 쓴 뒤엔 도무지 다음 문장이 떠오르지 않았던 것이다. 나는 반 페이지를 겨우 채우고, 페이지의 맨 아래에 키 작은 사내가 집채만 한 성난 독수리를 향해 가운뎃손가락을 내미는 삽화를 그렸다. 그리고 그림 밑에는 캡션을 붙였다. '식인 독수리를 조롱하다.' 그러나 슬프게도, 지난 몇 주일 동안 내가 생각해 낸 아이디어는 그게 전부였다.

"글 쓰는 일 말이죠. 왜 포기하셨는지 궁금하군요."

이번에는 내가 그를 빤히 쳐다보았다. 한 방 맞은 기분이었다. 마치 어두운 창고 안에 숨어 있다가 그가 터뜨린 플래시에 내 정체를 들킨 것만 같았다. 정말이지 유쾌한 기분은 아니었다.

"그만둔 건 아니에요."

"그랬군요. 작업을 방해해서 정말 죄송해요."

맙소사…. 나는 왠지 그에게 내 입장을 좀 더 해명해야 할 것 같은 의무감을 느꼈다.

"아니에요. 나는 단지…."

"제 눈엔 작가처럼 보였습니다."

그가 내 뒤의 도서 대여 코너를 가리키며 말했다.

"책을 고르는 눈이 있으시더군요. 그 자리에서 종종 글을 쓰시는 것도 봤어요. 열정이 느껴지더군요. 그런데 왜 작가가 되지 않았는지 무척 궁금했습니다."

'내가 지금 잡화점에서 일한다고 해서, 나의 열정이 식었다고 함부로 말하지 마라.' 건방져 보이지만 매우 지당한 말이다. 하지만 사람은 모름지기 솔직해야 한다. 나는 그에게 다음과 같이 말했다.

"엉뚱한 일을 하느라 바쁘게 지내다 보면 인생의 수레바퀴가 엉뚱한 곳으로 굴러가는 경우도 있지요."

우리는 뒤이어 존 레넌의 인생에 대해 토론을 벌였다. 우리의 토론 주제는 비틀스를 거쳐 오노 요코로 이어졌다. 그러나 아무런 결론도 내리지 못하고 흐지부지되고 말았다.

우리의 대화는 계속되었다. 나는 헨리에게 왜 문학을 좋아하게 되었는지, 집은 어디인지, 그리고 하는 일이 무엇인지를 물었다. 그는 내 질문에 만족할 만한 답변을 해주었다. 그러나 이야기를 나누는 동안, 나는 헨리가 대화를 특정한 방향으로 몰고 간다는 느낌을 지울 수 없었다. 그의 질문은 점점 더 내 개인적인 이야기에 치우치고 있었다. 그는 나의 아내, 아이들, 부모님, 글 쓰는 일 등에 관해 질문을 퍼부었던 것이다. 나는 그의 질문에 곧이곧대로 대답했다. 뭔가 좀 꺼림칙했지만, 어쩐지 그에게 모든 것을 말해 주고 싶었다. 헨리는 헝클어진 검은 머리칼을 지닌 유복한 젊은이로서, 값비싼 청바지와 검은 선글라스를 착용하고 있었다. 나는 그때까지 그와 같은 눈빛을 가진 사람을 만나 본 적이 없었다.

나는 헨리 앞에서, 오랫동안 입을 틀어막고 있던 돌멩이가 굴러 나간 것처럼 말문이 트였다. 어려서 어머니를 여읜 일, 아버지와의 의견 충돌, 가출, 글을 쓰게 된 이유, 가난, 우울증, 자살을 생각했던 일 등을 시시콜콜 털어놓았다. 하지만 지금은 그에게 했던 말이 절반도 기억나지 않는다.

나는 헨리와 이야기를 나누다가, 어느 순간 알 수 없는 힘에 이끌려 그에게 내 미완성 소설을 읽어 보라고 권하게 되었다. 나는 본래 미완성 소설을 남에게 보여 주는 것을 무척 꺼렸다. 심지어 나조차도 그것을 읽지 않는 성미였다. 그런데도 헨리에게 읽어 보라고 권했던 것이다.

그러나 헨리는 "아뇨, 괜찮습니다."라며 나의 호의를 정중히 거절했다.

헨리와 나눈 대화는 내가 세상에 태어나 사람들과 나눈 대화 중 가장 이상한 것이었다. 헨리가 작별 인사를 하고 떠난 후, 나는 10마일을 전속력으로 달린 육상 선수처럼 숨을 헐떡였다.

헨리와 속을 터놓고 나눈 대화는 그것이 마지막이었다. 다음번에 그가 찾아왔을 때, 우리는 "좋은 하루 되세요"와 "안녕히 가세요"라는 의례적인 인사말만 주고받았다. 그는 비누와 구두약을 산 다음, 돈을 치르고 사라졌다. 그 후 그가 가게에 오는 일은 점점 줄어들었다.

헨리가 마지막으로 가게를 찾은 것은 2008년 1월의 어느 날 아침이었다. 그는 노끈으로 묶은 갈색 종이 꾸러미를 들고 있었다. 그는 그 작은 꾸러미를 금전등록기 옆에 가만히 내려놓았다.

그의 회색 스웨터와 진홍색 스카프에는 눈이 살짝 묻어 있었고, 선글라스에는 작은 물방울들이 맺혀 있었다. 그가 선글라스를 벗으려 하지 않아서, 나는 좀 이상하다고 생각했다. 꾸러미 맨 위에는 내 이름이 적힌 흰 봉투가 놓여 있었다. 잉크로 쓰인 글씨가 눈 녹은 물과 뒤섞이며 뿌옇게 번져 가고 있었다.

나는 카운터로 가서 텔레비전의 볼륨을 줄였다. 텔레비전은 뉴욕 양키스의 야구 경기를 보려고 갖다 놓은 것이었지만, 그날의 관심사는 단연 뉴스였다. 그날은 아이오와 주 예비 선거가 열리는 날로서, 버락 오바마와 힐러리 클린턴의 대결이 불을 뿜고 있었기 때문이다.

"이거 받으세요."

나는 어안이 벙벙한 표정으로 잠시 그를 쳐다보았다.

"잠깐만요, 나에게 주시는 건가요? 이게 뭐 –."

"미안합니다, 밖에 차가 기다리고 있어서. 먼저 편지를 읽어보세요. 조만간 연락드리겠습니다."

그는 내 말을 끊고 용건만 말하고는 쏜살같이 밖으로 사라졌다. 나는 황당한 표정으로 그가 문을 열고 추운 바깥으로 나가는 모습을 바라보았다. 그는 무슨 일이 있어도 남의 말을 끝까지 들어주는 사람이 아니었던가?

II

헨리가 건네준 꾸러미는 그날 하루 종일 카운터 밑에 놓여 있었다. 열어 보고 싶은 마음이야 굴뚝같았지만, 꾸러미의 정체를 알 수 없어 선불리 손을 댈 수가 없었다. 꾸러미를 여는 순간 인형이 툭 튀어나온다면 애교로 봐줄 수 있지만, 헤로인 덩어리라도 쏟아져 나온다면 이만저만한 낭패가 아닐 수 없었다. 나는 하루 종일 호기심을 억누르고 있다가 해질녘이 되어서야 비로소 가게 문을 일찍 닫기로 마음먹었다. 하지만 그날따라 뜨개질 실을 고르는 아주머니와 실랑이를 벌이느라 한 시간 반이나 허비하는 바람에 평소보다 몇 분 이른 시간에 간신히 문을 닫을 수 있었다. 빌어먹을 불청객들! 다른 사람들은 오바마와 힐러리의 대결을 구경하려고 죄다 집에 틀어박혀 있는데, 밤늦게 웬일이람.

가게 문을 나서기 전에 지하실로 내려가 담배 한 대를 피우고 싶었다. 나는 헨리의 선물을 집어 들고 형광등을 끈 다음, 텔레비전의 볼륨을 높였다. 그래야만 지하실에서도 선거에 관한 뉴스를 들을 수 있기 때문이었다.

지하실에는 재고품이 담긴 상자 몇 개가 한쪽 벽에 기대어 쌓여 있을 뿐, 이렇다 할 물건들은 없었다. 천장에 매달린 40와트 전등이 텅 빈 공간과 지저분한 콘크리트 바닥을 비췄다. 다른 한쪽 벽에는 구닥다리 철제 책상이 놓여 있었고 그 위에는 컴퓨터 한 대가 자리 잡고 있었다. 책상 옆에는 서랍 두 개가 딸린 캐비

닛과 접의자 두 개가 놓여 있었다. 그 밖에 라디에이터, 배전반이 눈에 띄었다. 천장에 난 두 개의 작은 창으로 1층 복도가 눈에 들어왔다. 지하실은 추운 겨울 동안 흡연실로 사용하기에 안성맞춤이었다. 나는 의자에 앉아 담뱃불을 붙였다. 그리고 노끈을 풀어 꾸러미 맨 위에 있는 편지 봉투를 집어 들었다.

꾸러미를 열기 전에 편지부터 읽어 보라던 헨리의 말이 떠올랐다. 나는 바지 주머니에서 맥가이버 칼을 꺼내 편지 봉투를 열었다. 봉투 안에 반쯤 접힌 흰 종이가 반짝거리고 있었다. 종이의 한 면에는 사람들의 명단이 타이핑되어 있었고, 다른 면에는 다음과 같은 내용이 손 글씨로 적혀 있었다.

이 꾸러미를 열기 전에 당신의 동의를 구해야 할 사항이 몇 가지 있습니다.

첫째, 이것은 선물이 아니라 빌려 드리는 것입니다. 나는 적당한 시기에 이 물건을 돌려받을 겁니다. 따라서 정성을 다해 보관해 주시길 바라며, 귀중품처럼 소중히 다뤄 주셨으면 합니다.

둘째, 이것은 매우 민감한 내용을 담고 있습니다. 당신은 나의 허락 없이 이 물건의 내용을 다른 사람(이 편지에 적힌 열한 명의 사람을 제외하고)에게 알려서는 안 됩니다.

셋째, 당신은 이 물건을 빌리는 대가로 물건의 내용과 관련된 글을 써야 합니다. 글의 길이는 적당해야 하며, 출판 전에 나의 승인을 받아야 합니다. 시간은 얼마든지 걸려도 좋습니다. 글이 완성되면 합당한 보수를 지급하겠습니다.

당신이 어떠한 이유로든 이상의 조건을 이행하지 못할 것으로 판단된다면, 꾸러미를 열지 말고 나의 연락을 기다리십시오. 그러나 내가 제시한 조건에 동의하신다면 꾸러미를 열어도 좋습니다.

나는 당신이 나의 제안을 받아들일 것이라 굳게 믿고 있습니다.

–H

이쯤 되면 꾸러미를 열지 않고 배길 도리가 없었다.

나는 포장지를 뜯고, 빨간 고무줄로 묶인 편지 한 뭉치와 가죽으로 제본된 열 권의 책을 꺼냈다. 맨 위의 책을 집어 펼쳐 보았다. 그 순간 금빛 머리카락 한 올이 책상 위로 떨어졌다. 나는 머리카락을 집어 들고 유심히 살펴보다가 손가락에 칭칭 감았다. 그리고 그것이 끼여 있었던 페이지의 내용을 읽어 보았다!

…이제 세상에는 사랑이 남아 있지 않다. 이 세상을 떠나고 싶다. 그녀는 내 곁을 떠났다. 그녀와 함께 나의 희망도…

나는 마치 마법에라도 걸린 듯 첫 번째 책의 나머지 내용을 훑어보았다. 책장을 넘길 때마다 빼곡히 적힌 손 글씨가 눈에 들어왔다. 1835년 11월 6일, 1841년 6월 3일 등의 날짜, 삽화와 목록, 스피드, 베리, 세일럼과 같은 이름들도 눈에 띄었다. 그런데 페이지를 넘길수록 다음과 같은 특정 단어가 반복적으로 나타났다.

뱀파이어

나는 나머지 아홉 권의 책까지 모조리 훑어보았다. 다른 책들도 – 날짜와 글씨체만 다를 뿐 – 첫 번째 책과 마찬가지였다.

> …그곳에서 나는 난생 처음 남자들과 어린아이들이 매매되는 것을 보았다. 볼티모어에는 …이 득실거렸다. 그것은 도저히 용서할 수 없는 죄악이었다. 나는 …을 응징하지 않을 수 없었다….

지금까지의 정황을 고려해 볼 때 적어도 두 가지 사실만은 명백해 보였다. 첫째, 이 책들은 모두 한 사람이 썼다. 둘째, 꽤 오래된 것임에 틀림없다. 나는 이 책들의 정체가 무엇인지, 헨리가 왜 하필이면 나에게 빌려 주었는지 알 수가 없었다. 무심코 첫 번째 책의 첫 페이지로 눈길을 돌리자, 거기에는 '에이브러햄 링컨의 일기'라는 터무니없는 글귀가 적혀 있었다.

말도 안 되는 소리! 나는 너털웃음을 터뜨렸다.

그러다가 어느 순간 소스라치게 놀랐다. 노예 해방을 선언한 위대한 대통령의 숨겨진 일기를 발견해서가 아니라, 한 사람을 완전히 잘못 판단했기 때문이었다. 나는 헨리의 조용한 모습을 보고 그가 세상을 등진 사람이라고 생각했으며, 잠깐 동안 내 인생에 관심을 보였을 때는 그가 사교적인 사람이라고 생각했다. 그러나 이제 모든 것이 확실해졌다. 헨리는 제정신이 아니거나, 내게 수작을 걸고 있는 것이 분명했다. 그는 할 일 없는 부잣집 아들로, 그저 내게 거짓말을 한 것이었다. 하지만 그게 정말 거짓말이었을까? 어떤 할 일 없는 사람이 일부러 시간을 내서 그런 거짓말을 한단 말인가?

혹시, 이 책은 헨리 자신의 미완성 소설이 아닐까? 혹은 공들여 기획한 소설 프로젝트? 문득 무서운 생각이 들었다. 그래, 맞아. 나는 그 책이 21세기에 만들어졌다는 작은 힌트라도 얻어 볼 요량으로 책을 다시 한 번 훑어보았다. 언뜻 보기에 책의 장식은 많이 파손되지 않은 듯했다. 그런데 내 마음속에서 또 하나의 의문이 솟아올랐다. 이것이 그의 소설 프로젝트라면 열한 명의 이름과 그들의 주소는 또 뭐란 말인가? 헨리는 나에게 그 책을 손보는 게 아니라, 책의 내용을 소재로 삼아 글을 써달라고 하지 않았던가? 생각은 다시 헨리가 미쳤다는 쪽으로 기울기 시작했다. 그게 가능한 일일까? 그가 정말로 이 열 권의 책을 링컨의 비밀 일기라고 생각하는 걸까? 아니야, 그럴 리가 없어.

나는 이 모든 사실을 굳이 아내에게 말할 필요를 느끼지 못했다. 다른 누군가와 이런 어처구니없는 이야기를 나누는 것이야말로 시간 낭비가 아니고 뭐겠는가? 헨리는 내가 이제껏 만나 본 사이코 중에서 단연 최악이었다. 나는 벌떡 일어나 책과 편지들을 챙겼다. 그러고는 발뒤꿈치로 담배를 비벼 끄고 몸을 돌렸다.

순간, 바로 앞에 누군가가 서 있는 것이 보였다.

나는 비틀거리며 뒤로 물러나다가 의자에 발이 걸렸다. 넘어지면서 책상에 뒤통수를 부딪쳤다. 눈앞이 핑그르르 돌았다. 머리칼 사이로 뜨끈뜨끈한 피가 흘러나오는 것을 느낄 수 있었다. 누군가가 내게 몸을 기대 왔다. 그의 두 눈은 한 쌍의 검은 대리석 같았다. 그의 투명한 피부를 통해 꿈틀거리는 시퍼런 정맥이 보였다. 그의 입에서 번들거리는 촉촉한 송곳니가 삐져나와 있었다.

헨리였다.

"당신을 해칠 생각은 없어요. 단지 당신을 이해시키고 싶을 뿐이에요."

그가 내 옷깃을 잡고 나를 들어 올렸다. 나는 목덜미를 따라 피가 흘러내리는 것을 느낄 수 있었다.

"좋은 하루 되세요."

나는 그만 정신을 잃고 말았다.

"안녕히 가세요."

III

그날 밤 헨리가 나를 어디로 데리고 갔는지, 나에게 뭘 보여 줬는지에 대해서는 헨리와의 약속 때문에 밝힐 수 없다. 단지 그로 인해 내 마음이 몹시 괴로웠다고 말하는 것으로 충분하리라. 내가 목격했던 사실에 대한 두려움 때문은 아니다. 그보다는 내가 원하든 원하지 않든 그들과 함께했다는 것에 대한 죄책감 때문이다.

내가 그와 함께 있었던 시간은 채 한 시간도 되지 않았다. 그러나 그 짧은 시간 동안 세상을 바라보는 나의 시각, 즉 죽음, 공간, 그리고 신(神)을 생각하는 나의 방식이 근본적으로 바뀌었다. 한 시간 전까지만 해도 전혀 믿지 않았던 어떤 존재가 실재한다고 믿게 된 것이다.

뱀파이어가 존재한다.

나는 한 주일 동안 – 처음에는 두려움 때문에, 나중에는 흥분으로 – 잠을 이루지 못했다. 매일 밤늦게까지 가게에 머물면서 에이브러햄 링컨의 일기와 편지에 푹 빠졌다. 그리고 일기와 편지에 나오는, 믿을 수 없는 역사적 사실들을 일일이 체크했다. 나는 지하실의 벽에 오래된 사진, 연대표, 가계도를 붙여 놓고 다음 날 이른 아침까지 집필 작업을 계속했다.

아내는 처음 두 달 동안은 무척 걱정스럽다는 반응을 보이다가, 그다음 두 달 동안은 나를 의심했다. 6개월 후, 우리는 헤어졌다. 현명한 판단이었다. 그녀와 아이들의 안전이 걱정되었기 때문이다. 나는 집필 과정에서 숱한 의문에 부딪쳤지만 헨리와 연락이 닿지 않아 해결할 수가 없었다. 그래서 용기를 내어 편지 뒷면에 적혀 있던 열한 명의 인물들과 직접 대화해 보기로 마음먹었다.

열한 명 중에서 어떤 이는 마지못해 대화에 응했고, 어떤 이는 대놓고 적개심을 드러냈다. 하지만 그들의 도움으로 나는 뱀파이어에 관한 숨겨진 사실들을 꿰맞추어 하나의 일관된 스토리를 완성할 수 있었다. 나는 미국의 건국과 발전 과정, 그리고 위기 상황에서 뱀파이어들이 어떤 역할을 했는지 알게 되었다. 그리고 뱀파이어의 마수에서 미국을 구해 낸 인물이 누구인지도 알게 되었다.

나는 근 17개월 동안 열 권의 책과 편지 뭉치에 모든 것을 쏟아 부었다. 내 생애 최고의 순간이었다. 나는 매일 아침 지하실 바닥에 깔아 놓은 매트리스에서 일어나 하루 일과를 시작했다. 내게는 목적의식이 있었다. 비록 혼자이고 기진맥진한 상태지만 엄청나게 중요한 일을 하고 있다는 생각에 어깨가 저절로 으쓱했다.

뱀파이어는 실제로 존재한다. 그리고 에이브러햄 링컨은 당대 최고의 뱀파이어 헌터 중 하나다. 열두 살 때부터 시작해 암살되던 날까지 계속된 그의 일기는 놀랍고, 가슴 벅차며, 혁명적인 문서다. 그것은 미국 역사상 중대한 사건들을 새롭게 조명하며,

그러잖아도 복잡한 인물로 여겨지던 인간 링컨을 더욱 아리송하게 만들었다.

현재 전 세계에는 링컨에 관한 책이 1만 5,000권 이상 출판되어 있다. 이 책들 중 대부분은 – 그의 어린 시절, 정신 건강, 성생활, 인종, 종교, 법률에 대한 생각에 이르기까지 – 수많은 진실을 담고 있다. 심지어 일부 서적들은 비밀 일기나 초자연적 세력의 존재 가능성까지도 암시하고 있다. 그러나 링컨의 삶을 이해하는 데 있어 핵심을 이루는 '뱀파이어와의 투쟁'을 한마디라도 언급한 책은 한 권도 없다. 사실 이 투쟁은 남북전쟁을 일으킨 도화선이었다고 할 수 있는데도 말이다.

초등학교 저학년 교과서에 나오는 '정직한 에이브'의 이미지는 잘못된 것이다. 그것은 절반의 진실을 이어 붙인 것에 불과하며, 많은 핵심 사항들이 생략되어 있다.

이 책은 내 인생을 거의 파멸로 몰아넣었다.

하지만 이 책의 내용은 모두 진실이다.

2010년 1월

뉴욕 주 라인벡에서

세스 그레이엄 스미스

제1부
어린시절

ABRAHAM LINCOLN VAMPIRE HUNTER

1
비범한 아이

요즘처럼 슬픈 세상에서는, 모든 사람이 슬픔을 겪는단다. 어린아이들도 예외는 아니지. 더구나 아무런 예고 없이 슬픔이 찾아올 때는 그 고통이 더욱더 심한 법이야.

– 에이브러햄 링컨, 패니 매컬로*에게 보낸 편지 중에서
1862년 12월 23일

I

소년은 꿈쩍도 하지 않았다. 너무 오랫동안 쪼그리고 앉아 있어 오금이 저려 왔다. 눈과 얼음으로 뒤덮인 숲 속의 개척지. 이곳

* 링컨의 오랜 친구인 윌리엄 매컬로의 딸. 윌리엄 매컬로는 중령으로 일리노이 4 기병대에 배속되어 남북전쟁에 참전했다가, 1862년 12월 5일 미시시피 커피빌 근처의 야간 전투에서 전사했다. 아버지를 여읜 패니 매컬로가 정상적인 교육을 못 받아 정신 건강이 피폐해질 것을 염려한 매컬로의 친구들이 링컨에게 부탁하여 격려 편지를 보내게 한다. 덕분에 패니는 안정을 찾고, 링컨의 편지를 고이 간직한다. 이 편지는 1920년 그녀가 사망한 후 한 수집가에게 6만 달러에 팔리는데, 이 금액은 그때까지 거래된 링컨의 편지 중에서 가장 비싼 것이었다.

에는 그가 간절히 기다려 왔던 목표물이 있었고, 그는 이 목표물을 사냥해 가지고 오라는 아버지의 특명을 받고 여기에 왔다. 그는 행여 신음 소리가 새어 나갈까 봐 입술을 지그시 깨물었다. 그러고는 아버지의 수발식 소총*을 들어 평소에 배운 대로 목표물을 조준했다. 아버지의 말씀이 떠올랐다. '몸통을 겨눠라. 목이 아니고 몸통이다.' 그는 조용히, 그리고 신중하게 노리쇠를 당긴 다음 총구를 표적에 겨누었다. 표적은 무리에서 낙오된 덩치 큰 수놈이었다. 수십 년이 지난 후, 소년은 이때의 상황을 다음과 같이 회상했다.

> 나는 잠시 멈칫했다. 양심의 가책 때문이 아니라, 총이 젖어서 발사되지 않을까 봐 두려웠기 때문이다. 그러나 이런 두려움은 괜한 것이었다. 방아쇠를 당기는 순간, 나는 개머리판에 밀려 뒤로 벌렁 나자빠졌던 것이다.

일곱 살의 에이브러햄 링컨이 눈 덮인 땅을 박차고 일어났을 때, 칠면조 떼는 이미 사방으로 흩어지고 없었다. 그는 아래턱을 훑고 내려가는 뜨끈뜨끈한 기운에 흠칫 놀라 반사적으로 손가락을 턱에 가져다 댔다. "입술을 너무 꽉 깨문 탓에 입술이 터져 피가 흘러내렸다. 하지만 비명을 지르지는 않았다. 그보다는 내가

---

* 부싯돌로 점화하는 방식의 소총.

표적을 제대로 맞혔는지를 확인하는 것이 급선무였다."라고 그는 회상했다.

그는 해냈다. 덩치 큰 수놈은 날개를 퍼덕거렸다. 그러고는 눈 위에서 작은 원을 그리며 맴돌았다. 그는 그놈이 벌떡 일어나 자신을 갈가리 찢어 놓을지도 모른다는 생각에, 가까이 다가가지 못하고 멀찌감치 서서 그 광경을 지켜보았다. 칠면조가 날갯짓을 할 때마다 깃털이 땅바닥에 질질 끌렸다. 그의 귀에는 칠면조가 날개를 퍼덕이는 소리 외에는 아무 소리도 들리지 않았다. 잠시 후 정신을 차린 링컨은 용기를 내어 칠면조 쪽으로 다가갔다. 조금 전보다 칠면조의 날갯짓이 버거워 보였다.

칠면조는 숨이 끊어져 가고 있었다.

총알은 목을 관통했다. 칠면조의 목은 몸통에 삐딱하게 달라붙은 채, 몸부림을 치는 대로 이리저리 끌려다니고 있었다. '목이 아니고 몸통이다'라는 아버지의 말씀이 다시 한 번 뇌리를 스치고 지나갔다. 칠면조의 심장이 뛸 때마다, 목에서 뿜어져 나온 피가 눈 위에 흩뿌려졌다. 칠면조의 피는 링컨의 터진 입술에서 떨어진 검붉은 핏방울과 한데 섞여 뒤범벅이 되었다. 링컨의 뺨에서는 굵은 눈물방울이 흘러내리고 있었다.

> 나는 호흡을 가다듬으려 했지만 뜻대로 되지 않았다. 죽어가는 칠면조의 눈동자에는 내가 이제껏 본 적 없는 공포가 어려 있었다. 나는 한참 동안 – 이 시간은 나에게는 1년만큼

이나 긴 시간이었다 - 칠면조를 우두커니 내려다보며 서 있었다. 칠면조는 내 몸이나 내 재산에 아무런 위협을 가하지 않았다. 나는 하나님께 칠면조의 날갯짓을 멈추게 해 달라고 기도했다. 내게 적의가 없는 생물에 상처를 입힌 것을 용서해 달라고 기도했다. 마침내 칠면조는 몸짓을 멈추었다. 나는 그제야 용기를 내어, 죽은 칠면조를 끌고 1마일이나 되는 숲길을 걸어 내려왔다. 그러고는 어머니의 발 앞에 전리품을 내려놓았다. 나는 눈물을 감추기 위해 고개를 숙였다.

에이브러햄 링컨은 다시는 생명을 죽이지 않으리라 다짐했다. 그러나 누가 짐작이나 했을까, 그가 19세기 최고의 킬러가 되리라는 것을.

그날 밤, 슬픔에 잠긴 소년은 한숨도 자지 못했다. 그는 고귀한 생명에게 부당한 짓을 저질렀다는 죄책감과, 희망을 잃은 칠면조의 눈빛에서 보았던 공포를 지울 수가 없었다. 링컨은 그 이후 고기는 입에 대지 않고 빵으로만 연명했다. 그의 어머니, 아버지, 누나는 그가 사냥해 온 칠면조를 2주에 걸쳐 깨끗이 먹어치웠다. 링컨의 '단식 투쟁'에 대해 가족들이 어떤 반응을 보였는지에 대한 기록은 전해 내려오지 않는다. 다만 당시의 시대 상황을 고려해 볼 때, 링컨의 행동은 매우 특이했다고 볼 수 있다. 개척 시대의 미국, 그것도 변경 지역에서 태어나 성장한 소년이 먹을 것을 마다하는 것은 매우 용감한(?) 결단이었다.

이렇듯 에이브러햄 링컨에게는 어릴 적부터 뭔가 남다른 구석이 있었다.

장차 미국의 제16대 대통령이 될 인물이 태어난 1809년 2월 12일은 독립선언서가 공표된 지 33년밖에 지나지 않은 때로서, 미국이라는 나라는 아직 갓난아기의 티를 벗지 못한 상태였다. 로버트 페인, 벤저민 러시, 새뮤얼 체이스와 같은 미국혁명의 거목들이 생존해 있었고, 친구이자 정적이었던 존 애덤스와 토머스 제퍼슨은 그로부터 3년이 흐른 뒤에야 우정을 회복하고, 17년을 더 산 뒤 – 놀랍게도 – 같은 날 함께 세상을 떠난다.*

건국 초기의 미국은 무한한 성장과 기회의 나라였다. 링컨이 태어날 때쯤, 보스턴 주와 필라델피아 주의 도시 규모는 20년 만에 두 배로 늘어났고, 같은 기간에 뉴욕의 인구는 세 배로 늘어났다. 미국의 도시들은 점점 더 활기 있게 번창해 갔다. 뉴욕에서 《잡문(Salmagundi)》이라는 잡지를 발행하던 워싱턴 어빙은 도시화가 급속히 진행되던 당시의 미국을 다음과 같이 익살스럽

---

* 1797년 제2대 미국 대통령으로 취임한 애덤스는 두 번째로 득표 수가 많은 후보를 부통령으로 임명하는 당시의 제도에 의해 토머스 제퍼슨을 부통령으로 맞았는데, 제퍼슨은 4년간의 임기 내내 애덤스를 도와주기보다 집요하게 그의 정책을 반대했다. 제퍼슨이 철저한 반연방주의 세력의 중심 지도자라면, 애덤스는 열렬한 연방주의자로서 정치 이념이 정반대였기 때문이다. 애덤스는 1800년 대통령 선거에서 재선에 실패해, 제퍼슨에게 제3대 대통령 자리를 넘겨줬다. 오랜 동지이자 정적이기도 했던 애덤스와 제퍼슨은 마지막엔 화해를 하고, 미국 독립 50주년 기념일인 1826년 7월 4일 사이좋게(?) 함께 세상을 떠났다.

게 표현했다. “농민 한 명당 잡화상 두 명, 대장장이 한 명당 오페라하우스 하나, 그리고 매일 밤 일어나는 한 건의 살인 사건.”

도시의 인구가 급증하면 치안 상태도 나빠진다. 미국의 도시민들은 런던, 파리, 로마의 주민들만큼이나 많은 범죄에 시달렸다. 절도는 너무 흔해 빠진 범죄였다. 오늘날처럼 지문이나 감시카메라를 걱정할 필요가 없는 도둑들은 마음껏 활개를 치고 다녔다. 강도 사건도 빈번해서, 피해자가 유명 인사가 아니라면 신문에 보도되지도 않았다. 주민들의 안전 의식도 문제였다. 뉴욕 인구가 10만 명에 이르도록, 외출할 때나 밤에 잠자리에 들 때 문을 걸어 잠근다는 생각을 한 사람들은 거의 없었다. 한 예로, 당시 뉴욕 암스테르담 애비뉴의 3층 맨션에는 아그네스 펜델 브라운이라는 늙은 미망인이 벙어리 하인과 단둘이 살고 있었다. 1799년 12월 2일 밤 아그네스와 하인은 3층과 1층에서 각각 잠이 들었는데, 아침에 일어나 보니 가구, 예술품, 옷, 접시, 촛대(초 포함) 등 모든 세간이 사라지고 없었다고 한다. 하지만 아무리 민첩한 도둑들이라도 아그네스와 하인이 잠자던 침대만은 가져갈 수 없었다.

살인 사건도 종종 발생했다. 혁명전쟁(독립전쟁) 전까지만 해도 미국의 도시에서는 살인 사건이 거의 일어나지 않았다(정확한 통계 자료는 없지만, 1775년부터 1780년까지 보스턴에서 발행된 신문들을 뒤져 본 결과, 총 11건의 살인 사건이 보도되었고 그중에서 10건은 신속하게 해결됐다). 살인 사건 대부분은 결투나 가족 간의 사소한 다툼 같은 '명예 살인'으로, 법정까지 가는 경우는 드물었다. 19세기 초의 법률은 애매한 경우가 많은 데다 이를 강제로 집행할 경찰력이 제대로 갖추어지지도 않았기 때문에 제대로 법을 지켜 처벌하려는 경우는 거의 없었다. 예컨대 노예를 죽여도 살인으로 인식되기는커녕 '재산 파괴' 정도로 간주되었다.

그런데 미국이 영국으로부터 독립을 쟁취하고 난 이후부터 이상한 조짐이 나타나기 시작했다. 도시의 살인, 특히 야간 살인이 갑자기 증가한 것이다. 더욱이 과거의 살인이 명예 살인인 데 비해, 새로운 살인은 특별한 이유가 없는 '묻지마 살인'이었다. 1802년부터 1807년까지 뉴욕에서만 204건의 미해결 살인 사건이 발생했다. 이 시기의 살인 사건들은 목격자도, 뚜렷한 동기도 없었으며, 때로는 도대체 피해자가 왜 살해되어야 했는지 납득할 수 없는 경우도 있었다. 게다가 당시의 수사관들(대부분이 훈련받지 않은 지원자들이었다)이 아무런 수사 기록도 남기지 않아, 우리는 몇 장의 빛바랜 신문 기사를 근거로 그때의 정황을 추정해 볼 수밖에 없다. 예를 들어 1806년 6월의 《뉴욕 스펙테이터》지에는 뉴욕 전체를 공포로 몰아간 엽기적인 살인 사건에 관한 기사가 실렸다.

> 뉴욕 시 10번가 210번지에 살고 있는 스토크스 씨는 아침 산책 도중 흑인 혼혈 여성의 시체를 발견했다. 발견 당시 시신은 눈을 부릅뜬 채, 햇볕에 마른 듯 딱딱하게 굳어 있었다

고 한다. 맥리라는 이름의 경찰관은 희생자의 옷이나 신체에서 어떤 혈흔도 발견하지 못했으며, 손목의 작은 상처(긁힌 자국)만이 유일한 단서라고 전했다. 희생자의 나이는 42세이다. 듀잇 클린턴 뉴욕 시장은 시민들에게, 범인이 검거될 때까지 각별히 주의하라는 담화문을 발표했다. 여성과 어린아이들은 반드시 남자 어른과 함께 다니고, 건장한 남성도 날이 어두워진 후에는 외출을 삼가도록 한다.

그해 여름에 보도된 다른 10여 건의 살인 사건 내용도 마찬가지였다. 시신들은 한결같이 눈을 부릅뜬 채 단단하게 경직되어 있었으며, 외상은 물론 혈흔도 발견되지 않았다. 희생자들은 모두 독신의 흑인, 부랑자, 창녀, 여행자, 정신지체자 등이었다. 이들은 도시에 연고가 없고 가족도 없는 사람들로서, 그들의 죽음으로 인해 경찰 당국의 무능을 탓하는 대규모 군중 시위가 일어날 가능성은 전혀 없었다. 게다가 뉴욕에서만 발생한 사건도 아니었다. 그해 여름 필라델피아와 보스턴에서도 이와 유사한 사건들이 신문 지면을 메웠다. 뉴욕, 필라델피아, 보스턴에서는 살인범이 누구인지를 둘러싸고 온갖 기괴한 소문들이 나돌아 시민들을 공포에 빠뜨렸다. 개중에는 미친 사람이나 외국 스파이의 소행이라는 설도 있었다.

심지어 뱀파이어를 살인범으로 지목하는 사람들도 있었다.

II

싱킹 스프링스 농장은 뉴욕에서 멀리 떨어진 켄터키 주 하딘카운티의 남동부에 위치한 300에이커의 농장이었다. 이 농장은 '싱킹 스프링스(Sinking Springs)' 라는 이름과는 달리 울창한 숲으로 뒤덮여 있었는데, 바위가 많은 데다 동부 켄터키 특유의 척박한 토양 때문에 애당초 풍작을 기대할 수 없는 곳이었다. 서른한 살의 가난한 목수인 토머스 링컨은 둘째가 태어나기 몇 달 전에, 200달러짜리 약속 어음을 주고 이 농장을 구입했다. 그러고는 부리나케 방 한 칸짜리 오두막집을 지었다. 오두막집은 360제곱피트의 크기에, 먼지투성이의 마룻바닥은 1년 내내 얼음장처럼 차가웠다. 비가 올 때면 지붕으로 빗물이 새어 들어와 양동이를 여러 개씩 받쳐 놓아야 했다. 강풍이 불면 벽에 나 있던 수많은 틈은 바람의 통로가 되었다. 장래의 제16대 미국 대통령은 이런 악조건 속에서 태어났다. 그는 한겨울의 일요일 아침에 태어났는데, 다행히 겨울 날씨답지 않게 따뜻한 날이었다. 일설에 의하면 링컨은 태어나서 울음을 터뜨리지 않았으며, 엄마의 얼굴을 한참 동안 바라보다가 살짝 미소 지었다고 한다.

에이브에게는 싱킹 스프링스에 대한 기억이 전혀 없다. 그가 두 살 되던 해에 토지 소유권 분쟁이 일어나서 링컨 일가는 그곳을 떠나야 했기 때문이다. 토머스는 가족을 데리고 싱킹 스프링스에서 북쪽으로 10마일 떨어진 놉크리크 농장으로 이주한다.

이곳은 싱킹 스프링스보다 작지만 비옥했다. 놉크리크 농장의 기름진 토양 덕에 토머스가 노력만 한다면 주변의 정착민들에게 옥수수와 곡식을 팔아 풍족한 생활을 할 수 있었다. 그러나 정작 그가 경작한 땅은 1에이커에도 못 미쳤다. 토머스는 에이브가 마흔한 살 되던 해에 세상을 떠났는데, 에이브는 장례식에서 낭독된 추도사에서 자신의 아버지를 다음과 같이 혹평했다.

> 아버지는 글을 쓸 줄도 읽을 줄도 모르시는 데다 게을러서, 어머니가 가르쳐 주기 전에는 당신의 이름도 쓰지 못할 정도였습니다. 아버지에게는 무엇을 이루려는 야망도 없었고, 생활 여건을 개선하거나 가족을 가난에서 벗어나게 하려는 데 털끝만치도 관심을 보이지 않으셨습니다. 아버지는 굶주림을 해결하는 데 필요한 만큼만 농사를 지으셨고, 치부를 가리는 옷을 살 만큼만 돈을 버셨습니다.

에이브는 아버지의 장례식에도 참석하지 않았는데, 그 때문에 두고두고 죄책감에 시달렸던 것 같다. 사실 토머스 링컨은 가족에게 풍족한 삶을 안겨 주진 못했지만, 가족을 지키는 믿음직스러운 가장이었을 것이다. 당시 대부분의 사람들과 달리 그는 어려운 시기에도 가족을 버리지 않았으며, 안락한 도시 생활을 즐기기 위해 변경 지역을 등지지도 않았다. 자식들이 추구하는 바를 이해하지는 못했지만, 그렇다고 자식들의 기를 꺾지는 않았다. 그럼에도 불구하고 에이브는 가족에게 가난의 멍에를 안겨 준 아버지의 무능과 무지를 용서할 수 없었던 모양이다.

그 시대에 태어난 사람들의 삶이 모두 그러했듯이, 토머스 링컨의 삶 역시 투쟁과 비극의 연속이었다. 토머스 링컨은 1778년 버지니아에서 태어나, 유년 시절에 부모의 손에 이끌려 켄터키로 이주했다. 토머스의 아버지는 에이브러햄, 어머니는 배스시버였다. 토머스는 여덟 살이 되던 해에 아버지가 처참하게 살해되는 장면을 목격한다. 어느 봄날 에이브러햄은 경작지를 만들기 위해 나무를 베던 중, 숲 속에 잠복해 있던 쇼니족*의 습격을 받아 혀가 잘리고 두피가 벗겨진 채 살해당한 것이다. 토머스는 아버지가 변을 당하는 모습을 속수무책으로 지켜보아야 했다. 에이브러햄이 어쩌다 인디언들의 심기를 건드렸는지, 그리고 토머스가 어떻게 목숨을 건질 수 있었는지는 아직까지 미스터리로 남아 있다. 이유야 어찌 되었든 간에, 아버지의 죽음은 어린 토머스 링컨의 인생을 송두리째 바꿔 놓았다. 그는 아무런 유산도 없이 이 마을 저 마을을 떠돌아다니며 온갖 직업을 전전한다. 목수의 도제 노릇을 하는가 하면, 교도소 경비로 일하기도 하고, 미시시피 강과 상가몬 강에서 나룻배를 타기도 한다. 그는 나무를 베고 밭을 갈면서 틈나는 대로 교회 예배에 참석했다. 하지만

---

* 미국의 동부 삼림 지대에 살아온 알곤킨어를 사용하는 아메리카 인디언의 한 종족.

그가 학교 문턱에 발을 들여놓았다는 증거는 그 어디에서도 찾아볼 수 없다.

스물여덟 살의 토머스가 어느 날 우연히 엘리자베스타운이라는 마을에 들렀다가 낸시 행크스라는 켄터키 농부의 딸과 눈이 맞지 않았더라면, 토머스의 보잘것없는 삶은 역사의 변두리로 사라져 버렸을 것이다. 그들은 1806년 6월 12일에 결혼식을 올렸다. 자신들의 결혼이 미국의 역사를 바꿀 만큼 엄청난 사건이라는 것을 전혀 짐작하지 못한 채 말이다.

어느 모로 보나 낸시 행크스는 쾌활하고 상냥하고 세련된 여성이었으며, 말솜씨도 수준급이었다(다만 그녀는 수줍음을 잘 타서 처음 보는 사람과는 거의 이야기를 하지 않았다). 그녀는 공교육의 혜택을 받아, 글을 쓰고 읽을 줄 알았다(그녀가 받은 공교육은 나중에 에이브가 받게 되는 공교육보다도 양이 많았다). 낸시는 또한 재주가 비상한 여성이었다. 그녀는 하루 일과 후에 읽을 요량으로 늘 한 권 이상의 책을 준비해 두고 있었다. 책에 관한 한 불모지나 다름없던 켄터키 주에서 그만한 양의 책을 대출받는다는 것은 매우 어려운 일이었다. 낸시는 에이브가 아주 어렸을 때부터 책을 읽어 주었는데, 그중에는 볼테르의 《캉디드》, 대니얼 디포의 《로빈슨 크루소》, 키츠와 바이런의 시집도 포함되어 있었다. 그러나 어린 에이브가 가장 좋아한 책은 성경이었다. 이제 막 걸음마를 시작한 에이브는 엄마의 무릎 위에 앉아, 엄마가 읽어 주는 구약 성서의 이야기들(다윗과 골리앗, 노아의 방주, 이집트의 재앙)을 귀 기울여 들었다. 에이브는 특히 의인 욥의 이야기를 좋아했다. 그와 어릴 적부터 함께 지내 온 한 친구는 "에이브가 평화로운 시기에 태어났다면 아마도 목사가 되었을 것이다."라고 말한 바 있다.

에이브의 유년 시절에 관한 기억은 놉크리크에서부터 시작된다. 누나 사라와 함께 숲 속에서 뛰어놀던 일, 여름에 조랑말을 타고 놀던 일, 겨울에 아버지 곁에서 작은 도끼로 땔감나무를 쪼개던 일 등은 모두 놉크리크에서 경험한 일들이다. 에이브에게 쓰라린 상실감을 안겨 주었던 첫 번째 사건도 바로 그 놉크리크에서 일어났다.

에이브가 세 살 되던 해, 낸시 링컨은 – 아버지와 똑같이 – 토머스라는 세례명을 가진 아들을 하나 더 낳는다. 변경 지역의 가정에서 아들을 낳는다는 것은 커다란 축복이었다. 아버지 토머스는 머지않아 장성한 두 아들에게 자신의 일을 맡기는 즐거운 상상을 했음에 틀림없다. 그러나 이 꿈은 곧 물거품이 됐다. 아기가 태어난 지 한 달 만에 세상을 떠난 것이다. 에이브는 20년이 지난 뒤, 이 사건을 다음과 같이 회상한다.

> 그 당시 내가 동생의 죽음에 대해 슬퍼했는지는 기억나지 않는다. 나는 너무 어려서 죽음의 의미를 몰랐던 것 같다. 그러나 아버지와 어머니가 슬퍼하시던 모습은 지금도 잊을 수가 없다. 당시 부모님이 느끼셨을 고통을 지금 말로 표현하

는 것은 도저히 불가능하다. 한 가지 분명한 것은, 그분들의 슬픔이 회복 불가능한 것이었다는 점이다.

그 당시 유아 사망의 주원인은 탈수, 폐렴, 저체중 등이었으나, 토머스 링컨 주니어의 사망 원인이 무엇이었는지는 알려져 있지 않다. 선천성 질환이나 염색체 이상 등이 원인일 수도 있겠지만, 그 당시의 의학 기술로 밝혀낼 수 있는 문제가 아니었다. 다만 우리는 1800년대 초의 유아 사망률이 - 아무리 낮게 잡아도 - 10퍼센트였다는 사실을 염두에 둘 필요가 있다.

토머스는 작은 관을 짜서 오두막집 근처에 아들을 묻었다. 무덤을 나타내는 표시는 남기지 않았다. 낸시는 몸을 추슬러 남은 자녀들을 챙겼는데, 특히 에이브를 애지중지했다. 그녀는 에이브의 채워지지 않는 호기심을 자극했다. 에이브는 선천적으로 이야기, 이름, 사실 등에 관한 지식을 즐겼고, 그것들을 끊임없이 반복하며 암기했다. 그녀는 남편의 반대를 무릅쓰고, 다섯 살도 안 된 에이브에게 읽기와 쓰기를 가르쳤다. 에이브는 몇 년 후 "아버지는 책을 하찮게 여겼다. 그래서 땔감이 젖었을 때는 책을 불쏘시개로 썼다."고 회상했다. 오늘날 낸시 링컨에 관한 기록이 보존되어 있지 않아 정확히 알 수는 없지만, 그녀는 에이브의 재능을 믿었음에 틀림없다. 아마도 그녀는 에이브가 자기들보다 훌륭하게 되기를 바랐던 것 같다.

링컨 가족의 보금자리인 놉크리크 농장의 한가운데에는 올드컴벌랜드 트레일이라는 길이 있었다. 이 길은 켄터키 주의 루이빌과 테네시 주의 내슈빌을 잇는 주요 통로로서, 고속도로 같은 역할을 했다. 따라서 이 길을 통해 온갖 부류의 사람들이 지나갔다. 다섯 살의 에이브는 하루에 몇 시간씩 길가의 울타리 위에 걸터앉아 지나가는 마차들을 향해 손을 흔들곤 했다. 가끔 경매장으로 향하는 노예 운반 마차도 에이브의 눈에 띄었다.

나는 다양한 연령대의 흑인 여성들을 가득 채운 마차가 지나가는 것을 보았다. 그들의 몸은 사슬로 엮여 있었으며, 손목에는 수갑이 채워져 있었다. 마차에는 진동의 충격을 줄이는 건초도 깔려 있지 않았고, 겨울바람을 막아 줄 담요도 없었다. 그에 비해 마부들은 털옷을 두르고 푹신푹신한 의자에 앉아 있었다. 나는 내 또래의 흑인 소녀와 눈이 마주쳤다. 하지만 소녀의 눈을 차마 바라볼 수 없어 딴 곳으로 시선을 돌리고 말았다. 소녀의 얼굴은 온통 슬픔으로 가득했다.

토머스 링컨은 침례교인으로서, 오랜 신앙생활을 통해 노예제도는 죄악이라고 믿고 있었다. 이는 에이브의 인격 형성에 지대한 영향을 미쳤다.

놉크리크는 자연스럽게 올드컴벌랜드 트레일을 지나가는 여행객들이 하룻밤 묵는 장소가 되었다. 사라는 손님들에게 잠자리를 마련해 주고, 낸시는 따뜻한 저녁 식사를 대접했다. 링컨 가족은 대가를 요구하지 않았지만, 손님들은 자진해서 돈이나 곡식, 설탕, 담배 등을 내놓았다. 저녁 식사가 끝나면 여자들은 쉬러 가고, 남자들은 위스키를 마시거나 담배를 피우면서 시간을 보냈다. 에이브는 다락방에 누워 눈을 말똥말똥하게 뜬 채, 아버지가 손님들에게 풀어 놓는 이야기보따리에 귀를 기울였다. 아버지의 이야깃거리는 무궁무진했다. 초기 정착민들의 흥미진진한 이야기와 혁명전쟁 이야기에서부터 유머러스한 일화와 우화, 알렉산더 대왕이나 샤를마뉴 대제의 정복 전쟁 이야기, 거기에 자신의 인생 스토리까지 도무지 막히는 데가 없었다.

아버지는 경제적인 면에서는 무능하기 이를 데 없었으나, 이야기를 풀어 나가는 능력에 있어서는 누구도 따를 사람이 없었다. 나는 매일 밤마다 좌중을 압도하는 아버지의 말솜씨에 혀를 내둘렀다. 상황을 너무 세밀하고 풍부하게 묘사했기 때문에, 아버지의 이야기를 들은 사람들은 그것이 지어낸 이야기가 아니라 아버지가 실제로 경험한 사실이라고 믿을 정도였다. 나도 마찬가지였다. 나는 아버지의 이야기를 엿듣느라 밤늦도록 잠을 설쳤다. 나는 내 또래의 아이들에게 아버지의 이야기를 들려줄 욕심에 아버지가 말하는 단어들을 모두 기억해 두었다. 그러는 한편으로, 아버지의 이야기를 어린 친구들에게 쉽게 전달하는 방법을 궁리하느라 많은 시간을 보내기도 했다.

에이브 역시 아버지를 닮아 타고난 이야기꾼이었기 때문에 자라면서 이야기를 풀어 나가는 법을 쉽게 터득한다. 복잡한 개념을 쉽고 다채로운 비유법을 이용하여 단순화시키는 그의 능력은 정치가로 활동하는 데 있어 큰 자산이 된다.

놉크리크를 방문한 여행자들은 바깥 세계의 소식들을 갖고 들어왔다. 그중 상당 부분은 루이빌 또는 내슈빌의 지방 신문 기사에서 읽은 것이거나, 여행 도중에 다른 사람들로부터 주워들은 이야기들을 되새김질하는 수준이었다. 그러다 보니 '술에 잔뜩 취한 사람이 시골 길을 걷다가 배수로에 빠졌다'는 이야기를 – 각기 다른 여행자를 통해 – 일주일에 세 번씩 듣는 것은 다반사였다. 물론 개중에는 색다른 이야깃거리를 들고 오는 여행자들도 있었다. 그중에서도 다락방에서 이야기를 엿듣는 에이브의 간담을 서늘하게 했던 것은, 한 프랑스 이민자가 들려준 '1780년대에 파리 전역을 공포로 몰아넣은 연쇄 살인 사건'이었다.

> 프랑스 사람들은 이 사건을 '죽음의 도시(La Ville des Mort)' 사건이라고 부른다. 매일 밤 정체불명의 비명 소리가 들리고, 다음 날 아침에는 영락없이 눈을 부릅뜬 창백한 시체가 거리에 나뒹굴거나, 하수구에서 퉁퉁 불어 터진 시체를 건져 올릴 수 있었다. 희생자 중에는 남성, 여성, 어린이들이 모두 포함되어 있었다. 그들 모두 죽임을 당할 이유가 없었으며, 가난하다는 점 말고는 별다른 공통점이 없는 사람들이

었다. 프랑스 사람들 중에서 이 살인 사건이 뱀파이어의 소행이라는 것을 의심하는 사람은 한 명도 없었다. "나는 뱀파이어를 내 두 눈으로 똑똑히 봤어. 뱀파이어는 수백 년 동안 파리에서 조용히 숨어 살아왔지만, 이제 빈민굴에 가난한 사람들이 넘치다 보니 더욱 대담하고 포악해졌지. 하지만 루이 일가는 아무 일도 하지 않았어. 루이와 귀족 계급은 뱀파이어가 가난하고 힘없는 백성들을 상대로 피의 향연을 벌이고 있는데도 그저 가만히 보고만 있었어. 그래서 백성들의 분노가 하늘을 찌르게 된 거지."라고 여행자는 말했다.

'죽음의 도시' 이야기는 다른 뱀파이어 이야기와 마찬가지로 꾸며 낸 이야기로 치부되었으며, 어린이들을 놀래 주려고 만든 괴담 정도로 간주되었다. 그러나 뱀파이어 이야기는 에이브의 관심을 끌었다. 에이브는 뱀파이어의 모습을 상상하는 데 많은 시간을 할애했다. 날개가 달렸다든지, 피로 얼룩진 흰 송곳니를 가졌다든지, 어둠 속에 숨어서 다음 희생자를 기다린다든지 같은 것들이었다. 그는 누나 사라를 상대로 '효능'을 테스트했고 자신이 만들어 낸 뱀파이어 이야기가 제법 쓸 만하다는 결론에 도달했다. 사라는 에이브의 이야기에 화들짝 놀라면서도, 뱀파이어에 큰 관심을 보였다.

그러나 토머스는 뱀파이어 이야기가 나올 때마다 - 그것은 유치한 이야기이고, 점잖은 대화에 끼면 안 된다는 이유를 내세워

– 에이브를 꾸짖었다.

III

1816년 링컨 가족은 또 한 번의 토지 소유권 분쟁에 휘말려 놉크리크를 떠난다. 변경 지역에서는 소유권이 애매한 경우가 많아, 한 토지에 여러 장의 땅문서가 발행되는 경우가 종종 있었다. 헌데 그보다 더 기막힌 일은, 뇌물의 양에 따라 그전까지도 없던 증빙 서류가 생기거나 사라지기도 한다는 점이었다. 토머스는 값비싼 소송비를 치를 여유가 없었기 때문에, 가족을 이끌고 서쪽 오하이오 강 건너편의 인디애나 주로 이주한다. 그는 리틀 피전 크리크(오늘날의 젠트리빌 근처)라는, 숲이 우거진 정착지에서 직접 땅을 개간하여 160에이커의 경작지를 마련한다. (토지 소유권 분쟁을 두 번이나 겪으면서도 그의 경제관념은 조금도 나아지지 않았던 모양이다.) 사실 토머스가 켄터키를 떠나기로 결정한 데는 두 가지 이유가 있었다. 첫 번째 이유는 실질적인 것으로, 인디애나 주는 1812년 전쟁* 이후 인디언이 쫓겨 나간 곳이어서 값싼 땅이 많았다. 두 번째 이유는 도덕적인 것으로, 인디애나 주는 노예 제도가 없는 곳이어서 노예해방주의자인 토머스가 살기에 알맞은 곳이었다.

링컨 가족이 새로 정착한 리틀 피전 크리크는 이전의 싱킹 스프링스나 놉크리크에 비해 좀 더 야생적이었다. 사람의 손길이 닿지 않은 미개척지로 둘러싸여 있어서 곰이나 살쾡이가 수시로 출몰했다. 이 야생 동물들은 사람을 전혀 무서워하지 않았다. 링컨 가족은 처음 몇 달 동안 임시 가옥에서 기거했는데, 4인 가족에게는 비좁을뿐더러 밀폐가 제대로 되지 않아 살을 에는 듯한 인디애나의 겨울을 견디기에는 역부족이었다.

리틀 피전 크리크는 외떨어진 곳이었지만, 링컨 가족이 사는 곳에서 반경 1마일 이내에 8~9가구가 거주하고 있어 외롭지는 않았다. 더욱이 그들 중 상당수가 켄터키 출신이었다. "가까운 거리에 내 또래의 아이들이 열 명쯤 살고 있었다. 우리는 함께 몰려다니며 전쟁놀이를 했다."고 에이브는 회상했다. 그러나 한창 성장 중인 개척지의 마을은 장난꾸러기 소년들을 위한 놀이 공간이 아니었다. 모든 가구들이 생존을 위해 물자와 재능을 공동으로 이용했다. 그들은 함께 씨를 뿌리고 수확물을 거두었으며, 물건과 노동을 교환했고, 가족 중 하나가 아프거나 어려운 일을 당했을 때는 일손을 빌려 주기도 했다. 토머스는 인근에서 최고의 목수로 인정받아 일감이 떨어지지 않았다. 토머스의 첫

---

* 프랑스 혁명 뒤 영국과 프랑스 사이의 다툼에 휘말린 미국과 영국의 전쟁. 나폴레옹 전쟁 때 미국은 중립을 선언했으나, 베를린 칙령 뒤 영국에 대한 봉쇄 작전이 강화되면서 미국 선박 · 선원이 영국 해군에 나포되는 일이 자주 생기자, 미국인의 대영(對英) 감정이 악화되었다. 게다가 영국은 미국 북서부 인디언들에게 무기를 주어 미국의 변경 개발을 막으려는 태도를 취했기 때문에, 영국과 전쟁을 벌이자는 여론이 강경해졌다.

작품은 교실이 하나밖에 없는 작은 학교였다. (앞으로 몇 년 동안 에이브는 이 학교를 드문드문 다니게 된다.) 에이브는 대통령 선거 유세를 다니는 동안 짧은 자서전을 집필한 적 있는데, 그는 자서전에서 "내가 학교 교육을 받은 햇수는 모두 합쳐 봐야 1년도 채 되지 않는다."고 실토했다. 하지만 아무리 그렇더라도 에이브를 가르쳤던 선생님 중 하나인 도르시는 에이브가 '비범한 아이'라는 사실을 간파하고 있었다.

칠면조 사건 이후 에이브는 더 이상 사냥하지 않겠다고 선언했다. 토머스는 사냥을 거부하는 에이브에게 - 에이브가 힘에 부치면 생각을 바꿀 것으로 생각하고 - 그 벌로 장작 패는 일을 시켰다. 에이브는 도끼를 허리 높이 들어 올릴 힘이 없었지만 장작 패는 일을 포기할 수는 없었다.

> 나는 팔을 어떻게 써야 하고 도끼를 어디쯤에서 멈춰야 하는지 알지 못했다. 도끼질을 하다 보면 이내 손잡이가 손에서 미끄러져 나가고, 힘을 잃은 나의 팔은 양옆으로 축 늘어지기 일쑤였다. 만일 아버지가 이런 내 모습을 보신다면, 바람처럼 달려와 바닥에 떨어진 도끼를 주워 1분 이내에 열두 개의 통나무를 쪼갤 것이 뻔했다. 아버지의 속셈은 나에게 모욕을 줌으로써 도끼질을 그만두게 하려는 것이었다. 나는 악착같이 도끼를 붙잡았다. 결국 시간이 지나면서 나의 팔 힘은 점점 강해졌다.

벽난롯가에 앉아 일기를 쓰고 있는 소년 링컨. 옆에는 그가 뱀파이어 사냥에 사용했던 초기 도구들이 놓여 있다.

아홉 살이 되었을 때, 에이브의 도끼질 실력은 아버지를 능가하게 된다.

임시 가옥 생활을 시작한 지 2년이 지나, 링컨 가족은 작지만 번듯한 오두막집을 장만했다. 이 집은 돌로 만들어진 벽난로, 널빤지 지붕, 높인 마루*를 갖추고 있었다. 늘 그래왔듯이 토머스는 최소한의 의식주가 해결될 만큼만 일했다. 농장 바깥채에는 켄터키에서 이사 온 낸시의 종조부 톰과 종조모 엘리자베스가

* 땅과 거리를 두고 바닥을 높여, 겨울에도 따뜻하고 습기가 차지 않게 만든 마루.

살면서 농장 일을 거들어 주었다. 링컨 가족은 모처럼 평화로운 생활을 누릴 수 있었다. 에이브는 1852년에 남긴 글에서 이때의 상황을 다음과 같이 묘사했다. "고요함은 큰 재앙의 전조에 불과한 경우가 많다. 나는 그 이후로 고요함을 불신하게 되었다."

1818년 9월의 어느 날 밤, 에이브는 인기척에 놀라 잠에서 깨어났다. 그는 벌떡 일어나 두 손으로 얼굴을 감쌌다. 누군가가 머리맡에 서서 곤봉으로 그의 머리를 내리치려 했기 때문이었다. 그러나 아무 일도 일어나지 않았다. 잠시 후 그것이 환상이었음을 깨달은 에이브는 손을 내리고 심호흡을 한 뒤 주위를 둘러보았다. 다른 가족들은 모두 곤히 잠들어 있었다. 벽난로에 남아 있는 불씨로 미루어 보아 새벽 2, 3시쯤은 족히 된 것 같았다.

에이브는 잠옷 바람에 방문을 열고 마루로 나갔다. 창문 틈으로 새어 들어오는 바깥공기가 초가을치고는 제법 차가웠다. 그는 잠이 덜 깬 상태에서 바깥채 쪽을 바라보며 마룻바닥에 앉았다. 그의 눈동자가 어둠에 익을 무렵, 갑자기 널빤지 사이로 달빛이 스며 들어와 – 책을 읽을 수 있을 정도로 – 주변이 환해졌다. 마침 딱히 읽을 책도 없고 해서, 에이브는 손가락을 휘저으며 달빛을 가지고 장난을 쳤다.

그때, 갑자기 밖에서 두런거리는 소리가 났다.

에이브는 순간 숨을 죽였다. 두 남자가 오두막집을 향해 다가오다가, 오두막집 바로 앞에서 멈춰 섰다. 그중 한 사람이 성난 어조로 뭐라고 속삭였다. 에이브는 그 남자의 말을 알아들을 수는 없었지만, 억양과 톤으로 미루어 보아 그가 리틀 피전 크리크 주민이 아닌 이방인이라는 것만은 분명히 알 수 있었다. 그는 영국식 억양을 쓰는 데다 톤이 지나치게 높았다. 이방인은 이야기를 마치고 나서 상대방의 대답을 기다렸다. 이윽고 상대방이 대답했다. 그런데 그 목소리는 매우 익숙했다. 바로 토머스 링컨의 목소리였다.

나는 널빤지 틈에 눈을 갖다 대고 밖을 엿보았다. 두 사람 중 한 명은 아버지가 틀림없었다. 아버지는 내가 한 번도 보지 못한 사람과 함께 서 있었다. 이방인은 땅딸막한 체격에 멋진 옷을 입고 있었다. 그런데 자세히 들여다보니, 오른쪽 팔꿈치 아랫부분이 잘려 나갔고, 옷소매는 접힌 채 어깨에 핀으로 고정되어 있었다. 아버지는 그보다 키가 컸는데도 왠지 이방인 앞에서 위축되어 있는 것처럼 보였다.

에이브는 두 사람의 대화 내용에 귀를 기울였지만, 거리가 너무 멀어 알아들을 수가 없었다. 그저 그들의 몸짓, 입술 모양 등을 보고 대화 내용을 유추할 수밖에 없었다.

아버지는 가족이 잠에서 깰까 봐, 이방인에게 오두막집에서 멀리 떨어지라고 말했다. 나는 들키지 않으려고 숨을 멈췄지만 심장이 쿵쾅거리는 것만은 어쩔 수가 없었다. 그들은 내가 앉아 있는 곳으로부터 4야드 남짓 떨어진 지점으로 물러났다. 나는 그들의 마지막 대화를 간신히 엿들을 수 있었다. 아버지가 "안 됩니다."라고 말하자, 이방인은 망연자실한 표정으로 잠자코 서 있다가 이렇게 응수했다. "그럼 다른 방법을 쓰는 수밖에 없지."

IV

그로부터 일주일 후, 불행은 예기치 않은 곳에서 드러나기 시작했다. 낸시의 종조부모인 톰과 엘리자베스가 갑자기 고열과 환각, 경련 증세를 보인 것이다. 낸시는 3일 밤낮을 꼬박 톰과 엘리자베스를 간호하는 데 매달렸다. 키가 6피트(약 182센티미터)나 되는 톰은 고통을 견디지 못하고 어린애처럼 엉엉 울었다. 에이브와 사라는 어머니 곁에 꼭 달라붙어서, 찜질 수건을 물에 적시거나 침대를 정리했다. 그리고 두 분의 병이 기적처럼 회복되기를 빌었다. 하지만 어른들은 기적은 일어나지 않는다는 걸 잘 알고 있었다. 왜냐하면 톰과 엘리자베스가 앓고 있는 병의 이름은 우유병*이었는데, 치료제가 없는 몹쓸 병으로 유명했기 때문이다. 에이브는 잠시나마 '해서는 안 될 생각'을 한 데 대해 하나님께 용서를 빌어야 했다. (그는 호기심이 많은 소년이어서, '사람이 죽는 모습을 실제로 보고 싶다'고 생각한 적이 있었다.)

에이브는 일주일 전 새벽에 목격했던 사건에 대해 아버지에게 물어볼 엄두가 나지 않았다. 토머스는 그날 이후로 부쩍 가족을 멀리했으며, 톰과 엘리자베스의 근처에는 얼씬도 하지 않았다.

톰과 엘리자베스는 결국 – 같은 날 몇 시간의 간격을 두고 – 숨을 거두고 말았다. 에이브는 내심 실망했다. 그는 그동안 밤새워 읽은 책들의 내용을 근거로, 사람은 죽을 때 마지막 거친 숨을 몰아쉬거나 감동적인 독백을 할 것으로 기대하고 있었다. 그러나 톰과 엘리자베스는 혼수상태에 빠진 후, 몇 시간 동안 잠자코 있다가 그대로 맥없이 숨을 거두어 버렸다. 토머스는 아내에게 한마디 위로의 말을 건네지도 않은 채, 다음 날 아침 일찍부터 널빤지와 쐐기를 가지고 관을 한 쌍 짜기 시작했다. 톰과 엘리자베스의 시신이 담긴 관은 저녁 무렵 땅속에 묻혔다.

종조부모님의 죽음은 아버지에게 큰 영향을 미친 것 같았다. 그러나 나는 그 이유를 알 수 없었다. 아버지는 평소에 그분들을 별로 좋아하지 않았으며, 아버지의 손으로 땅에 묻은 친척들이 그분들 뿐만은 아니었기 때문이다. 나는 아버지가 – 슬픔에 잠겨 있다는 점을 감안하더라도 – 그처럼 침묵

---

* 牛乳病, milk sickness. 서양등골나물이라는 독초를 먹은 소의 젖을 마셔 생기는 병. 오늘날에는 드물지만, 19세기 초에는 수천 명의 목숨을 앗아 갔던 치명적 질병이었다고 한다.

하고 있는 모습을 본 적이 없었다. 아버지는 깊은 상념에 빠져 있는 것 같았으며, 기분이 매우 언짢아 보였다.

그로부터 4일 후에는 낸시 링컨이 시름시름 앓기 시작했다. 그녀는 단순한 두통일 거라고 대수롭잖게 말했다. 종조부모의 사망으로 마음에 큰 상처를 받은 것 같았다. 그러나 토머스는 뭔가 짚이는 구석이 있었는지 30마일 밖에 사는 의사를 불렀다. 의사가 도착한 때는 다음 날 아침 해가 뜨기 직전이었는데, 낸시는 이미 고열을 동반한 환각 증상을 보이고 있었다.

누나와 나는 잔뜩 겁에 질려, 잠도 잊은 채 어머니 곁에 무릎 꿇고 앉아 있었다. 의사가 어머니를 진찰하는 동안 아버지는 의자에 앉아 계셨다. 나는 어머니가 죽어 가고 있다는 것을 알고 있었다. 그것은 하나님이 나에게 내린 벌이었다. 종조부님의 죽음을 호기심의 대상으로 바라본 죄였다. 또 나에게 적의가 없는 짐승을 총으로 쏜 죄도 있었다. 모든 책임은 나에게 있었다. 진찰을 끝낸 의사가 아버지에게 할 말이 있으니 밖으로 나가자고 했다. 잠시 후 돌아온 아버지는 왈칵 울음을 터뜨렸다. 나와 누나도 덩달아 울음을 터뜨렸다.

낸시는 – 처음에는 환상 때문에, 그리고 나중에는 통증 때문에 – 몇 시간 동안 고함을 지르다 마침내 혼수상태에 빠졌다. 그녀는 "내 눈앞에 악마가 있다!"고 소리치기도 했다. 그날 밤 에이브는 낸시의 곁을 혼자 지켰다. 사라는 난롯가에서 잠이 들었고, 토머스는 의자에 앉아 연방 고개를 까딱거리고 있었다.

에이브는 어머니의 이마에서 물수건을 거둬 물통에 담갔다. 침대 머리맡을 밝히는 촛불이 가물가물해지고 있었다. 그가 물통 속에 손을 넣어 수건을 쥐어짜려는데, 누군가 그의 손목을 덥석 잡았다.

"얘야!" 어머니였다.

어머니의 모습은 완전히 바뀌어 있었다. 표정은 차분했고, 목소리는 고르고 상냥했으며, 눈가에도 생기가 돌았다. 기적이 일어난 것이었다. 어머니는 나를 바라보며 미소 지으셨다. "얘야." 어머니가 다시 한 번 속삭이셨다. 내 뺨에 뜨거운 눈물이 흘러내렸다. 나는 이것이 '잔인한 꿈'이 아니기를 빌었다. "엄마?"라는 나의 부름에, 어머니는 다시 "얘야"라고 화답하셨다. 나는 하나님이 나를 용서하여, 어머니를 돌려주신 것이라고 생각했다. 어머니는 다시 한 번 미소를 지으셨다. 순간 어머니의 손이 내 손목에서 미끄러지는 것을 느꼈다. 어머니의 눈이 감기고 있었다. 나는 황급히 "엄마?"라고 불렀고, 어머니는 이번에는 겨우 들릴락 말락 하는 소리로 "살아야 한다."라고 속삭이셨다. 하지만 거기까지였다. 그 후 어머니는 감은 눈을 영영 다시 뜨지 않으셨다.

낸시 행크스 링컨은 1818년 10월 5일, 34세를 일기로 세상을 떠났다. 토머스는 그녀를 오두막집 뒷산에 묻었다.

에이브는 이제 세상에 홀로 남게 되었다.

어머니는 에이브에게 영혼의 친구였다. 에이브가 세상에 태어난 이후, 어머니는 그에게 줄곧 사랑을 베풀고 용기를 북돋워 주었다. 어머니는 매일 밤 왼손에 책을 들고 나타나 그에게 책을 읽어 주었고, 에이브가 무릎을 베고 잠들면 오른손으로 그의 검은 머리칼을 쓰다듬어 주었다. 에이브가 세상에 태어났을 때 처음으로 인사를 건넨 사람도 어머니였다. 에이브는 세상에 태어났을 때 첫울음을 터뜨리지 않고, 어머니를 한참 동안 바라보다가 미소를 지었다. 어머니는 그에게 사랑이자 빛이었다. 그러나 이제 어머니는 세상에 없었다. 에이브는 어머니를 생각하며 하염없이 눈물을 흘렸다.

어머니가 땅에 묻히자마자, 에이브는 가출을 결심했다. 열한 살짜리 철없는 누나, 비탄에 잠긴 아버지와 함께 리틀 피전 크리크에서 산다는 것은 견딜 수 없는 고역이었다. 어머니가 세상을 떠난 지 36시간 후, 아홉 살의 에이브는 단출한 전 재산을 양털 담요 속에 둘둘 말아 넣고 인디애나의 황무지를 향해 길을 떠났다. 그의 계획은 매우 간단했다. 먼저 오하이오 강까지 걸어가, 거기서 나룻배를 얻어 타고 미시시피 강의 하류까지 흘러 내려간 다음, 뉴올리언스까지 갈 생각이었다. 뉴올리언스는 큰 항구이므로 배가 많을 것이고, 잘하면 뉴욕이나 보스턴으로 밀항을

어머니의 무덤가에 서 있는 어린 링컨. 출처: 〈복수의 맹세〉(1900년대 초반의 판화 작품)

할 수 있을 것 같았다. 아니면 아예 유럽으로 가서 꿈으로만 그려 왔던 장엄한 성당 건물과 성곽들을 구경하는 것도 괜찮을 듯 싶었다.

에이브의 계획에 오류가 있다면 출발 시점을 잘못 잡았다는 것이었다. 때는 늦가을이었다. 그는 오후에 집을 나섰는데, 4마일쯤 걷고 나자 벌써 날이 저물기 시작했다. 한 장의 양털 담요와 한 줌의 식량만 갖고 황무지를 횡단한다는 것은 말도 안 되는 일이었다. 에이브는 발걸음을 멈추고 나무에 기대어 흐느끼기 시작했다. 그는 어둠 속에서 이제는 존재하지 않는 고향을 그리워했다. 놀라운 것은, 그가 자신도 모르는 사이에 아버지의 따뜻한 품을 그리워하고 있다는 점이었다.

사방에서 정체불명의 울음소리가 가늘고 길게 메아리쳤다. 짐승의 울음소리 같았다. 나는 이틀 전에 루벤 그릭스비가 강가에서 곰을 발견했다는 사실을 떠올리고는, 집에 칼을 두고 떠나온 것을 후회했다. 짐승들은 연이어 울어 대며 포위망을 좁혀 오는 것 같았다. 그런데 나는 울음소리를 반복해 들으면서, 그것이 짐승의 울음소리가 아니라는 확신을 갖게 되었다. 그 울음소리의 주인공은 곰도, 표범도, 그 밖의 짐승도 아닌 것 같았다. 그것은 짐승의 울음소리와는 근본적으로 달랐다. 나는 갑자기 그것이 사람의 비명 소리일지도 모른다는 생각이 들었다. 생각이 거기에 미치자, 온몸에 소름이 돋았다. 나는 소지품을 챙길 틈도 없이 리틀 피전 크리크를 향해 줄행랑을 쳤다.

그것은 사람의 비명 소리가 분명했다.

2
두 가지 비밀

드디어 우리가 나아가야 할 방향이 정해졌습니다. 이제 새로운 각오로 우리의 신앙을 가다듬읍시다. 모든 두려움을 떨쳐 버리고 목표를 향해 당당하게 전진합시다.

– 에이브러햄 링컨, 1861년 7월 4일 의회 연설 중에서

I

낸시 링컨이 세상을 떠난 후, 토머스 링컨이 어미 잃은 자식들을 위로해 주려고 얼마나 노력했는지에 대해서는 그 어떤 기록도 찾아볼 수 없다. 그는 아내를 땅에 묻고 나서 몇 개월 동안 침묵을 지켰다. 그리고 해가 뜨기 전에 일어나 커피를 끓이고 아침을 먹은 다음 땅거미가 질 때까지 일을 했다. 가끔 인사불성이 될 때까지 술을 마시는 경우도 있었다. 토머스가 에이브와 사라에게 자기 목소리를 들려주는 것은 오직 저녁 식사 시간의 짧은 축복 기도 때뿐이었다.

주여, 우리의 식탁에 임하소서.
만민이 당신을 찬미합니다.
당신의 크나큰 자비로 우리를 축복하시고,
우리를 강건하게 하소서.

그렇더라도 토머스는 옛사람들이 말하는, '건전한 상식'의 소유자였던 것 같다. 그는 자신의 불안정한 상태가 오래 지속되어서는 안 된다는 사실을 잘 알고 있었고, 아이들을 이대로 방치할 수는 없다고 판단했다.

낸시가 세상을 떠난 지 불과 1년이 지난 1819년 겨울, 토머스는 갑자기 2~3주 동안 집을 비우겠다고 선언했다. 그리고 그가 돌아왔을 때, 에이브와 사라는 새어머니를 맞이하게 되었다.

우리는 깜짝 놀랐다. 아버지는 1년이 넘도록 별다른 말씀이 없었기 때문에, 우리는 당신 마음속에 그런 계획이 자리 잡고 있었다는 사실을 짐작조차 할 수 없었다. 설령 특정한 여인을 마음에 두고 있었다 하더라도 아버지는 일언반구도 하지 않았을 것이다. 어쩌면 아버지는 생활정보지에 구혼 광고를 내셨거나, 아니면 루이빌의 거리를 무작정 헤매다가 혼자 걸어가는 여인에게 청혼을 하셨을지도 모른다. 하지만 아버지의 성격으로 미루어 보건대, 그보다 더한 일도 충분히 저지를 수 있는 분이었다.

사실 토머스는 아이들 모르게 한 여인을 점찍어 두고 있었다. 최근에 남편과 사별한 뒤 엘리자베스타운에 살고 있는 여인이 하나 있었다. (엘리자베스타운은 30년 전에 토머스와 낸시가 처음 만나 눈이 맞은 곳이다.) 토머스의 계획은 간단했다. 그는 예고 없이 그녀의 집에 들이닥쳐 청혼을 하고, 승낙을 받아낸 다음 리틀 피전 크리크로 데려올 작정이었다. 그리고 그의 작전은 보기 좋게 성공했다.

새어머니를 데려온 뒤에야 토머스의 슬픈 침묵은 끝이 났다. 토머스가 엘리자베스타운에 가 있는 동안 아홉 살인 에이브와 열한 살인 사라는 단둘이 집을 지켰다.

> 밤이 되면 우리는 방 한가운데에 촛불을 밝히고 침대 위에 올라가 이불을 뒤집어썼다. 그리고 아버지의 침대를 옮겨다가 방문 앞에 바리케이드를 쳤다. 지금 생각해 보면 우리가 무엇을 지키기 위해 그런 요란을 떨었는지 알 수가 없다. 단지 그렇게 하면 마음이 편안해졌던 것 같다. 우리는 밤늦도록 주위에서 들려오는 온갖 소리에 촉각을 곤두세웠다. 짐승의 울음소리, 멀리서 바람을 타고 들려오는 정체불명의 목소리, 누군가 통나무집 주변을 지나가며 잔가지를 밟는 소리. 우리는 촛불이 타는 동안 이불 속에서 벌벌 떨다가, 촛불이 다 타면 새로운 초에 불붙이는 일을 서로 미루느라 – 소곤거리는 목소리로 – 말다툼을 벌였다. 결국 우리는 초를 너무

많이 낭비했다는 이유로 나중에 아버지로부터 심한 꾸중을 들어야 했다.

토머스는 집에 돌아올 때 마차 한 대를 끌고 왔다. 마차 안에는 새어머니가 될 사라 부시 링컨 여사와 그녀의 세 자녀인 엘리자베스(13살), 마틸다(10살), 존(9살)이 타고 있었다. 에이브와 사라는 마차 안에 가구, 시계, 그릇 등이 한가득 실려 있는 것을 보고 충격을 받았다. 그들의 눈에는 그것들이 마치 마하라자(maharaja, 과거 인도 왕국 중 한 곳을 다스리던 왕)의 보물처럼 보였다. 새어머니 역시 에이브와 사라의 몰골을 보고 충격을 받았다. 그들은 맨발에 먼지를 뒤집어쓴 것이 영락없는 변경 지방의 아이들이었다. 그도 그럴 것이, 에이브와 사라 둘 다 그동안 옷도 제대로 입지 않은 채 밤새도록 이불 속에서 추위와 공포에 떨고 있었으니 말이다.

그러나 사라 부시 링컨에게는 달리 선택의 여지가 없었다. 그녀는 무엇 하나 내세울 것 없는 평범한 여인이었다. 그녀는 눈이 움푹 패고 얼굴이 갸름해서 늘 굶주린 사람처럼 보였다. 게다가 뻣뻣한 갈색 머리를 뒤로 넘겨 끈으로 바짝 동여맨 까닭에 이마가 넓어 보였다. 뿐만 아니라 그녀는 마른 체형에 안짱다리이고 아랫니도 두 개나 없었다. 미래가 불확실하고 돈도 없는 과부가 까다롭게 굴 일이 뭐가 있겠는가? 설상가상으로 그녀에게는 아이 셋과 빚까지 있었으니, 비슷한 처지의 토머스 링컨과 사라 부시 링컨은 그야말로 천생연분이었다.

에이브는 새어머니가 무척 싫었다. 토머스가 그녀와 결혼하겠다고 하자, 에이브는 계모를 골려 줄 계략을 짜고, 그녀의 단점을 찾아내려고 눈에 불을 켰다.

> 새어머니가 나와 누나에게 친절하게 대해 주고, 우리의 행동거지에 세심하게 신경써주는 것이 우리에게는 오히려 거추장스러웠다. 특히 새어머니는 우리가 돌아가신 어머니에 대한 그리움을 마음속에 품지 않게 하려고 무던히 애썼다.

새어머니 역시 에이브가 책을 좋아한다는 사실을 이내 알아차리고 그의 소질을 살려주려고 했다. 때마침 그녀가 켄터키에서 가져온 물건들 중에는 미취학 어린이에게 유익한 웹스터 철자사전이 있었다. 토머스와 마찬가지로 글을 모르는 새어머니는 저녁 식사 후에 에이브에게 가족들 앞에서 성경을 읽도록 했다. 에이브는 가족들에게 고린도서의 구절을 읽어 주고, '지혜의 왕' 솔로몬과 '어리석은 부자' 나발에 관한 이야기를 들려줄 수 있어 너무 기분이 좋았다. 낸시가 세상을 떠난 후 에이브의 신앙은 더욱 깊어져 갔다. 그는 성경을 읽으면서 어머니가 하늘나라에서 자기를 내려다보며 머리를 쓰다듬어 주는 모습을 상상했다. 낸시는 외로움에 힘들어하는 에이브를 보호해 주고 위로해 주는 수호천사였다.

에이브는 새로 생긴 동생들 중에서도 특히 존을 귀여워했는데, 존이 전쟁놀이를 좋아해서 '장군' 이라는 별명을 붙여 주었다.

> 존은 항상 전쟁놀이 할 기회를 엿보며 필요한 사람 수가 몇 명인지를 계산했다. 그러고는 내게 책은 그만 읽고 함께 전쟁놀이를 하자며 떼를 쓰곤 했다. 내가 거절하면 존은 나에게 대장을 시켜 주고, 내가 해야 할 집안일을 대신 해주겠다고 꾀었다. 존의 성화가 어찌나 심했던지 나는 책 읽는 즐거움을 잠시 포기하고 그와 함께 놀아야 했다. 그때는 존이 매우 단순한 아이라고 생각했는데, 지금은 그 애만큼 영리한 아이도 없었다는 생각이 든다. 어린이들에게는 책 말고도 필요한 것이 많았다.

새어머니는 에이브의 열한 번째 생일 선물로 가죽 제본이 된 작은 일기장을 사주었다. 이웃에 사는 그레그슨 씨의 옷을 수선해 주고 받은 돈으로 산 것이었다. (그레그슨 씨는 몇 년 전에 아내를 여의고 혼자 사는 노인이었다.) 토머스는 아내의 무모한 행동을 나무랐다. 변방에 사는 주민들에게 책이 구하기 힘든 '귀중품' 이라고 한다면, 일기장은 – 특히 가난한 집의 어린이들에게는 – 그야말로 '사치품' 이었기 때문이다. 에이브는 일기장을 선물로 받고 뛸 듯이 기뻐했다. 그러고는 지체 없이 일기장 첫 페이지를 열어 그날의 감동과 각오를 기록으로 남겼다.

에이브러햄 링컨의 일기

1820년 2월 9일 - 나는 아버지와 새어머니로부터 열한 번째 생일 선물로 이 일기장을 받았다. 새어머니의 이름은 사라 부시 링컨 여사다. 나는 문장력을 기르기 위해 하루도 빠짐없이 일기를 쓸 예정이다.

- 에이브러햄 링컨

II

어느 이른 봄날 저녁, 토머스가 마당에 모닥불을 피워 놓고 에이브를 불렀다. 토머스는 술에 잔뜩 취해 있었다. 에이브는 토머스가 밖에서 자신을 부르는 소리를 듣고 아버지가 술을 많이 마셨다는 사실을 알았다. 토머스는 술을 마시고 싶을 때면 모닥불을 피우곤 했기 때문이다.

"내가 언제 네 할아버지 이야기를 한 적이 있었니?"

할아버지 이야기는 토머스가 술에 취했을 때마다 꺼내는 단골 메뉴였다. 토머스는 어린 시절에 아버지(에이브의 할아버지)가 인디언의 손에 처참히 살해되는 것을 목격한 후로 커다란 마음의 상처를 받았다. 불행하게도 그 당시에는 프로이트의 정신 분석학적 치료법 같은 것이 없어서, 토머스는 엄청난 정신적 충격을 스스로 감당해야 했다. 그러다 보니 옛 기억이 떠오를 때마다 잔뜩 술에 취해서는 다른 사람을 불러다 놓고 아버지가 살해당하던 장면을 반복해서 이야기하는 버릇이 생겼다. 그나마 다행인 것은 토머스가 천부적인 이야기꾼이었다는 점이다. 그에게는 이야기의 세세한 부분까지 생생하게 묘사하는 재주가 있었다. 그는 악센트, 몸짓, 소리의 높낮이, 리듬 등을 자유자재로 바꾸어 가며 이야기를 풀어 나갔다. 게다가 타고난 연기자였기 때문에 관객들을 전혀 지루하게 하지 않았다.

그런데 문제는 에이브가 토머스의 '특별 공연'을 너무 많이 관람했다는 데 있었다. 그는 토머스의 공연을 처음부터 끝까지 토씨 하나 안 틀리고 그대로 흉내 낼 수 있었다. 할아버지(에이브러햄 시니어)가 켄터키 농가 근처의 산간 지역에서 경작지를 조성하던 일, 5월 오후의 따가운 태양 아래서 여덟 살 난 토머스와 그 형제들이 할아버지의 밭 가는 모습을 지켜보던 일, 갑자기 쇼니족 전사들이 숲 속에서 튀어나와 할아버지를 공격한 일, 할아버지가 돌망치로 머리를 얻어맞는 장면을 목격한 일, 할아버지의 혀가 손도끼로 잘린 일, 토머스가 나무 밑에 숨어 지켜본 모든 장면들을 집으로 와서 알린 일….

그런데 이번에 토머스가 이야기하는 내용은 전혀 달랐다.

이야기는 늘 그래 왔던 것처럼 1786년 5월 켄터키에서 시작된다. 여덟 살의 토머스는 형들인 조사이어, 모디카이와 함께 아버지를 따라 농장 근처의 4에이커짜리 경작지를 구경하러 간다. 토머스는 아버지가 짐끌이 말인 벤으로 밭을 가는 모습을 지켜

본다. 작열하던 태양이 마침내 서산 너머로 기울어 오하이오 강 계곡을 붉게 물들이지만, 지표의 복사열 때문에 날씨는 마치 지옥의 불길을 쬐는 것처럼 덥고 습하다. 일하던 에이브러햄 시니어는 열기를 식히려고 웃통을 벗어 근육질 상체를 드러낸다. 어린 토머스가 벤의 등에 올라타 고삐를 잡고, 두 형은 그 뒤를 따르며 씨를 뿌린다. 저녁 식사 시간을 알리는 종이 울리기를 기다리면서.

이 대목까지는 에이브도 알고 있는 내용이었다. 이제 곧 쇼니족 전사들이 고함을 지르는 소리에 에이브러햄 부자(父子)가 깜짝 놀라는 장면이 나올 차례였다. 그러면 늙은 말이 뒷걸음질을 치면서 토머스를 땅바닥에 내동댕이치고, 땅바닥에 떨어진 토머스는 잽싸게 숲 속으로 기어 들어가 쇼니족 전사가 아버지를 죽이는 모습을 훔쳐보게 된다.

그러나 이번에는 뭔가 좀 이상했다. 쇼니족은 등장하지 않았고 전혀 다른 스토리가 전개됐다. 에이브는 이로부터 20년이 지난 후, 조슈아 스피드에게 쓴 편지에서 당시의 상황을 다음과 같이 전했다.

> 아버지는 갑자기 목소리를 낮추어 이렇게 말씀하셨다.
> "사실, 네 할아버지는 사람에게 살해된 것이 아니란다."

웃통을 벗은 에이브러햄은 경작지와 숲이 경계를 이루는 곳에서 일하고 있었다. 갑자기 숲 속에서 부스럭거리는 소리와 나뭇가지 꺾이는 소리가 났다. 그곳은 아이들이 있는 곳에서 불과 20야드 남짓 떨어진 곳이었다.

"사슴이나 곰이 숲을 헤치고 지나가는 소리처럼 들렸지. 아버지는 무슨 소리인지 알아내는 동안 나에게 말고삐를 꼭 쥐고 있으라고 말씀하셨어."

쇼니족 전사들은 죄 없는 정착민들을 습격해서 백인 여성과 어린아이들을 무참히 살해하기로 악명이 높았다. 집을 불태우는 건 물론이고, 남자의 두피를 산 채로 벗긴다는 소문도 들렸다. 이 지역에는 아직 미개척지가 많아서, 어디서든 인디언들과 마주칠 수 있었다. 그러니 조심하고 또 조심해야 했다.

"부스럭부스럭 소리는 이제 다른 곳에서 들려오고 있었어. 아무리 생각해도 그건 사슴이나 곰이 내는 소리가 아니었지. 한 마리가 아니라 여러 마리가 내는 소리 같기도 했어. 아버지는 집에 총을 두고 온 걸 후회하면서, 말의 고삐를 풀어 주기 시작했지. 정체 모를 괴물에게 말을 빼앗기고 싶지는 않았으니까. 아버지는 모디카이 형을 집으로 보내 총을 갖고 오게 하고, 조사이어 형은 근처의 휴스 요새*로 보내 도움을 청하게 했어."

부스럭거리는 소리도 이제는 다르게 들렸다. 나무 꼭대기의 가지들이 흔들리는 것으로 보아, 나무와 나무 사이로 뭔가가 옮겨 다니는 것 같았다.

"아버지는 서둘러 말고삐를 풀면서, '쇼니족이다.' 라고 나직이 읊조리셨어. 그 소리에 내 가슴은 두방망이질 치기 시작했지. 내 눈은 나뭇가지들의 움직임을 좇고 있었어. 금방이라도 인디언들이 숲 속에서 튀어나와 손도끼를 흔들며 소리칠 것 같았지. 나를 빤히 쳐다보는 그들의 붉은 얼굴은 생각만 해도 오싹 소름이 돋았지. 누군가가 내 머리칼을 잡아당기고 두피를 벗기는 것 같았어."

에이브러햄이 말고삐로 실랑이를 벌이는 동안, 토머스는 나무 꼭대기에서 희뿌연 물체가 솟아오르는 것을 보았다. 그것은 길이가 50피트 정도로 사람의 키와 비슷했으며, 모습 역시 사람과 비슷했다.

"유령이었어. 하늘을 향해 솟아오르고, 하얀 몸뚱이가 물

---

* 초기 식민지 정착민들은 마을 근처에 요새(fort)를 구축하는 경우가 많았는데, 이를 진지(station)라고도 불렀다. 이 요새들은 인디언의 공격이 있을 경우 대피소로 사용되었으며, 주민 자치 조직에 의해 운영되었다.

결처럼 번져 나가는 걸로 보아 유령이 틀림없었지. 쇼니족의 유령이 우리 영혼을 빼앗아 가려고 나타난 것 같았어."

토머스는 나무 위로 솟구쳤던 물체가 자신과 에이브러햄 쪽으로 다가오는 것을 보았지만 너무 놀란 나머지 소리도 지를 수 없었다. 아버지에게 어서 빨리 이 사실을 알려야 한다고 생각하면서도 너무 무서워 입이 떨어지지 않았다. 그것은 어느새 토머스의 머리 위까지 다가와 있었다.

"하얀 물체가 눈앞에서 반짝이는 것을 봤어. 순간 놀란 벤이 '히히힝!' 하고 울부짖더니 나를 땅바닥에 내동댕이치고는 쏜살같이 달아났지. 한쪽 고삐에 매달린 쟁기가 벤에게 끌려가며 땅바닥을 이리저리 휘저었어. 그 순간 나는 방금 전 아버지가 서 계셨던 곳을 쳐다봤는데, 아버지는 보이지 않았지."

토머스는 가까스로 일어섰다. 말에서 떨어질 때 받은 충격으로 눈앞에 별이 반짝이고 손목이 시큰거렸다. (나중에 안 일이지만, 손목이 골절된 상태였다.) 유령은 15~20피트 떨어진 곳에 토머스를 등지고 서 있었다. 그는 싸늘한 표정을 지은 채 쓰러져 있는 에이브러햄을 노려보고 있었다. 그는 에이브러햄이 처한 절망적인 상태를 즐기고 있는 것 같았다.

"그건 유령도 쇼니족 전사도 아니었어. 나는 뒷모습만으로도 그가 어린애라는 걸 알 수 있었지. 그는 형들과 비슷한 체구에 흰 피부를 가진 소년이었어. 그 애의 뒷목에는 얼기설기 얽힌 푸른 실핏줄이 드러나 있었고, 자기 몸보다 두 배나 큰 흰색 셔츠를 줄무늬 회색 바지에 반쯤 구겨 넣고 있었지. 그 애는 숨을 멈춘 채 가만히, 마치 동상처럼 그 자리에 버티고 서 있었어."

에이브러햄의 나이는 이제 마흔둘. 그는 선천적으로 큰 키와 넓은 어깨를 가지고 태어난 데다, 후천적인 근면함 덕분에 날씬한 근육질 몸매를 가지고 있었다. 그는 이제껏 누구와의 싸움에서도 져본 적이 없었고, 지금도 그럴 자신이 있었다. 그는 벌떡 일어나 어깨를 펴고 주먹을 불끈 쥐었다. 다치기는 했지만 그럭저럭 견딜 만했다. 그는 이 애송이를 한 방에 때려눕힐 작정이었다.

"소년의 얼굴을 바라보는 순간, 아버지는 겁에 질린 나머지 벌어진 입을 다물지 못했어."

하나님 맙소사!

소년이 에이브러햄의 머리를 향해 주먹을 날렸다. 에이브러햄은 뒤로 물러서며 소년의 주먹을 살짝 피했다. 그러고는 카운터

펀치를 날리려다 잠시 멈칫했다. 왼쪽 얼굴에 얼얼한 느낌이 들고 눈 밑이 따끔거렸다. 에이브러햄은 이상한 생각이 들어 손가락으로 얼굴을 더듬었다. 소년의 주먹이 스쳐 간 자리에서 피가 줄줄 흐르고 있었다.

소년이 날린 펀치는 빗나간 게 아니었다.

'이제 내 인생은 끝이구나.'

에이브러햄은 머리가 뒤로 젖혀지는 것을 느꼈다. 눈알이 부서진 것처럼 주위에 온통 별이 반짝거렸다. 코에서도 피가 흘러내렸다. "퍽, 퍽." 정신없이 두들겨 맞는 가운데, 어디선가 토머스의 울부짖는 소리가 들렸다. '토머스는 왜 도망가지 않지?' 턱이 깨지고 이가 부러졌다. 주먹이 바람을 가르는 소리와 토머스의 울음소리가 아련하게 멀어졌다. '지금 잠들면 영원히 깨어나지 못한다.'

소년은 에이브러햄의 머리채를 휘어잡고 얼굴을 계속 강타했다. 마침내 에이브러햄의 두피가 달걀 껍데기처럼 벗겨지고 말았다.

"소년은 아버지의 목을 양손으로 잡고 공중으로 들어 올렸어. 나는 그 애가 아버지를 멀리 던져 버리려는 줄 알고 소리 높여 울음을 터뜨렸지. 그 애는 기다란 손톱으로 아버지의 목젖 부근을 찔러, 목 한가운데에 구멍을 냈어. 그리고 주둥이를 구멍 밑에 갖다 대고는, 마치 주정뱅이가 위스키를 병째로 들이켜듯 게걸스럽게 피를 빨아 댔지. 그러고 나서는 입 안 가득 머금은 피를 꿀꺽 삼켰어. 피가 제대로 나오지 않을 때는 아버지의 가슴을 두 팔로 감싸 세게 끌어안았지. 마침내 아버지의 심장을 쥐어짜 마지막 한 방울의 피까지 모두 뽑아낸 다음, 아버지의 시신을 땅바닥에 내동댕이치고는 주위를 둘러보았어. 나는 그 애와 정면으로 눈이 마주쳤지. 그제야 나는 아버지가 그의 얼굴을 보고 겁에 질린 이유를 알았어. 그 애는 석탄 덩어리처럼 시커먼 눈에 늑대처럼 길고 날카로운 이빨, 그리고 악마와 같이 창백한 얼굴을 하고 있었지. 나는 숨이 가빠 오고 심장이 쿵쾅거렸어. 그런데 뜻밖에도, 그 애는 얼굴에 피 범벅을 한 채 가슴에 손을 얹고 나에게 노래를 불러 주었지."

그의 입에서는 뜻밖에도 선량한 남자의 음성이 흘러나왔다. 그는 정확한 음정으로 노래했는데, 누가 들어도 영국식 억양이라는 것을 알아차릴 수 있었다.

가슴의 상처가 나를 아프게 하고
견딜 수 없는 슬픔이 내 마음을 짓누를 때
그녀의 아름다운 은빛 노래가
내 마음을 어느새 위로해 주네.*

그렇게 흉측한 괴물이 그런 아름다운 노래를 부르다니, 그렇게 창백한 얼굴이 그런 따뜻한 미소를 짓다니. 토머스의 눈앞에서는 도저히 상상할 수 없는 일이 벌어지고 있었다. 괴물은 노래를 마치고는 천천히 고개를 숙여 절한 다음 숲 속으로 달아나, 토머스의 시선이 미치지 않는 곳으로 사라졌다. 여덟 살의 토머스는 아버지의 처참한 시신 앞에 무릎을 꿇고 온몸을 부르르 떨었다.

> "나는 형들에게 거짓말을 해야 한다는 것을 잘 알고 있었단다. 안 그랬다가는 그들이 나를 바보 취급 할 게 분명했으니까. 하지만 이제까지 내가 본 것은 뭐란 말이지? 한바탕 꿈이었다고 해두자. 잠시 후 모디카이 형이 총을 들고 달려와 무슨 일이 일어났느냐고 물었을 때, 나는 땅바닥에 주저앉아 엉엉 울면서 이렇게 말했어. '쇼니족 전사들이 아버지를 죽였어.' 모디카이 형은 내 말을 그대로 믿었지. 나는 아버지를 죽인 범인이 뱀파이어라는 사실을 곧이곧대로 말할 수 없었어."

에이브는 아무 말도 하지 않았다. 그는 술 취한 아버지와 모닥

---

* 16세기에 리처드 에드워즈(Richard Edwards)가 부른 노래. 셰익스피어의 비극 《로미오와 줄리엣》 4막 5장에 인용됨.

불을 사이에 두고 잠자코 마주 앉아 있었다. 가끔씩 들리는 장작 튀는 소리가 침묵의 공허함을 메워 주었다.

나는 지금까지 아버지로부터 수백 가지의 이야기를 들었다. 그중에는 다른 사람으로부터 전해들은 이야기도 있고, 아버지가 직접 겪은 경험담도 있다. 하지만 나는 아버지가 없는 이야기를 지어내는 것을 본 적이 없다. 솔직히 말해서, 나는 아버지가 이야기를 꾸며 낼 정도로 똑똑한 분은 아니라고 생각한다. 더구나 나에게 할아버지의 죽음에 관해 거짓말을 하실 이유는 더더욱 없다. 그렇다면 마지막으로 남은 가능성은 한 가지밖에 없다.

"에이브, 혹시 내가 미쳤다고 생각하는 건 아니겠지?" 토머스가 말했다.

아버지는 나의 생각을 정확히 꿰뚫고 계셨다. 그러나 나는 그렇다고 선뜻 대답할 수는 없었다. 그동안의 경험상, 이런 경우에는 잠자코 입을 다무는 것이 상책이었다. 섣불리 대답했다가 아버지의 오해를 사느니 차라리 가만히 있는 편이 나았다. 나는 조용히 앉아서 아버지가 자리를 뜨거나 곯아떨어질 때까지 기다리기로 마음먹었다.

"네가 그렇게 생각하는 것도 무리는 아니지."

아버지는 숨겨 놓았던 옥수수 위스키* 한 모금을 마시고, 이제껏 본 적이 없는 부드러운 표정으로 나를 바라보셨다. 아버지의 눈에 갑자기 눈물이 고였다. 아버지의 눈물을 본 나는 깜짝 놀랐다. 아버지의 눈빛은 나에게 자신의 말을 믿어달라고 간절히 호소하는 듯했다. 하지만 나는 그런 어리석은 말을 믿을 수가 없었다. 왜냐하면 아버지는 술에 취해 있었기 때문이다. 이유는 오직 그것뿐이었다.

"너도 이제는 진실을 알아야 할 나이가 되었다. 나는 내 일생에서 두 명의 뱀파이어를 만났다. 한 명은 켄터키의 경작지에서 만난 그 뱀파이어고, 다른 한 명은…."

토머스가 먼 곳을 바라보며 눈물을 삼켰다.

"두 번째 뱀파이어의 이름은 잭 바츠다. 네 엄마가 죽기 바로 전에 그를 만났다."

아버지는 1817년 여름 내내 시기심에 빠져 있었다. 이웃

---

* 그 당시 많은 농부들이 농가 소득을 올리기 위해 부업으로 양조장을 운영했다. 토머스는 목수 일로 만든 물건을 종종 옥수수 위스키와 바꾸곤 했다. 물론 이는 새어머니가 알면 대경실색할 일이었다.

들이 밀과 옥수수를 재배해서 크게 돈을 버는 것을 보았기 때문이다. 남의 집 외양간을 지어줘 봐야 등골만 휠뿐 큰돈은 만져볼 수도 없었다. 아버지는 목수 일에 싫증을 느꼈고 난생처음 야망을 품었다. 그러나 문제는 자본이었다.

잭 바츠는 루이빌에서 선박업을 하는 땅딸막한 체구의 사내였다. 그는 팔 하나가 없었지만 값비싼 옷을 입는 것을 좋아했다. 사채놀이를 하는 몇 안 되는 켄터키 사람 중 하나이기도 했다. 토머스는 젊은 시절에 일당 20센트씩을 받고 그를 위해 일한 적이 있었다. 오하이오 강에서 배에 짐을 싣고 내리는 일이었다. 바츠는 토머스에게 늘 친절했고, 임금도 제때에 지불했다. 토머스가 회사를 떠나던 날, 바츠는 악수를 청하며 부탁할 일이 있으면 언제든 찾아오라고 말했다. 그 후 20여 년이 지난 1818년 봄, 토머스는 바츠에게 도움을 청할 일이 있어 그의 사무실을 찾았다. 토머스는 모자를 벗어 들고 바츠 앞에 고개를 숙였다. 바츠는 소매가 한쪽만 달린 보랏빛 코트를 입고 있었다. 토머스는 바츠에게 75달러만 대출해 달라고 부탁했다. 그것은 쟁기, 짐 끄는 말, 종자, 기타 밀 재배에 필요한 모든 것(햇빛과 비를 제외하고)을 구입하는 데 필요한 액수였다.

바츠는 그 자리에서 토머스의 부탁을 들어주었다. 대출 조건은 간단했다. 그해 9월 1일까지 원금과 이자 15달러를 합해 총 90달러를 상환하는 것이었다. 이는 밀 농사를 지어 15달러(20퍼센트) 이상의 이익이 나면, 나머지는 모두 토머스의 차지가 된다는 것을 의미했다. 20퍼센트라면 웬만한 은행이 제시하는 대출이자의 두 배를 넘는 수준이었다. 그러나 담보로 할 만한 재산이라곤 없는 토머스에게 싼 이자로 자금을 융자해 줄 은행은 어디에도 없었다.

아버지는 빌린 돈으로 밀 농사에 도전했다. 나무를 베고 나뭇등걸을 뽑아낸 다음 쟁기질을 하고 씨를 뿌렸다. 그것은 무척 고된 작업이었다. 그러나 아버지는 혼자 힘으로 7에이커의 밭에 밀을 심었다. 이제 1에이커당 30부셸의 밀을 수확할 수만 있다면, 바츠에게 원리금을 갚고, 남은 돈으로는 따뜻한 겨울을 날 수 있었다. 다음 해에는 보다 많은 밀을 심고, 그다음 해에는 일꾼까지 고용해서 보다 많은 수확을 올릴 계획이었다. 그렇게 되면 5년 후에는 카운티에서, 10년 후에는 미국에서 가장 큰 농장을 소유할 수 있게 된다. 마지막 씨를 뿌린 뒤, 아버지는 휴식을 취하면서 땅에서 대박이 터지기를 기다렸다.

1818년 여름은 수많은 사람들의 머릿속에 가장 덥고 건조했던 계절로 기억되었다. 7월이 되었지만, 인디애나 주 전역에서 제대로 된 밀을 수확한 곳은 단 한 군데도 없었다.

토머스 역시 밀 농사를 크게 망치고 말았다.

그는 몇 푼이라도 챙기려고 쟁기와 말을 팔았다. 그러나 수확할 농작물이 없는 마당에 농기구가 무슨 소용이 있겠는가? 쟁기와 짐 끄는 말은 제값을 받지 못했다. 토머스는 바츠를 볼 면목이 없어, 편지와 함께 28달러를 인편에 보냈다. 토머스의 말을 낸시가 받아 적은 편지에는, 가능한 한 빠른 시일 내에 나머지 돈을 갚겠다는 내용이 쓰여 있었다. 그것이 토머스가 취할 수 있는 최대한의 방법이었지만, 바츠에게 먹힐 리가 없었다.

1818년 9월의 어느 날 밤, 토머스는 무언가 자신의 뺨을 문지르는 기척에 놀라 잠에서 깨어났다. 눈을 떠 보니 바츠가 토머스의 침대 머리맡에 버티고 서 있었다. 바츠의 푸른 실크 코트 소맷자락에는 토머스가 인편을 통해 보낸 28달러가 들려 있었다.

바츠는 아버지와 다투려고 찾아온 것이 아니었다. 그는 다만 아버지에게 경고를 하고 싶을 뿐이었다. 그는 아버지를 좋아했기 때문에 3일의 말미를 주었다. 대신 아버지는 입단속을 해야 했다. 만일 바츠가 아버지에게 상환 기일을 연장해 주었다는 소문이 퍼지게 되면, 그때까지 성실하게 빚을 갚던 사람들이 생각을 달리하게 될 게 분명했다. 그런데 아버지가 무슨 재주로 3일 동안에 남은 돈을 갚을 수 있단 말인가? 그건 바츠가 알 바 아니었다. 이것은 어디까지나 채무 불이행의 문제였다. 사사로운 감정이 개입될 여지가 없었다.

바츠와 토머스는 곤히 잠든 가족들을 깨우지 않으려고 집 밖으로 나가 소곤소곤 이야기를 나누었다. 바츠는 토머스에게 다시 한 번 다짐을 받았다. "3일 안에 돈을 갚을 수 있겠소?" 토머스는 다시 한 번 고개를 떨어뜨렸다. "안 됩니다." 바츠는 잔인한 미소를 흘리며 시선을 돌렸다. "그럼…."

바츠는 다시 토머스를 바라보았다. 어느새 그의 얼굴이 악마의 얼굴로 변해 있었다. 시커먼 눈과 창백한 얼굴, 늑대의 이빨만큼이나 길고 날카로운 송곳니.

"…다른 방법을 쓰는 수밖에 없지."

에이브는 모닥불 사이로 토머스의 얼굴을 뚫어지게 쳐다보았다.

나는 엄청난 공포에 사로잡혀 몸을 가눌 힘조차 없었다. 더 이상 아버지의 이야기를 듣고 싶지 않았다. 그러나 아버지는 이야기를 멈추지 않았다. 아버지는 오늘 밤 기어이 결말을 지을 심산인 듯했다. 사실 이야기의 결말은 뻔했지만, 나는 아버지의 입에서 그 '뻔한 결말'이 나오지 않기를 바랐다.

"네 할아버지를 죽인 건 뱀파이어의 짓이다."

"그만하세요."

"종조부님과 종조모님도…."
"됐어요."
"그리고 네 엄마까지…."
"지옥에나 가버려!"
토머스는 와락 울음을 터뜨렸다.

갑자기 이제껏 겪어 보지 못한 엄청난 분노가 치밀었다. 아버지를 바라보기가 역겨울 정도였다. 나는 어둠 속으로 뛰쳐나갔다. 만약 내가 그 자리에 잠깐이라도 더 머물러 있었다면, 아버지에게 못된 짓을 저질렀을지도 모른다. 나는 3일 동안 집 밖을 떠돌았다. 낮에는 지쳐 쓰러질 때까지 걷고 밤에는 이웃집의 헛간이나 별채에서 잠을 잤다. 배가 고프면 달걀이나 옥수수를 훔쳐 먹었다. 나는 어머니를 생각하며 울었다. 아버지와 잭 바츠는 나에게서 어머니를 빼앗아 갔다. 너무 어려 어머니를 지켜 드리지 못한 나 자신이 미웠다. 도저히 입에 담을 수 없는 진실을 털어놓은 아버지가 미웠다. 그러나 아버지의 말은 사실임이 분명했다. 아버지는 사라 누나와 내가 뱀파이어에 대해 말할 때마다 허튼소리 하지 말라며 호통을 치지 않으셨던가. 뱀파이어에 대해 뭔가 켕기는 것이 있지 않고서야 그런 과민 반응을 보일 이유가 없었다. 또, 어두컴컴한 밤중에 바람결에 실려 오던 정체불명의 비명소리가 누구의 것인지도 알 것 같았다. 어머니가 고열에 시달리며 "내 눈앞에 악마가 있다."고 소리친 것도 단지 헛것을 보았기 때문만은 아니었을 것이라는 생각이 들었다. 아버지는 게으르고 인정머리 없는 주정뱅이였지만, 거짓말쟁이는 아니었다. 나는 밖에서 3일을 지내는 동안 뱀파이어의 존재를 확실히 믿게 되었다. 그리고 그와 동시에 뱀파이어를 증오하게 되었다.

에이브는 집에 돌아왔을 때 아무 말도 하지 않았다. 토머스 역시 침묵을 지켰다. 에이브는 그날 밤 일기에 다음과 같이 한 줄의 맹세만을 적어 놓았다. 이 맹세의 글은 에이브의 인생을 근본적으로 바꾸고, 장차 미국을 분쟁의 구렁텅이로 몰아넣는 원인이 된다.

나는 이 시간 이후로 미국에 있는 뱀파이어를 모두 죽여 버릴 것을 엄숙히 맹세한다.

III

새어머니는 에이브가 저녁 식사를 마치고 나서 가족들에게 성경을 읽어 주는 것을 좋아했다. 따뜻한 난롯가에서 '요나의 모험'이나 '요셉의 채색 옷' 이야기를 듣는 것은 매우 기분 좋은 일이었다. 그녀는 에이브의 또렷한 음성과 풍부한 감성을 특히 좋아했다. 에이브는 같은 또래의 소년들에게서는 찾기 힘든 지혜와 매너를 갖고 있었다. 그녀는 에이브가 암살당한 후 그의 전기 작가인 윌리엄 허든에게 "에이브처럼 똑똑한 아이는 지금까지 없었고, 앞으로도 영원히 찾아볼 수 없을 겁니다."라고 말했다.

에이브가 집으로 돌아온 후 어느 날, 황당한 사건이 일어났다. 새어머니의 성경책이 온데간데없이 사라진 것이다. '혹시 내가 이웃에게 빌려 주고 잊어버린 것은 아닐까? 혹시 그레그슨 씨 집에 두고 온 것은 아닐까?' 새어머니는 집 안 구석구석을 뒤지고 이웃집까지 죄다 수소문했지만 끝내 성경책을 찾을 수 없었다. 그럴 수밖에 없는 것이, 새어머니의 성경책은 에이브가 불에 태워 없애 버렸던 것이다.

분노를 다스리지 못한 어린아이의 경솔한 행동이었다. 우리는 어른이 되고 나서야 어린 시절의 어리석은 행동을 후회하는 경우가 종종 있다. 에이브는 몇 년 후 이 사건을 다음과 같이 해명했다.

> "뱀파이어를 살려 두는 하나님, 내 어머니를 뱀파이어의 먹이로 던져 준 하나님을 내가 어떻게 숭배할 수 있겠는가? 하나님은 뱀파이어를 제지할 힘이 없거나, 그도 아니면 뱀파이어의 공범임에 틀림없다.* 어떤 경우든 하나님은 나의 경배를 받을 자격이 없다. 하나님은 나의 적이다." 그야말로

화를 참지 못한 열한 살짜리 어린아이의 머리에서나 나올 수 있는 유치한 생각이었다. 나는 어린 시절의 잘못을 숨기고 싶은 생각이 없다. 나는 단순한 이분법적 당위론**으로 세상을 잘못 판단했던 것을 부끄럽게 생각한다.

열한 살의 에이브는 1820년 8월(날짜 미상)의 결의문에서 다음과 같이 선언한다.

나는 이제부터 열심히 공부하고, 다른 사람을 위해 헌신하는 삶을 살아갈 것이다. 나는 모든 분야에 능통한 사람이 되겠다. 그다음에는 알렉산더 대왕과 같은 위대한 전사가 될 것이다. 내 인생의 목표는 오직 하나, 가능한 한 많은 뱀파이어들을 죽이는 것이다.*** 나는 뱀파이어를 죽일 때마다 항상 이 일기에 기록할 것이다. 나 이외의 어느 누구도 이 일기

---

* 바츠가 낸시, 톰과 엘리자베스를 어떻게 죽였는지는 알려져 있지 않다. 그러나 일기의 다른 부분에 나오는 내용을 토대로 짐작해 보면, 바츠는 그들에게 자기의 피를 다량 투여했던 것으로 보인다. 즉 자신의 손가락을 바늘로 찔러 잠들어 있는 환자의 입에 핏방울을 흘려 넣는 방법을 쓴 것 같다. 인간이 뱀파이어의 피를 많이 마시면 변신의 부작용으로, 병에 걸리거나 사망에 이를 수 있다.

** '세상의 모든 사물은 선과 악의 두 가지로 명확하게 나뉘고, 선과 악이 싸우면 선이 악을 항상 이긴다' 는 생각을 말함.

*** 링컨의 초기 일기에서 '죽인다' 는 표현이 자주 나오는 것은 매우 흥미로운 일이다. 그는 나중에 '파괴한다', '살육한다' 와 같은 보다 정확한 의미의 동사를 사용하게 된다.

를 읽어서는 안 된다.

에이브의 엄청난 독서량은 오늘날까지도 유명하다. 그는 광적이라고 할 만큼 독서에 집착했다. 그는 일주일에 두 번씩 에어런 스티벨의 집에 찾아가 한 아름의 책을 빌려 오곤 했다. (스티벨 씨는 제화공으로 에이브의 집에서 도보로 한 시간이 넘는 거리에 살고 있었는데, 약 150권의 장서를 보유하고 있는 것을 자랑으로 여기고 있었다.) 또 에이브는 새어머니가 친정인 엘리자베스타운을 갈 때마다 함께 따라가, 며칠 동안 새뮤얼 헤이크래프트의 집에 파묻혀 독서에 몰두했다. (헤이크래프트 씨는 엘리자베스타운의 창립자 중 하나로, 500권에 달하는 장서를 자랑하고 있었다.) 특히 에이브는 초자연적 존재에 관한 책을 많이 읽었는데, 유럽의 전통문화에서 뱀파이어의 흔적을 추적하며 뱀파이어의 특징, 습관, 약점에 관한 목록을 작성해 나갔다. 그는 밤늦게까지 테이블에 앉아 책을 읽다가 책에 머리를 박은 채 선잠이 들어, 이튿날 아침 새어머니에게 발견되는 일이 다반사였다.

에이브는 책을 읽지 않는 시간에는 체력을 기르기 위해 육체노동에 전념했다. 패는 장작의 양을 두 배로 늘리고, 나무를 표적 삼아 도끼 던지는 연습을 했다. (처음에는 10야드의 거리에서 던지다가 나중에는 20야드로 늘렸다.) 뱀파이어의 침입을 막기 위해 돌을 쌓아 길고 복잡한 미로도 만들었다. 이복동생인 존이 그를 전쟁놀이에 끼워 줄 때마다, 그는 날쌘 동작과 강한 힘으로 이웃

아이들의 입술을 터뜨렸다. 책에서 얻은 정보를 토대로 나무를 깎아 봉(棒)을 만들어 지니고 다니기도 했다. 그는 작은 십자가상도 만들었다. (에이브는 하나님을 '적'으로 규정했지만, 하나님의 도움을 굳이 마다할 생각은 없었다.) 작은 주머니에 늘 마늘과 겨자씨를 넣어 가지고 다녔고, 도끼날도 – 보는 이가 눈이 멀게 할 정도로 – 날카롭게 갈았다. 밤에 잘 때는 적과 전쟁을 벌이는 꿈을 꾸었다. 꿈속에서 나무 봉으로 적의 심장을 찌르고 칼로 적의 목을 베었다. 몇 년 후 남북전쟁의 어두운 그림자가 드리울 때, 에이브는 어린 시절에 느꼈던 살인 충동을 다음과 같이 회상했다.

> 전쟁을 좋아하는 사람 중에는 두 부류의 어리석은 사람들이 있다. 바로 '싸울 생각이 전혀 없는 사람'과 '싸움의 의미를 전혀 모르는 사람'이다. 어린 시절의 나는 후자에 속했다. 나는 전쟁의 의미도 모르면서 뱀파이어와의 전쟁을 간절히 원했다. 전쟁은 내 품 안에서 죽어 가는 친구를 바라보거나, 자식을 땅에 묻는 고통을 수반한다. 전쟁으로 친구나 가족을 잃은 사람은 두 번 다시는 전쟁을 벌이려고 하지 않을 것이다.

하지만 1821년 여름까지만 해도 에이브는 이러한 교훈을 깨닫지 못한 채, 무턱대고 뱀파이어와의 전쟁을 원했다. 그리고 여러 달 동안의 연구와 실전 연습을 통해 기습 공격을 할 준비를 마치게 된다.

그러고 나서 그는 누군가에게 편지 한 통을 썼다.

IV

에이브는 열두 살짜리 소년치고는 보기 드물게 키가 커서, 5피트 9인치(약 175센티미터)의 아버지와 어깨를 나란히 할 정도였다. 그는 비명횡사한 할아버지와 마찬가지로 큰 키와 넓은 어깨를 가지고 태어난 데다 끊임없는 노력으로 강한 체력을 갖게 되었다.

따뜻한 산들바람에 민들레 씨가 흩날리는 어느 화창한 봄날, 에이브와 토머스는 바깥채의 꼭대기에 올라가 겨우내 망가진 지붕을 수리하고 있었다. 그들은 아무 말 없이 일만 했다. 아버지에 대한 에이브의 분노는 가라앉은 상태였지만, 아직은 함께 있는 자리가 불편했다. 에이브가 둘째 아들 로버트를 얻고 얼마 지나지 않은 1843년 12월 2일에 쓴 일기를 보면 아버지에 대한 그의 분노가 어느 정도였는지를 짐작할 수 있다.

> 나도 나이를 먹으니 아버지에 대해 관대한 마음을 갖게 된다. 그러나 아버지의 나약함과 서투름만은 용서할 수 없다. 아버지는 가족을 지키지 못했다. 자신의 궁핍함으로 인해 가

족들을 어려움에 빠뜨렸다. 가족을 데리고 먼 곳으로 이사를 가거나 이웃들에게 품삯을 미리 지불해 달라고 말할 수도 있었을 텐데, 아버지는 아무런 노력도 하지 않고 그저 게으르게, 조용히 앉아 있었을 뿐이다. 어쩌면 속으로만 모든 일이 잘되기를 빌었을지도 모른다. 하지만 아버지에게 그 이상의 행동을 기대하기는 힘들었다. 아버지가 다른 남자들처럼만 행동했어도 어머니는 목숨을 잃지 않았을 것이다. 나는 아버지를 용서할 수 없다.

토머스 역시 나름대로 에이브의 마음을 이해하고 있는 것 같았다. 에이브에게 비밀을 털어놓은 이후 뱀파이어에 대해서는 한마디도 언급하지 않았을 뿐더러, 에이브에게 무슨 말을 하라고 다그치지도 않았다.

그날은 월요일이었다. 새어머니는 딸들과 함께 그레그슨 씨의 집에 가서 청소 일을 하고 있었고, 존은 머릿속으로 전쟁놀이를 상상하며 혼자 놀고 있었다. 토머스와 에이브 부자가 지붕에서 일하고 있는 동안, 한 마리 말이 에이브의 집 뜰 안으로 들어왔다. 말 위에는 초록색 코트를 입은 통통한 소년이 타고 있었다. 그러나 자세히 들여다보니 소년이 아니라 키가 아주 작은 어른이었다. 검은 안경을 쓰고 팔 하나가 없는 사람, 바로 잭 바츠였다.

토머스는 망치를 내려놓고 바츠가 어떻게 나올지 몰라 가슴을 졸였다. 토머스가 지붕에서 내려와 불청객을 만나러 가는 동안,

에이브 역시 지붕에서 내려와 통나무집 쪽으로 다가갔다. 바츠는 고삐를 토머스에게 넘기고 말에서 내려오려고 애를 썼다. 한 손으로 안장의 끝을 잡고 매달린 채 짧은 다리를 땅에 디디려고 발버둥쳤다. 마침내 말에서 내리는 데 성공한 바츠는 코트 주머니에서 부채를 꺼내 얼굴에 부쳤다. 하지만 이상하게도 바츠의 얼굴에는 땀이 한 방울도 보이지 않았다.

"덥다, 아주 더워."

"바츠 씨, 저는 –."

"알고 있소, 링컨 씨, 난 당신의 편지를 보고 놀랐소. 정확히 말하자면 '행복한 놀람' 이라고나 할까? 하지만 놀란 건 놀란 거요."

"제가 무슨 편지를 …?"

"당신이 조금만 더 일찍 편지를 보냈더라도 우리 사이에 불쾌한 오해가 생기는 걸 피할 수 있었을 텐데. 안타까운 일이야 …."

그러고는 에이브가 입을 열기도 전에 다시 말을 이었다.

"내가 너무 서두르는 걸 이해하시오." 바츠가 말했다. "지금 급히 가봐야 해서 말이오. 오늘 루이빌에서 사업상 볼일이 있다오."

토머스는 무슨 말을 해야 할지 도무지 알 수가 없었다. 도대체 바츠가 이 시간에 토머스를 찾은 이유가 무엇이란 말인가?

"자, 그럼 링컨 씨. 이제 그만 그걸 내놓으시오."

그때 에이브가 손수 만든 기다란 나무 궤짝을 들고 두 사람 사이에 끼어들었다. 궤짝은 호리호리한 시체를 담을 수 있는 작은 관이었다. 에이브는 토머스의 옆자리에 바츠를 마주하고 섰다. 그러고는 바츠를 음흉한 시선으로 노려보았다.

"이상하네요." 에이브가 침묵을 깨뜨리며 말했다. "아저씨가 오늘 안에 나타나리라곤 미처 예상 못했는데."

에이브의 말에 당황하며 바츠가 물었다.

"이 앤 누구죠?"

"제 아들놈입니다." 토머스가 겁에 질린 목소리로 대답했다.

"아저씨가 찾는 게 바로 이겁니다." 에이브가 궤짝을 들어 올리며 말했다. "편지에서 말씀드린 바와 같습니다. 더도 덜도 아닌 딱 100달러입니다."

토머스는 자기가 잘못 들은 것이 틀림없다고 생각했다. 바츠는 당황스러움과 의심이 뒤섞인 눈빛으로 에이브를 쳐다보다가, 입가에 엷은 웃음을 흘렸다.

"아이고!" 바츠는 말했다. "이게 꿈이냐 생시냐."

그러고 바츠는 웃기 시작했다. 에이브가 궤짝의 뚜껑을 살짝 열어 그 안으로 손을 집어넣었다.

"기특한 아이로군." 바츠는 호탕하게 웃으며 말했다. "어디 한번 볼까?"

바츠는 손을 뻗어 두꺼운 손가락으로 내 머리를 쓰다듬었다. 문득 성경을 읽을 때 내 머리를 쓰다듬어 주시던 어머니의 모습이 떠올랐다. 내 머리를 그렇게 쓰다듬을 수 있는 사람은 자애로우신 어머니 한 분뿐이었다. 나는 불쾌하다는 표정으로 바츠를 노려보다가 갑자기 깔깔 웃어 댔다. 아버지는 어쩔 줄 몰라 하며 나만 바라보고 계셨다. 나는 궤짝 속에 있는 나무 봉을 손으로 잡았다. 궤짝 속에서 튀어나온 몽둥이가 하늘을 가르며 광속으로 내리꽂혔다. 나는 신이다. 무슨 일이든 할 수 있다.

'네 인생은 이제 마지막이다.'

나는 이후의 일을 전혀 기억하지 못한다. 바츠가 웃음을 멈추고 어설픈 걸음을 내디뎠다. 그와 동시에 그의 눈이 - 마치 눈 속에 있는 검은 잉크병이 깨져 잉크가 새어 나오는 것처럼 - 검게 변했다. 그리고 위턱에서 송곳니가 솟아 나오고, 살갗에 얼기설기 얽힌 푸른색 실핏줄이 희미하게 나타났다. 그전까지만 해도 뱀파이어의 존재를 의심할 만한 여지가 남아 있었다. 그러나 이제 뱀파이어를 내 눈으로 똑똑히 보았다. 이제 나는 안다.

뱀파이어가 실제로 존재한다는 것을.

그가 다부진 손을 들어 올려 본능적으로 나무 몽둥이를 움켜잡았다. 아직까지 그의 얼굴에서는 공포의 빛이 전혀 보이지 않았다. 그는 그저 웬 물체가 자기 몸을 향해 다가오자 흠칫 놀라는 표정이었다. 하지만 그는 곧 다리가 풀리는지 잠시 땅바닥에 주저앉았다가, 이내 뒤로 벌렁 나자빠지고 말았다. 그는 잡았던 몽둥이를 놓치면서 팔을 축 늘어뜨렸다.

나는 반격에 대비하면서 그의 곁을 빙빙 맴돌았다. 금방이라도 그가 벌떡 일어나 가소롭다는 표정을 지으며 나를 한 방에 넘어뜨릴 것만 같았다. 마침내 그의 눈길이 나를 따라 움직이기 시작했다. 하지만 그가 움직일 수 있는 것은 눈알밖에 없었다. 그의 눈에는 공포가 가득 어려 있었다. 그는 죽어 가고 있었다. 그의 콧구멍과 입에서 검붉은 피가 철철 쏟아지기 시작했다. 그의 눈가에 작은 이슬방울이 맺히는가 싶더니, 이내 닭똥 같은 눈물이 뺨을 타고 흘러내렸다. 그는 도저히 믿을 수 없을 만큼 많은 양의 피를 쏟아 냈다. 나는 - 뱀파이어가 영혼을 갖고 있다고 전제할 때 - 영혼이 그의 육체를 떠나는 유체 이탈의 현상을 목격했다. 누구든 갑작스럽게 삶과 이별을 할 때는 영욕의 순간들이 눈앞에서 되살아나는 법이다. 너무 아름다워 혼자서만 간직하고 싶었던 순간들, 너무 고통스러워 다시는 생각하기도 싫었던 순간들. 죽음을 앞두고 바츠는 두려운 생각이 들었다. 저승에서 아무도 그를 기다리고 있지 않다는 사실이 너무 두려웠다. 최악의 경우 지옥에 떨어져 고통스러운 형벌을 받을지도 몰랐다.

바츠는 숨을 거두었다. 나는 내가 방금 저지른 행동을 후회하여 눈물이 나올 것으로 생각했다. 그러나 나는 아무 느낌이 없이 담담했다. 오히려 '더 오랫동안 고통스럽게 할 걸' 하는 생각이 들 정도였다.

토머스는 겁에 질려 꼼짝도 않고 서 있었다. "네가 무슨 짓을 했는지 아느냐?" 그는 한참 동안 일그러진 표정을 짓다가 다시 말문을 열었다. "이제 우리 가족은 모두 죽은 목숨이다."

"아니, 그 반대예요… 제가 그를 죽인 거예요."

"놈들은 이제 떼를 지어 몰려올 거야."

하지만 에이브는 이미 아버지 곁을 떠나 저만치 걸어가고 있었다.

"그렇다면 더 많은 나무 봉이 필요하겠군요."

3
헨리

선과 악의 투쟁은 이 세상 어디에서나 끊임없이 벌어지고 있다. 선과 악은 태곳적부터 서로 얼굴을 맞대고 전해져 내려온 상반된 원칙으로, 둘 사이의 투쟁은 영원히 계속될 것이다.

– 에이브러햄 링컨, 스티븐 A. 더글러스*와의 논쟁 중에서
1858년 10월 15일

I

1825년 여름, 인디애나 주 남동부 일대는 공포에 휩싸였다. 4월 초순부터 5월 중순까지 6주 동안 세 명의 어린이가 감쪽같이 사라졌기 때문이다. 첫 번째 희생자는 새뮤얼 그린이라는 여섯 살짜리 어린아이로, 매디슨**에 있는 가족 농장에서 놀다가 갑자기

* Stephen A. Douglas, 미국의 정치가. 노예제의 채택 여부를 각 주들이 개별적으로 결정할 수 있도록 허용해야 한다고 주장했으며, 링컨과 벌인 일련의 논쟁으로 유명하다.

** 오하이오 강둑에 자리 잡은 마을로, 부유층이 많이 살고 있었음.

사라졌다. 특별 수사대가 구성되어 근처 모든 연못의 물을 빼고 바닥까지 수색하는 등 최선을 다했지만 아이의 흔적은 찾을 수 없었다. 2주일이 지나 매디슨 주민들이 아이의 생환을 포기할 때쯤, 이번에는 거트루드 윌콕스라는 여섯 살짜리 소녀가 한밤중에 침대에서 잠자던 중 사라졌다. 그러자 주민들의 공포는 극에 달했다. 부모는 아이를 밖에 내보내지 않았고, 이웃 간에도 서로를 의심하는 일이 벌어졌다.

그 후 3주 동안은 아무 일 없이 지나는가 했더니, 5월 20일 세 번째 어린이가 실종됐다. 이번에는 매디슨이 아니라, 매디슨에서 강을 따라 하류로 20마일쯤 내려간 곳에 위치한 제퍼슨빌이었다. 그런데 이번에 실종된 아이는 며칠 전에 실종된 다른 두 아이와 함께 싸늘한 시신으로 발견되었다. 한 사냥꾼이 사냥개를 쫓아가다가 나무가 무성한 강가에서 세 어린이의 시체를 발견했는데, 범인은 이 시체들을 황급히 나뭇가지로 덮고 자리를 피한 것처럼 보였다. 특이하게도 시신들에는 피 한 방울 남아 있지 않았고 사망 당시 극도의 공포에 시달린 듯 한결같이 두 눈을 부릅뜨고 있었다.

그때 에이브의 나이는 만으로 열여섯 살이었다. 잭 바츠를 죽이고 나서 미국에 있는 뱀파이어들을 모두 죽여 버리겠다는 결의로 한창 불타오를 때였다. 토머스의 걱정은 한 마디로 기우였다. 바츠의 복수를 위해 달려온 뱀파이어가 하나도 없었기 때문이다. 사실 에이브가 바츠를 죽인 후 4년 동안 에이브는 뱀파이어라곤 그림자도 보지 못했다. 에이브는 뱀파이어를 찾아 밤늦게 멀리서 들려오는 정체불명의 비명 소리를 수없이 쫓아다녔다. 또 뱀파이어가 신선한 시체를 좋아한다는 옛사람들의 말을 믿고 이제 막 장례를 치른 무덤에서 뱀파이어를 기다려 보기도 했다. 그러나 옛날 책과 신화에만 기댄 탓에, 에이브는 뱀파이어의 코빼기도 보지 못한 채 그야말로 좌절의 나날을 보내야만 했다. 그러나 훈련을 게을리 할 수는 없었다. 그사이 그는 6피트 4인치(193센티미터) 키의 근육질 남자로 성장해, 서른 살의 어른들도 레슬링과 달리기에서는 그를 이길 수 없었다. 그는 30야드 거리에서 도끼를 던져 나무에 명중시킬 수 있었다. 짐 끄는 말보다 더 빨리 쟁기를 끌었고, 250파운드의 통나무도 머리 위로 번쩍 들어 올릴 수 있었다.

하지만 에이브가 못하는 일도 있었다. 그는 바느질만큼은 젬병이었다. 전투복을 만들려고 몇 날 며칠 고생했지만, 한두 번 입고 나면 이음새가 뜯겨 나가 바느질장이에게 수선을 맡겨야만 했다(어머니에게 바느질을 부탁할까도 생각해 보았지만, 어디에 쓸 옷이냐고 꼬치꼬치 캐물을 것 같아 그만두었다). 그는 가슴과 배 부분을 보호하기 위해 두꺼운 천을 덧대고, 안주머니를 만들어 칼, 마늘, 성수 등을 담았다(성수는 자기 자신을 축복하기 위한 것이었다). 등에는 나무 봉을 담을 수 있는 길쭉한 통을 매고, 목 주위에는 엘리자베스타운의 무두장이*로부터 특별히 주문한 두꺼운 가죽 칼라를 둘렀다.

어린이들의 시신이 발견되었다는 소식이 리틀 피전 크리크에까지 전해지자, 에이브는 즉시 오하이오 강변으로 달려갔다.

> 나는 아버지에게 뉴올리언스로 가는 배에서 일자리를 얻었으며, 6주 후에 20달러의 임금을 손에 쥐고 돌아올 것이라고 둘러댔다. 20달러를 어떻게 마련할지를 생각하면 눈앞이 캄캄했지만, 아버지로부터 장기간의 외출을 허락받으려면 그 방법 밖에 없었다.

'정직한 에이브'라는 이미지와 달리, 에이브는 목적이 좋다면 거짓말도 마다하지 않는 소년이었다. 이번 여행은 에이브의 기술을 시험해 볼 절호의 기회였다. 지난 4년 동안 이러한 기회를 얼마나 애타게 기다려 왔던가. 그는 자기 발밑에서 뱀파이어가 죽어 가는 모습을 내려다보며 쾌감을 느끼고 싶었다. 잔뜩 공포에 질린 뱀파이어의 눈빛을 감상하고 싶었다.

물론 사냥 기술에 관해서는 에이브러햄 링컨보다 뛰어난 사람들이 많았다. 또 오하이오 강 지리에 대해서도 에이브는 별달리 아는 것이 없었다. 그러나 의문의 실종 사건이나 해결되지 않은 살인 사건과 관련된 지식에 관한 한 - 적어도 켄터키와 인디애나

---

* 짐승의 날가죽에서 털과 기름을 뽑아 가죽을 부드럽게 만드는 일을 직업으로 하는 사람.

일대에서 - 에이브를 능가할 자는 없었다.

나는 제퍼슨빌에서 발견된 시체 이야기를 듣는 순간, 직감적으로 뱀파이어가 한 짓이라는 걸 알아차렸다. 뿐만 아니라 이 사건이 앞으로 전개될 방향도 대충 짐작할 수 있었다. 나는 더그리가 지은 《미시시피 강의 역사》에서 이와 비슷한 내용을 읽은 적이 있었다. 이 책에는 과거 50여 년 동안 미시시피 강 일대의 작은 마을들에서 정착민을 괴롭혀온 실종 사건 이야기가 나온다. 한밤에 침대에서 잠자던 어린이들이 감쪽같이 사라지는 사건이었는데, 미시시피 강 북쪽의 나체즈에서 시작되어 남쪽의 도널드슨빌까지 강줄기를 따라 내려가며 연쇄적으로 발생했다. 시체는 여러 구씩 한꺼번에 발견되었고, 훼손된 흔적이라고는 칼로 베인 듯한 손발의 작은 상처들이 전부였다. 나는 이번 사건이 미시시피 강 사건과 마찬가지로 강줄기를 따라 남쪽으로 진행될 것이라고 확신했다. 그리고 범인이 배로 움직이고 있으며, 조만간 에번즈빌에 이르게 될 것이라고 예측했다.

1825년 6월 30일 목요일 밤, 에이브는 수풀이 우거진 오하이오 강둑 근처 나무 뒤에 숨어 뱀파이어가 나타나기를 기다리고 있었다.

다행히 달이 밝아, 주위의 모든 것을 자세히 관찰할 수 있었다. 환한 달빛이 물 위를 은은하게 비췄다. 나뭇잎에 달린 이슬방울은 달빛을 받아 영롱하게 반짝였다. 나뭇가지에 앉아 잠자고 있는 새들의 모습도 눈에 띄었다. 내가 있는 곳에서 30야드 남짓 떨어진 곳에 배 한 척이 떠 있었다. 거친 널빤지로 만들어진 가로 12피트, 세로 40피트의 평범한 배였는데, 얼핏 보기에 강을 따라 오르내리는 작은 바지선 같았다. 갑판의 3분의 1은 선원들의 거처로 보이는 텐트가 차지하고 있었다. 내 시선은 네 시간 전부터 줄곧 이 배에 쏠려 있었다. 배의 텐트 속에 뱀파이어가 숨어 있는 것이 분명했다.

에이브는 지난 며칠 동안 에번즈빌에 도착하는 배들을 감시해 온 터였다. 그는 배에서 내리는 모든 남자들을 대상으로 뱀파이어인지 여부를 샅샅이 살폈다. 에이브가 책에서 읽은 뱀파이어의 전형적인 특징은 이랬다. '피부가 창백하다, 햇빛을 싫어한다, 십자가를 무서워한다.'

의심 가는 선원의 뒤를 밟아 에번즈빌 시내까지 들어간 적도 있었다. 하지만 이 모든 노력은 수포로 돌아갔다. 그러던 중, 마침내 수상한 배 한 척이 에이브의 레이더망에 걸려든 것이다.

해는 뉘엿뉘엿 저물고, 모든 배들이 밤을 보내기 위해 강둑에 정박하고 있었다. 나는 하루 일과를 마감하려고 준비하려던 참이었다. 그때였다. 어둠 속에서 한 척의 배가 희미하게 모습을 드러냈다. 그 배는 강둑을 지나치려 하는 것 같았다. 문득 이상한 생각이 들었다. '오하이오 강을 항해하는 배가 에번즈빌처럼 번화한 마을을 그냥 지나친다는 게 말이 되나? 더구나 이 야심한 시각에….' 더욱이 배 위에는 선원이 한 명도 보이지 않았다.

에이브는 수상한 배를 쫓아 강둑 길을 달렸다.

며칠 전에 내린 큰비로 강 흐름이 빨라져 배를 따라잡기가 무척 어려웠다. 그 배는 물 위를 미끄러지듯 나아가 강굽이까지 이르렀다. 나는 배를 놓칠까 봐 조바심이 났다.

거의 30분 동안을 전속력으로 내달린 끝에 에이브는 문제의 배를 따라잡을 수 있었다. 배는 에번즈타운에서 몇 마일 떨어진 강둑에 정박했다. 누군가 갑판에서 작은 널빤지를 꺼내 강변에 길을 놓았다. 에이브는 충분한 거리를 유지한 채 잠복했다. 배고픔과 탈진이 에이브를 괴롭혔지만, 그는 몇 시간 동안 꿈쩍도 하지 않고 자리를 지켰다.

나는 너무 오랫동안 꼼짝도 하지 않고 있어서 막상 뱀파이어가 나타났을 때는 다리가 마비되지나 않을까 걱정스러웠다. 하지만 뱀파이어를 내 눈으로 직접 보기 전까지는 공격하지 않을 작정이었다. '뱀파이어야, 어서 잠에서 깨어나 모습을 드러내라.' 나는 손에 움켜쥔 도끼를 내려다보았다. 뱀파이어의 가슴을 향해 도끼를 날릴 생각을 하니 가슴이 두근거렸다. 최후를 맞이한 뱀파이어가 두려움에 떠는 모습을 보고 싶었다.

갑자기 북쪽에서 나뭇잎이 부스럭거리고 나뭇가지가 꺾이는 소리가 들렸다. 누군가 강둑의 숲을 헤치고 에이브 쪽으로 다가오고 있었다. 에이브는 숨을 가다듬고 오른손으로 도끼의 손잡이를 움켜쥐었다. 도끼가 뱀파이어의 살을 뚫고 들어가 뼈를 쪼개고 허파를 갈라놓는 소리를 상상했다.

나는 오랫동안 뱀파이어가 나타나기만을 기다려 왔다. 그러나 지난 몇 년 동안 뱀파이어와 맞닥뜨려 보지 않았는데, 과연 잘할 수 있을까? 하지만 문제없다. 내 손에는 도끼가 있으니까.

숲을 헤치며 다가오고 있는 사람은 뱀파이어가 아니라, 검은 드레스에 검은 보닛*을 쓴 자그마한 여자였다. 그녀는 울퉁불퉁

---

* 아기나 여자들이 쓰는 모자로, 끈을 턱 밑에서 묶게 되어 있음.

한 강둑길을 능숙하게 걸어왔는데, 행색을 보니 나이가 꽤 들어 보였다.

나는 그것이 여자, 더구나 늙은 여자일 거라고는 짐작조차 못했다. 불현듯 '내가 어리석은 짓을 저지르고 있는 것은 아닐까?' 라는 생각이 들었다. '하마터면 확실한 증거도 없이 죄 없는 늙은 여자를 죽일 뻔했구나. 저 배에 타고 있는 것이 뱀파이어라는 증거가 있나? 혹시 내 잘못된 이론을 증명하기 위해 엉뚱한 사람을 해치는 것은 아닐까?'

그러나 에이브의 고민은 오래 가지 않았다. 가까이 다가온 여자가 품 안에 무언가 하얀 물체를 품고 있었기 때문이다.

그것은 어린 아이였다.

그녀는 아기를 안고 숲을 지나 배 쪽으로 향하고 있었다. 아기는 다섯 살이 채 안 되어 보였고 흰 잠옷 차림이었다. 아기의 팔다리는 축 늘어져 있었다. 아기의 목과 옷소매에는 검붉은 핏자국이 선연했다. 나는 도끼를 잡은 손에 힘을 주었지만, 먼 거리에서 도끼를 던질 수는 없었다. 자칫 잘못하면 – 만일 아기가 아직 살아 있을 경우 – 아기가 죽을 수도 있기 때문이었다.

늙은 여자는 물가에 도착해, 널빤지 위를 걸어 배에 오르다가 중간에서 우뚝 멈춰 섰다.

그녀는 갑자기 동작을 멈추고는 냄새를 맡는 것처럼 코를 벌름거렸다. 마치 위험에 처한 동물의 본능적인 몸짓 같았다. 그녀는 반대편 강둑을 건너다보더니 이윽고 내 쪽으로 시선을 돌렸다.

에이브는 온몸이 얼어붙는 것 같았다. 그는 호흡을 멈추고 미동조차 하지 않았다.

늙은 여자는 별다른 낌새를 찾지 못한 듯 다시 널빤지 위를 걸어 배에 올라탔다.

나는 밀려드는 분노에 치를 떨었다. 그것은 늙은 여자에 대한 분노가 아니라 나 자신을 향한 분노였다. 이렇게 한가롭게 앉아 아기가 희생되는 것을 내버려 둬도 된단 말인가? 알량한 공포심 때문에 내가 마땅히 해야 할 일을 게을리 할 수는 없지 않은가? 수치심 때문에 스스로 목숨을 끊느니, 차라리 저 늙은 여자 뱀파이어의 손에 죽고 말리라. 나는 잠복해 있던 곳에서 벌떡 일어나 강가로 돌진했다.

늙은 여자는 갑작스러운 발소리에 놀라 내 쪽을 돌아다보더니 아기를 갑판 위에 떨어뜨렸다. 됐다, 기회였다. 나는 도끼를 들어 허공으로 날렸다. 도끼가 빙글빙글 돌며 여자를 향해 날아갔다. 여자는 보기와 달리 매우 민첩했다. 몸을 살짝 비켜 날아오는 도끼를 강에 빠뜨려 버렸다. 나는 계속 앞으로 달려갔다. 힘과 용기로 늙은 여자쯤은 간단히 제압할 수 있다고 믿었다. 그 외에 다른 것은 필요 없었다. 나는 전투복 호주머니에서 사냥용 칼을 꺼내 양손에 쥐었다. 여자는 기다란 손톱을 드러낸 채 내가 다가오기를 기다렸다. 검은 보닛과 시커먼 눈이 묘한 조화를 이루었다.

나는 널빤지를 딛고 여자를 향해 달려들었다. 여자는 – 마치 말이 꼬리로 파리를 쫓듯 – 나를 손바닥으로 찰싹 때려 밀어냈다. 나는 '헉' 소리를 내며 갑판 위에 곤두박질쳤고, 그 위를 떼굴떼굴 굴렀다. 온몸이 욱신거렸다. 하지만 곧 벌떡 일어나 여자에게 칼을 겨누었다. 그런데 여자는 맨손으로 칼날을 잡고 휙 빼앗았다. 이제는 맨주먹으로 나를 지키는 수밖에 없었다. 나는 껄껄 웃으며 불쌍한 여자를 향해 주먹을 날렸다. 하지만 마치 눈가리개를 하고 펀치를 날리는 듯한 느낌이었다. 여자는 가볍게 나의 원투 펀치를 피했던 것이다. 그와 동시에 몸통 부분에 화끈거리는 통증이 일었다. 나는 다리에 힘을 잃고 비틀거렸다. 하마터면 갑판 바닥에서 곤히 자고 있는 아기 위로 쓰러질 뻔했다.

뱀파이어의 주먹은 에이브의 갈비뼈를 여러 개 부러뜨렸다.

에이브는 여자에게 배를 연거푸 얻어맞고 비틀거렸다. 그가 콜록거릴 때마다 핏방울이 여자에게 튀었다.

여자는 잠시 멈칫하더니, 손가락으로 자기 얼굴에 묻은 피를 닦아내 혓바닥에 갖다 댔다. 그리곤 빙그레 웃으면서, "재미있네"라고 말했다. 나는 넘어지지 않으려고 안간힘을 썼다. '여기서 쓰러지면 끝장이다.' 뱀파이어의 주먹에 일그러졌던 할아버지의 얼굴이 떠올랐다. 할아버지는 주먹 한번 제대로 써보지 못하고 허무하게 무너졌다. '할아버지와 같은 최후를 맞을 수는 없다.' 여자가 멈칫하는 순간, 전투복 호주머니에서 비수를 꺼내 들었다. 마지막 힘을 다해 몸을 날리면서 여자의 배를 찔렀다. 그러나 뜻밖의 역습은 되레 여자의 기분만 더 띄워 준 듯싶었다. 여자는 깔깔대면서 내 손목을 잡아 자신의 배에 갖다 대고는 마구 그어 댔다.

어느 순간 나는 갑판에서 미끄러지고 있었다. 여자의 손이 눈앞에 있는가 싶더니, 머리가 물속으로 처박혔다. 여자가 머리를 잡아채 강물 속에 밀어 넣은 것이다. 나는 물 속에 머리를, 뱃전에 몸을 두고 드러누워 발버둥을 쳤다. 몸부림 때문에 배 한편에서 강물이 크게 요동쳤다. 일렁이는 물결 위로 여자의 주름진 얼굴이 희미하게 보였다.

갑자기 알 수 없는 기쁨이 밀려들었다. '모든 게 끝났다. 이제 곧 영원한 안식이 찾아오겠지.' 내 몸부림이 잦아들면서 물결도 잔잔해졌다. 잔잔해진 수면 위로 여자의 시커먼 눈이 또렷하게 보였다. 이제 내 인생은 끝이었다. 깊은 밤중이라 구해줄 사람도 올 리 없었다.

그때 그가 나타났다.

여자가 시야에서 사라졌을 때 에이브는 거의 정신을 잃은 상태였다. 여자가 머리를 잡은 손을 놓자, 그는 배의 뒷전으로 밀려났다가 서서히 강바닥으로 가라앉았다.

하나님의 손이 나를 깊은 물속에서 건져 올려 작은 배의 갑판 위에 눕혔다. 옆에는 흰 잠옷을 입은 아기가 잠들어 있었다. 나는 의식이 가물가물한 상태에서 긴박한 상황이 전개되는 것을 보았다.

한 남자가 나타나 여자와 싸우고 있었다. 여자가 "배신자!"라고 외치는 소리가 들렸다. 곧이어 여자의 머리가 갑판에 부딪혔다. 내가 누워 있는 자리 바로 앞이었다. 하지만 여자는 완전히 굴복한 것 같지 않았다. 그리고 나는 까무룩 정신을 잃었다.

II

"흔히 지옥의 앞잡이들은 우리를 파멸로 몰아넣기 위해 하찮은 일에는 진실을 말하여 유혹하지만, 가장 중요한 순간에는 우리를 배신한다."*

눈을 뜨니 창문 없는 방에 누워 있었다. 한 남자가 등잔불 밑에서 책을 읽고 있었다. 남자의 나이는 스물다섯 정도로, 늘씬한 체격에 검은 머리카락이 어깨까지 내려와 있었다. 그는 내가 깨어나는 것을 보더니 책 읽기를 멈추고 읽던 곳에 두꺼운 가죽 책갈피를 꽂았다. 나는 - 무의식중에서도 나를 몹시 괴롭혔던 - 궁금한 점 하나를 그에게 물어보았다.

"아기는 어떻게 됐나요?"
"안전합니다. 주민들이 발견하기 좋은 곳에 데려다 놓았어요."

그는 영국식인지, 미국식인지, 스코틀랜드식인지 알 수 없는 매우 특이한 억양으로 말했다. 정교한 조각으로 장식된 높은 등받이 의자에 앉아 내 곁을 지키고 있던 중이었다. 그는 검은 바지 차림에 느긋하게 다리를 꼬고 있었고, 푸른 셔

---

* 셰익스피어, 《맥베스》제1막 3장.

츠의 소매를 팔꿈치까지 걷어붙였으며, 목에는 은으로 만든 작은 십자가 목걸이를 하고 있었다. 나는 방 안을 천천히 둘러보았다. 돌과 진흙으로 차곡차곡 쌓아 올린 벽에는 그림이 몇 점 걸려 있었다. 황금빛 액자로 장식된 그림 중에는 가슴을 드러낸 원주민 여성들이 냇가에서 물을 긷는 모습, 밝은 배경의 풍경화, 젊은 여성과 늙은 여성의 초상화 등이 있었다. 방 한구석에 놓인 금고 위에는 전투복, 칼, 도끼 등 나의 애장품들이 가지런히 정리되어 있었다. 오하이오 강 바닥에 가라앉은 도끼를 어떻게 건져 냈는지 그저 신기할 뿐이었다. 방 안에는 내가 이제껏 보았던 그 어떤 것보다도 우아한 가구들이 늘어서 있었다. 그리고 여러 가지 방식으로 제본된 다양한 두께의 책들이 산더미처럼 쌓여 있었다.

"내 이름은 헨리 스터지스입니다." 그가 말했다. "여기는 내 집이고요."

"나는 에이브러햄 링컨입니다."

"만인의 조상인 아브라함과 같은 이름이군요. 만나게 되어 영광입니다."

나는 몸을 일으키려 했지만 곧 엄청난 통증이 몰려와 하마터면 까무러칠 뻔했다. 일어나는 걸 포기하고 자리에 누웠다. 그리곤 내 턱을 만져 보고, 가슴과 배를 내려다보았다.

가슴과 배에는 붕대가 감겨 있었다. 붕대는 정체불명의 액체로 흠뻑 젖어 있었다.

"괜히 끼어들어 미안합니다. 하지만 당신이 많이 다쳤기에…. 이상한 냄새가 코를 찌르더라도 신경 쓰지 마십시오. 붕대에 오일을 발라놨습니다. 상처가 낫는 데 도움을 줄 겁니다. 탁월한 효능이 있는 건 아니지만 말이죠."

"제가 얼마나 이렇게 있었던 거죠?"

"이틀 낮과 밤을 꼬박 이렇게 누워 있었습니다. 처음 열 시간 동안은 위독한 상태였죠. 나는 당신이 깨어나지 못할 수도 있다고 생각했어요. 다행히 타고난 건강 체질 덕분에-."

"천만에요… 그런데 어떻게 그 여자를 물리쳤죠?"

"아, 뭐 그리 어렵지는 않았습니다. 아주 연약하던데요, 당신도 알다시피."

그 여자가 연약하다고? 그렇다면 연약한 여자의 손에 산산이 부서진 나는 뭐란 말인가!

"물에 빠진 당신을 구하느라 다른 일에는 신경 쓸 겨를이 없었습니다. 따지고 보면 내가 당신에게 감사해야 할 일도 있는데. 그런데 뭐 좀 하나 물어봐도 되겠습니까?"

나는 아무런 대꾸도 하지 않았다. 이런 경우, 침묵은 곧 긍정을 의미한다.

"이제까지 처치한 뱀파이어가 모두 몇 명이나 되는 거죠?"

낯선 사람으로부터 이런 질문을 받다니, 매우 충격적이었다. 이제껏 아버지 이외의 다른 사람이 뱀파이어의 존재를 인정하는 말을 들어 본 적이 없었다. 나는 조금 부풀려 말할까 하다가, 솔직히 대답하기로 마음을 고쳐먹었다.

"하나요." 에이브는 대답했다.
"그렇군요. 왠지 그럴 것 같았어요."
"그러는 당신은요…?"
"나도 하나요."

도대체 말이 안 되는 소리였다. 경험도 없는 사람이 어찌 그리 쉽게 뱀파이어를 해치울 수 있단 말인가.

"선생은 혹시 뱀파이어 헌터가 아니신지?"

내 질문에 헨리는 크게 웃었다.

"아니죠. 오히려 그 반대라고나 할까요?"

정신이 혼미한 상태였기에 헨리의 말뜻을 알아차리는 데는 오랜 시간이 걸렸다. 그러나 날이 새면서 정신이 좀 들자, 나는 두려움과 분노에 치를 떨어야 했다. '어쩐지 뭔가 좀 이상하더라니. 그래, 헨리는 뱀파이어였구나. 그는 내 목숨을 구해 주기 위해 여자 뱀파이어를 죽인 것이 아니다. 그가 나를 살려 둔 것은 뭔가 다른 속셈이 있기 때문이다.' 통증 따위는 까맣게 잊었다. 가슴속에서 시뻘건 불길이 활활 타올랐다. 나는 그의 입을 향해 손을 뻗으려다가 멈칫하고 말았다. 헨리가 내 손을 미리 침대에 묶어 놓았던 것이다. 나는 실성한 사람처럼 날카로운 비명을 질러 댔다. 헨리는 눈 한 번 깜빡이지 않고 나를 바라보았다.

"예상했던 대로군요." 헨리가 말했다. "당신이 내 말에 과민 반응을 보일 줄 알았습니다."

III

그 후 이틀 동안 나는 한마디 말도 하지 않았다. 먹지도 자지도 않고 집주인을 철저히 외면했다. 나의 적이자 어머니의 원수인 뱀파이어가 바로 곁에 있는데, 내 생명이 언제든 끝장날지 모르는 위태로운 지경에 처해 있는데, 어떻게 잠을 자거나 가볍게 행동할 수 있겠는가? 내가 기절해 있는 동안 그가 맛본 내 피는 몇 방울이나 될까? 나는 그가 나무 층계를 오르는 소리나 방문을 여닫는 소리에 귀를 기울였다. 새 울음소리, 교회의 종소리와 같은 바깥세상 소리는 전혀 들리지 않았다. 때문에 나는 지금이 밤인지 낮인지 도통 분간할 수가 없었다. 시간을 가늠할 수단이라고는 시계 종소리, 난롯불 타는 소리, 냄비 끓는 소리뿐이었다. 그는 몇 시간 간격으로 뜨거운 죽 그릇을 가지고 들어와 내게 먹으라고 권했다. 나는 그때마다 거부했다. 내가 안 먹겠다고 거절하면 헨리는 곧바로 죽 그릇을 치우고 《윌리엄 셰익스피어 전집》을 집어 들었다. 그리고 전에 읽다 만 부분을 찾아 다시 읽기 시작했다.

우리의 밀고 당기는 게임은 이렇게 진행되었다. 이틀 동안 나는 음식과 대화를 거부했고, 그는 끊임없이 먹을 것을 가져오고 말을 걸었다. 그가 책을 읽는 동안 나는 딴청을 부렸다. 노래를 부르거나 다른 이야기를 생각했다. 이 뱀파이어에게 내가 자기를 주목하고 있다는 생각을 하게 해서는 안 됐다. 그러나 셋째 날이 되자, 나는 더 이상 허기를 이기지 못해 그가 건네준 죽 한 숟갈을 넙죽 받아먹고 말았다. 나는 배고픔의 고통을 잊기 위해 더도 덜도 말고 딱 한 숟갈만 받아먹을 생각이었다.

에이브는 무려 세 그릇의 죽을 연달아 먹어 치웠다. 에이브가 죽을 다 먹고 나자, 두 사람 사이에는 다시 한 번 어색한 침묵이 흘렀다. "그날 밤 배 위에서 무슨 일이 있었나요?" 에이브가 먼저 입을 열었다.

"왜 나를 죽이지 않았죠?"

나는 그를 바라보기가 부담스러웠다. 그가 내 생명을 구해 준 것, 상처를 치료해 주고 음식을 먹여 준 것, 나에게 친절하게 대해 준 것은 중요하지 않았다. 문제는 '그의 정체가 무엇인가' 였다.

"도대체 내가 당신을 죽여야 할 이유가 뭐죠?"

"당신은 뱀파이어잖아요."

"그게 뭐 어쨌다는 거죠? 나도 당신과 똑같이 입고 먹고 잘 뿐 아니라, 당신처럼 희로애락의 감정을 느낀다고요. 내 마음 씀씀이가 인간보다 못하다고 느껴지나요? 에이브러햄, 우리를 당신네 인간들과 똑같이 대해 줘요."

이번에는 내가 웃을 차례였다.

"죄 없는 사람을 죽이고, 불쌍한 아이들에게서 어머니를 빼앗아 가는 당신들과 인간이 똑같다고?"

"모든 뱀파이어가 다 그런 건 아닙니다. 당신의 어머니를 죽인 뱀파이어는 나와 종족이 다른 뱀파이어라고요."

순간 나는 이성을 잃고 말았다. 그렇게 무책임한 말을 하다니. 냉혈한 같으니라고. 마침내 분노가 폭발했다. 머리로 그를 들이받고 한쪽 발로 죽 그릇을 걷어차 버렸다. 죽 그릇이 마룻바닥에 떨어져 산산조각 났다. 손이 묶여 있지만 않았더라도 나는 헨리의 얼굴을 갈기갈기 찢어 놓았을 것이다.

"내 어머니 이야기를 함부로 지껄이지 마! 절대로!"

헨리는 나의 분노가 가라앉기를 기다리다가, 마룻바닥에 쭈그려 앉아 깨진 그릇 조각을 줍기 시작했다.

"날 용서하십시오." 헨리가 말했다. "나도 당신처럼 감정을 다스리지 못하던 시기가 있었습니다. 물론 아주 오래된 옛날이야기지만 말이죠. 어린 시절에 가졌던 정열은 이제 잊은 지 오래입니다. 지금은 좀 더 신중한 언행을 하려고 노력하고 있습니다."

그릇 조각을 다 줍자, 그는 일어나 방을 나가려다 말고 문간에 잠깐 멈춰 섰다.

"곰곰이 생각해 보십시오. 우린 서로 닮지 않았습니까? 당신과 나는 주어진 환경에 굴복하지 않으려고 노력하죠. 또 당신과 나는 중요한 무언가를 잃은 경험이 있습니다. 당신은 어머니를, 나는 인생을 잃었죠."

말을 마치고 헨리는 방문을 나섰다. 나는 그때까지도 분을 삭이지 못해 씩씩거리며 그의 뒤통수에 대고 고함을 질렀다. "왜 날 안 죽인거냐!" 옆방에서 그의 목소리가 들려왔다. "에이브러햄, 세상에는 너무 중요해서 죽으면 안 되는 사람이 있습니다."

IV

날이 갈수록 에이브의 병세는 나아졌다. 이제 그는 음식을 깨끗이 먹어치웠고 헨리가 읽어 주는 셰익스피어 희곡에도 관심을 갖기 시작했다.

헨리를 볼 때마다 분노가 끓어올랐지만, 건강이 회복되면서 마음이 점차 누그러졌다. 그는 내가 자유롭게 움직일 수 있도록 손을 묶고 있던 줄을 느슨하게 해주었고, 내가 읽을 수 있게 침대 맡에 책을 두고 나갔다. 헨리의 마음을 이해하게 될수록 그가 나를 해칠지도 모른다는 의심이 줄어들었다. 우리는 책에 대해 이야기를 나누었다. 세계의 유명한 도시와, 심지어 내 어머니에 대해서도 대화를 나누었다. 하지만 우리의 주제는 대부분 뱀파이어에 관한 것이었다. 나는 뱀파이어에 대해 궁금한 점이 너무 많았고 가능하다면 모든 것을 알고 싶었다. 지난 4년 동안 뱀파이어를 직접 만나 보겠다는 일념으로 어둠 속을 헤매고 다녔다. 그리고 드디어 뱀파이어에 대해 모든 것을 알 수 있는 기회가 생겼다. 뱀파이어는 어떻게 사람의 피만 먹고 살 수 있을까? 그들에게도 영혼이 있을까? 뱀파이어는 어떻게 세상에 터어나게 되었을까?

불행히도 헨리는 어떤 질문에 대해서도 시원한 답변을 해주지 않았다. 그는 여느 뱀파이어들처럼, 최초의 뱀파이어가 누구였는지를 밝혀내려고 뱀파이어의 계보를 파헤치는 데 많은 시간을 보냈다. '뱀파이어의 기원을 알면 뱀파이어의 탄생 신비를 알게 되고, 그렇게 되면 뱀파이어의 저주를 푸는 방법을 찾아낼 수 있지 않을까?' 라는 바람 때문이었다. 그러나 선배 뱀파이어들과 마찬가지로 그 역시 뱀파이어의 기원을 알아내는 데는 실패했다. 많이 알고 있다는 뱀파이어들조차 2~3대 이상을 거슬러 올라간 일들은 기억하지 못했던 것이다. "뱀파이어들은 홀로 지내기를 좋아하기 때문에 전체적인 계보를 파악하기가 어렵습니다."라고 헨리는 말했다.

> 사실 뱀파이어들은 서로 교류하는 일이 거의 없다. 뱀파이어들은 혈연관계에 대한 인식이 희박하기 때문에 오히려 경쟁하는 경우가 많고, 유목민처럼 생활하기 때문에 지속적인 유대 관계를 맺지 않는다. 간혹 위기에 처한 뱀파이어들이 무리를 지어 행동하는 경우도 있지만, 이러한 동맹 관계는 일시적일 뿐 오래가지 않는다.

"우리 조상들은 어둠 속에 숨어 살았습니다. 어떤 뱀파이어에 의하면, 뱀파이어의 기원은 악마의 사악한 영혼이 불쌍한 인간의 영혼에 옮아감으로써 시작되었다고 합니다. 그리고 뱀파이어의 저주는 피를 통해 전파된다고 하더군요. 또 어떤 뱀파이어는, 우리의 조상이 악마 그 자체라고 합니다. 하지만 나를 포함한 다른 뱀파이어들은 뱀파이어의 저주란 아예 존재하지 않으며, 뱀파이어와 인간은 전혀 다른 종족이라고 믿고 있습니다. 즉, 뱀파이어와 인간은 아담과 이브가 에덴동산에서 쫓겨난 이후 계속해서 함께 존재해 왔다는 거죠. 뱀파이어는 탁월한 능력과 긴 수명을 갖고 있는 데 반해, 인간은 나약하고 유한한 존재입니다. 인간의 유일한 장점은 수적으로 뱀파이어보다 우위에 서 있다는 거죠. 그러나 이런 이야기들은 모두 가설에 불과할 뿐, 확실히 증명된 것은 하나도 없습니다."

그래도 헨리는 뱀파이어로 살아가는 게 어떠한 것인지 만큼은 잘 알고 있었다. 게다가 그는 자신이 가진 지식을 어린 아이도 알아들을 수 있을 만큼 명쾌하게 설명해 주는 재능이 있었는데, 가령 '불멸'이라는 개념을 이용해 뱀파이어의 특징을 잘 설명해 주었다.

"인간은 시간에 얽매여 있죠." 헨리는 말했다. "따라서 인간의 일생은 짧습니다. 그 때문에 인간은 야망을 품게 되죠. 야망은 인간이 가장 중요한 것을 선택하게 하고, 자신이 아끼는 것에 집착하도록 만듭니다. 인간의 삶에는 여러 단계가 있지만, 결국 종말에 이르게 되죠. 그러나 종말이 없는 뱀파이어의 인생은 어떻겠습니까? 그들에게 야망이 있을까요? 사랑이 있을까요?

물론 처음 100년 동안은 신이 날 겁니다. 세상이 살 만한 값어치가 있는 곳처럼 느껴질 테니 말이죠. 우리는 어떤 장소에 그물을 던져야 하는지, 그물에 잡힌 것을 어떻게 요리해야 하는지를 익히게 됩니다. 또 세상을 돌아다니며 찬란한 문화유산을 건설하고, 약자들로부터 값진 것을 빼앗아 재산을 축적하겠죠. 육신의 모든 욕망을 충족시키게 될 겁니다. 정말 재미있는 일이죠.

100년 동안의 정복자 생활이 끝나면 우리의 육체는 넘치다 못해 터질 지경에 이르지만, 영혼은 피폐해져 굶어 죽을 지경이 될 겁니다. 그러나 우리는 곧 이런 부작용에 대해 내성을 갖게 되죠. 따라서 우리는 활력을 되찾고 처음 100년 동안 누려 보지 못했던 것들을 경험할 수 있게 됩니다. 고전을 연구하고 세계의 온갖 걸작품을 감상하는 거죠. 음악을 만들고 그림을 그리고 시도 씁니다. 우리는 고향으로 다시 돌아와 새로운 문명을 건설할 겁니다. 그렇게 되면 우리의 재산은 더욱 불어나고 우리의 권력은 더욱 커지겠죠.

그러나 300년째가 되면 '불멸'에 대한 우리의 기쁨은 사라집니다. 우리가 상상할 수 있는 모든 욕망을 실현했으니, 우리는 더 이상 삶의 기쁨을 느끼지 못하게 되는 거죠. 똑같은 것을 두 번, 세 번, 네 번씩 반복하게 되면 삶의 긴장감이 떨어지기 때문입니다. 그 결과 대부분의 뱀파이어들이 단식을 하거나, 자신의 심장을 칼로 찌르거나, 목을 매달거나, 심지어 분신을 하는 등의 방법으로 자살을 하게 됩니다. 오직 강한 의지와 뚜렷한 목표 의식이 있는 뱀파이어만이 400년, 500년, 아니 그 이상의 세월을 생존할 수 있죠."

나는 영원한 생명을 얻은 뱀파이어가 스스로 목숨을 끊는다는 이야기를 도무지 이해할 수가 없었다. 대체 그런 일이 어떻게 가능한지 헨리에게 물었다.

"죽음이 없다면 인생은 아무 의미가 없습니다." 그는 대답했다. "죽음이 없는 인생은 끝이 없는 노래와 같죠. 끝이 없는 노래를 누가 부르겠습니까?"

이윽고 에이브는 침대에서 일어나 앉을 수 있을 만큼 건강이 많이 회복되었다. 헨리는 에이브의 묶인 손을 풀어 자유로이 움직일 수 있게 해주었다. 에이브는 뱀파이어에 대한 의문이 충분히 해결되지 않았기 때문에, 헨리에게 매달려 수없이 많은 질문을 퍼부었다.

"뱀파이어가 햇빛을 싫어하는 이유는 뭐죠?"

"처음 태어난 뱀파이어는 아주 약한 햇빛에도 피부에 물집이 생기고, 일사병 등 많은 질병을 앓습니다. 인간이 강한 햇빛에 노출될 때 질병을 앓는 것과 같은 이치죠. 그러나 시간이 지나면서 내성을 갖게 되어, 낮에도 - 강한 직사광선만 아니라면 - 거리를 자유롭게 활보할 수 있는 수준에 이르게 되죠. 그러나 우리의 눈은 다릅니다. 눈은 햇빛에 적응할 수가 없죠."

"뱀파이어가 마늘을 싫어하는 이유는요?"

"마늘이 뱀파이어의 생명에 치명적인 독을 함유하고 있어서 그런 건 아닙니다. 굳이 이유를 말하자면, 마늘을 먹으면 독특한 냄새 때문에 멀리서도 쉽게 발각되기 때문이랄까요?"

"뱀파이어는 왜 하필 관 속에서 잠을 자나요?"

"다른 뱀파이어들은 어떤지 모르겠지만, 나는 침대에서 자는 게 훨씬 편하던데요?"

에이브는 마침내 근본적인 질문에 이르렀다. "뱀파이어는 어떻게 태어나지요?"

헨리는 잠깐 동안 말을 멈추고 생각에 잠겼다.

"그건… 내가 어떻게 뱀파이어가 되었는지에 대해 얘기하는 것이 좋겠습니다."

V

에이브는 리틀 피전 크리크에 돌아온 직후인 1825년 8월 30일, 일기장에 다음과 같은 글을 남겼다.

> 이제부터 내가 적는 이야기는 헨리가 나에게 말해 준 것을 그대로 옮긴 것이며, 한 글자라도 고치거나, 더하거나, 빼지 않았다. 물론 검증된 이야기도 아니다. 나는 다만 헨리의 이야기를 기록으로 남겨 두기 위해 이 일기에 옮겨 적을 뿐이다. 헨리의 이야기는 다음과 같다: "1587년 7월 22일, 117명의 영국인을 실은 세 척의 배가 로어노크 섬 북쪽 해안에 상륙했습니다. 로어노크 섬은 지금의 노스캐롤라이나 주에 속하는 곳이죠."

배 안에는 남자, 여자, 어린이들이 타고 있었는데, 그중에는 대장장이의 도제로 일하는 스물세 살의 헨리 O. 스터지스도 있었다. 그는 길고 검은 머리카락을 늘어뜨린 보통 체격의 청년으로, 아내 이데바와 갓 결혼한 새신랑이었다.

> "이데바는 생일이 나보다 하루 늦고, 키는 1인치가 작았습니다. 아름다운 금발과 묘한 갈색 눈동자를 갖고 있었죠. 이 세상에 그녀보다 곱고 매력적인 여성은 없었습니다."

그들의 여행은 궂은 날씨와 어이없는 불운으로 얼룩진, 한마디로 끔찍한 여행이었다. 대서양을 건너는 동안에는 특별한 질병이나 사망자가 없었지만, 그 후 승객 둘의 목숨을 앗아간 사건은 앞으로 다가올 일을 예고하는 불길한 징조로 보였다.

두 사건은 모두 세 척의 배로 이루어진 선단에서 가장 큰 배인 라이언 호에서 발생했다. 라이언 호의 선장은 존 화이트였다. 화이트는 마흔일곱 살의 예술가로서, 월터 롤리 경에게 '미국에 대한 영국의 식민 지배를 영속화하라!'는 특명을 받고 파견된 인물이었다. 그는 2년 전 로어노크 섬에 상륙한 최초의 영국 이주민 가운데 하나였다. 로어노크 섬을 식민지화하려는 영국의 첫 시도는 실패로 돌아갔는데, 이는 보급품이 바닥난 이주민들(모두 남성이었다)이 프랜시스 드레이크 경의 배를 얻어 타고 영국으로 되돌아갔기 때문이다. 드레이크 경은 스페인 선박들을 습격하다가 잠깐 짬을 내어 로어노크 근방에 정박해 있던 중이었다.

> "롤리 경은 이번에는 더욱 야심 찬 계획을 세웠습니다." 헨리는 말했다. "우락부락한 선원들 대신 젊은 부부들을 로어노크 섬에 보냈던 겁니다. 젊은 부부라면 아이들을 낳고, 교회와 학교를 세워 식민지에 뿌리를 내릴 수 있을 거라 생각했죠. 롤리 경의 입장에서 볼 때, 이번 이주민 파견 계획은 신세계에 새로운 영국을 건설할 수 있는 절호의 기회였습니다. 이데바와 내 입장에서 볼 때도 영국에서의 가난한 신혼 생활을 청산하고 새로운 희망을 품을 수 있는 좋은 기회였죠. 이주민은 남자 아흔 명, 어린이 아홉 명, 여자 열일곱 명이었어요. 그중에는 존 화이트 선장의 딸인 엘리너 데어도 있었습니다."

임신 8개월의 엘리너는 남편 애너나이어스와 함께 라이언 호에 승선했다. 그녀는 스물네 살로, 매혹적인 붉은 머리칼과 주근깨가 살짝 박힌 흰 얼굴을 가진 보기 드문 미인이었다. 하지만 열악한 여행은 엘리너의 아름다운 얼굴을 찌푸리게 하기에 충분했다. 7월의 후텁지근한 더위에 대서양을 횡단하는 120톤급 선박의 선실 안을 상상해 보라. 선실이라기보다는 차라리 거대한 증기 오븐이라고 하는 편이 맞을 것이다.

"사나운 파도가 배를 흔들고 7월의 태양이 열기를 뿜어내자, 힘깨나 쓰는 선원들 중에서도 파랗게 질린 얼굴로 난간에 기대어 허리를 숙이는 사람들이 나타났습니다."

첫 번째 희생자는 – 이주민들이 플리머스를 떠난 지 2주가 조금 더 지난 때인 – 5월 24일 일요일에 생겼다. 라이언호의 항해사인 블룸(헨리에 의하면, 'Blum' 인지 'Bloom' 인지 정확한 스펠링은 기억나지 않는다고 함)은 불침번을 서느라 돛대 꼭대기의 망대에 올라 별빛 가득한 수평선을 바라보고 있었다. 그 당시 스페인의 상선들은 무장을 하고 다니면서 영국 배를 습격하고 약탈하기로 악명이 높았다. 배를 조종하던 사이먼 페르디난도는 자정이 지난 직후 '쿵' 소리를 들었고, 잠시 후 갑판 위로 올라갔다가 목이 심하게 부러진 블룸의 시체를 발견했다.

"페르디난도는 메인 주와 버지니아 주를 탐험한 적이 있는 노련한 사람이었습니다. 그는 블룸과 같은 경험 많은 선원이 잔잔한 바다에서 추락사한 것을 이상하게 생각했죠. 더구나 블룸은 술을 마시지 않겠다고 맹세까지 한 사람이었습니다. 하지만 대서양이라는 데가 원래 그런 곳이죠. 워낙 변화무쌍해서 언제든 불의의 사고가 일어나기 마련입니다. 우리가 블룸에게 해줄 수 있는 것이라고는 불쌍한 영혼을 위한 기도 몇 마디뿐이었습니다. 얼마 지나지 않아 블룸의 이름은 승객들과 선원들의 머릿속에서 말끔히 지워졌죠."

화이트는 항해 일지에 블룸의 사망 사고를 간결하고 담담한 문체로 기록했다: '선원 한 명이 망대에서 추락, 갑판 위에 떨어짐. 사망.'

"블룸의 사망이 대서양 횡단 중에 일어난 유일한 사고였다면 우리는 무척 운이 좋은 경우였을 겁니다. 그러나 6월 30일 화요일, 우리의 신경을 자극하는 사건이 또 발생했습니다. 엘리자베스 배링턴이 어둠 속으로 영원히 사라진 거죠."

엘리자베스는 우스꽝스러우리만치 키가 작은 곱슬머리의 열여섯 살짜리 소녀였다. 그녀는 아버지와 선원들에게 질질 끌려오다시피 라이언 호에 승선했는데, 여행 도중에 발길질, 고함, 물어뜯기 등 온갖 못된 행동으로 말썽을 피웠다. 소녀에게 라이언 호는 감옥선과도 같은 곳이었다.

라이언 호를 타기 몇 달 전, 엘리자베스는 아버지의 법률 사무소에 근무하는 젊은 사환과 눈이 맞았다. 그들은 자기들의 사랑이 아버지의 승낙을 얻지 못할 것을 알면서도 금지된 애정 행각을 계속하다가 기어이 들키고 말았다. 이들의 스캔들은 법조계에 일파만파로 번져 나가 아버지의 위신을 한없이 떨어뜨렸다.

이에 당황한 배링턴 변호사는 대서양 건너편의 신세계에서 새로운 인생을 설계하기로 결심하고 버릇없는 딸과 함께 라이언 호에 몸을 실었던 것이다.

> "그날의 날씨는 최악이었습니다. 우리 배는 하루 종일 폭풍우 속에서 갈팡질팡했죠. 밤이 되자 갑판 위에 있던 선원들은 비바람을 피하기 위해 모두 갑판 아래로 몸을 피했습니다. 배가 너무 심하게 흔들리자 화이트 선장은 화재를 예방하기 위해 모든 촛불을 끄라고 명령했습니다. 나는 이데바와 팔짱을 끼고 칠흑 같은 어둠 속을 더듬어 갑판 밑으로 들어갔습니다. 배가 기우뚱거릴 때마다 현기증이 일고, 널빤지 삐거덕거리는 소리와 승객들의 신음 소리가 들려왔죠. 나는 엘리자베스 양이 당연히 우리 근처 어딘가에 있을 거라고 생각했습니다. 촛불이 꺼지기 직전에 그녀가 내 옆에 있는 것을 똑똑히 보았거든요. 하지만 아침이 되어 선원들이 배 안을 샅샅이 찾아보았을 때 그녀는 어디에도 없었습니다."

폭풍우가 걷히고 뜨거운 태양이 다시 솟아올랐다. 엘리자베스는 평소에도 갑판 밑에 혼자 있을 때가 많았기 때문에, 아침나절이 되도록 엘리자베스의 행방불명을 눈치 챈 사람은 없었다. 뒤늦게 그녀가 없다는 사실을 깨달은 승객들이 그녀의 이름을 불러 보았지만 아무 대답도 들리지 않았다. 배 안에 있는 밀가루

포대와 드럼통을 일일이 열어 내용물을 확인했지만 그녀의 그림자조차 보이지 않았다. 정말 쥐도 새도 모르게 자취를 감춘 것이었다. 화이트는 자신의 항해 일지에 또 한 번의 간결하고 담담한 기록을 남겼다: '한 소녀가 폭풍우에 휩쓸려 배 밖으로 떨어짐. 사망.'

> "솔직히 말해서, 우리는 불쌍한 엘리자베스가 자살했을 거라고 생각했습니다. 바다에 뛰어들었을 거라고 말이죠. 우리는 그녀의 영혼을 위해 기도했습니다. 하지만 우리는 그녀가 지옥에 갔을 거라고 생각했습니다. 하나님의 입장에서 볼 때 자살은 용서할 수 없는 죄악이니까요."

대서양 횡단 여행의 마지막 3주는 날씨가 좋고 더 이상의 사고도 없어 가히 축복받은 여행이라 할만 했다. 이주민들은 눈앞에 펼쳐진 신세계를 보고 환호성을 질렀다. 그들은 나무를 베고, 주인 없는 집을 수리하고, 농작물을 심고, 원주민들, 특히 크로아턴족과 만났다. 크로아턴족은 과거에는 영국인들에게 우호적이었지만, 이번에는 사정이 달랐다. 존 화이트가 이끄는 선단이 로어노크 섬에 도착한 지 일주일이 지난 어느 날 이민자 중 하나인 조지 하우가 앨버말 만*의 얕은 물가에서 엎어져 숨진 채 발견되

---

* 노스캐롤라이나 주 북동 해안의 작은 만.

었다. 들리는 말에는 크로아턴족 일당이 물가에서 혼자 낚시질 하고 있는 그를 습격했다고 했다. 화이트는 현장 감식을 통해 사건 당시의 상황을 재구성한 후 자신의 일지에 다음과 같이 기록했다:

> 크로아턴족은 갈대숲에 숨어 있다가 잠자는 사슴을 발견하면 화살을 쏘아 잡곤 한다. 조지 하우는 다른 이주민들로부터 2마일 떨어진 물가에서 혼자 아무런 무기도 없이 – 옷도 입지 않고 – 삼지창으로 게를 잡고 있었다. 그때 물가에 숨어 있던 크로아턴족이 그에게 열여섯 발의 화살을 쏜 후, 나무칼로 그를 살해했다. 그들은 죽은 하우의 머리를 여러 차례 더 가격한 뒤에야 강물을 건너 도주했다.

화이트는 하우의 시체에 난 열여섯 개의 작은 구멍을 근거로 그가 열여섯 발의 화살에 맞았다고 결론을 내렸다.

> "사실 하우의 시체 주변에서는 화살이 하나도 발견되지 않았습니다. 뿐만 아니라 화이트 선장의 일지에는 중요한 단서 하나가 빠져 있었죠. 그건 하우의 시체가 이미 부패하기 시작했다는 겁니다. 하우의 시체가 발견된 것은 그가 사망한 지 불과 몇 시간 후인데도 말이죠."

8월 18일, 이주민들은 크로아턴족을 까맣게 잊고 식민지에서 처음 태어난 아기를 축하하는 데만 정신을 쏟는다. 그 아기의 이름은 버지니아 데어, 바로 존 화이트의 손녀였다. 버지니아는 엄마와 똑같이 매혹적인 붉은 머리칼이었다. 출산을 도운 사람은 이번 개척 사업단의 유일한 의사인 토머스 크롤리였다.

"크롤리의 나이는 쉰여섯 살이었고, 통통한 체격에 대머리였습니다. 얼굴에 얽은 자국이 있긴 했지만 상냥하고 농담을 즐기기로 유명했죠. 성격이 좋은 데다 의사로서의 실력도 출중했기 때문에 환자들로부터 높은 평가를 받았습니다. 환자들은 그 앞에만 서면 웃는 데 바빠 고통을 잊을 정도였습니다."

하우가 비명횡사한 것만 제외하면 식민지 개척 사업은 순조롭게 진행되고 있었다. 만족한 화이트는 잠시 영국에 다녀올 계획을 세웠다. 그는 영국에 돌아가 실적을 상부에 보고하고 보급품도 얻어 올 생각이었다. 그는 113명의 남자, 여자, 어린이들을 남겨 두고 영국으로 떠났다. 남은 사람들 중에는 그의 손녀 버지니아도 포함되어 있었다. 일이 뜻대로 진행되었더라면 그는 몇 달 후에 음식, 건축 자재, 원주민과 교역할 물건 등을 싣고 미국으로 돌아왔을 것이다.

"그러나 일은 뜻대로 진행되지 않았습니다."

예기치 않은 사건들이 꼬리를 물고 일어나, 존 화이트는 영국에 3년 동안 머물 수밖에 없었다.

먼저, 그의 선원들이 '겨울철에 대서양을 건너는 것은 위험하다'면서 미국으로 돌아가는 것을 거절했다(하지만 여름철의 대서양 역시 겨울철의 대서양만큼이나 위험하다). 다른 선원들을 구할 수 없었던 화이트는 초조하고 미칠 듯한 심정으로 겨울철을 났다. 그러나 기다리던 봄이 되자 영국과 스페인 사이에 전쟁이 벌어졌다. 엘리자베스 여왕은 한 척의 배라도 더 전쟁에 동원하려고 했다. 전쟁 때문에 자신의 배를 징발당한 화이트는 작고 낡은 배 두 척을 어렵사리 구해 부랴부랴 미국으로 떠났다. 그런데 항해에 나서자마자 이번에는 스페인 해적이 나타나 배를 빼앗고 모든 것을 강탈해 갔다. 이주민들에게 줄 물품을 모두 빼앗긴 화이트는 뱃머리를 돌려 영국으로 되돌아갔다. 스페인과의 전쟁은 그 후로도 2년 동안 계속되었고, 화이트는 끓어오르는 분을 삭이면서 영국에 머물러 있어야 했다. 1590년, 그는 이주민들에게 지급할 보급품을 포기하고 맨몸으로 상선을 얻어 탔다. 그리고 대서양을 건너 마침내 미국에 도착했다. 그의 손녀 버지니아의 세 번째 생일인 8월 18일, 그는 로어노크 섬에 다시 발을 들여놓았다.

그러나 로어노크 섬에는 아무도 없었다.

남자도, 여자도, 아이도, 그의 딸도, 손녀도, 배링턴 변호사도 없었다. 그가 개척한 식민지가 감쪽같이 사라져 버린 것이었다. 이주민들이 세웠던 건물, 그들이 사용했던 도구와 물품들은 비록 햇빛에 바래고 비바람에 깎이고 잡초에 휩싸였을지언정, 원래의 자리에 그대로 있었다. 로어노크 섬의 비옥한 땅과 풍부한 야생 동물을 생각하면 그들이 굶어 죽었을 리는 없었다. 만약에 전염병이 돌았다면 대량으로 시체를 매장한 흔적이 있어야 했다. 또, 원주민들과의 전쟁이 있었다면 그만한 흔적이 있어야 했다. 그러나 로어노크 섬에서는 이주민들의 증발을 설명해 줄 만한 아무런 흔적도 발견되지 않았다.

이주민들의 건물 안팎을 샅샅이 뒤진 끝에 나온 단서는 단 두 가지, 건물 기둥에 새겨진 '크로아턴'이라는 글자와, 근처의 나무껍질에 새겨진 'CRO'라는 글자가 전부였다. 크로아턴족이 이주민들을 습격한 것은 아닐까? 하지만 그럴 가능성은 희박했다. 크로아턴족이 이주민들을 습격했다면 건물을 불태웠을 것이다. 또 이주민들의 시체도 있어야 한다. 화이트는 건물의 기둥과 나무껍질에 새겨진 글자들을 근거로 이주민들이 인근의 크로아턴 섬에 다시 이주했을 것이라고 추측했다(아니, 그러기를 내심 바랐다고 말하는 편이 낫겠다). 그러나 화이트는 자신의 추측을 입증하지 못했다. 엎친 데 덮친 격으로, 대서양의 기상 상태가 다시 악화되는 조짐이 보이자 화이트를 태워 주었던 상선의 선원들이 빨리 크로아턴 섬을 떠나자며 채근했다. 3년 동안의 기다림 끝에 어렵게 어렵게 돌아왔건만 겨우 몇 시간만 머물러야 하다니! 이제 화이트는 양자택일을 해야 했다. 영국으로 돌아가 다시 탐험대를 조직할 것인가, 아니면 낯선 신세계에 홀로 남아 죽었는지 살았는지도 모르는 이주민들을 찾아 헤맬 것인가? 결국 화이트는 크로아턴 섬을 떠났고 두 번 다시는 신세계에 발을 들여놓지 않았다. 그는 슬픔, 죄책감, 그리고 무엇보다도 113명의 이주민들이 실종된 것에 대한 황당함에서 벗어나지 못한 채 만년을 보냈다.

"화이트 선장이 진실을 밝혀내지 못한 건 차라리 잘된 일입니다."라고 헨리는 말했다.

화이트가 영국으로 돌아가고 나서 로어노크 섬에는 고열을 수반하는 괴질(怪疾)이 유행했다. 고열에 시달리던 환자들은 환각과 혼수상태를 거쳐 결국 사망하고 말았다.

"크롤리 박사는 이주민들을 괴롭힌 괴질이 풍토병이라고 생각했습니다. 박사는 괴질을 치료할 능력이 없었죠. 화이트 선장이 섬을 떠난 지 3개월 후, 열 경의 주민들이 괴질로 목숨을 잃었습니다. 그 후 3개월 동안 열 명의 주민들이 또 목숨을 잃었습니다. 사망자들의 시신은 – 정착지 주변의 토양이 오염되는 것을 막기 위해 – 숲으로 옮긴 뒤 화장되었죠. 이주민들은 저마다 '다음 차례는 자신'이라는 공포에 시달렸습니다. 지나가는 선박들이 자신들을 발견해 주기를 희망하면서 무작정 크로아턴 섬의 동쪽 해안만을 바라보며 지냈죠. 그러나 아무도 오지 않았습니다. 만약 그 '끔찍한 사건'이 터지지만 않았다면, 이주민들은 이런 상태로 계속 살아갔을지도 모릅니다."

엘리너 데어는 도무지 잠을 이룰 수 없었다. 남편이 불과 50야드 떨어진 병원에서 괴질과 싸우고 있었기 때문이다. 그녀는 일어나 옷을 입고 잠자는 아기를 담요로 감싸 안은 다음, 크롤리 박사의 병원을 향해 집을 나섰다. 새벽바람이 싸늘했다. 그녀는 남편 곁에서 기도로 밤을 지새울 생각이었다.

"데어 부인은 병실에 들어서는 순간 이상한 광경을 목격했습니다. 크롤리 박사가 남편의 목에 입을 대고 있었던 거죠. 박사는 자신의 수상한 행동이 데어 부인에게 발각되자 고개를 들면서 송곳니를 드러냈고, 그녀는 소스라치게 놀라 비명을 질렀습니다. 비명 소리를 들은 이주민 남자들이 칼과 활을 들고 병원으로 뛰어 들어왔지만, 그녀는 이미 뱀파이어에게 살해되고 포대기에 싸인 갓난아기만 남아 울고 있었습니다. 크롤리 박사는 남자들에게 가까이 다가오지 말라고 경고했지만, 뱀파이어의 무서움을 모르는 그들은 박사에게 달려들었고, 결국 처참한 죽음을 맞이했죠."

남자들의 비명 소리에 헨리를 포함한 몇몇 주민들이 잠에서 깨어났다.

"나와 이데바는 원주민의 습격인 줄 알고 벌떡 일어나 허겁지겁 옷을 입었습니다. 나는 내 가족을 끝까지 지키리라 다짐하면서 권총을 들고 밖으로 뛰쳐나갔죠. 그러나 마을 한가운데 있는 공터를 지나다가 믿을 수 없는 광경을 보고 말았습니다. 검은 눈에 송곳니를 드러낸 크롤리 박사가 배링턴 변호사를 갈가리 찢고 있는 겁니다. 찢긴 살 틈으로 배링턴 변호사의 내장이 삐져나와 있더군요. 주민들의 시체가 땅바닥에 흩어져 있는 것도 보았습니다. 어떤 사람은 팔다리가 없고, 어떤 사람은 머리가 없었죠. 나는 크롤리 박사에게 권총을 쏘았습니다. 총알이 박사의 가슴 한가운데를 관통했지만, 그는 전혀 개의치 않고 하던 짓을 계속했습니다. 창피한 이야기지만, 나는 겁이 덜컥 나서 도망치고 말았죠. 마음속에는 오직 이데바와 뱃속의 아기를 지켜야 한다는 생각밖에 없었습니다."

헨리는 발길을 돌려 공터에서 50야드 정도 떨어진 집을 향해 전속력으로 달렸다. 이데바가 문간에 나와 그를 기다리고 있었다. 그는 황급히 그녀의 손목을 잡고 마을 밖으로 내달렸다. "해안으로 달아나야 해. 빨리-."

"나는 크롤리 박사가 쫓아오는 소리를 들을 수 있었습니다. 그의 발소리가 점점 우리 쪽으로 가까워졌습니다. 우리는 해안가의 숲 속으로 들어갔죠. 그러고는 숨이 턱에 차도록 뛰고 또 뛰었습니다. 헌데 갑자기 이데바의 발걸음이 둔해지기 시작했습니다. 박사는 점점 거리를 좁혀오는데 말이죠."

그들은 결국 해안에 당도하지 못했다.

"그 후의 일은 전혀 기억나지 않습니다. 한참 만에 눈을 떠 보니, 나는 온몸에 상처를 입고 땅바닥에 엎어져 있더군요. 손발은 붙어 있었지만 무용지물이었고, 눈두덩에서 나온 피가 말라붙어 눈을 뜰 수가 없었습니다. 이데바는 - 희미한 숨소리로 판단해 볼 때 - 나보다 훨씬 안 좋아 보였습니다. 그녀는 모로 누워 있었는데, 노란색 드레스가 피로 얼룩지고 아름다운 금발 머리에는 피가 덕지덕지 엉겨 붙어 있었죠. 나는 간신히 손을 뻗어 그녀의 머리칼을 매만지며 눈을 바라보았습니다. 조금씩 잦아드는 그녀의 숨소리를 들으며 나는 이렇게 속삭였죠. '걱정하지 마, 내 사랑 이데바.' 그러나 얼마 후 그녀는 숨을 멈췄습니다."

크롤리에게는 더 이상 둘러댈 구실이 없었다. 선원 하나가 망대에서 떨어졌고, 소녀가 배 밖으로 뛰어내렸으며, 낚시질하던 사람이 원주민의 공격을 받았다. 그리고 정체불명의 전염병이 돌았다. 여기까지는 아무도 이의를 제기하지 않았다. 그러나 한 밤중에 그의 병원에서 비명 소리가 들리고, 네 명의 남자와 한 명의 여자, 그리고 갓난아기가 사라진 것을 어떻게 설명할 것인가? 마을 주민들은 크롤리를 추궁할 것이고, 결국 그의 정체는 탄로 나고 말 것이다. '그럴 수는 없지.' 그는 마을 주민들을 전부 죽여 뒤탈을 없애기로 결심하고, 밤사이에 그 계획을 행동으로 옮겼다. 날이 새자 크롤리는 마을 사람들의 시체를 하나둘 숲 속으로 옮겼다. 그러나 112명의 이주민 중에서 그의 저주를 피한 사람이 단 한 명 있었다.

크롤리는 버지니아 데어를 죽일 것인지 말 것인지를 놓고 많은 고민을 했다. 크롤리 자신이 직접 받은 아기이자, 신세계에서 태어난 첫 아기라는 점이 크롤리를 갈등하게 했다. 더욱이 이 아기는 로어노크 섬에서 무슨 일이 벌어졌는지 전혀 기억하지 못할 것이었다. '앞으로 닥쳐올 외로운 생활을 견뎌 내려면 여자 하나쯤 있는 것도 괜찮겠다' 는 얄팍한 계산도 작용했다.

"크롤리 박사는 아기를 품에 안고 숲 속을 나오다가, 아직 목숨이 붙어 있는 나를 보고 깜짝 놀랐습니다. 나는 그때 나무에 힘겹게 기대앉아 칼로 'CRO' 라는 글자를 새기고 있었죠. 그건 살인자 크롤리(CROwley)의 정체를 폭로하려는 나의 마지막 시도였습니다. 그는 마음을 가라앉히고는 곰곰이 생각하다가 갑자기 껄껄 웃기 시작했습니다. 좋은 아이디어가 떠오른 거죠. 그는 아기를 땅에 내려놓고 내 칼을 빼앗아, 가까운 건물 기둥에 '크로아턴(CROatoan)' 이라고 새겼습니다. 그러고는 나중에 돌아온 존 화이트 선장이 애꿎은 크로아턴족을 범인으로 지목하고, 이주민들의 원수를 갚기 위해 그들을 몰살시킬 것을 생각하고는 큰 웃음을 터뜨리더군요."

크롤리는 헨리의 목을 치려다 말고 다시 한 번 고민에 빠졌다.

"그는 반경 3,000마일 이내에서 영어를 할 수 있는 사람이 자기 하나뿐이라는 사실을 떠올렸던 겁니다. '이제 이 섬에는 내 농담을 듣고 웃어 줄 사람이 하나도 없겠구나!' 농담을 즐기는 그에게는 자신의 농담을 받아 줄 상대방이 필요했던 거죠. 그는 내 앞에 무릎을 꿇고 앉아 자기 손목을 손톱으로 찔러 피를 냈습니다. 그러고는 핏방울을 내 입안에 흘려 넣었습니다."

크롤리는 이주민들의 시체를 모두 처리하고 나서 남쪽의 스페인 영토를 향해 걸어갔다. 한쪽 팔에는 우는 아기를 안고, 다른 한쪽 팔로는 반송장이나 다름없는 헨리를 부축하면서. 헨리는 크롤리의 피를 마시고 잠깐 동안 열병과 환각을 경험하더니 이내 건강을 회복했다. 상처도 모두 낫고, 부러졌던 뼈도 저절로 붙었다. 이제 헨리는 크롤리의 새로운 동료로, 신세계에서 새로운 인생을 시작하게 되었다.

크롤리는 신선한 피를 마시면서 헨리의 새로운 탄생을 기념해야겠다고 생각했다. 버지니아 데어의 피로 축하 파티를 열기로 한 것이다.

VI

헨리의 집으로 옮겨진 지도 어느덧 스무하루가 지났다. 에이브는 완전히 건강을 회복해서 가벼운 여행도 할 수 있을 정도가 되었다. 그는 누워 있던 방에서 나와 집 주위를 한 바퀴 빙 둘러보았다.

> 알고 보니 내가 머물러 있던 '창문 없는 방'은 '창문 없는 집'의 일부분에 불과했다. 그 집은 땅속에 지어졌던 것이다. 내부의 바닥과 벽면은 돌과 진흙으로 깔끔하게 마무리되어

있었다. 헨리가 나를 위해 음식을 만들었던 부엌, 그가 나에게 읽을거리를 제공했던 서재, 나와 헨리가 잠들었던 두 개의 침실이 정겹게 느껴졌다. 방마다 등잔불이 밝혀져 있었으며, 우아한 가구와 황금빛 액자로 표구된 그림이 품격을 더해 주었다. 헨리는 이 가구와 그림들을 바깥 세계로 통하는 창문쯤으로 여기는 것 같았다.

"이 집은 내가 지난 7년 동안 기울인 노력의 결정판입니다." 헨리가 말했다. "내 손으로 흙을 한 삽 한 삽 퍼 날라 만든 집이랍니다."

네 개의 방 한가운데에는 작은 나무 층계가 있었다. 집 전체를 통틀어 햇빛이 비치는 곳은 이곳뿐이었다. 햇빛은 천장의 작은 창을 통해 부드럽게 스며들었다. 침대에 누워 있는 동안 헨리가 이 층계를 오르락내리락하는 소리를 수도 없이 들었던 기억이 떠올랐다. 층계를 따라 끝까지 올라가자 나무로 된 엉성한 문이 나타났다. 부서진 문틈으로 햇빛이 새어 나왔다. 문을 열고 안으로 들어섰을 때 나는 마치 작은 통나무집에 들어온 것 같은 착각에 빠졌다. 그곳은 허름한 가구, 난로, 담요, 침대가 갖추어진 '위장 통나무집'이었다. 헨리는 호주머니에서 검은 선글라스를 꺼내 쓰고는 '위장 통나무집'의 출입문을 열고 나와 함께 밖으로 나갔다. 밖은 환한 대낮이었다. 나는 그제야 헨리가 디자인의 천재라는 사실을 깨달았다. 그의 집은 밖에서 보면 숲이 우거진 언덕 위에 외로이 서 있는 허름한 통나무집으로밖에 보이지 않았다. "자, 이제 슬슬 시작해 볼까요?" 라고 헨리는 말했다.

바야흐로 에이브러햄 링컨이 난생처음 받아 보는, '제대로 된 교육' 이 시작되는 순간이었다.

에이브는 4주 동안 매일 아침마다 나무 층계를 올라 '위장 통나무집' 으로 들어갔다. 거기서 하루 종일 헨리로부터 '뱀파이어를 찾아내는 방법' 과 '뱀파이어와 싸우는 법' 을 배웠다.

뿐만 아니라 매일 밤 그날 배운 이론에 대한 실습이 이루어졌다. 헨리는 에이브가 어둠 속에서 뱀파이어를 사냥할 수 있도록 가르쳤다.

내가 애지중지하던 마늘 주머니와 성수를 담은 유리병은 이제 치워 버렸다. 칼도 던져 버렸다. 남은 것은 나무 봉, 도끼, 그리고 정신력뿐이었다. 헨리가 가장 공들여 가르치려 했던 것은 뱀파이어의 동물적 감각을 피하는 방법이었다. 뱀파이어의 민첩성을 역이용하는 방법, 내 손발과 목을 보호하면서 뱀파이어를 죽이는 방법도 중요한 교육 내용 중 하나였다. 그러나 뭐니 뭐니 해도 가장 유익한 시간은 자유 대련 시간이었다. 처음에는 그가 워낙 빠르고 힘이 좋아 당해 낼 수가 없었다. 그러나 시간이 흐르면서 그를 맞상대하는 시간이 점점 길어졌다. 가끔씩 그가 내 주먹에 맞는 경우도 있었다. 오래지 않아 나는 열 번에 세 번꼴로 그를 이길 수 있는 실력을 갖추게 되었다.

어느 날 막상막하의 접전 끝에 간신히 헨리를 제압했을 때, 그가 에이브에게 이렇게 말했다. "참 묘한 생각이 드네요. 내가 마치 토끼 제자들을 훈련시키기 위해 여우를 잡아온 토끼 스승 같아요."

에이브는 빙긋이 웃으며 응수했다.

"나는 쥐 스승님께 선물로 드리려고 고양이를 잡아온 쥐 제자랍니다."

초가을이 다가오자 헨리는 에이브에게 더 이상 가르칠 것이 없게 되었다. 이제 에이브가 떠날 시간이 다가온 것이다. 에이브와 헨리는 아침 햇살을 받으며 '위장 통나무집' 문 앞에 섰다. 헨리는 검은 선글라스를 쓰고 있었다. 에이브는 간단한 소지품과 여행용 비상식량을 들고 있었다. 에이브는 이미 아버지와 약속한 귀가 시한을 한참 넘긴 상태였다. 게다가 약속한 돈도 벌지 못했다고 아버지한테 꾸중을 들을 것이 뻔했다.

헨리는 내게 25달러를 선물로 주어 위기에서 벗어날 수 있게 해주었다. 25달러라면 아버지에게 약속한 금액보다 5달러나 많은 금액이었다. 물론 내 자존심은 헨리의 지나친 배려를 허락하지 않았다. 그러나 헨리의 자존심 역시 내 거절을 허락하지 않았다. 결국 나는 그에게 진심으로 감사하며 돈을 받았다.

헨리와의 이별에 앞서 그에게 감사해야 할 일이 너무 많았다. 그는 내 목숨을 살려 주었을 뿐만 아니라, 그동안 친절과 호의로 대해 주었으며, 내 생명을 지키는 법을 가르쳐 주었기 때문이다. 나는 처음에 그의 인간됨을 잘못 판단하고 거칠게 굴었던 점을 사과하고 싶었다. 그러나 이러한 내 생각은 물거품이 되었다. 그가 재빨리 손을 내밀며 "이제 그만 됐어요, 안녕히 가세요."라고 말했기 대문이다. 나는 그와 악수를 나눈 뒤 길을 떠났다. 하지만 그에게 미처 물어보지 못한 말이 생각났다. 그것은 내가 처음 그를 만났을 때부터 궁금해 하던 것이었다. 나는 돌아서서 그에게 물었다. "헨리… 그날 밤 오하이오 강에서 무슨 일을 한 거예요?" 그는 내 말을 듣고 전에 없이 엄숙한 표정을 지었다. 그의 집에 머무르는 동안, 그가 그처럼 엄숙한 표정을 짓는 것을 본 적이 없었다.

"잠자는 아이를 납치하는 것은 명예롭지 못한 일이에요." 그는 말했다. "죄없는 사람의 피를 빨아 먹는 것도 마찬가지죠. 나는 당신에게 그런 자들을 벌할 수 있는 방법을 가르쳐 주었어요. 조만간 그들이 누구인지도 알려 드리죠."

말을 마치고, 헨리는 뒤로 돌아서서 통나무집으로 걸어 들어갔다.

"에이브러햄, 우리를 모두 똑같은 뱀파이어로 보지 말아요. 물론 모든 뱀파이어는 지옥에 떨어질 운명이지만, 그중에는 다른 뱀파이어들보다 먼저 지옥으로 보내야 할 자들이 있으니까요."

4

무서운 진실

조만간 러시아에서는 전제 군주가 물러나고 공화국이 선포될 것입니다. 우리도 늦기 전에 서둘러 노예제를 폐지해야 합니다.

– 에이브러햄 링컨, 조지 로버트슨*에게 보낸 편지 중에서

1855년 8월 15일

I

나의 사랑하는 누나 사라가 세상을 떠났다.

1826년 에이브의 누나 사라는 리틀 피전 크리크의 이웃에 사는 에어런 그릭스비와 백년가약을 맺는다. 에어런은 사라보다 여섯 살 위였다. 두 사람은 양가에서 가까운 통나무집으로 이사

* George Robertson, 미국의 변호사, 정치가. 켄터키 주 출신으로 공화당 하원 의원을 지냈다.

해 신혼살림을 차렸다. 그리고 아홉 달 뒤 사라는 임신을 발표해 주위를 기쁘게 한다. 그러나 1828년 1월 20일, 갑자기 사라에게 산통이 찾아온다. 에이런은 사라 곁을 떠날 수는 없다고 판단해 자신이 직접 아기를 받기로 결심한다. 그러나 사라가 피를 너무 많이 흘리자, 에어런은 당황한 나머지 우왕좌왕한다. 그는 한참 시간이 흘러서야 비로소 사태의 심각성을 깨닫고 의사에게 달려간다. 그러나 그때는 이미 의사도 손을 쓸 수 없을 만큼 상황이 악화된 후였다.

사라는 고작 스무 살이었다. 사라와 죽은 아기는 리틀 피전 침례교회의 묘지에 묻혔다. 누나의 사망 소식을 들은 에이브는 몹시 흐느껴 울었다. 마치 어머니를 한 번 더 잃은 듯한 기분이었다. 더구나 매형의 미숙한 행동이 화를 부른 것을 알고는 참을 수 없는 분노를 느꼈다.

> 그 망할 놈의 자식이 누나를 방바닥에 내팽개쳐 두어 죽게 만들었다. 절대 그를 용서하지 않겠다.

링컨의 저주가 통한 탓일까? 에어런은 사라가 세상을 떠나고 3년이 지난 1831년에 갑자기 세상을 떠났다.

열아홉 살이 되자 에이브러햄 링컨은 새어머니에게서 받은 일기장의 모든 페이지를 깨알 같은 글씨로 빼곡히 메우게 된다(링컨의 이러한 일기 쓰기 습관은 암살당하기 직전까지 계속된다). 그 일기장은 7년간에 걸친 방대한 기록으로, 아버지에 대한 멸시, 뱀파이어를 향한 증오, 뱀파이어와의 초기 전투 등에 대한 내용들이 상세히 담겨 있다.

일기장 속에는 열여섯 장의 편지가 간간이 끼여 있는데, 그중 첫 번째 편지는 에이브가 헨리의 오두막집을 떠나 리틀 피전 크리크로 돌아온 지 한 달 뒤에 배달된 것이다.

에이브러햄에게,

이 편지가 당신에게 제대로 전달되었으면 좋겠습니다. 편지 맨 아래에는 당신이 심판해야 할 사람의 이름이 적혀 있습니다. 그는 라이징선 마을에 살고 있습니다. 루이빌에서 강을 따라 북쪽으로 사흘 정도 거슬러 올라가면 그 마을이 나올 겁니다. 이 편지를 받고 부담 가질 필요는 없습니다. 나는 당신에게 어떤 행동을 하라고 강요할 생각은 추호도 없으니까 말이죠. 선택권은 항상 당신에게 있다는 사실을 명심하십시오. 나는 당신이 그들을 계속 연구할 수 있도록 돕고, 잘못을 응징하는 데 필요한 수단과 방법을 알려 주고 싶을 뿐입니다. 당신이 그들을 잘 처리할 수 있으리라 믿습니다.

편지 맨 아래에는 사일러스 윌리엄스라는 이름과 '구두 수선공' 이라는 직업, 그리고 'H' 라는 사인이 적혀 있었다. 일주일 후, 에이브는 아버지에게 "루이빌에 일하러 갑니다."라는 한마디 말을 남기고 라이징선으로 달려간다.

나는 라이징선 마을 주민들이 납치 사건이나 전염병 등에 시달리고 있을 거라고 지레짐작했다. 그러나 막상 도착하고 보니 주민들의 건강과 정신 상태는 좋아 보였다. 나는 무기를 전투복 속에 깊숙이 감추고 마을 안으로 걸어 들어갔다(큰 키에 한 손에는 도끼를 든 이방인이 길거리를 활보하고 다닌다면 온 마을이 공포에 빠질 게 뻔했다). 그리고 친절해 보이는 행인에게 다가가, 신발이 다 닳아서 그러니 구둣방이 어디 있는지 가르쳐 달라고 말했다. 그는 50야드 거리에 있는 평범한 가게 하나를 일러 주었다. 구둣방 안으로 들어가니 덥수룩한 수염에 안경을 낀 남자가 열심히 일하고 있었다. 가게의 벽은 낡고 망가진 구두들로 잔뜩 뒤덮여 있었다. 남자의 나이는 쉰다섯쯤 되어 보였다. 겉보기에는 매우 온화한 것 같았다. 그는 혼자였다.

"사일러스 윌리엄스 씨?"

"그렇습니다만?"

나는 냉큼 도끼를 꺼내 그의 목을 찍어 베어내고는 이내 밖으로 나왔다.

그의 머리가 마룻바닥에 떨어졌을 때, 그의 두 눈은 – 마치 잘 닦아 놓은 구두처럼 – 새까맣게 변해 있었다. 나는 그가 무슨 죄를 지었는지 전혀 알지 못했다(솔직히 말하자면, 그런 데는 아무 관심도 없었다). 다만 '이 세상에 존재하는 뱀파이어 수가 어제보다 하나 줄었다'는 사실만이 중요했다. 물론 뱀파이어에게 얻은 정보를 가지고 뱀파이어를 처리했다는 사실이 조금 꺼림칙하기는 했다. 그러나 '적의 적은 나의 친구다'라는 옛말도 있지 않은가?

그 후 3년 동안 열다섯 장의 편지가 리틀 피전 크리크로 배달되었다. 편지에는 하나같이 한 사람의 이름, 주소, 그리고 'H'라는 사인이 적혀 있었다.

편지가 한 달에 두 번씩 올 때도 있었고, 석 달 동안 한 번도 오지 않을 때도 있었다. 나는 때에 관계없이, 항상 – 시간이 허락하는 한 – 편지를 받자마자 현장으로 달려갔다. 뱀파이어를 사냥할 때마다 조금씩 노하우가 생겼고 싸움 기술과 무기도 한층 나아졌다. 사일러스 윌리엄스의 목을 자를 때처럼 간단히 끝내는 경우도 있었지만, 몇 시간 동안 엎치락뒤치락하다가 간신히 해치우는 경우드 있었다. 심지어 기절한 척하고 누워 뱀파이어의 공격을 유도한 다음 역습을 하기도 했다. 뱀파이어가 사는 곳도 천차만별이었다. 리틀 피전 크

뱀파이어 희생자들 사이에 서 있는 링컨. 출처: 디에고 스완슨, 《젊은 사냥꾼》(캔버스 유화, 1913)

리크에서 한나절이 걸리는 곳에 사는 놈들이 있는가 하면, 포트웨인이나 내슈빌처럼 먼 고장에 사는 놈들도 있었다.

아무리 먼 거리를 가더라도 에이브의 소지품은 항상 똑같았다.

나는 비상식량, 고기 볶는 프라이팬, 물 끓이는 주전자를 보따리에 담아 도끼 자루에 질끈 동여매서 전투복 안에 넣고 다녔다. 전투복은 긴 코트를 개조한 것으로, 바느질장이에게 맡겨 코트 안주머니를 없애고 그 자리에 두꺼운 가죽을 덧대게 했다. 도끼날은 수염도 깎을 수 있을 정도로 항상 날카롭게 갈아 두었다. 새로 개발한 무기로는 석궁이 있었다. 《타보르파의 무기》*라는 책에 나오는 그림을 보고 직접 만들었다. 나는 시간이 날 때마다 석궁 연습을 했지만 기술을 완전히 익히기 전까지는 실전에서 함부로 사용하지 않았다.

뱀파이어 사냥은 어머니의 원수를 갚는 데는 더할 나위 없는 일이었지만 돈벌이에는 아무런 도움이 되지 않았다. 에이브는

---

* 타보르파(Taborites)는 15세기 보헤미아의 종교 개혁가 얀 후스(Jan Hus, 1415년 콘스탄츠 공의회에서 이단으로 몰려 화형당함)의 가르침을 따르는 급진적 종교 단체를 말한다.

가족의 생계를 도와야 했다. 당시에는 스물한 살이 되기 전까지 버는 돈을 모두 아버지에게 바치는 사회적 관습이 있었다. 그러나 – 독자들도 짐작하겠지만 – 에이브는 이러한 원칙을 잘 지키지 않았다.

> 내가 힘들게 번 돈을 그런 무능한 인간에게 몽땅 바쳐야 한다니! 이건 노예 계약이나 다름없다. 가난하고, 융통성 없고, 이기적이고, 비겁한 인간!

에이브는 항상 일거리를 찾아다녔다. 나무를 베거나, 곡식을 나르거나, 직접 만든 나룻배로 오하이오 강둑의 승객들을 증기선까지 실어 나르는 일* 등을 했다. 에이브가 누나의 죽음으로 인한 충격에서 완전히 벗어나지 못했던 1828년 5월 초, 그에게 행운이 찾아왔다. 그의 인생을 송두리째 바꿀 만한 일자리가 생긴 것이다.

리틀 피전 크리크 일대에서 가장 크고 잘나가는 농장을 운영하는 사람 중에 제임스 젠트리라는 남자가 있었다. 토머스 링컨과는 10년 동안 알고 지내는 사이였다. 그러나 젠트리는 토머스

---

* 에이브는 30피트밖에 안 되는 강물을 잠깐 건너는 데 1달러씩이나 지불하는 승객들을 보고 깜짝 놀랐다. 또한 에이브는 나룻배에서 여행객들로부터 많은 재미있는 이야기들을 들었는데, 그는 이것들을 올드컴벌랜드 트레일(제1장 참조)에서 들은 이야기들과 함께 평생 동안의 레퍼토리로 활용했다.

와 달리 활달하고 상상력이 풍부했다. 바로 이런 점 때문에 에이브는 겐트리를 늘 존경했다. 한편 겐트리는 겐트리대로 키 크고, 일 잘하고, 겸손한 청년 링컨을 좋아했다. 겐트리의 외아들 앨런은 에이브보다 몇 살 더 많았지만 약간 덜떨어진 편이었다. 겐트리는 농장에서 생산하는 옥수수와 베이컨을 미시시피 강 하류 지역에 팔고 싶어 했다. 미시시피 강 하류 지역에서는 설탕과 면화가 많이 생산됐지만, 그 밖의 다른 물건들은 턱없이 부족한 상태였다.

> 겐트리 씨는 나더러 앨런과 함께 나룻배를 만들어 미시시피 강 하류로 내려가 옥수수나 돼지고기 등을 팔아 보지 않겠느냐고 제의했다. 그는 그 대가로 매달 8달러의 임금을 지급하고, 덤으로 뉴올리언스에서 리틀 피전 크리크로 돌아오는 증기선 티켓도 끊어 주겠다고 했다.

설사 돈벌이가 안 되더라도 에이브로서는 이렇게 좋은 제안을 마다할 이유가 없었다. 정당하게 아버지로부터 독립해 모험을 할 수 있는 절호의 기회였던 것이다.

에이브는 푸른 참나무를 깎아 튼튼하고 커다란 나룻배를 만들었다. 아버지에게 배운 목공 기술을 발휘해서 널빤지들을 잘 다듬은 다음 쐐기를 이용해 선체에 단단히 고정시켰다. 갑판 한가운데에 선실을 만들 때는 자기가 일어서더라도 머리를 부딪치지 않을 정도로 천장을 높게 만들었다. 선실 안에는 침대 두 개, 작은 스토브 하나, 랜턴을 두었고 밖을 내다볼 수 있도록 네 개의 창문을 달았다. 마지막으로 에이브는 선체의 모든 이음새를 피치*로 막고 조타노**를 설치했다.

> 나는 겐트리 씨에게 건방진 인상을 주지 않기 위해 "처음 만든 배치고는 성능이 괜찮은 편입니다."라고 말했다. 그 배는 10톤의 물건을 싣더라도 물속으로 2피트 이상 잠기지 않았다.

5월 23일, 앨런과 에이브는 배에 짐을 가득 싣고 길을 떠났다. 천 마일이 넘는 기나긴 여정이었지만 에이브에게는 딥사우스*** 지역을 훑어볼 수 있는 다시없는 기회였다.

> 우리는 모진 바람, 거친 파도와 싸우면서도 가야 할 방향

---

* 석유를 분리한 뒤에 남는 검은색의 고체나 반고체. 도로 포장재나 전기 절연재, 건축용 방수재로 쓰인다.

** steering oars, 선실 안에서 조작할 수 있도록 긴 손잡이가 달린 방향타. 배의 방향을 잡는 데 사용된다.

*** Deep South, 미국의 최남동부 지역인 조지아, 앨라배마, 미시시피, 루이지애나, 사우스캐롤라이나 주 등을 일컫는 말. 농업을 주력 산업으로 하는 낙후된 지역으로, 빈곤층이 많은 데다 대단히 보수적인 특징을 갖고 있다. 남북전쟁 때는 미국 남부연합을 구성해 북부군과 싸웠다.

을 놓치지 않았다. 강둑의 진흙탕에 처박힌 배를 빼내고 선체에 달라붙은 진흙을 제거하느라 진땀을 흘린 적도 한두 번이 아니었다. 배가 고프면 옥수수와 돼지고기로 허기를 채웠고 옷이 더러워지면 미시시피 강물로 세탁해 갈아입었다. 이런 생활을 여러 날 계속했다. 우리는 하루에 많게는 60마일씩, 적게는 30마일 미만씩 앞으로 나아갔다.

두 젊은이는 거대한 증기선이 물결을 헤치고 강을 거슬러 올라가는 것을 볼 때마다 신비로운 장면에 감동해 탄성을 질렀다. 멀리서 연기를 내뿜으며 증기선이 다가오면 그들의 흥분은 점점 고조되었다. 그러다 증기선이 나룻배 곁을 스쳐 갈 때면 흥분은 최고조에 이르러 증기선의 승객과 선장, 선원들에게 큰 소리로 인사말을 건네고 손을 흔들었다.

엔진 소리와 파도 소리, 굴뚝에서 뿜어져 나오는 검은 연기, 파이프에서 피어나는 하얀 증기, 어느 것 하나도 우리를 흥분시키지 않는 것이 없었다. 뉴올리언스에서 증기선을 타면 루이빌까지 불과 며칠 만에 도착할 수 있다니, 인간 능력의 한계는 도대체 어디까지일까?

그러나 아무 소리도 내지 않는 나룻배를 타고 수 마일을 떠내려가면서 그들의 흥분은 이내 차분하게 가라앉았다.

우리는 일찍이 겪어 보지 못했던 마음의 평화를 누렸다. 지구상에 존재하는 인간은 우리 둘뿐인 것 같았다. 자연도 우리 두 사람만을 위해 존재하는 것 같았다. 뱀파이어를 만들어 아름다운 세상을 더럽히는 창조주의 의도를 도무지 알 수가 없었다. 슬픈 일이다. 하나님이 이 아름다운 세상에 만족하지 못하는 이유는 무엇일까?

해가 지면 앨런과 에이브는 배를 댈 곳을 찾아야 했다. 사람이 많은 마을이면 더욱 좋았다. 언젠가 한번은 배턴루지(루이지애나 주의 주도)에서 얼마 떨어지지 않은 듀센 농장에 배를 대고 나무에 로프를 묶어 배를 고정시켰다. 늘 그렇듯 그들은 저녁을 먹고 로프가 단단히 묶여 있는지를 확인한 후 선실 안으로 들어갔다. 그러고 나서 한동안 책을 읽고 대화를 나누다가 등불을 끄고 잠이 들었다.

나는 한밤중에 인기척에 깜짝 놀라 잠에서 깨어났다. 머리맡에 있는 몽둥이를 쥐고 벌떡 일어났다. 문간에 괴한 두 명이 엉거주춤 서 있는 것이 어슴푸레하게 보였다. 그들은 나의 큰 키에 지레 겁을 먹은 것 같았다. 잠시 후 그들은 내가 휘두른 몽둥이에 머리를 얻어맞고 혼비백산해서 달아났다. 나는 그들을 쫓아 갑판으로 뛰쳐나갔다(쫓아가다가 나도 선실 기둥에 머리를 세게 부딪쳤다). 마침 보름달이 떠 지상을 환히 밝혀 주고 있었다. 갑판에는 흑인이 일곱 명 있었다. 선실에 침입한 둘을 제외한 나머지 다섯 명은 부지런히 나무에 묶인 로프를 풀고 있었다. "이놈들아!" 나는 소리쳤다. "머리통을 박살내기 전에 어서 꺼지지 못해?" 나는 거짓말이 아니라는 것을 보여 주려고 몽둥이로 한 놈의 가슴을 후려쳤고 또 한 놈을 요절내기 위해 몽둥이를 치켜들었다. 그러나 그럴 필요가 없어졌다. 흑인들이 순식간에 줄행랑을 쳐버렸기 때문이다. 나는 도망치는 흑인들의 한쪽 발목에 부서진 족쇄가 매달려 있는 것을 보고 정황을 파악할 수 있었다. 그들은 도둑이 아니라 노예였다. 인근의 듀셴 농장에서 탈출하여 우리 배를 훔쳐 타고 먼 곳으로 달아날 심산이었던 것이다.

한바탕 소란에 놀라 잠을 깬 앨런은 에이브와 함께 숲 속을 수색하며 다른 노예들이 숨어 있지 않은지 확인했다. 노예들이 멀리 달아난 것을 확인한 그들은 당장 그곳을 떠나기로 했다. 그들은 배를 지탱하고 있는 로프를 칼로 잘라 낸 다음 다시 여행길에 올랐다.

우리는 야간 여행이라는 새로운 모험을 시작했다. 앨런이 랜턴을 들고 배의 뒤편으로 가서 불빛을 환하게 비췄고 나는 선실 꼭대기에서 방향타를 잡고 배를 몰았다. 나는 고개를 돌려 강둑 쪽을 흘끔 바라보았다. 그때 농장 쪽에서 키 작은 백인 하나가 강을 향해 뛰어오는 것이 보였다. 나는 농장 사람들이 노예들을 잡으러 오는 것이려니 생각했다. 그런데 이 사람은 뭔가 달랐다. 그는 강가로 달려온 후에도 멈추지 않고 그대로 몸을 날렸다. 그러고는 반대편 둑에 사뿐히 착지했다. 맨몸으로 강을 뛰어넘는 불가능한 일을 해낸 것이다.

나는 그제야 모든 것을 깨달았다. 방금 전에 우리 배를 훔치려던 노예들은 사람이나 경비견에 쫓긴 것이 아니었다. 뱀파이어가 그들을 쫓고 있었던 것이다.

나는 당장이라도 강둑을 향해 배를 돌리고 싶은 충동을 느꼈다. 그리고 베개 밑에 숨겨 둔 보따리에서 무기를 꺼내고 싶었다. 내 행동이 현실적으로 가능한 것인지, 또는 가치 있는 것인지는 따지고 싶지 않았다. 단지 이대로 모른 척하며 돌아서고 싶지 않을 뿐이었다. 앨런은 생전 듣도 보도 못한 비속어를 퍼부어 댔다. 그는 침입자들에게 혓바닥을 잘리지 않아 다행이라고 했다. 또 집에 있는 머스킷 총을 갖고 오지 않은 것을 후회하며 욕설을 내뱉었다. "더러운 살인마 자식들." 그는 아직도 상황 파악을 제대로 하지 못한 것 같았다.

나는 잠자코 방향타를 잡은 채 배를 모는 데만 신경 썼다. 앨런처럼 흑인들을 미워할 수는 없었다. 그들은 자신들의 생명을 지키기 위해 그랬을 뿐이었다. 살기 위해선 우리의 나룻배를 빼앗아야 했을 것이다. 영문을 모르는 앨런은 욕설을 그치지 않았다. "아무짝에도 쓸모없는 검둥이 자식들."

나는 앨런에게 조용히 말했다. "그들도 인간이야."

II

앨런과 에이브가 미시시피 강의 험한 물굽이를 돌고 돌아 뉴올리언스에 도착한 때는 6월 20일 정도였다. 그들은 사람들로 북적거리는 부둣가를 돌아다니며 배에 싣고 온 물건들을 모두 팔았다. 더 이상 필요 없게 된 나룻배는 나무 값만 쳐서 목재상에게 넘겼다. 그들을 맞이하는 듯, 뉴올리언스에는 가랑비가 내리고 있었다. 그들은 가랑비를 맞으며 미시시피 강의 거친 물결로부터 해방된 기쁨을 만끽했다.

> 뉴올리언스 북부는 더디기는 하지만 날로 발전하고 있었다. 농장은 주택으로, 주택은 도로로, 도로는 철제 난간의 발코니를 가진 2층짜리 벽돌집으로 바뀌어 갔다. 부두에는 범선과 증기선이 가득했고, 수백 척의 나룻배들은 그 틈바구니에서 공간이 너무 비좁다고 떼를 쓰는 듯했다.

인구 4만 명의 항구 도시 뉴올리언스는 세계로 통하는 미국 남부의 관문이었다. 뉴올리언스의 부둣가를 거닐다 보면 유럽이나 남아메리카에서 온 선원들과 자주 마주치곤 했다. 개중에는 동양에서 온 사람들도 있었다.

우리는 도시의 매력에 흠뻑 빠져들어 처음에는 물건들을 팔아 치울 생각조차 하지 못했다. 그동안 얼마나 동경해 왔던 뉴올리언스였던가! 난생 처음 본 풍요로운 도시의 광경에 넋을 잃을 지경이었다. 프랑스어와 스페인어를 자유자재로 구사하는 사람들, 최신 유행으로 맵시를 뽐내는 여자들, 머리부터 발끝까지 고급 정장을 차려입은 신사들. 거리에는 말과 마차가 가득하고 상점에는 없는 물건이 없었다. 우리는 샤르트르 거리를 거닐고, 잭슨스퀘어*에 있는 세인트루이스 대성당을 구경했다. 광장에서는 인부들이 노새를 이끌고 가스관 매설 공사를 하고 있었다. 몇 달 전부터 해오던 공사가 마침내 완성되자, 그들 중 한 명이 자랑스럽게 외쳤다. "이제 뉴올리언스의 밤은 영롱한 보석처럼 빛날 것이다. 등불이나 촛불 따위는 더 이상 필요하지 않다."

에이브는 도시와 시민들이 뿜어내는 활기찬 기운에 충격을 받았다. 또 주변의 사물들이 하나같이 오랜 연륜을 지니고 있다는 점에서 다시 한 번 충격을 받았다.

---

* Jackson Square, 1814년 뉴올리언스 전투에서 영국군을 대파한 앤드루 잭슨(Andrew Jackson) 장군의 이름을 따서 이렇게 불렸다.

책에서만 봐 왔던 유럽의 어느 나라에 온 것 같았다. 나는 이곳에서 처음으로 담쟁이덩굴로 뒤덮인 벽이 있는 집을 보았다. 여기에는 학자, 건축가, 예술가들이 많았다. 또 커다란 도서관들도 많았다. 도서관은 열심히 공부하는 학생들과 교양 있는 시민들로 붐볐다. 뉴올리언스에는 아버지가 이해할 수 없는 것들이 너무 많았다.

세인트 클로드 가에 있는 마리 라보 여관은 이 도시의 스페인풍 건물 중에서 가장 인상적인 곳은 아니었다. 그래도 두 명의 인디애나 출신 청년들이 한 주일 동안 머물기에는 안성맞춤이었다.

여관에서 멀지 않은 곳에 술집이 하나 있었다. 그곳에 가면 럼이나 와인, 위스키를 양껏 마실 수 있었다. 주머니는 물건과 배를 팔아 번 돈으로 두둑했고, 마음은 생전 처음 보는 신기한 도시에 와 있다는 흥분으로 한껏 부풀어 있었다. 우리는 풍요로움에 취해 흥청망청 먹고 마셔 댔다. 어수룩한 시골 청년들로서는 도가 지나친 행동이었다. 술집은 미시시피, 오하이오, 상가몬 등 도처에서 온 선원들로 넘쳐 났다. 거친 선원들이 한자리에 모이다 보니 3분 간격으로 싸움이 벌어졌다. 싸움이 더 자주 벌어지지 않는 게 오히려 이상할 정도였다.

에이브가 뉴올리언스에 도착한 지 하루 동안 마주친 이들 중에서 특이한 사람들은 선원들뿐만이 아니었다. 다음 날 아침 그와 앨런이 – 한 손으로는 지끈거리는 머리를 움켜쥐고, 다른 손으로는 눈부신 햇살을 가리면서 – 해장거리를 찾아 비엔빌 가를 헤맬 때, 에이브는 뭔가 이상한 것이 그들을 향해 다가오는 것을 발견했다.

> 먼발치에서 백마 한 쌍이 끄는 흰색 마차가 달려오고 있었다. 마부석에는 흰 코트를 입은 소년이 앉아 말을 몰고 있었고, 소년의 뒤로는 신사 둘이 앉아 있었다. 한 신사는 통통하고 붉은 얼굴에, 녹색과 회색이 어우러진 평범한 정장을 입고 있었다. 다른 신사는 흰 피부와 긴 백발에 하얀색 실크 정장을 입고 있었고 두 눈은 검은색 선글라스로 가려져 있었다. 내 경험에 비추어 볼 때 두 번째 신사는 뱀파이어인 게 틀림없었다. 그는 매우 부유해 보였으며, 우아하고 세련되어 보였다. 두 사람은 마차의 그늘막 안에서 유쾌한 대화를 나누고 있었다. 나는 마차가 가까이 다가오면 그의 심장을 나무 봉으로 찌르고 머리를 도끼로 쪼갤 궁리만 하고 있었다. 검붉은 피가 흰색 실크 정장에 흩뿌려지면 얼마나 아름다울까!
>
> 그러나 나는 지나가는 마차를 바라볼 수밖에 없었다. 품속에 무기가 없다는 것을 깨달았을 뿐만 아니라, 별안간 숙

취로 인한 두통이 엄습해 왔기 때문이다. 백발의 뱀파이어가 내 곁을 유유히 지나가면서 나에게 아는 체를 했다. 나는 갑자기 이상한 생각이 들었다. 누군가 내 일기를 훔쳐보고 있다는 느낌이 들었다. 어디선가 정체불명의 목소리가 들려왔다.

"에이브러햄, 우리를 모두 똑같은 뱀파이어로 보지 말아요."

두 신사를 실은 마차는 도핀 가를 지나 시야에서 사라졌다. 누군가 나를 훔쳐보고 있다는 느낌은 여전히 남아 있었다. 나는 길 건너편에 서있는 왜소한 사내를 발견했다. 그는 창백한 얼굴을 하고 골목에 몸을 반쯤 숨긴 채 나를 뚫어져라 쳐다보고 있었다. 덥수룩한 머리와 짧은 콧수염에 검은 옷을 입었으며, 검은 안경을 쓰고 있었다. 영락없는 뱀파이어였다. 그는 나에게 들켰다는 사실을 깨닫고는 골목 안으로 사라졌다. '이번만큼은 그냥 지나칠 수 없다! 머리가 아파도 할 수 없다.' 나는 비틀거리는 앨런을 내버려 둔 채 사내의 뒤를 쫓았다. 콘티 가를 지나고 베이신 가를 가로질러 그를 추격했다. 그는 근처에 있는 공동묘지*로 숨으려는 것 같았

* 아마도 오늘날의 세인트루이스 공동묘지 1구격(St. Louis Cemetery #1)을 가리키는 것으로 보인다.

다. 나는 불과 열 발짝 차이로 그를 뒤쫓았는데, 공동묘지 입구 앞에서 그만 놓치고 말았다. 그는 갑자기 사라져버렸다. 나는 지하 묘지의 미로 속에서 길을 잃었다. '그가 무덤 중의 하나로 들어간 것은 아닐까?' 라고 생각했다. 그렇다면 이 묘지에는 얼마나 많은 뱀파이어가 살고 있단 말인가?

"왜 나를 쫓아오는 거죠?"

나는 주먹을 들고 주위를 빙그르르 돌아보았다. 그는 – 공동묘지의 벽 안쪽에 등을 바짝 붙인 채 – 바로 내 뒤에 서 있었다. 교활한 뱀파이어 같으니라고. 그는 안경을 벗어 들고 찌푸린 얼굴과 피곤한 눈빛으로 나를 응시했다.

"내가 선생을 뒤쫓았다고요? 그러는 선생은 왜 도망친 거죠?"

"글쎄요, 손으로 햇빛을 가린다든지… 마차 안의 신사와 의미 있는 시선을 주고받는다든지… 이런 것들로 미루어 봐서, 나는 당신이 뱀파이어라고 생각했어요."

나는 기가 차서 말이 안 나왔다.

"당신도 나를 뱀파이어라고 생각한 모양이군요?" 그가 말했다. "하지만 나는…."

사내의 입술에서 엷은 미소가 번졌다. 그는 자기의 검은 안경과 내 얼굴을 번갈아 쳐다보았다. 그러고는 웃기 시작했다.

"우리 서로 착각한 것 같군요."

"미안하지만 선생··· 당신이 뱀파이어가 아니라는 걸 내가 어떻게 믿죠?"

"유감스럽게도, 방법이 없네요." 그가 웃으면서 말했다. "내가 뱀파이어라면 아직까지 살아서 숨을 쉴 수 있을까요?"

나는 사내에게 사과를 하고 손을 내밀었다. "에이브러햄 링컨입니다."

사내는 내 손을 덥석 잡았다.

"에드거 앨런 포입니다."

III

에드거 앨런 포와 에이브러햄 링컨은 불과 몇 주 간격으로 세상에 태어났다. 두 사람 다 어린 시절에 어머니를 여의었지만, 성장 과정은 사뭇 달랐다.

포는 어머니를 잃은 후 존 앨런이라는 부유한 상인에게 입양되었다. 앨런이 주로 거래하는 상품은 노예였다. 포는 고향인 보스턴을 떠나 영국으로 건너가, 영국 최고의 명문 학교에서 엄격한 교육을 받았다. 그는 에이브가 책을 통해서만 읽을 수 있었던 유럽의 우수한 문화를 실제로 경험했다. 에이브가 뱀파이어에 대한 복수를 맹세하고 나무 봉으로 바츠의 심장을 찌를 때쯤, 포는 미국으로 돌아와 양아버지와 함께 버지니아에 정착해 온갖 화려한 생활을 즐겼다. 포는 에이브가 원하는 모든 것을 가질 수 있었다: 최고의 교육, 최고의 집, 셀 수 없을 만큼 많은 책, 야망이 넘치는 아버지.

그러나 어떤 면에서 보면, 포와 에이브 모두 불쌍한 인간이었다.

포는 버지니아 대학 신입생 시절에 술과 도박으로 인해 양아버지가 보내 준 돈을 모두 탕진하고, 결국 양아버지로부터 버림받고 말았다. 화가 난 포는 자포자기의 심정으로 버지니아를 떠나 보스턴으로 돌아가 에드거 A. 페리라는 이름으로 군대에 입대해 버렸다. 그리하여 낮에는 포병 생활을 하고, 밤에는 촛불 아래에서 음울한 소설과 시를 썼다. 포는 고향에서 포병 생활을 하던 시절, 처음으로 뱀파이어를 만났다.

> 포는 자비를 들여 짧은 시집을 발간했는데, 시집 표지에 - 동료 군인들에게 들키지 않기 위해 - '보스턴 사람'이라는 필명을 적어 넣었다. 하지만 쉰 권의 시집 중에서 팔린 것은 많이 잡아야 겨우 스무 권 정도였다. 그런데도 독자 중 한 명은 포의 천재성을 발견했고, 인쇄업자를 매수하여 그의 본명을 밝혀냈다. "시집을 낸 직후 기 드 베레라는 사람이 찾아왔어요. 그는 상당한 재산을 가진 홀아비였는데, 내 이름을 어떻게 알아냈는지 설명한 다음 내 작품에 깊은 감동을 받았

다고 말했어요. 그러더니 뜬금없이 '뱀파이어가 군대에서 무슨 역할을 하나요?' 라고 물었죠." 라고 포는 말했다.

포의 시에는 어둠과 아름다움이 공존했다. 드 베레는 죽음과 슬픔을 그처럼 독특한 시각으로 해석하여 시를 쓸 수 있는 사람은 뱀파이어밖에 없다고 확신했다.

"그는 시의 원작자가 '살아 있는 인간' 이라는 걸 알고는 깜짝 놀랐어요. 나 역시 내가 뱀파이어와 이야기하고 있다는 것을 알고 깜짝 놀랐지요."

포는 예의 바른 뱀파이어인 드 베레에게, 그리고 드 베레는 우울하고 총명한 시인인 포에게 마음이 끌렸다. 두 사람은 헨리와 에이브처럼 영원한 우정을 맹세했다. 그러나 포가 드 베레와 접촉하는 목적은 에이브가 헨리와 접촉하는 목적과는 완전히 달랐다. 에이브의 목적이 뱀파이어를 좀 더 잘 사냥하기 위한 정보를 얻으려는 것이었다면, 포의 목적은 어둠과 죽음을 주제로 하는 시를 좀 더 잘 쓰기 위한 것이었다. 포는 뱀파이어가 어둠 속에서 생활하는 방식과 죽음을 초월하는 방식에 대해 보다 많은 것을 알고 싶었던 것이다. 드 베레는 포의 작품을 너무 좋아해서 포에게 작품 소재를 흔쾌히 제공했지만 한 가지 조건이 있었다. 작품에 자신의 이름을 싣지 말아 달라는 것이었다.*

드 베레와 우정을 나눈 지 몇 달이 지나, 포는 보스턴에서 사우스캐롤라이나의 포트몰트리로 근무지를 옮겼다. 새로운 근무지에는 문화적 갈증과 뱀파이어에 대한 궁금증을 충족시킬 대상이 없었기 때문에, 포는 갑자기 군 생활에 흥미를 잃었다. 이제 그에게 군대는 감옥이었다.

> 결국 포는 뱀파이어를 연구할 목적으로 부대를 탈영해 뉴올리언스로 갔다. 그가 뉴올리언스를 택한 이유는 평소에 드 베레에게 들은 말 때문이었다. 드 베레는 "미국에서 뱀파이어를 연구하는 데 뉴올리언스만큼 좋은 데는 없다."고 입버릇처럼 말했다고 한다. 그날 저녁 포와 나는 여관 근처의 술집에서 함께 위스키를 마셨다. 포는 인사불성이 되도록 술을 마셨다. 앨런은 다른 좌석의 여성들과 어울려 광란의 밤을 보내기 위해 자리를 떴기 때문에, 우리는 공통의 관심사에 대해 자유롭게 대화를 나눌 수 있었다. 물론 주위의 시선을 의식해 함부로 소리를 높이지는 않았다. 우리는 밤늦도록 뱀파이어에 대한 모든 지식과 경험을 공유했다.

"그들은 어떻게 인간의 피를 빠는 방법을 배우죠?" 바텐더가

---

* 그러나 무슨 이유인지는 몰라도 포는 이 조건을 지키지 못했다. 그는 1843년 발표한 《레노어(Lenore)》라는 작품에서 드 베레라는 인물을 등장시킨다.

빈 술병을 치우고 간 뒤에 에이브가 물었다. "그리고 햇빛을 피해야 한다는 사실은 어떻게 아는 걸까요?"

"그러면 송아지는 어떻게 다리로 일어서는 방법을 알게 될까요? 꿀벌은 어떻게 벌집을 짓고요?"

포는 이렇게 반문하고 나서 술잔을 비우곤 다시 말했다.

"간단해요. 그건 그들의 본능이에요. 링컨 씨, 그들처럼 우수한 종족을 말살한다는 건 미친 짓입니다."

"포 씨, 그런 악마들을 그토록 존중한다는 게 오히려 미친 짓 같은데요."

"당신은 그들처럼 고상한 눈으로 우주를 바라볼 수 있나요? 시간과 죽음 앞에서 초연할 수 있어요? 당신 같은 인간은 꿈도 꿀 수 없는 일이에요."

"하지만 인간은 우정과 평화를 갈망해요."

"그래요? 내가 보기에 인간은 아무것도 갈망하지 않아요. 인간이 생각하는 건 재산, 쾌락, 출세뿐이죠."

"아무리 고상한 가치를 추구하더라도 거기엔 한계가 있어요. 모든 욕망이 충족되어 더 이상 추구할 것이 남아 있지 않다면 어떻게 될까요?"

에이브는 올드컴벌랜드 트레일에서 한 여행자로부터 전해들은 이야기를 소개했다.

옛날에 영원한 생명을 갈망하는 사람이 있었다. 그는 어린 시절부터 하나님께 불멸의 삶을 달라고 기도했다. 그는 불쌍한 사람들에게 자선을 베풀고, 거래처에 신의를 지키고, 아내에게 충실하고, 자녀들에게 다정하게 대했다. 그는 하나님 앞에서 겸손하고, 하나님의 계명을 모든 사람에게 전했다. 그러나 세월이 흐르면서 점점 노쇠해 갔고, 결국 초라한 노인의 몸으로 세상을 떠났다. 그는 하늘나라에 가서 하나님에게 물었다. "주여, 왜 저의 기도를 들어주시지 않으셨나요? 제가 당신의 말씀에 순종하지 않았나요? 당신의 이름을 모든 이들에게 찬미하지 않았나요?" 그의 질문에 하나님은 이렇게 대답했다. "너는 모든 일들을 내 뜻대로 잘 실행했다. 내가 너를 하늘나라로 부른 것은 너의 기도를 들어주었기 때문이다."

"당신은 뱀파이어가 영원한 생명을 가졌다는 것을 강조하고 싶은 거로군요."라고 에이브는 말했다. "그러나 영혼이 없다면 영원한 삶이 무슨 의미가 있죠?"

"죽지 않는 존재에게 영혼이 무슨 필요가 있단 말인가요?"

에이브는 웃을 수밖에 없었다. 포는 세상을 삐딱하게 바라보는 왜소한 체격의 사내일 뿐이었다. 그는 – 에이브에 이어 – 뱀파이어의 비밀을 아는 두 번째 인간일 뿐이었다. 코가 비뚤어지도록 술을 마시고 시끄럽게 목청만 높이는 인간일 뿐 호감 가는 구석이라고는 한 군데도 없었다.

“당신은 뱀파이어가 되고 싶은 거로군요?” 에이브가 물었다.

“인간의 일생은 비참하게 느껴질 만큼 충분히 길다고 생각해요.” 포는 웃으며 말했다. “도대체 어떤 멍청한 인간이 뱀파이어가 되면서까지 자기 생명을 연장하고 싶어 하겠어요?”

IV

6월 22일 저녁, 에이브는 세인트필립 가를 혼자 배회하고 있었다. 전날 밤에 젊은 여성들과 광란의 파티를 즐기러 갔던 앨런은 숙소로 돌아오지 않았고, 포는 밤새도록 술을 마시다가 새벽이 되어서야 비틀거리며 자기 숙소로 돌아갔다. 에이브는 정오 무렵에야 간신히 잠에서 깨 기다시피 걸어 숙소를 나왔다. 입에서 쓴 내가 나고 정신이 몽롱했다. 맑은 공기라도 마시면서 기분 전환을 할 생각으로 거리를 걷기 시작했다.

강 쪽으로 걸어가는데 왁자지껄하는 소리가 들렸다. 가까이 가 보니, 빨간색, 흰색, 파란색으로 치장된 무대 주위를 사람들이 에워싸고 있었다. 무대 위로 노란 현수막이 휘날리고 있었다. 거기에 큼지막하게 ‘노예 경매, 오늘 오후 1시!’라고 쓰여 있었다. 무대 앞에는 100명도 넘는 남자들이 진을 치고 앉았고, 그 옆에서는 흑인들이 200명쯤 서성거렸다. 노예를 사려는 사람들이 하나둘씩 모여들면서 무대 주변으로는 자욱한 담배 연기가 피어나고 시끄러운 웃음소리가 귀청을 때렸다. 경매 시간이 다가오자 경매 참가자들은 연필과 종이를 들고 준비 자세를 취했다. 이윽고 돼지처럼 뒤룩뒤룩 살찐 진행자가 앞에 나와 말했다. "신사 여러분, 오늘의 첫 번째 물건을 소개합니다." 말이 떨어지자마자 쉰세 살 정도 되어 보이는 흑인이 무대에 올라와 관중에게 절을 했다. 그는 이번 경매를 위해 주인이 마련해 준 듯한 옷을 입고 생글생글 웃으며 당당하게 서 있었지만 복장이 왠지 어색해 보였다. "이름은 커프, 수놈입니다. 아직도 힘이 좋습니다. 일도 잘하고 튼튼한 새끼도 많이 낳아 줄 겁니다." 그 흑인은 꼭 팔리고 싶은지, 진행자가 설명하는 동안 연방 웃으면서 절을 했다. 내 마음속에서는 그에 대한 동정심과 혐오감이 교차했다. '저 남자의 남은 인생과 미래의 자손이 어떻게 될지는 바로 이 순간 그가 만날 생면부지의 새 주인, 즉 가장 높은 값을 부르는 사람에게 달려 있구나.'

이번 경매에서 매매될 노예의 수는 모두 200여 명으로, 경매 기간은 이틀이었다. 노예들은 경매가 시작되기 일주일 전부터 두 군데의 마구간에 나뉘어 수용되었고, 노예를 살 사람들은 미리 마구간에 들러 그들의 품질(?)을 자유롭게 검사할 수 있었다.

품질 검사 과정 중에는 불쾌하고 모욕적인 부분이 있었다. 남자건 여자건, 아이건 노인이건, 세 살부터 쉰일곱 살까지의 흑인들은 처음 보는 백인들 앞에서 발가벗고 서 있어야 했다. 백인들은 그들의 근육을 잡아당겨 보고, 입을 벌려 보고, 치아를 검사했다. 또 흑인들은 불구가 아니라는 것을 증명하기 위해 이리저리 걷거나, 몸을 굽혔다 폈다 해 보여야 했다. 그들은 몸값을 올리기 위해 자기가 갖고 있는 온갖 재주들을 보여 줘야 했다.

그러나 몸값을 올리는 게 반드시 바람직한 것만은 아니었다. 왜냐하면 선량한 주인을 만날 경우 흑인은 자신의 몸값을 주인에게 지불하고 자유의 몸이 될 수 있었는데, 몸값이 비쌀수록 자유의 몸이 될 가능성은 줄어들 수밖에 없기 때문이다.*

남자, 여자, 어린이, 젖먹이 할 것 없이 무대 위에 서서 못된 '신사'들에게 곤욕을 치러야 했다. 나는 서너 살 먹은 흑인 여자 아기가 엄마로 보이는 흑인 여자에게 달라붙어 있는 것을 보았다(처음에는 아기가 그 여자의 옷인 줄 착각했다). 무

---

* 한창 때에 있는 건강한 남자의 몸값은 약 1,100달러였는데, 흑인 노예가 이 정도의 금액을 저축하는 것은 불가능했다. 반면, 늙은 여자나 장애가 있는 사람의 몸값은 불과 100달러 이하였다.

엇 때문에 그녀는 시끌벅적한 경매장의 무대 위에 서게 됐는가? 나는 이따위 죄악으로 아름다운 세상을 더럽히는 창조주의 의도를 도무지 알 수가 없었다.

그러나 어떻게 보면 에이브 역시 못된 '신사'들과 한통속이나 다름없었다. 만일 에이브가 미시시피 강줄기를 타고 내려와 농장 주인들에게 물건을 파는 자기 모습에서 어떤 모순을 발견했다면, 이런 일기를 쓰지는 않았을 것이다. 사실 그에게서 물건을 사 간 농장 주인들과 노예를 사기 위해 이 자리에 모인 '신사'들은 같은 인물이나 다름없었다.

"신사 여러분, 여기를 주목해 주세요. 지금부터 아주 쓸 만한 검둥이 가족 하나를 소개합니다. 수놈의 이름은 이스라엘, 치열이 고르고 체격이 엄청나게 큽니다. 이 근방에서 이보다 튼실한 놈을 구하기는 힘들 겁니다. 그리고 암놈의 이름은 베아트리체, 팔뚝과 등짝은 수놈만큼 튼튼하지만, 손놀림이 섬세해 마님의 드레스를 손질할 수도 있습니다. 열 살짜리 아들놈은 제 아비만큼 튼튼한 일꾼이 될 재목이고, 세 살짜리 딸년은 얼굴이 천사처럼 예쁩니다. 이런 알짜배기 검둥이 가족은 어디에서도 구경할 수 없을 겁니다."

노예들은 자신의 경매에 깊은 관심을 보이면서, 누군가 새로운 가격을 제시할 때마다 그쪽을 흘깃 쳐다보았다. 마음씨 좋은 주인에게 낙찰되거나, 가까운 친척과 함께 한 주인에게 낙찰된 흑인들은 만족스러운 표정을 짓기도 하고 환호성을 지르기도 하며 무대를 떠났다. 그러나 못돼 보이는 인상의 주인에게 낙찰되거나, 서로 다른 주인에게 낙찰되어 떨어지게 된 흑인 연인들은 몹시 침통한 표정을 지었다.

경매 참가자 중에서 눈길을 끄는 사람이 하나 있었다. 그는 두둑한 주머니를 과시하려는 듯 아무 흑인이나 마구잡이로 사들였다. 경매 시작 시간보다 조금 늦게 경매장에 도착한 그는 성별, 건강 상태, 특기 등에 관계없이 열두 명의 노예를 싹쓸이했다. 그는 노예를 단지 '물건'으로 보는 것 같았다. 그러나 그가 나의 시선을 끈 이유는 다른 데 있었다. 그는 - 나보다는 작지만 - 큰 키에 멋진 반코트를 입었고, 왼쪽 뺨에 있는 흉터를 가리려고 회색 턱수염을 기르고 있었다 (자세히 살펴보니, 흉터는 눈에서 시작해 입술을 거쳐 턱까지 이어져 있었다). 그는 햇빛을 가리기 위해 파라솔을 들고, 검은 안경을 쓰고 있었다.

그가 뱀파이어만 아니었다면 나는 그의 패션 감각에 감탄했을 것이다. 그러나 그의 행동거지를 보니 미심쩍은 점이 한두 가지가 아니었다. 재주가 특출하지도 않은 늙은 여자 두 명과, 다리를 저는 소년 한 명을 사들인 이유는 무엇일까? 그리고 한꺼번에 그렇게 많은 노예를 사들인 이유는 또 무엇일까?

나는 그의 뒤를 밟아 의문을 풀어야겠다고 마음먹었다.

V

열두 명의 노예는 미시시피 강을 따라 북쪽으로 난 진흙길을 맨발로 걸어갔다. 그들은 열네 살부터 예순여섯 살까지 다양한 연령대였다. 개중에는 서로 잘 아는 사이가 있는가 하면, 불과 한두 시간 전에 경매장에서 처음 만난 사이도 있었다. 모두 새끼줄에 엮인 굴비처럼 허리에 밧줄이 감긴 채 앞뒤 사람들과 엮여 있었다. 새 주인은 맨 앞에서 행렬을 이끌었고, 소총을 거머쥔 백인 감시자가 맨 뒤에서 행렬을 따라갔다. 감시자는 금방이라도 도망자를 사살할 기세로 노예들의 뒷모습을 노려보았다. 진흙길을 맨발로 힘겹게 걸어가는 노예들과 달리, 주인과 감시자는 말을 타고 편하게 이동했다. 에이브는 그들이 눈치 채지 못하도록 거리를 유지하며 따라갔다. 노예의 행렬은 어느덧 길을 벗어나 숲 속으로 접어들었다.

나는 4분의 1마일 거리를 유지하며 조심스럽게 미행했다. 가끔 감시자가 뭐라고 소리치는 것이 들리기는 했지만, 이 정도 거리라면 제아무리 예민한 뱀파이어라도 내 발소리를 들을 수는 없었다.

그들이 뉴올리언스 북쪽 8마일(미시시피 강의 동쪽 둑에서는 1마일) 거리에 위치한 농장에 도착했을 때는 날이 어두워져 있었다.

그 농장은 내가 미시시피 강을 오르내리며 봤던 여느 농장들과 별반 다르지 않았다. 대장간, 무두질 공장, 정미소, 창고, 각종 기구, 직기, 헛간, 축사 등 낯익은 시설들이 눈에 들어왔다. 그리고 노예를 수용하는 막사 몇 채가 농장 주인의 집을 에워싸고 있었다. 막사라고 해봐야 방 하나짜리 통나무집으로, 그 안에서는 열 명이 넘는 노예들이 더러운 마룻바닥이나 옥수수 껍질로 만든 침대에서 잠을 잤다. 방 한구석에는 횃불이 타고 있어, 여자들은 이 횃불 아래서 밤늦도록 바느질을 했다.

날이 밝자 농장은 사람 떠드는 소리와 작업하는 소리로 시끌벅적해졌다. 남자 100여 명이 한 줄로 길게 늘어서 도랑을 팠다. 여자들은 땀을 뻘뻘 흘리며 쟁기질을 했다. 백인 감시자는 말을 타고 그들 사이로 다니면서, 조금이라도 게으름을 피우는 사람이 보이면 사정없이 채찍질을 했다. 윗옷을 입지 않은 노예들은 맨몸으로 채찍을 맞았다. 그들의 한가운데에 농장 주인의 집이 버티고 서 있었다.

그래도 농장 안에서 일하는 노예들은 들판에 나가 뼈 빠지게 일하는 노예들에 비하면 운이 좋은 편이었다. 그렇다고 해서 농장에서 일하는 것이 편하지는 않았다. 조금이라도 규율을 어기면 가혹한 처벌을 받아야 했기 때문이다. 더욱이 여자 노예들은 주인의 이루 말할 수 없는 변덕에 시달려야 했다.

에이브는 먼발치에서 열두 명의 노예들이 농장의 중심부를 지나 헛간으로 들어가는 모습을 보았다. 헛간은 횃불과 기름 램프로 환했다. 에이브는 헛간에서 20야드 떨어진 창고 뒤에 몸을 숨겼다. 덕분에 헛간 안에서 일어나는 일들을 생생히 들여다볼 수 있었다.

헛간에서는 건장한 흑인 사내가 새로 들어온 노예들을 맞이했다(주인과 감시자는 집으로 들어가고 없었다). 그는 노예들을 헛간 가운데에 일렬로 세운 다음 자리에 앉혔다. 노예들은 아직도 밧줄에 묶인 채 서로 엮여 있는 상태였다. 이윽고 흑인 혼혈 여성이 겨드랑이에 큰 바구니를 끼고 나타났다. 노예들은 여자를 보자마자 겁에 질렸다. 왜냐하면 이 농장의 주인은 새로 온 노예에게 낙인을 찍는다는 소문이 파다했기 때문이었다. 그러나 다행히도 바구니에는 음식이 가득 담겨 있었다. 건장한 흑인 사내는 노예들에게 음식을 마음껏 먹게 했다. 돼지고기 튀김, 옥수수 케이크, 우유, 사탕 등을 본 노예들의 눈은 별처럼 빛났고, 얼굴에는 안도의 기색이 떠올랐다. 앞으로 어떤 잔인한 일이 벌어질지 알 턱이 없는 그들은 허겁지겁 주린 배를 채웠다.

에이브는 자기가 농장 주인을 성급하게 의심했을지도 모른다고 생각했다. 헨리만 보더라도, 뱀파이어 중에는 친절하고 자제력을 갖춘 자들이 있는 것이 분명했다. 새 주인이 노예들에게 자유를 주거나, 동정을 베풀지 누가 알겠는가?

노예들은 30분 동안 배가 터질 정도로 먹었다. 그때 한 무리의 백인들이 주인집에서 나와 헛간으로 들어갔다. 주인을 포함해 모두 열 명이었다. 나이와 체격은 제각기 달랐지만 재산깨나 있는 사람들처럼 보였다. 손님들이 헛간으로 들어오자 건장한 흑인 사내가 채찍을 들더니 노예들에게 일어서라고 명령했다. 그러고는 노예들을 묶고 있던 밧줄을 풀었다. 흑인 혼혈 여성은 바구니를 주워 들고 황급히 자리를 떴다.

백인 손님들 중 하나가 농장 주인에게 뭔가를 건넸다. 종이가 분명했다. 아마 지폐인 것 같았다. 주인에게 지폐를 건넨 손님은 노예들에게 다가가 한 명씩 유심히 살펴보더니, 한 늙고 뚱뚱한 여자 노예를 골라 그 뒤에 섰다. 다른 여덟 명의 손님들도 차례로 주인에게 지폐를 건넨 후, 마음에 드는 노예를 하나씩 골라 그 뒤에 섰다. 아홉 명의 손님들이 모두 자리를 잡는 동안 노예들은 감히 주위를 돌아볼 엄두도 못 내고 땅바닥만 응시했다. 건장한 흑인 사내가 손님들에게 선택받은 아홉 명의 노예 이름을 부르고 나서, 나머지 노예들을 데리고 헛간 밖으로 나갔다. 불쌍한 세 명의 영혼들이 어떻게 되었는지 나는 말할 수 없다. 다만 그들이 어둠 속으로 사라지는 순간, 뭔가 끔찍한 일이 일어날 것 같은 불길한 예감이 들었다는 말만 해두자.

농장 주인은 세 명의 노예가 어둠 속으로 사라지는 것을 확인한 후 호루라기를 불었다. 그러자 열여덟 개의 눈이 동시에 시커멓게 변하면서, 열여덟 개의 송곳니가 솟아 나오고, 아홉 명의 뱀파이어가 불쌍한 먹잇감들을 뒤에서 덮치는 것이 아닌가?

첫 번째 뱀파이어가 뚱뚱한 여자의 머리를 양손으로 잡고 획 돌렸다. 그러자 그녀의 얼굴이 순간 뒤로 돌아가면서 뱀파이어와 마주쳤다. 그녀는 자기를 노려보는 뱀파이어의 얼굴을 보고 기겁하며 비명을 질렀다. 순간 뱀파이어의 날카로운 송곳니가 그녀의 어깨에 박혔다. 다시 한 번 비명이 터져 나왔다. 그녀는 뱀파이어의 손아귀에서 벗어나려고 몸부림을 쳤지만 그럴수록 송곳니는 더 깊숙이 박혔고, 그녀의 몸

속에서 피가 쏟아져 나와 뱀파이어의 입으로 들어갔다.

어떤 소년은 구멍 난 두개골에서 뇌수가 흘러나왔고, 어떤 남자는 머리가 아예 없었다. 노예들을 돕기 위해 할 수 있는 일은 아무것도 없었다. 설사 할 수 있는 일이 있다 하더라도 내게는 무기가 없었다. 농장 주인은 노예들의 신음 소리가 밖으로 새어 나가지 않도록 조용히 헛간 문을 닫았다. 나는 흐르는 눈물을 주체할 수 없어 어둠 속으로 달려 나갔다. 방금 보았던 끔찍한 장면을 떠올리면서 내 무기력함을 생각하니 역겨워 구역질이 나왔다. 그러나 무엇보다도 역겨운 것은 내가 이러한 진실을 이제껏 모르고 지냈다는 사실이었다.

에이브는 다음 날 도핀 가에서 검은 가죽으로 제본된 일기장 한 권을 새로 구입했다. 그는 일기장 첫 페이지에 단 한 문장을 적어 놓았다. 그것은 문제의 핵심을 찌르는 강력한 메시지를 담고 있으며, 그가 앞으로 일기장에 적을 그 어떤 글보다도 더 중요한 의미를 지닌다.

1828년 6월 25일

이 나라에 노예 제도가 존속하는 한, 뱀파이어의 저주는 계속될 것이다.

제2부
뱀파이어 헌터

ABRAHAM LINCOLN VAMPIRE HUNTER

5
뉴세일럼

젊은이가 성장하는 가장 좋은 방법은 자기 혼자의 힘으로 모든 역경을 극복하고 나날이 새로워지는 것이라네.

– 에이브러햄 링컨, 윌리엄 헌든*에게 보낸 편지 중에서
1848년 7월 10일

I

에이브는 떨고 있었다.

1831년 2월 어느 날 밤, 그는 구세주가 나타나 자기에게 옷을 입혀주기를 바라며 거의 두 시간 동안 추운 밤거리를 서성거렸다. 그는 광장 건너편에서 신축중인 법원청사와 길건너 술집의 2층 창문을 간간이 바라보며, 단단히 다져진 눈길 위에서 발을 동

---

* William Herndon, 에이브러햄 링컨의 법률 파트너이자 전기작가.

동 굴렀다. 창문의 커튼 너머에서는 '녀석'이 매춘부와 무슨 일을 벌이는지 밤늦도록 불빛이 가물거렸다. 그는 잠시 눈을 감았다. 찌는 듯한 더위 속에서 웃통을 벗은 채 나룻배에 몸을 싣고 미시시피강을 내려가던 기억이 아련히 떠올랐다. '어찌나 더운지 물속에 풍덩 뛰어들고 싶은 마음이 굴뚝같았지…' 오전에는 그늘 속에서 장작을 패고 오후에는 실개천에서 멱을 감았던 리틀 피전 크리크의 추억도 떠올랐다. 그러나 이 모든 것들은 지금으로부터 3년 전, 이곳에서 200마일 이상 떨어진 아득히 먼 곳에서 일어난 일이었다.

오늘은 에이브의 스물두 번째 생일인 2월 12일. 그는 일리노이주 칼혼*의 텅 빈 거리에서 추위에 떨며 생일 밤을 맞고 있었다.

토머스 링컨은 더 이상 인디애나주에 살 마음이 없었다. 그는 처조카인 존 행크스로부터 일리노이주가 살기 좋다는 편지를 자주 받았다.

존은 일리노이에 비옥하고 넓은 평야가 많다고 했다. 또 일리노이의 땅들은 대부분 개간이 필요 없는 평지인 데다가 돌이 없고 값도 싸다고 했다. 토머스는 귀가 솔깃했고, 결국 쓸쓸한 추억을 뒤로 한 채 인디애나를 떠나기로 마음먹었다.

1830년 3월, 링컨 가문은 세간 살림을 우마차 세 대에 나눠 싣

---

* 칼혼은 이듬해에 스프링필드(Springfield)로 이름이 바뀐다.

고 리틀 피전 크리크를 떠났다. 진흙길을 지나고 얼음 덮인 강을 건너는 15일 간의 강행군 끝에 매콘 카운티에 도달했다. 그들은 디케이터 서쪽에 정착했다(디케이터는 일리노이주 한 가운데에 위치한 도시였다). 이때 에이브의 나이는 스물한 살, 뉴올리언스에서 뱀파이어와 농장주인의 공모에 의한 노예 대학살을 목격한 지도 어언 2년이 지났다. 에이브는 지난 2년 동안 힘들게 번 돈을 아버지에게 바쳐야 했지만, 이제 아버지로부터 독립할 수 있는 공식적인 나이가 되었다. 하지만 그는 독립하고 싶은 마음을 꾹 참고 1년을 더 고생하기로 결심한다. 새 통나무집을 짓고 가족이 새로운 보금자리에 정착하는 것을 도와야 했던 것이다.

그러나 이날 밤, 에이브는 스물두 살이 되었다. 아버지의 집에서 생일을 맞는 것도 이날이 마지막이었다.

이복동생인 존은 내 생일을 기념하기 위해 칼혼에 가서 한 잔 하자고 제안했다. 나는 그깟 일로 소란을 떠는 것이 싫어서 처음에는 거절했지만 늘 그렇듯 존의 간절한 성화에 지고 말았다. 존은 칼혼으로 가는 마차 안에서 '오늘 밤에는 술에 만취해도 눈감아 주고, 여자도 하나 사 주겠다.' 고 말했다. 그는 6번가에 있는 괜찮은 술집을 알고 있었다(술집의 이름은 기억이 나지 않는다). 그 술집에는 2층이 딸려 있었고, 저렴한 가격에 풀코스를 뛸 수도 있었다. 그러나 - 존의 의도가 무엇이었든 간에 - 맹세컨대 나는 이날 밤 양심에 거리낄 만한 것을 전혀 하지 않았다.

에이브는 향수 냄새를 풍기는 여인들의 유혹을 뿌리쳤지만, 위스키만은 마다하지 않았다. 그날 술값은 존과 가족들이 나누어 부담하기로 되어 있었다. 존은 '에이브의 생일을 맞아 형제간에 오랜만에 허심탄회한 대화를 나누며 즐거운 한때를 보내겠노라' 고 가족들을 설득했던 것이다. 밤이 이슥해 지면서 존은 미시라는 요염한 여자와 농지거리를 주고받기 시작했다(미시는 미시시피강처럼 달콤하지만, 훨씬 깊고 따뜻한 여인이었다). 그때 에이브는 중간 키의 사내 하나가 술집으로 들어오는 것을 보았다. 그는 추운 겨울밤에 전혀 어울리지 않는 옷차림을 하고 있었다.

겨울밤 늦은 시간에 술집에 들어오는 사람들은 따뜻한 공기 때문에 으레 얼굴이 발갛게 상기되기 마련이다. 그러나 그 사내의 얼굴에서는 상기된 기색이라고는 전혀 찾아볼 수 없었다. 게다가 그가 술집 문을 열었을 때 입에서 하얀 입김이 뿜어져 나오지도 않았다. 그 창백한 얼굴빛을 지닌 신사는 서른 살 안팎으로 보였다. 머리칼은 갈색과 회색이 뒤섞인 곱슬머리여서, 오랜 비바람에 씻긴 널빤지가 떠올랐다. 그는 곧장 바텐더에게 다가가 뭔가를 속삭였다(두 사람은 서로 아는 사이인 것 같았다). 그러자 바텐더는 앞치마를 두른 채 2층으로 급히 올라갔다. 사내는 뱀파이어가 틀림없었다. 하지만 그놈의 술이 문제였다. 나는 술이 너무 취해 내 판단력을 신뢰할 수 없었다.

한 가지 생각이 에이브의 뇌리를 언뜻 스치고 지나갔다.

나는 아주 작은 소리로 존에게 말했다. "저기 바에 서 있는 놈 좀 봐." 존은 여자와 밀어를 속삭이느라 아예 정신을 놓고 있었다. "저렇게 역겹게 생긴 놈을 본 적이 있어?" 남의 생김새 따위에 관심 있을 리 없는 존은 내 말을 듣고 껄껄거리며 웃었다. 그때였다. 사내는 갑자기 무슨 소리를 들은 듯 주위를 두리번거리더니, 이내 나를 노려보기 시작했다. 나는 그의 시선을 미소로 맞받으며 위스키 잔을 들어 보였다. 하지만 가슴이 철렁 내려앉았다.

'놀라운 일이다. 이렇게 시끄러운 장소에서, 더구나 이렇게 먼 거리에서 누군가가 자기를 험담하는 소리를 듣다니! 저놈은 뱀파이어가 분명해. 저 놈을 당장 박살내 버릴까? 아니야, 이렇게 사람이 많은 곳에서는 곤란해. 나는 즉시 사람들에게 질질 끌려 나가 살인자의 누명을 뒤집어쓰게 될 거야. 그러면 뭐라고 변명하지? '그놈은 뱀파이어예요.' 라고? 더구나 지금 내 손에는 무기도 없지 않은가? 전투복과 무기를 가방에 담아 말안장에 묶어 두었어. 지금 이 자리에서 놈을 상대하는 건 무리다. 다른 방법을 찾아야 한다.'

2층에 올라갔던 바텐더가 여자 세 명을 끌고 내려와 사내 앞에 일렬로 세웠다.

사내는 바텐더가 데려온 세 명의 여자 중에서 두 명을 골라, 그녀들과 함께 2층으로 올라갔다. 바텐더는 부킹 성공을 알리는 벨을 울렸다.

에이브는 취중에도 뱀파이어를 처치할 좋은 아이디어를 생각해 내는 데 골몰했다. 뱀파이어를 해치우려면 먼저 존을 떼어내야 했다. 그러나 존은 에이브가 술집에서 혼자 나가겠다고 말하면 같이 가자고 따라나설 것이 뻔했다. 에이브는 존을 떼어내기 위해, 그에게 '여자와 하룻밤을 지내기로 마음을 바꿨다.' 고 거짓말을 했다.

존은 내 말을 듣자마자 기다렸다는 듯이 자기가 먼저 부킹을 했다. 우리는 바텐더가 다가와 등불을 끄고 술병을 치우는 동안 서로 '좋은 밤 되라' 는 인사를 나눴다. 존이 파트너를 데리고 방으로 들어가는 동안 나는 혼자 계단을 걸어 올라갔다. 비좁은 2층 복도에 등잔불이 희미하게 불타고 있었고, 양쪽 벽은 온통 붉은색과 핑크색으로 치장되어 있었다. 복도 양쪽으로 방들이 늘어서 있었고, 방문은 모두 닫혀 있었다. 복도 끝에는 굳게 잠긴 문이 하나 있었는데, 건물 구조로 보아 비상계단으로 통하는 문인 듯했다. 나는 복도 한가운데를 따라 천천히 걸으며, 뱀파이어가 있는 방이 어딘지 알아내기 위해 귀를 쫑긋 세웠다. 왼쪽에서는 웃음소리가, 오른쪽에서는 욕설이 들려왔다. 차마 입에 담을 수 없는 말이었다.

복도의 끝까지 걸어가는 동안 나는 아무런 단서도 포착하지 못했다. 그러나 마침내 오른쪽 마지막 방에서 내가 기다리던 소리가 흘러나왔다. 한 방에서 두 여자의 소리가 들린 것이다. 존이 파트너와 따뜻한 포옹을 나눌 동안, 나는 발을 돌려 계단을 내려와 밖으로 나왔다. 마차로 달려가 말안장에 달린 가방에서 전투복을 꺼내 입었다. 뱀파이어는 용무를 끝내고 해가 뜨기 전에 이곳을 떠날 것이다. 나는 그때까지 텅 빈 거리에 우두커니 서서 무작정 그를 기다릴 생각이었다.

그러나 두 시간쯤 지나자, 에이브는 살을 에는 추위와 몰려드는 피곤함을 더 이상 견딜 수가 없었다.

나는 이미 열여섯 명의 뱀파이어를 처치한 뱀파이어 헌터로서 객기가 발동했다. 더 이상 추위 속에서 기다릴 것 없이, 지금 당장 뱀파이어를 해치우기로 마음먹었다. 나는 건물 뒤로 돌아가 눈 덮인 계단을 걸어 올라갔다. 미끄러지지 않도록 발걸음을 조심하면서, 품속에서 '순교자'를 꺼내 손에 거머쥐었다.

'순교자'는 에이브가 자신이 발명한 신무기에 붙여 준 이름이었다.

최근에 읽은 책에서 나는 영국의 화학자인 존 워커가 성냥 없이 마찰만으로 불꽃을 만들 수 있는 콩그리브*라는 액체를 개발했다는 걸 알았다. 나는 필요한 화학약품들을 구해 콩그리브를 만들었고 여러 개의 가는 막대기들을 콩그리브 용액에 담갔다. 잠시 후 막대기를 꺼내 건조한 다음, 스무 개씩 꽁꽁 묶고 막대기의 한쪽 끝에 아교를 발라 성냥 모양으로 만들었다(막대기 한 묶음의 두께는 만년필의 두 배 정도였다). 이 막대기들의 한쪽 끝을 거친 물체의 표면에 마찰시키면 태양보다 강렬하고 밝은 불꽃이 생긴다. 이 불꽃은 뱀파이어의 눈을 멀게 할 수 있기 때문에, 뱀파이어를 무찌르는 데 큰 도움이 된다. 나는 이 막대기를 실전에 두 번 사용해서 – 비록 내 손가락을 데긴 했지만 – 큰 성공을 거둔 바 있다.

나는 한 손에는 '순교자'를, 다른 손에는 도끼를 들고 뱀파이어가 있는 방문 앞에 섰다. 방문 밑으로 불빛이 새어 나

---

* 존 워커의 성냥(일명 콩그리브)은 휘안석(안티몬의 주요 광석광물), 염소산칼륨, 수지(gum), 전분의 혼합물로서, 매우 불안정하고 냄새가 고약한 물질이다.

와 눈 덮인 내 발등을 비췄다. 방 안에서는 아무런 목소리도 들리지 않았다. 나는 뱀파이어가 벌써 두 여자를 해치워, 그녀들의 피가 벽지에 범벅이 되어 있을 것이라고 생각했다. 나는 도끼 머리로 방문을 세 번 노크했다.

아무 응답도 없었다.

나는 그들이 대답할 수 있도록 충분한 시간여유를 준 다음, 다시 한 번 문을 노크했다. 이번에도 역시 아무런 응답이 없었다. 그러나 잠시 후 침대가 삐걱거리더니, 누군가 문 쪽으로 걸어 나오는 소리가 들였다. 나는 '순교자'에 불을 붙일 준비를 했다. 문이 열렸다.

그 사내였다. 곱슬머리, 빛바랜 널빤지 같은 머리칼. 그는 이 추위에 얇은 긴 팔 셔츠 하나만을 걸치고 있었다.

"도대체 무슨 일입니까?" 그가 물었다.

에이브는 '순교자'의 한쪽 끝을 벽에 대고 문질렀다.

그러나 아무런 일도 일어나지 않았다.

빌어먹을 '순교자'에 불이 붙지 않았다. 전투복의 축축한 주머니 속에 너무 오래 보관한 탓에 습기가 찬 모양이었다. 뱀파이어는 묘한 표정으로 나를 바라보았다. 그의 위턱에서는 송곳니가 보이지 않았다. 눈도 멀쩡했다. 그러나 내 손에 들려 있는 도끼를 보는 순간 그의 눈동자가 휘둥그래졌다. 그는 곧 건물이 떠나갈 듯한 소리를 내며 문을 닫았다. 나는 닭 쫓던 개가 지붕을 쳐다보듯 닫힌 문을 바라보며 그 자리에 서 있었다.

'이쯤 되면 뱀파이어는 창문 쪽으로 몸을 피했겠지.' 나는 뒤로 한 발자국 물러섰다가 앞으로 전진하면서 뒤꿈치로 방문을 세게 걷어찼다. '쾅' 소리와 함께 방문이 열렸다. 나는 그 소리가 문이 부서지는 소리인 줄 알았다. 그러나 그것은 총소리였다. 총알이 내 머리를 살짝 스치고 지나가 복도의 벽에 박혔다. 나는 큰 충격을 받았다. 그는 피스톨을 내동댕이치고, 도망치려고 창밖으로 머리를 내밀었다. 창틀에 낀 그의 벌거벗은 엉덩이가 나에게 '안녕' 인사를 하듯 실룩거렸다. 나는 그를 추격하기는커녕 내 머리를 만져보느라 바빴다. 다행히 피는 나지 않았다.

나는 방안으로 뛰어 들어갔다. 여자들은 거의 벗은 몸으로 침대 안에서 비명을 질렀다. 갑작스러운 소동에 다른 방 문들이 일제히 열리고, 호기심에 찬 손님들이 복도로 쏟아져 나왔다. 창가로 달려갔지만 뱀파이어는 어느새 창밖으로 뛰어내려 눈 덮인 밤길을 맨발로 달리고 있었다. 그는 두어 번 미끄러져 넘어지더니, 먼발치에서 내려다보는 나의 시선을 의식하고는 어둠 속을 향해 '살려달라' 고 소리쳤다.

그는 뱀파이어가 아니었다.

나는 집으로 돌아오는 마차 안에서 굴욕감에 치를 떨었다. 술을 마시고 이런 어이없는 추태를 부린 것은 난생 처음이었다. 내 자신이 이토록 바보처럼 느껴진 것도 난생 처음이었다. 다만 한 가지 위안이 있다면, '아버지로부터 곧 독립하게 된다.' 는 사실이었다.

1831년 2월은 유난히도 추웠다. 그러나 3월이 되어 얼었던 땅이 풀리면서, 하늘에서는 새가 지저귀고 땅에서는 파릇파릇한 새싹이 돋기 시작했다. 에이브러햄 링컨에게 있어서 3월은 아버지 토머스 링컨과 함께 보낸 오랜 세월에 종지부를 찍는 달이었다. 돌이켜 보면 지난 22년은 춥고 배고픈 나날의 연속이었다. 에이브는 아버지와 악수만 하고 헤어졌다. 그의 일기에는 고향을 떠나던 날의 상황이 다음과 같이 짤막하게 적혀 있다.

스프링필드를 거쳐 비어즈타운으로 간다, 존과 함께. 사흘 안에 도착하면 좋겠다.

링컨은 이복동생 존, 외사촌 존 행크스와 함께 마차를 타고 서쪽으로 떠났다. 세 사람은 덴톤 오풋이라는 지인에게 고용되어, 비어즈타운에서 나룻배를 타고 상가몬강을 따라 뉴올리언스까지 내려가게 되어 있었다. 왕복 3개월의 기나긴 여행이었다.

오풋을 아는 많은 사람들은 그를 '다혈질의 개망나니'라고 기억하고 있었다. 그러나 링컨에게 있어서 오풋은 – 그가 만났던 대부분의 사람들처럼 – 자신의 진가를 알아준 사람이었다. 링컨은 총명하고, 성격 좋고, 열심히 일하는 젊은이로 오풋의 뇌리에 각인되어 있었다. 세 사람은 예정대로 3일 만에 비어즈타운에 도착했다. 링컨의 지휘로 나룻배를 만들고 그 위에 오풋의 물건을 실었다.

> 내가 만든 두 번째 배는 첫 번째 것보다 훨씬 길고 성능도 좋았다. 배를 만드는 기간도 엄청나게 단축됐다. 나만이 아는 분업의 노하우를 적용했기 때문이었다. 우리는 3주 만에 나룻배를 만들어 오풋 씨를 놀라게 했다. 그는 배의 성능에도 매우 만족했다.

상가몬강은 일리노이주의 한가운데를 굽이쳐 흐르는 250마일짜리 강으로서, '웅대한 미시시피강'과는 차원이 달랐다. 강의 곳곳에는 좁고 얕은 실개천이 도사리고 있는가 하면, 낮게 드리운 나뭇가지와 무수한 부유물들이 배를 가로막기도 했다. 이 말썽 많은 곳들을 통과하면 보다 수월한 일리노이강을 거쳐 미시시피강에 도달할 수 있었다.

상가몬강을 항해하는 것은 끔찍한 일이었다. 배가 흙속에 처박히거나 강에 떠 있는 나무에 부딪히는 등 사고가 끊이지 않았다. 한번은 뉴세일럼 근처에서 배가 댐에 박혀 물이 새어 들어온 적이 있었다. 세 명의 젊은이들이 배의 물을 퍼내느라 허둥대는 동안, 강가에서는 마을 주민들이 모여 큰 구경거리라도 되는 듯 바라만 보고 있었다. 그들은 웃으며 한마디씩 훈수를 던지는 것도 잊지 않았다. 링컨은 아이디어를 냈다. 그는 댐에 치받혀 공중에 떠 있는 배의 앞부분에 구멍을 내어 그리로 물을 모두 빼냈다. 물이 빠진 배의 뒷부분은 무게가 가벼워지면서 물 위로 떠올라, 배는 다시 평형을 이루게 되었다. 링컨은 구멍을 다시 막은 후에 유유히 항해를 계속할 수 있었다. 강가에서 이 광경을 지켜보던 뉴세일럼의 주민들은 링컨의 신속한 상황 대처 능력에 큰 감명을 받았다. 나중에 이 이야기를 전해들은 덴톤 오풋 역시 감명을 받았다. 물론 그것은 링컨의 천재성 때문이 아니라 새로운 정착지로 떠오르고 있는 뉴세일럼의 가능성 때문이었다.

상가몬강을 여행하는 동안, 링컨은 '위장된 평화' 뒤에 교묘히 숨어 있는 모순을 발견하려고 애썼다. 그는 매일 밤 강둑에 배를 정박한 후, 일기장을 꺼내어 생각을 정리하고 그림도 그리고 과거에 대한 긴 회상도 적어 놓았다. 그는 1831년 5월 4일의 일기에 노예 제도와 뱀파이어의 관계에 대해 긴 글을 썼다. 이 글을 읽어보면 – 예전에 그가 남겼던 한 줄짜리 단상과 비교해 볼 때 – 그의 생각이 얼마나 깊어지고 넓어졌는지를 짐작할 수 있다.

이주민을 태운 첫 배가 신세계에 상륙한 이후부터 뱀파이어들은 노예 소유주들과 암묵적인 계약을 맺은 게 틀림없다. 미국은 뱀파이어에게 매우 매력적인 나라다. 이곳에서는 인간에게 발견되거나 보복당할 염려가 없으니, 안심하고 인간의 피를 빨 수 있다. 따라서 미국의 뱀파이어들은 굳이 암흑 속에서 살 필요가 없다.

뱀파이어들은 특히 노예 제도가 번성하는 미국 남부에서 '먹이'를 사육하는 방법을 고안해냈다. 미국 남부에서는 힘센 노예들을 담배나 기타 농작물들을 재배하는 데 쓰고, 힘약한 노예들은 뱀파이어의 먹이로 사육된다. 이것은 주의 깊은 관찰 끝에 세운 가설이며, 아직 증명된 것은 아니다.

링컨은 뉴올리언스에 다녀온 직후 헨리에게 편지를 보내, 자신이 뉴올리언스에서 목격한 사실들을 알리고 그에 대한 자문을 구했다. 그러나 헨리로부터 답장이 오지 않자, 링컨은 리틀 피전 크리크를 떠나기에 앞서서 '위장 통나무집'으로 헨리를 직접 찾아가 보기로 결심했다.

오랜만에 찾은 헨리의 '위장 통나무집'은 거의 흉가가 다 되어 있었다. 가구와 침대가 사라진 통나무집 내부는 텅 빈 공간에 불과했다. 나는 지하계단으로 통하는 문을 열어 보았다. 그러나 지하로 내려가는 층계는 보이지 않고 먼지만 가득했다. 헨리의 비밀 아지트가 모두 흙으로 메워진 것일까?

혹시 내가 전에 환각 상태에서 헛것을 본 건 아닐까?

링컨은 인디애나에 오래 머무를 여유가 없었다. 그래서 일기장에서 종이 한 장을 찢어내 곧 옮겨갈 곳의 주소를 적었다. 그는 그 종이를 벽난로 위의 못에 걸어 놓았다.

에이브러햄 링컨
서(西) 디케이터, 일리노이주
존 행크스 씨 댁

두 번째 찾은 뉴올리언스는 처음 보았을 때만큼 신선하고 매력적이지 않았다. 그래서 링컨은 관광을 하기보다는 사업을 마무리 짓고 북쪽으로 돌아가는 증기선을 예약하는 데 신경을 썼다. 그는 이복동생과 외사촌에게 새로운 것을 보여주기 위해 뉴올리언스에 며칠 동안 머물렀지만, 노예 경매나 까다로운 뱀파이어와는 마주치지 않도록 조심했다. 그러나 라보 여인숙 근처의 술집만은 그냥 지나칠 수 없었다. 옛 친구 포를 만날 수 있지 않을까 하는 한 가닥 희망 때문이었다. 그러나 그 희망은 물거품이 되어 버렸다.

덴톤 오풋은 링컨의 일 처리 방식이 너무 마음에 들어, 링컨이 일리노이에 돌아오자마자 또 다른 일을 맡겼다. 오픗은 상가몬강 유역 250마일 일대를 모두 기회의 땅으로 보고 있었다. 때는 서부 개척시대였고, 상가몬강을 따라 새로운 마을들이 우후죽순처럼 생겨나고 있었기 때문이다. '조만간 교통 여건이 개선될 것이고, 그러면 증기선을 이용해 상가몬강 일대의 주민들에게 물건을 공급할 수 있는 길이 열릴 것이다.' 라는 것이 그의 믿음이었다. "내 말을 들어라." 그는 말했다. "상가몬강은 제 2의 미시시피강이 될 것이다. 오늘날의 정착지는 내일의 마을이 된다. 새로 생겨나는 마을엔 대형 상점과 이 상점을 운영할 사람이 필요하지."

오픗은 상점을 열기 위해 링컨을 데리고 뉴세일럼을 방문했다. 뉴세일럼은 얼마 전 링컨이 댐에 좌초된 배를 구했던 바로 그곳이었다. 상가몬강의 서쪽 둑 꼭대기에 우뚝 솟아있는 뉴세일럼에는 다닥다닥 붙어 있는 작은 통나무집들과 공장, 방앗간, 학교 등이 있었다. 마을 주민의 수는 줄잡아 백 명 정도는 돼 보였다.

> 오픗 씨의 상점이 오픈하는 데는 한 달 넘게 걸렸다. 덕분에 나는 갑자기 시간이 너무 많아져 주체할 수 없을 지경이 되었다. 그래서 마음 놓고 윌리엄 멘터 그레이엄 씨와 사귈 수 있었다. 그레이엄 씨는 젊은 학교 선생님으로서 책을 고르는 취향이 나와 같았고, 《커컴 영문법》이라는 책을 소개해

주었다. 나는 이 책을 여러 번 읽어서 책에 나오는 규칙과 예문들을 모조리 외울 수 있었다.

역사가들은 링컨의 빛나는 지성을 기억하지만, 스물두 살 시절의 링컨이 키만 멀쑥 큰 무식쟁이였다는 사실은 기억하지 못하는 경우가 많다. 그는 아버지와 마찬가지로 천부적인 말재주를 갖고 있었지만 – 가방끈이 짧은 관계로 – 자신의 생각을 정확한 글로 표현할 수가 없었다. 멘터 그레이엄 선생은 링컨의 이러한 약점을 교정해 주어, 후에 링컨이 명연설가로 거듭날 수 있는 기틀을 마련해 주었다.

오풋 씨의 상점이 모든 준비를 마치고 마침내 문을 열었다. 링컨은 상점에 나가 주문접수와 재고정리를 하면서 특유의 재치와 언변으로 손님들의 인기를 독차지했다. 오풋과 그는 취사도구, 등불, 직물, 가죽 등을 팔았다. 카운터 뒤의 선반에는 설탕, 밀가루, 복숭아즙 브랜디, 당밀 등이 담긴 작은 드럼통들을 전시해 놓고 조금씩 덜어 팔았다. 상점의 운영방침은 '모든 손님에게, 모든 시간에, 모든 물건을 판매한다.'는 것이었다. 링컨은 쥐꼬리만 한 월급 이외에 약간의 현물수당*을 지급받았고, 상점 뒤에 딸린 조그만 방을 숙소로 제공받았다. 그는 일을 마치면 이 방으

* 현금이 아닌 물건으로 지급하는 수당.

로 들어와 촛불을 켜 놓고 밤늦도록 책을 읽거나 일기를 썼다.

그러다가 촛불이 다 타고 모든 정착민들이 곤한 잠에 빠지면, 그는 전투복으로 갈아입고 동이 틀 때까지 뱀파이어를 찾아 다녔다.

II

뉴세일럼에는 뱀파이어에 대한 정보를 제공해 주는 헨리도 없었다. 시간적인 제약(링컨은 매일 아침 일곱 시까지 상점에 출근해야 했다)도 있었다. 때문에 링컨의 활동범위는 뉴세일럼 반경 몇 마일 이내로 줄어들었다. 1831년 링컨의 뱀파이어 사냥실적은 바닥권에 머물렀다. 그는 뉴세일럼 인근의 숲을 배회하거나 상가몬강의 강둑을 오르락내리락 했지만, 가끔씩 들리는 이상한 소리를 추적하는 것 외에는 별 소득이 없었다. 링컨은 차라리 재충전을 하는 게 좋겠다고 판단하여 뱀파이어 찾는 일을 완전히 중단하였다.

그렇다고 해서 싸움 기술을 연마할 기회가 전혀 없었던 것은 아니다.

뉴세일럼에서 도보로 약 30분 거리에는 클레리스 그로브라는 작은 숲이 있었다. 이곳은 음주와 말썽을 일삼는 클레리스 그로브 보이스라는 불량배 서클의 소굴이었다.

그 불량배들은 술집에서 하룻밤에 두 번씩 패싸움을 벌이거나, 숲 속에서 돌을 던져 종교행사를 방해하기로 악명이 높았다. 뉴세일럼의 주민들은 클레리스 그로브 근처를 얼씬도 하지 않았다. 만에 하나 그 악당들에게 잘못 걸리기라도 하는 날에는 드럼통에 갇혀 강물에 던져지거나 최악의 경우 목숨을 잃을 수도 있었기 때문이다.

클레리스 그로브의 불량배들은 레슬링을 무척 좋아했다. 그들은 자기들이 뉴세일럼 일대에서 가장 뛰어난 레슬러라고 자부심이 대단했다. 그래서 '새로 문을 연 대형상점에 덩치 큰 청년이 하나 들어왔다.'는 소문을 듣고는, 그의 실력을 가늠해 보고 – 필요하다면 – 자기네 편으로 만들어야겠다고 생각했다.

링컨은 불량배들이 싸움을 걸어올 것을 이미 예상하고 있었다. 그들이 자기네 구역에 힘깨나 쓰는 청년이 이사 오기를 오랫동안 기다렸다는 사실을 잘 알고 있었기 때문이다. 그래서 링컨은 모든 수단을 동원해 그들과 마주치지 않으려고 애썼다. 그러다 보면 그들도 링컨을 대수롭지 않게 여기리라고 믿었던 것이다. 링컨은 처음 두 달 동안은 어찌어찌 해서 그들과 마주치지 않는 데 성공했다. 그러나 덴톤 오풋은 입이 가벼운 사람이었다. 그는 불량배들을 만날 때마다 "우리 가게에 새로 온 점원이 상가몬 카운티에서 머리가 제일 좋을 뿐만 아니라 힘도 제일 세다. 너희 같은 애들은 떼거리로 덤벼도 그를 당해낼 수 없다."고 떠

벌리고 다녔다.

그들은 예고도 없이 상점으로 찾아와 나를 밖으로 불러냈다. 나는 눈대중으로 그들의 수가 열 명 이상이라는 것을 확인하고는 무슨 일이냐고 물었다. 그중의 한 명이 앞으로 나와, '네 실력은 오픗 씨를 통해 익히 알고 있다.' 고 말하면서 '지존' 을 가리자고 했다. 나는 '오픗 씨가 뭔가를 오해하신 것 같다. 나는 힘이 세지 않으며, 당신들과 싸울 이유가 없다.' 고 말했다. 그러나 그들은 나를 빙 둘러싸고 위협하기 시작했다. 한판 붙기 전에는 결코 나를 상점 안으로 들여보내지 않을 기세였다. 만일 싸움을 끝까지 거절하면 나는 뉴세일럼의 겁쟁이가 되고, 그들은 오픗 씨의 상점을 쑥대밭으로 만들어 놓을 것이 뻔했다. 나는 마침내 그들의 도전을 받아들이기로 하면서, '일대일로 정정당당하게 승부를 가리자.' 는 조건을 달았다. 그들은 내 조건을 수락하며 잭이라는 친구를 앞에 내세웠다.

잭 암스트롱은 링컨보다 키는 4인치 작지만 몸무게는 20파운드가 더 나가는 우람한 사내였다. 그는 클레리스 그로브 일당의 우두머리였는데, 덩치만 보아도 그가 왜 우두머리인지를 대번에 알 수 있었다.

그는 험상궂은 표정으로 가슴을 펴고 양팔을 벌린 채 내 주위를 맴돌았다. 그의 몸은 팽팽히 당겨진 활시위처럼 언제든 앞으로 달려들 태세였다. 그는 셔츠를 머리 위로 벗어 땅바닥에 내던지고는 내 주위를 계속 맴돌았다. 나 역시 내 스타일대로 한쪽 옷소매를 걷어붙이기 시작했다. 그러나 미처 다 걷어붙이기도 전에, 나는 잭의 태클에 걸려 땅바닥에 나뒹굴고 말았다. 내가 갑자기 넘어지자 잭도 중심을 잃고 바닥에 쓰러졌다.

잭은 넘어지자마자 반사적으로 벌떡 일어섰다. 링컨도 가까스로 일어났다. 악당들은 잭이 일어날 때는 환호성을 지르고, 그가 일어설 때는 야유를 보냈다. 하지만 다행히도 처음에 약속했던 페어플레이의 정신은 계속 유지되었다.

정신을 가다듬은 잭이 다시 한 번 양팔을 벌려 밀고 들어왔다. 그러나 같은 공격에 두 번 당할 내가 아니었다. 나는 팔을 내밀어 그의 양손을 맞잡았다. 뒤이어 잭과 나는 손을 맞잡은 상태에서 머리를 숙이고 몸을 앞으로 내밀며 힘겨루기를 했다. 서로 밀고 밀릴 때마다 발밑에 흙먼지가 날렸다. 잭은 나의 강력한 저항에 놀라는 기색이 역력했다. 놀란 건 나도 마찬가지였다. 마치 러시아 곰과 맞붙은 기분이었다.

그러나 잭 암스트롱이 아무리 힘세다 한들 이제껏 링컨이 맞붙었던 뱀파이어들에 비하면 쥐새끼 수준이었다. 링컨은 심호흡을 한번 한 후, 왼손으로는 잭의 목을 잡고 오른손으로는 그의 허리춤을 움켜쥐었다.

나는 잭의 몸을 머리 위로 번쩍 치켜들고 한참 동안 그 자세로 서 있었다. 잭은 당황해서 발버둥을 치다가 욕설을 내뱉기 시작했다. 이 광경을 본 악당들은 적잖이 기분이 상한 듯 내게 우르르 달려들어 주먹질과 발길질을 해댔다. 나는 페어플레이 정신을 위반한 그들을 도저히 용서할 수 없었다.

링컨의 얼굴이 시뻘겋게 달아오르더니 팔뚝의 힘줄이 꿈틀거렸다. 이와 동시에 잭 암스트롱의 육중한 몸뚱이가 하늘을 날아 상점 입구의 한 귀퉁이로 메다 꽂혔다. "이놈들아, 나는 지옥에서 왔다!"

나는 맨 앞에 서 있는 놈의 머리채를 잡고 콧잔등에 강펀치를 먹였다. 그리고 그 옆에 있는 놈의 배에 강력한 보디블로를 날렸다. 강펀치를 맞은 두 놈은 비명 한번 못 지르고 그대로 고꾸라졌다. 순식간에 두 명의 동료가 당하자 다른 놈들은 모두 제자리에 얼어붙었다. 쓰러져 있던 잭이 일어나 놈들을 뒤로 물러나게 하지 않았다면, 그놈들도 모두 크게 다쳤을 것이다.

링컨은 아직도 상체를 잔뜩 웅크린 채 펀치의 사정거리 안에 있는 두 놈을 노려보고 있었다.

> 잭은 몸을 비틀거리며 내 곁으로 다가와 말했다. "얘들아, 이분은 내가 지금까지 뉴세일럼에서 만나 본 사람 중 가장 힘이 센 분이시다. 앞으로 누구든 이분에게 시비를 거는 놈이 있다면 바로 나 잭 암스트롱에게 시비를 거는 것으로 간주하겠다."

이 싸움은 링컨이 청년 초기에 벌인 싸움 중에서 가장 중요한 사건이었다. 이를 계기로 상가몬 카운티 전역에는 '지성과 야성을 겸비한 청년이 상가몬 카운티에 있다.'는 소문이 파다하게 퍼졌다. 링컨은 순식간에 상가몬 카운티의 자랑으로 떠올랐다. 그러나 이번 싸움의 더욱 값진 수확은 클레리스 그로브의 악당들을 링컨의 가장 든든한 지원자로 만들었다는 점이었다. 그들은 앞으로 링컨이 정치가로서 입지를 굳히는 데 필요한 자산이 되며, 그들 중 일부, 특히 암스트롱은 링컨의 절친한 친구로 변신하게 된다.

> 나는 이성을 잃었던 것을 곧 후회하고, 잭의 동료들이 보

는 앞에서 그와 포옹을 했다. 그리고 그날 저녁 나는 그를 내 숙소로 초대해 함께 술을 마셨다.

링컨과 잭은 상점 뒤편에 있는 링컨의 숙소에서 복숭아 브랜디를 마셨다. 아홉 시가 다 된 시간인데도 하늘은 아직 엷은 푸른빛을 간직하고 있었다. 링컨은 숙소에 있는 유일한 의자를 잭에게 권하고 자기는 침대 끝에 걸터앉았다.

나는 우직하게만 보아 왔던 암스트롱이 실은 조용하고 사려 깊은 사내라는 것을 알고 깜짝 놀랐다. 그는 나보다 네 살이 어리지만 서른 살 먹은 어른보다도 성숙해 보였다. 대화를 풀어가는 솜씨도 - 외모와는 달리- 수준급이었다. 내가 《커컴 영문법》을 보여 주자, 그는 읽고 쓰는 능력이 매우 중요하다고 말하면서 자기는 두 가지 면이 모두 부족하다고 한탄했다.

"그런데 사실은…" 잭이 말했다. "미국이란 나라는 아주 거친 곳이야. 지성보다는 야성미 넘치는 남자가 필요해."

"지성과 야성 중에 꼭 하나를 선택할 필요가 있을까?" 링컨이 물었다. "나는 항상 시간을 내서 책을 읽지만, 그렇다고 신체 단련을 게을리 하지는 않아."

잭은 웃으면서 말했다. "일리노이도 거친 곳이야."

링컨은 잭의 말이 무엇을 의미하는지 이해할 수 없었다.

"인간이 갈가리 찢겨 땅바닥에 산산이 흩어진 것을 본 적 있어?"

물론 링컨은 그런 적이 없었기 때문에, 잭의 말을 듣고 깜짝 놀랐다. 잭은 당황한 듯 잠시 쩔쩔매다가 방바닥을 내려다보았다.

"어느 날 밤 친구와 밤길을 걷고 있었어." 잭은 말문을 열었다. "그 애와 나는 아홉 살 동갑내기였지. 우리는 강가에서 강물에 돌을 던지며 놀다가, 저녁이 되어 집으로 돌아가는 길이었어. 서로 팔짱을 끼고 재미있는 이야기를 나누면서 어두컴컴한 오솔길을 따라 걷고 있었지. 그 길은 워낙 익숙한 길이라, 눈을 감고도 우리가 어디까지 왔는지 훤히 알 수 있었어. 그런데 그때 갑자기 숲 속에서 곰 앞발 같은 게 튀어나왔어. 그것이 내 친구를 낚아채서는 나무 위로 끌고 올라가 사라져버렸지. 그 애의 비명소리가 들리면서 뜨거운 핏방울이 내 머리위로 뚝뚝 떨어지던 순간을 잊을 수가 없어. 나는 기절초풍해 달아나면서 도와달라고 외쳤어. 그랬더니 어떤 아저씨들이 장총을 들고 나타나더군. 하지만 내 주위에는 아무 것도 없었어. 다음날 아침, 나는 아저씨들과 함께 한나절 동안 주변의 숲 속과 나무 위를 샅샅이 뒤져 제어드의 시체를 겨우 찾아냈어. 그 애의 이름은 제어드 린더였어."

잠시 침묵이 흘렀다. 링컨은 자기가 먼저 어색한 침묵을 깨야겠다고 생각했다.

"이곳 사람들은 그 숲 속에 뭔가가 있다는 것을 알고 있어." 잭이 먼저 입을 열었다. "그리고 이 숲 속을 혼자 지나가다가는 그 '무엇'에 잡혀 죽임을 당할 수 있다는 것도 알지. 우리 클레리스그로브 친구들도 마찬가지야. 사람들은 우리가 서로 마음이 잘 맞고 말썽부리기를 좋아해서 몰려다니는 줄로 알고 있지. 하지만 우리가 몰려다니는 진짜 이유는 다른 데 있어. 우리는 살아남기 위해서 그러는 거야. 그 숲 속에서는 뭉치지 않으면 죽은 목숨이나 마찬가지거든."

"확실해?" 내가 물었다. "네 친구를 죽인 게 곰이 확실한 거야?"

"그럼 네 말은 나무 위로 기어 올라가는 말이라도 있다는 거야?"

"그게 아니라… 좀 더 신비로운 게 아닐까 싶어서…"

"아 -" 잭은 웃기 시작했다. "너는 그게 동화책에 나오는 거, 예를 들면 유령 같은 거라는 거지?"

"그래, 바로 그거야."

"유령 얘기는 이미 오래 전부터 상가몬강 일대에서 전해 내려왔지. 한마디로 귀신 씨나락 까먹는 소리야. 마녀, 악마, 그리고 또 뭐라더라?"

"혹시 뱀파이어라고 말하는 사람은 없었어?"

잭은 어이없다는 표정으로 고개를 절레절레 흔들었다.

"이젠 못하는 소리가 없군. 하기야 무슨 말인들 못하겠어?"

이미 마신 복숭아 브랜디 반 병 때문일까, 아니면 동료의식을 느꼈기 때문일까? 이유야 어쨌든 링컨은 자기만이 알고 있는 비밀을 더 이상 혼자 간직하기 버거웠다. 그는 매우 위험한 결정을 내리고 말았다.

"잭…내가 너에게 아무리 믿을 수 없는 사실을 말하더라도, 내 말을 진지하게 들어주겠니?"

III

링컨은 흙먼지 날리는 거리를 서성거렸다. 그는 광장 건너편의 완공된 법원청사와 길 건너 술집의 2층 창문을 간간이 바라보았다. 창문 커튼 너머에서 매춘부가 무슨 일을 벌이는지 밤늦도록 불빛이 가물거렸다. 때는 - 지난번과는 달리 - 늦여름이어서 밤공기가 별로 차갑지 않아 제법 견딜 만했다. 더구나 이번에는 든든한 동반자도 있었다.

> 잭을 설득하는 데는 그리 많은 노력이 필요하지 않았다. 물론 잭이 처음부터 순순히 내 말을 믿은 것은 아니었다. 그는 나를 거짓말쟁이라고 하다가, 혹시 자기를 우습게 보는 게 아니냐고 따지기도 했다. 나는 그에게 내 말을 일단 끝까지 들어 보라고 간청했다. 그리고 내 말이 사실이 아닌 것으

로 밝혀진다면, 나는 즉시 보따리를 싸들고 뉴세일럼을 떠나겠노라고 큰소리쳤다. 내가 이렇게 자신만만할 수 있었던 까닭은 오늘 아침에 받은 한 통의 편지 때문이었다. 그것은 실로 오랜만에 헨리에게서 날아온 편지였다.

편지의 겉봉에 적힌 주소는 링컨이 헨리의 난롯가에 걸어 놓고 온 종이에 적힌 내용 그대로였다.

에이브러햄 링컨

서(西) 디케이터, 일리노이주

존 행크스 씨 댁

그 편지는 2주 전 링컨의 친척에게 전달되었다가, 그날 아침에야 비로소 뉴세일럼으로 온 것이었다. 봉투를 뜯어 편지를 꺼내자 낯익은 글씨체가 눈에 들어왔다. 링컨은 하루 종일 카운터에 앉아 열 번도 넘게 그 편지를 읽었다.

에이브러햄,

요즘 몇 달 동안 편지를 못한 걸 이해해 주십시오. 유감스러운 일이지만, 갑자기 거처를 옮기는 건 암흑에서 생활해야 하는 뱀파이어에게 종종 있을 수 있는 일입니다. 일단 거처가 정해진 다음에는 자주 편지를 보낼 수 있지만, 새로운 거처가 마련되기 전에는 편지를 보내기가 힘들죠. 가족들과 새로운 곳으로 이사해서 건강하고 행복하게 잘 지내고 있겠죠? 혹시 마음이 내키면 시간을 내어 아래에 적힌 사람의 집을 방문해 보십시오. 주의할 것은, 이번에 알려 주는 인물은 이제껏 당신이 상대했던 어떤 자들보다도 영리하다는 점입니다. 더욱이 그는 인간과 거의 구별하기 힘든 용모를 갖고 있습니다.

티모시 더글러스

광장 근처의 술집.

칼훈.

건투를 빌며,

-H

헨리가 말한 술집은 링컨도 이미 잘 알고 있는 곳이었다. 그곳은 바로 그가 일생일대의 실수를 저지른 곳이었다. '내가 결국 옳았던 건가? 반쯤 벗고 눈길을 뛰어가며 살려달라고 외쳤던 그 자가 바로 뱀파이어였단 말인가?'

우리는 평범한 복장을 하고 술집으로 들어갔다(내 전투복은 가방에 담아 말안장에 매달아 놓았다). 나는 테이블에 앉은 손님들을 유심히 살펴보았다. 혹시 긴 팔 셔츠를 입고 머리에 눈을 뒤집어쓴 곱슬머리 신사가 와 있지 않을까? 혹시 그자가 나를 먼발치에서 먼저 알아보고 도망치지는 않을까? 만일 그자가 본색을 드러내 바로 공격하면 어떻게 하지? 그러나 그는 보이지 않았다. 잭과 나는 카운터로 나왔다. 바텐더는 앞치마를 하고 위스키잔을 닦느라 여념이 없었다.

"우리는 더글러스 씨를 찾고 있습니다."

"팀 더글러스 씨 말인가요?" 바텐더는 위스키잔에 눈을 고정시킨 채 말했다.

"맞아요."

"더글러스 씨에게 무슨 용건이라도?"

"급한 용무 때문에…혹시 그분의 연락처를 아시나요?"

"멀리 가실 것 없습니다. 제가 바로 그 사람입니다."

그는 위스키잔을 내려놓고 손을 내밀었다. "제가 바로 팀 더글러스입니다. 선생의 성함은?"

나는 속으로 쾌재를 불렀다. '아이구 하마터면 실수할 뻔했구나. 밤새도록 술잔이나 닦고 매춘부와 술주정뱅이를 연결해 주는 이 보잘것없는 사내가 뱀파이어라니!' 나는 얼떨결에 그의 악수에 응했다. 그의 손은 내 손과 마찬가지로 붉고 따뜻했다.

"에이브 행크스입니다." 링컨은 말했다. "아, 제가 큰 실례를 했군요. 제가 찾는 신사는 '팀' 더글러스 씨가 아니라 '톰' 더글러스 씨입니다. 혹시 톰 더글러스 씨가 어디에 계신지 아시나요?"

"글쎄요, 선생. 죄송하지만 제가 아는 분 중에는 그런 이름을 가진 분이 없습니다."

"폐를 끼쳐 드려 대단히 죄송합니다. 좋은 밤 되십시오."

링컨은 서둘러 술집을 빠져나왔다. 잭은 유쾌하게 웃으며 링컨의 뒤를 따랐다.

> 우리는 기다리기로 했다. 먼 길을 왔기 때문에 휴식이 필요했다. 헨리는 이제까지 한 번도 나를 실망시킨 적이 없으니 조급할 건 없었다. 가게 문을 닫을 때까지 기다렸다가, 그 자가 귀가할 때 뒤를 밟기로 했다.

몇 시간을 기다리자 마침내 술집의 불이 꺼졌다. 바텐더가 길가로 나오는 것이 보였다. 링컨은 이미 전투복을 착용하고 있었다. 잭은 투덜거리던 입을 다물었다(그는 술집을 나올 때부터 뭔 불만이 그리 많은지 계속 투정을 부렸다).

> 바텐더는 6번가를 거쳐 애덤스가로 접어들었다. 나는 손에 도끼를 움켜쥐고 조심스럽게 그의 뒤를 밟았다. 잭은 세

발자국 뒤에서 나를 따랐다. 나는 바텐더가 머리를 까딱거릴 때마다 – 고개를 돌려 우리를 발견할까봐 – 황급히 어둠 속으로 몸을 숨겼다. 잭은 나의 이런 모습이 우스꽝스럽게 보였던지 그때마다 배꼽을 잡았다. 바텐더는 호주머니에 손을 넣고 휘파람을 불면서 길 한가운데로 걸어갔다. 걷는 모습이 여느 사람들과 같아서 나는 헷갈렸다. 그는 7번가와 먼로가를 돌았고, 그때까지 우리는 그를 놓치지 않았다. 그러나 9번가에 접어들면서 우리가 잠깐 한눈을 파는 사이에 그의 모습이 우리의 시야에서 사라졌다. 주변에는 그가 우리의 추격을 따돌릴 만한 샛길은 물론, 순간적으로 몸을 피할 만한 건물도 없었다. 도대체 어찌된 일일까?

"아니… 이놈이!"

잭이 소리쳤다.

나는 뒤돌아서면서 도끼를 높이 치켜들었다. 내 뒤에서는 잭이 뒤꿈치를 들고 허리를 잔뜩 숙인 채 나를 바라보고 있었다. 잭의 등 뒤에서 뱀파이어가 날카로운 손톱으로 잭의 목덜미를 짓누르고 있었다. 잭은 공포에 질려 눈이 휘둥그레졌다. 뱀파이어의 시커먼 두 눈과 반짝거리는 송곳니를 보았더라면, 잭의 두 눈은 더욱 커졌을 것이다. "도끼를 땅에 내려놓으면 네 친구의 피를 빨지 않겠다."고 뱀파이어가 말했다. 좋은 제안이었다. 나는 할 수 없이 도끼를 땅에 내동댕이쳤다.

"네놈의 이름은 헨리로부터 들어 익히 알고 있다. 뱀파이어를 잡는 특출한 재능이 있다지?"

처음 보는 뱀파이어로부터 헨리의 이름을 듣고 링컨은 깜짝 놀랐지만 내색하지 않았다. 뱀파이어의 손톱이 목구멍으로 파고들자 잭은 숨을 헐떡이기 시작했다.

"참 이상한 일이야." 뱀파이어가 말했다. "뱀파이어가 왜 뱀파이어를 죽이려고 하지? 더구나 인간을 대신 보내서. 너는 헨리의 명령에 무조건 따르는 충성스러운 종이냐?"

"나는 누구의 명령에도 따르지 않는다. 오직 나 자신에게 충실할 뿐이다." 링컨은 말했다.

"어디서 많이 들어본 소리군." 뱀파이어가 웃으며 말했다.

"에이브, 나 좀 살려줘." 잭이 말했다.

"너와 나는 모두 누군가의 종이다." 뱀파이어가 말했다. "다만 나는 내가 섬기는 주인이 누군지를 잘 알지."

잭은 거의 패닉상태에 이르렀다. "제발 나를 살려줘." 그는 뱀파이어의 손톱에서 벗어나기 위해 발버둥 쳤다. 그러나 그럴수록 뱀파이어의 손톱은 잭의 목구멍 속으로 더욱 깊숙이 파고들었다. 뱀파이어가 손에 힘을 주자, 한 줄기 피가 목을 타고 흘러내렸다.

"으…"

링컨은 뱀파이어의 눈을 피해 전투복 안주머니에 손을 집어넣었다.

"그 도끼에 맞아야 할 놈은 우리가 아니라 바로 헨리다." 뱀파이어가 말했다. "우리가 헨리보다 먼저 너를 발견했어야 하는 건데 -"

나는 전투복 안주머니에서 '순교자'를 꺼내, 순식간에 나의 버클에 대고 문질렀다.

"퍽!"

태양보다 밝은 섬광이 터지며 온 거리를 대낮처럼 환하게 비췄다. 뱀파이어는 뒤로 물러서며 두 손으로 눈을 가렸고, 책은 뱀파이어의 손아귀에서 벗어났다.

이때다.

나는 땅바닥에 있는 도끼를 집어 들어 뱀파이어의 가슴을 향해 던졌다. 시퍼런 도끼날이 뱀파이어의 가슴을 헤집고 들어가 갈비뼈를 쪼개고 허파를 갈랐다. 갈라진 허파에서 공기가 새어 나왔다. 뱀파이어는 땅에 쓰러져 한손으로는 도끼 손잡이를 잡고 다른 손으로는 땅바닥을 긁어댔다. 나는 불붙은 '순교자'를 땅바닥에 던져 마지막 불꽃을 사른 뒤, 뱀파이어의 가슴에서 도끼를 빼냈다. 뱀파이어의 얼굴에 낯익은 표정, 공포가 스쳐 지나갔다. 죽음 뒤에서 뱀파이어를 기다리고 있는 것은 무엇일까? 지옥일까, 아니면 망각일까? 물론 내가 알 바는 아니었다. 나는 도끼를 높이 들어 그의 목을 내리쳤다.

잭은 죽기 직전까지 갔다가 구사일생으로 살아났다는 사실을 믿을 수 없었다. 그는 뱀파이어에게서 풀려날 때 흘깃 보았던 뱀파이어의 검은 눈과 날카로운 어금니를 잊을 수 없었다. 그는 집으로 돌아가는 길에 아무런 말도 하지 않았다. 링컨 역시 아무 말도 하지 않고 잠자코 있었다. 다음날 동이 튼 후 뉴세일럼에 도착한 그들은 조용히 헤어졌다. 그런데 그때 잭은 클레리스 그로브로 향하던 말을 오풋 씨의 상점 쪽으로 돌려세웠다.

"에이브." 그는 말했다. "뱀파이어를 사냥하는 방법을 가르쳐 줘."

6
앤

제가 어떤 위로의 말씀을 드리더라도 당신에게 아무런 도움이 될 수 없다는 사실에 큰 무력감을 느낍니다… 하나님께서 당신의 아픔을 어루만져 주시고, 사랑하는 아드님에 대한 좋은 기억만을 소중히 간직하게 해 주실 것을 믿습니다.

– 에이브러햄 링컨, 리디아 빅스비* 여사에게 보낸 편지 중에서

1864년 11월 21일

I

뉴세일럼은 덴톤 오풋의 바람대로 빨리 성장하지는 않았다. 오히려 그가 상점을 오픈한 뒤로 주민 몇 명은 뉴세일럼을 떠났다. 상가몬강이 '제 2의 미시시피강'이 되려면 아직도 많은 시간이 필요했다. 상가몬강을 항해하려면 여전히 큰 위험을 감수해야 했기 때문에, 귀중한 고객과 화물을 실은 증기선들은 상가몬강

---

* Mrs. Lydia Bixby, 남북전쟁에서 두 아들을 잃은 어머니.

남쪽에 있는 보다 큰 강에 정박했다. 설상가상으로 정착지의 중심부에 또 다른 대형 상점이 들어서서 오풋의 상점을 위기로 몰아넣었다. 마침내 1832년 봄 상가몬강의 얼음이 녹기 시작할 때쯤 오풋의 상점은 파산하고 링컨은 실직자가 된다. 1832년 3월 27일의 일기를 읽어 보면, 당시 그의 심경이 어땠는지를 짐작할 수 있다.

> 오늘 아침 오풋 씨에게 작별인사를 했다. 남은 물건들은 헐값에 처분하거나 다른 상점에 넘겼다. 내 소지품들은 헌든에게 보내 잠시 맡아 달라고 했다. 나는 오풋 씨의 파산을 슬퍼하지 않는다. 그가 뉴세일럼을 떠나는 것도 개의치 않는다. 나는 그의 전철을 밟지 않겠다. 지금까지 열심히 일해 왔으며 앞으로도 계속 그렇게 할 것이다. 나는 뉴세일럼에 남아 꼭 성공하고 말 것이다.

늘 그래왔듯이, 링컨은 이번에도 자신과의 약속을 지켰다. 그는 돈을 벌기 위해서라면 어떤 일이든 마다하지 않았다. 장작을 패고, 땅을 개간하고, 건물을 지었다. 클레리스 그로브 패거리와의 친분은 그에게 큰 도움이 되었다. 그들은 마을 주민들을 을러대어 링컨에게 일감을 몰아주었다. 링컨은 심지어 '액스맨' 이라는 신종직업에도 도전했다. '액스맨' 이란 증기선의 뱃머리에 도끼를 들고 서 있다가, 장애물이 나타나면 도끼를 휘둘러 제거하는 사람을 뜻한다. 링컨은 이처럼 눈코 뜰 새 없이 바쁜 가운데도 뱀파이어 사냥을 계속했다.

나는 바텐더 뱀파이어가 했던 말을 몇 번이고 곱씹어 보았다. 헨리는 왜 자신과 같은 종족인 뱀파이어를 멸종시키려고 할까? 헨리는 왜 나를 시켜 뱀파이어를 처치하게 하는 걸까? 여기에는 보다 깊은 비밀이 숨겨져 있는지도 모른다.

나는 한 뱀파이어의 사주를 받아 다른 뱀파이어들을 처치하고 있다. 이건 명백한 사실이다. 나는 어쩌면 헨리가 품고 있는 '보다 큰 목적'을 위해 사용되고 있는지도 모른다. 나는 한참 동안 생각한 끝에 다음과 같은 결론에 이르렀다.

나는 모든 가능성을 인정해야 한다.

그러나 상관없다. 중요한 것은 결과이다.

설사 내가 헨리의 도구일지라도 나로 인해 이 세상에 존재하는 뱀파이어의 수가 하나라도 줄어든다면 그것으로 족하다.

헨리의 편지는 점점 더 자주 왔고 편지를 받는 족족 링컨은 어김없이 출격했다. 그러나 이번에는 링컨 혼자가 아니었다.

나는 잭이 유능하고 열정적인 뱀파이어 헌터의 자질을 갖고 있다고 판단했다. 그래서 뱀파이어를 사냥하는 온갖 비법들을 그에게 전수했다. 그는 이미 민첩하고 용감한 사나이였다. 굳이 '신속하고 대담한 일처리'를 강조할 필요도 없었다. 나는 잭의 도움에 크게 감사한다. 왜냐하면 헨리로부터 오는 편지가 너무 많아, 내 몸이 열 개라도 모자랄 지경이었기 때문이다. 우리의 활동 무대는 뉴세일럼뿐만이 아니라 일리노이주 전역이었다.

어느 날 밤 링컨은 잭과 함께 디케이터의 거리를 달리고 있었다. 링컨의 손에는 피 묻은 도끼가, 잭의 손에는 석궁이 들려 있었다. 그들은 상가몬강을 향해 달리는 대머리 사나이를 쫓는 중이었다. 사나이의 오른쪽 옷소매는 피로 물들어 있었고, 오른팔은 힘줄 몇 가닥에 의지해 몸통에 겨우 붙어 있었다.

우리는 길을 가던 두 명의 신사와 부딪혔지만, 미처 사과할 겨를도 없이 대머리 사나이를 추격했다. "이놈들, 당장 서지 못해!"라고 외치는 신사들의 고함 소리가 귓전을 때리며 아련히 멀어졌다. 밤길을 일렬로 달리는 세 사나이의 모습은 우리가 보아도 가관이었다. 나는 웃음이 나오려는 것을 억지로 참고 달렸다.

링컨과 잭은 대머리 사나이를 쫓아 상가몬 강가에까지 이르렀다.

사나이는 강으로 다이빙하여 검은 물속으로 사라졌다. 나는 물속으로 뛰어들려는 잭의 목덜미를 잡아채며 "안 돼!"라고 외쳤다. 잭은 강둑에 서서 분을 못 이기겠다는 듯 씩씩거리며, 강물에 떠 있는 모든 물방울을 향해 석궁을 겨누었다.

"내가 신호할 때까지 기다리라고 했잖아!" 링컨이 소리쳤다.

"밤새도록 기다렸으면 충분한 거 아냐?"

"네가 먼저 나서는 통에 놈을 놓쳤다고!"

"입 다물고 강물을 유심히 살펴봐. 두고 봐, 놈은 조만간 물 위로 떠오를 테니…"

링컨은 못내 아쉬운 듯 한참 동안 잭을 바라보다가 갑자기 웃음을 터뜨렸다.

"그래, 네 말이 맞아." 링컨이 말했다. "놈은 숨을 쉬려고 물 위로 떠오를 게 분명해, 며칠 후에 말이지."

링컨은 잭의 어깨에 손을 얹고 거리로 걸어 나왔다. 링컨의 웃음소리가 곤히 잠든 디케이터의 거리에 메아리쳤다.

잭에게 필요한 것이 하나 있다면, 그것은 참을성이다. 그는 너무 빨리 튀어나오는데다가, 자신이 알게 된 1급 비밀정보를 클레리스 그로브의 동료들에게 까발리곤 했다. 나는 잭에게 '우리 둘만 알고 있는 정보가 새 나간다면 상가몬 카운티 전체가 발칵 뒤집힐 것'이라고 경고하며, 비밀을 지켜 달라고 신신당부해야 했다.

링컨이 상가몬 카운티에 온 지는 불과 일 년밖에 안되었지만, 그는 그 짧은 기간 동안에 이미 지역사회의 유명인사가 되어 있었다. 링컨의 절친한 친구인 멘터 그레이엄 선생의 표현을 빌리자면, 링컨은 "도끼를 마치 깃털처럼 자유자재로 다루는 청년"이었다. 한편 링컨은 표정과 목소리만으로도 손님의 마음을 읽을 수 있었다.

> 지역주민들의 최대 관심사는 상가몬강 그 자체다. 상가몬강의 현실은 어떠한가? 어떤 곳은 수량이 적고 수심이 너무 얕아 실개천 같다. 또 어떤 곳은 나무 조각과 장애물에 가로막혀 항해할 수 없다. 우리가 미시시피강 유역의 주민들처럼 풍요로움을 누리려면 상가몬강 유역을 재정비해야 한다. 증기선이 자유롭게 드나들 수 있도록 강의 폭을 넓히고 수심을 깊게 만들어야 한다. 물론 그러려면 막대한 자금이 필요하다. 나는 막대한 자금을 조달하는 유일한 방법을 알고 있다. 물론 도둑질은 제외하고 말이다.

에이브러햄 링컨은 고심 끝에 공직에 출마하기로 결심한다. 그는 상가몬 카운티의 지역신문에 기고한 '일리노이주 의원후보 출마의 변'에서, 다음과 같이 포퓰리즘적인 - 약간은 패배주의

적인 - 발언을 한다.

주민 여러분이 보시기에 나는 젊고 이름 없는 애송이에 불과합니다. 나는 비천한 계층에서 태어나 지금까지 비천한 생활을 계속해 왔습니다. 나는 재산이나 인맥도 없고, 나를 추천해 줄 친구도 없습니다. 나의 당선 여부는 오로지 주민 여러분의 자유로운 표심에 달려 있습니다. 여러분이 나를 일리노이주 의회에 보내주신다면, 나는 여러분의 은혜에 보답하기 위해 최선의 노력을 다할 것입니다. 하지만 지혜로우신 여러분이 '자네는 그냥 뒷전에 머물러 있는 편이 낫겠네' 라고 판단하시더라도, 나는 결코 슬퍼하지 않겠습니다. 왜냐하면 나는 이미 좌절에 익숙해져 있기 때문입니다.

링컨이 출마의 변을 발표한 직후, '블랙호크 전쟁' 에 관한 뉴스가 뉴세일럼에 전해졌다.

소크족*의 전사인 블랙 호크가 정전협정을 위반하고, 미시시피강을 건너 소크에누크 마을에 침입하여 북쪽으로 올라

* 위스콘신 주 일대에 살던 북미 인디언족.

갔다. 블랙 호크는 영국인 일당*과 함께 모든 백인 정착민들을 죽이거나 쫓아내고, 소크에누크가 자기네 땅이라고 선언했다. 레이놀즈 주지사는 600명의 장정들에게 '일리노이주의 선량한 시민들을 보호하기 위해 무기를 들고 일어나 인디언과 싸우라' 고 호소했다.

링컨은 자신의 정치적 야망에도 불구하고(또는 그 야망 때문에) 선뜻 지원병으로 나섰다. 그는 상가몬 카운티 최초의 지원병으로 기록되었다. 그는 후에 이때의 감동을 다음과 같이 회상했다.

나는 열두 살 때부터 전쟁을 동경해 왔다. 드디어 전쟁이 어떻게 치러지는지 내 눈으로 직접 확인할 수 있는 기회가 생겼다. 적진으로 돌격해 장총을 발사하고 도끼를 휘두르는 멋진 장면을 연상해 보았다. 나는 수십 명의 인디언쯤은 쉽게 처치할 수 있다. 왜냐하면 그들이 이제껏 상대했던 뱀파이어보다 더 빠르거나 강할 리 없기 때문이다.

---

* 블랙 호크의 지휘를 받는 집단으로서, 다섯 개 인디언 부족에서 모인 500여명의 전사와 1,000명의 부녀자, 어린이들로 구성되어 있었다. 그럼에도 불구하고 이 집단에 '영국인 일당' 이라는 이름이 붙여진 이유는, 블랙 호크가 영국의 지원을 받는다는 소문이 파다했기 때문이다. 당시 영국은 블랙 호크에게 '미국과 벌이는 어떠한 분쟁에서도 블랙 호크를 지원하겠다' 고 약속한 것으로 알려져 있었다(실제로 이 약속은 이행되지 않았다).

지원병들은 일리노이강 주변의 '떠오르는 정착지' 인 비어즈타운에 집결했다. 비어즈타운에는 숙련된 민병대원들이 단기 집중훈련코스를 개설해 놓고 지원병들을 기다리고 있었다. 지원병들은 기초적인 군사훈련을 받았다. 링컨이 배속된 부대는 뉴세일럼과 클레리스 그로브 출신의 오합지졸로 구성되어 있었다. 그들은 북쪽으로 진격하기 전에 링컨을 부대장으로 뽑았다.

> 난생 처음으로 동료들을 이끄는 리더로 선출되었다. 나는 동료들로부터 '링컨 대장' 이라는 호칭을 듣고 눈물이 핑 돌았다. 일생에 이처럼 강한 자부심을 느낀 적은 없었다. 그 이후 나는 많은 선거에서 당선되었고 많은 공직에 취임했지만, 일리노이주 지원병 시절에 동료들이 주었던 신뢰만큼 기쁜 일은 없었다.

링컨과 함께 전장으로 떠나는 사람들 중에는 동료 뱀파이어 헌터인 잭 암스트롱은 물론 존 토드 스튜어트 소령도 있었다. 스튜어트는 호리호리한 체격에 넓은 이마, 검은 머리, 단정한 가르마의 소유자였다. 그는 상냥했지만 오똑한 코와 매서운 눈초리 때문에 남들에게 차가운 인상을 주었다. 나이는 링컨보다 두 살이 더 많았다. 그는 앞으로 링컨의 인생에서 중요한 역할을 하게 된다. 링컨과 그는 법조계에서는 '선의의 경쟁자', 의회에서는 '우호적인 반대파' 로서 맞붙게 된다. 그러나 무엇보다도 중요한 사실은, 그가 검은 머리의 켄터키 미인인 메리 토드와 사촌관계였다는 것이다.

전쟁은 링컨의 기대와는 달리 그리 흥미진진하지는 않았다. 일리노이주 민병대원 수천 명이 북쪽의 인디언과 교전하는 동안, 지원병들은 수마일 남쪽의 후방에서 우두커니 앉아 무더위에 시달려야 했다. 몇 주 동안 후방에서 헛된 시간을 보낸 링컨은 1832년 5월 30일의 일기에 다음과 같이 기록했다.

> 내 동료들은 지루함에 고통 받았고, 모기 때문에 많은 피를 흘렸다. 나는 지루함을 달래려고 도끼를 힘껏 휘둘러 애꿎은 장작만 팼다. 어쨌든 우리가 세계 전쟁사에 있어서 기념비적인 자취를 남긴 것만은 분명했다. 세계 역사상 이보다 시시한 전쟁은 없었기 때문이다.

1832년 7월 초, 링컨과 그의 동료들은 무사히 임무를 마치고 고향으로 향하는 긴 여행길에 올랐다. 그러나 그들 중에서 가족과 친구들에게 자랑스러운 무용담을 늘어놓을 수 있는 사람은 한 명도 없었다. 링컨은 주의원 선거일을 2주 남짓 남기고 뉴세일럼에 도착했다. 그의 우편함에는 '매우 급함'이라고 표시된 편지가 두 통이 있었다. 링컨은 다시 선거유세를 하기로 하고, 밤낮으로 유권자들과 악수를 나누며 주민들의 현관문을 노크했다. 불행히도 그가 전장에서 모기들과 혈투를 벌이는 동안 후보자가 열세 명으로 불어나 있었다. '촉박한 시간'과 '후보자 난립'이라는 두 악재 속에서 링컨이 발 디딜 틈은 전혀 보이지 않았다.

결국 링컨은 '13명의 후보자 중 8등'이라는 초라한 성적표를 받았다. 하지만 실망스러운 패배에도 불구하고 소득은 있었다. 뉴세일럼 주민들의 투표결과를 분석해본 결과, 300명의 투표자 중에서 링컨에게 반대표를 던진 사람은 스물세 명에 불과했던 것이다. 즉, 링컨을 한번이라도 만나본 적이 있는 사람들은 그를 압도적으로 지지하는 것으로 나타났다.

링컨은 "보다 많은 사람들과 악수를 나누기만 했어도 선거 결과는 뒤집어질 수 있었다."는 결론을 내렸다.

링컨의 정치인생은 이렇게 시작되었다.

II

링컨은 첫 패배의 아픔을 딛고 새로운 길을 모색해야 했다. 그는 어디서부터 다시 시작해야 하는지 너무나 잘 알고 있었다. 그는 1833년 3월 6일의 일기에 다음과 같이 적었다.

> 오퍗 씨가 하지 못했던 일을 이루고야 말겠다. 뉴세일럼에서 제일 잘나가는 상점을 운영할 것이다. 나는 오늘 베리*와

함께 은행에 가서 거금 300달러를 대출받았다. 우리는 많은 돈을 벌어 2년 이내에 대출금을 갚고, 3년 후에는 집을 지을 것이다.

그러나 이번에도 현실은 링컨의 기대와는 거리가 멀었다. 링컨과 베리가 뉴세일럼에서 새로운 상점을 오픈할 때는 이미 두 개의 대형 상점이 피 튀기는 경쟁을 벌이고 있었다. 이런 시장에 뛰어드는 것은 계란으로 바위를 치는 격이었다. 지금도 역사가들은 빛나는 지성과 건전한 상식을 지닌 링컨이 이처럼 무모한 시도를 감행했다는 사실을 납득하지 못한다. 더욱이 야망도 없고 신뢰성도 없으며 술주정뱅이인 윌리엄 베리를 사업 파트너로 선택했다는 것은 완전히 판단 착오였다.

야망은 현실을 따라가지 못했다. 링컨/베리 상점은 개점한 지 1년도 채 못 되어 파산의 위기에 처했다. 링컨의 일기를 살펴보면 절망감을 토로하는 내용이 점점 늘어나고 있어, 그가 얼마나 지쳐 있었는지를 알 수 있다. 그는 절망의 끝자락에서 죽은 어머니에게 매달렸다.

---

* 윌리엄 F. 베리는 블랙호크 전쟁 때 링컨의 부대에서 상등병으로 근무했던 인물이다.

나는 이 위기를 극복해야 한다.

나는 현재의 나를 뛰어넘어야 한다.

나는 실패할 수 없다.

나는 어머니의 기대를 저버릴 수 없다.

링컨의 처절한 노력에도 불구하고 상점은 결국 실패하고 말았다. 특히 건조물류와 여성용 모자의 매출부진이 치명적이었다. 1834년 링컨/베리 상점은 두 사람에게 각각 200달러 이상의 부채를 남기고 슬며시 문을 닫았다. 술주정뱅이 베리는 아무짝에도 쓸모없었다. 그가 몇 년 후에 생을 마감하는 바람에, 링컨은 베리 몫의 부채까지도 고스란히 떠안게 되었다. 꼬박 17년을 일해야 다 갚을 수 있는 금액이었다.

마음 같아서는 짐을 몽땅 싸들고 뉴세일럼을 영원히 떠나고 싶었다. 하지만 몇 달 후에 다가오는 또 하나의 일리노이주 의원선거가 링컨의 발목을 잡았다. 딱히 할 일도 없고(그 즈음에는 헨리의 편지가 한 통도 오지 않고 있었다) 지난번 선거결과에 대한 아쉬움도 있고 해서, 링컨은 주의원 선거에 다시 도전하기로 마음먹었다. 단, 이번에는 보다 효과적인 선거 전략을 수립해야 했다.

링컨은 말을 타거나 걸어서 상가몬 카운티 전역을 샅샅이 훑으며 돌아다녔다. 그리고 만나는 사람 모두와 이야기를 나누었다. 땡볕이 내리쬐는 들판에서 구슬땀을 흘리는 농장노동자들과 악수를 나누는 한편, 막간을 이용해 천부적인 힘과 갈고 닦은 일

솜씨를 선보여 그들로부터 찬사를 받았다. 그는 교회, 술집, 경마장, 유원지 등을 닥치는 대로 찾아다니며 가두연설을 했다(물론 그는 연설 원고가 적힌 종이쪽지를 주머니에 항상 지니고 다녔다). 때로는 나룻배 여행에서 실수를 연발했던 일과 블랙호크 전쟁에서 모기와 혈투를 벌인 일도 솔직하게 털어놓았다.

"나는 지금껏 그보다 더 천부적인 연설가를 만나 본 적이 없습니다."라고 멘터 그레이엄 선생은 회고했다. "그는 키만 버쩍 크고, 바지 끝이 신발 위로 6인치씩이나 올라가 엉성한 사람으로 보였습니다. 헤어스타일은 항상 단정치 않았고 코트에는 구김살이 많았습니다. 그가 연단에 오르면 사람들은 눈살을 찌푸리고 팔짱을 낀 채 그를 꼬나보았습니다. 그러나 그가 일단 연설을 시작하기만 하면 이내 의심을 거두고 우레와 같은 박수갈채를 퍼부었습니다. 심지어 감격에 겨워 눈물을 흘리는 사람도 있었습니다."

이번에는 악수를 나눈 사람들의 수가 충분했던 것일까? 1834년 8월 4일, 에이브러햄 링컨은 일리노이 주의회 의원으로 당당히 선출되었다.

변방에서 가난한 목수의 아들로 태어나, 공교육이라고는 일 년도 받아보지 않은 무일푼의 내가 반달리아*로 진출해 지역주민의 이익을 대변하게 되다니! 장작이나 패던 내가 학식 있는 사람들과 어깨를 나란히 하고 앉게 되다니! 솔직히 말해서, 나는 그런 지체 높은 사람들과 만나는 것이 두렵다. 그들이 나를 동료로 인정해 줄까? 멍청한 신출내기라고 무시하지는 않을까? 그러나 내 인성이 완전히 역전된 건 확실하다. 주의회의 등원일인 12월이 다가오니 가슴이 두근거린다.

링컨의 느낌은 정확했다. 그의 삶은 주의원이 되면서 완전히 바뀌었다. 많은 정치가와 학자들이 그의 친구가 되었다. 상가몬 카운티의 산간벽지 출신인 시골뜨기는 반달리아의 세련된 신사로 변모했다. 그는 변호사 시험을 준비했다. 백악관에 입성하기 위해 첫걸음을 내디딘 것이다. 이것은 그의 인생을 송두리째 바꿔 버린 '1834년의 두 가지 사건' 중 하나였다.

그럼 그의 인생을 바꾼 또 하나의 역사적 사건은 무엇일까?

그는 한 여인과 뜨거운 사랑에 빠지게 된다.

III

잭은 하마터면 링컨에게 석궁을 겨눌 뻔했다. 그는 링컨과 함께

---

* 반달리아는 1839년까지 일리노이주의 주도(州都)였으며, 그후 일리노이주는 주도를 스프링필드로 옮긴다.

장장 200마일의 장거리 여행길을 떠나, 완전히 녹초가 되어 이제 막 시카고에 도착한 상태였다. 그들은 도중에 무릎까지 빠지는 진흙탕 길과 허리까지 차오르는 물길을 건넜다. 때는 늦은 가을, 그들은 밥도 굶은 채 차가운 별빛 아래서 야영을 해야 했다. 그런데 링컨이 난데없이 여자 얘기를 꺼내, 그렇잖아도 심사가 뒤틀려 있는 잭의 비위를 상하게 한 것이었다.

> 그녀의 이름은 앤 러틀리지였다. 나이는 스물 내지 스물둘 정도 돼 보이지만 수줍어서 물어 보지 못했다. 나는 지구상에서 그녀만큼 완벽하고 우아한 여성을 본 적이 없었다. 그 어떤 사나이도 나보다 깊은 사랑에 빠져 보지 못했으리라! 앞으로는 이 일기에 그녀의 아름다운 모습을 찬양하는 글만을 남길 것이다. 영원히…

잭과 링컨은 미시간 호숫가에 있는 한 농가의 마구간에 몰래 숨어들었다. 그들은 부드러운 건초를 방석처럼 깔고 벽에 기대어 앉았다. 호숫가의 차가운 밤공기 때문에 입에서 담배연기 같은 하얀 입김이 피어나왔다. 말이 엉덩이를 들썩거리고 꼬리를 이리저리 흔드는 것이 뭔가 더러운 물건을 쏟아낼 모양이었다. 그들은 나란히 앉아 사냥감이 나타나기를 밤새도록 기다리는 동안 – 한 명은 아리따운 여인의 모습을, 다른 한 명은 끔찍한 살육의 장면을 떠올리며 – 제각기 생각에 잠겼다.

"잭, 너 사랑에 빠져 본 적 있어?"

잭은 묵묵부답이었다.

"사랑이란 참으로 이상한 감정이야. 아무 이유도 없이 사람을 행복에 취하게 해 주거든. 사랑의 느낌이란 참 특별한 거야…"

잭은 따끈따끈한 말똥이 링컨의 입 속으로 들어가는 장면을 상상해 보았다.

"그녀의 향기를 맡고 싶어. 내가 이런 얘기 하는 게 이상해 보이지? 그녀가 섬세한 손길로 나를 쓰다듬어 주었으면 좋겠어. 나는 그녀의-"

링컨이 정색을 하며 말을 멈추었다.

밖에서 육중한 문이 열리며 누군가 집안으로 들어오는 소리가 났다. 발자국 소리는 점점 가까워지고 있었다. 에이브와 잭은 각자 무기를 단단히 움켜쥐었다.

> 뱀파이어는 말똥 냄새 때문에 인간의 냄새를 맡지 못한 것이 분명했다. 어찌된 일인지 우리가 건초를 밟는 소리도 듣지 못한 것 같았다. 놈의 발자국 소리가 멈추고 마구간의 문이 열렸다. 그 순간 놈이 눈을 깜빡이기도 전에 내 도끼가 놈의 가슴팍을 향해 날아갔다. 동시에 잭의 손을 떠난 석궁이 놈의 눈을 관통하여 뇌를 파고들었다. 놈은 뒤로 나자빠지며 얼굴을 감싸 쥐고 비명을 질렀다. 석궁이 박힌 눈 주위에서 피가 흘러나왔다. 놈의 비명소리에 놀란 말이 몸을 일

으켰다. 나는 말이 우리를 짓밟을까봐 굴레를 꼭 쥐고 놓지 않았다. 그 사이에 잭이 벌떡 일어나 뱀파이어 쪽으로 달려갔다. 그는 놈의 가슴에 박힌 도끼를 빼내어 머리를 겨누었다. 그러곤 놈의 얼굴을 도끼로 내리쳐 두 동강을 내 버렸다. 뱀파이어는 이미 숨이 끊어진 듯 조용히 누워 있었다. 그러나 잭은 멈추지 않았다. 도끼를 들어 놈의 얼굴을 두 번, 세 번, 네 번 더욱 힘껏 내리쳤다. 잭은 화가 단단히 난 것 같았다. 나는 잭이 이쯤 해서 끝낼 줄 알았다. 그러나 잭은 멈추지 않았다. 그는 허리춤에서 칼 한 자루를 꺼내 – 칼날이 아닌 – 칼등으로 뱀파이어의 얼굴을 짓이기기 시작했다. 여러 번 난도질을 당한 뱀파이어의 얼굴은 마침내 완전히 뭉개져 윤곽이 사라지고 말았다. 이제 남은 것은 머리카락과 형체를 알 수 없는 고기 덩어리, 그리고 마구간 바닥에 흥건히 고인 피뿐이었다.

"맙소사, 암스트롱… 무슨 기분 나쁜 일이라도 있었어?"

잭은 아무 말 없이 뱀파이어의 얼굴(이었던 곳)에 박혀있는 도끼를 빼냈다. 그러고는 링컨을 바라보며 – 아직도 분이 덜 풀린 듯 – 씩씩거리며 말했다.

"나는 저게 네 얼굴이라고 생각했어."

겁에 질린 링컨은 집에 돌아가는 동안 입도 뻥긋하지 않았다.

앤 메이에스 러틀리지는 뉴세일럼의 창립자인 제임스와 그 부인 메리 사이에서 10남매 중 셋째로 태어났다. 그녀는 링컨보다 네 살이 적었지만 책에 대한 욕심만큼은 링컨에 뒤지지 않았다. 링컨이 뉴세일럼에 발을 들여놓던 시기에 그녀는 병든 숙모를 간호하느라 1년 6개월 동안 디케이터에 가 있었다. 그동안 그녀는 무료함을 달래기 위해 책이란 책은 손에 잡히는 대로 읽었다. 어떤 일이 일어났는지(숙모가 죽었는지, 회복되었는지, 아니면 그저 앤이 오랜 병수발에 싫증이 난 것인지)에 대한 기록은 없으나, 1834년 여름에 앤은 뉴세일럼으로 돌아오게 된다. 그리고 그해 7월 29일에 멘터 그레이엄 선생의 집에서 링컨과 맞닥뜨리게 된다. 두 사람은 모두 그레이엄 선생에게 책을 빌리거나 가끔씩 가르침을 받았다. 그레이엄 선생의 기억에 의하면 앤은 크고 초롱초롱한 눈망울을 지닌 스무 살의 아가씨였다고 한다. 또 그녀는 적갈색 머리칼에 하얀 피부를 지녔다고 하는데, 일부에서 주장하듯이 금발은 아니었던 것으로 보인다. 입술이 아름답고 치아도 고른 편이어서 한 마디로 '꿀처럼 달콤하고 나비처럼 예민한 여인'이었다고 한다.

그레이엄 선생은 앤과 링컨이 처음 만났던 장면을 다음과 같이 회상했다. "링컨은 의자에 앉아 책을 읽다가 깜박 잠이 들었습니다. 그러다가 앤 양의 시선을 눈치 채고 마치 화살을 맞은 것처럼 고개를 번쩍 치켜들었습니다. 둘은 이어서 명랑한 대화를 주고받았는데, 링컨이 당황한 나머지 말을 더듬어서 앤 양이 거의 일방적으로 대화를 이끌어 갔습니다. 링컨은 그녀의 사랑스러운 눈빛에 깊은 감동을 받았고, 그녀가 많은 책을 읽었다는 사실을 알고는 깜짝 놀라는 눈치였습니다."

링컨은 앤을 처음 만난 날 저녁, 일기장에 다음과 같이 기록하였다.

> 세상에 그렇게 매력적인 여성이 존재하고 있었다니! 어떻게 한 여성이 아름다움과 명랑함을 겸비할 수 있단 말인가! 그녀는 적당한 키에 푸른 눈, 검붉은 머리칼, 빛나는 미소를 갖고 있다. 그녀는 약간 말랐지만 전혀 문제될 것이 없다. 오히려 약간 마른 것이 그녀의 친절하고 섬세한 성격에 잘 어울린다. 그녀가 앞에 있는데 내가 어찌 잠을 이룰 수가 있을까? 그녀가 온 마음을 사로잡고 있는데 내가 어찌 딴 생각을 할 수가 있을까?

링컨과 앤은 그 이후로 여러 번 만났다. 처음에는 그레이엄 선생의 집에서 만나 셰익스피어와 바이런에 대해 활발한 토론을 벌였다. 다음에는 함께 산책을 하며 인생과 사랑에 대해 오랫동안 이야기를 나누었다. 다음에는 앤이 좋아하는 언덕에 올라 함께 상가몬강을 내려다보았지만, 이번에는 서로 아무런 이야기도 나누지 않았다.

이런 말을 일기에 쓰는 것이 부끄럽다. 누군가가 내 일기를 읽어 보고 나를 경솔한 사람으로 취급할까 봐 두렵다. 하지만 이 말을 쓰지 않고는 견딜 수가 없다.

오늘 오후에 나는 그녀와 처음으로 입을 맞추었다. 우리는 강가에 나란히 앉아 나룻배들이 소리 없이 떠다니는 것을 바라보고 있었다. 갑자기 그녀가 내 이름을 불렀다. 고개를 돌려 보니, 그녀의 얼굴이 코앞까지 다가와 있었다. "에이브러햄, 당신은 바이런이 한 말을 믿나요? 그는 '사랑은 늑대도 두려워하지 않는다.' 고 했죠."라고 그녀가 말했다. 나는 그녀에게 바이런의 말을 믿는다고 말했다. 그러자 그녀는 아무 말 없이 나에게 키스를 했다.

숨이 막혀 죽을 지경이었다.

나는 3개월 후 주의회가 있는 반달리아로 떠나야 한다. 그때까지 앤과 함께 있을 것이다. 그녀는 하늘의 별 중에서 가장 멋지고, 가장 부드럽고, 가장 찬란하게 빛난다. 그녀의 유일한 단점은, 나 같은 바보와 사랑에 빠질 정도로 센스가 부족하다는 점이다.

이후 링컨의 일기에서는 이 같은 미사여구를 두 번 다시 찾아볼 수 없다. 그는 자기 부인이나 자녀들을 묘사하는 대목에서도 이처럼 아름다운 표현을 쓰지 않았다. 링컨이 잠시나마 시인이 된 까닭은 젊은 시절에나 느낄 수 있는 아름답고 맹목적이고 가슴 터질 듯한 사랑, 즉 첫사랑 때문이었다.

12월은 너무나 빨리 다가왔다. 링컨은 앤과 눈물로 작별인사를 한다. 반달리아로 떠나, 일리노이 주의회의 일원으로서 맡은 바 책임을 다해야 했던 것이다. '장작이나 패던 시골뜨기가 학식 있는 사람들과 어깨를 나란히 하는 것' 은 상상만 해도 가슴이 두근거렸지만, 이제는 아무래도 좋았다. 링컨은 두 달간 의사당에서 지내는 고통스러운 나날 동안 앤 러틀리지만을 생각했다. 다음해 1월 회기가 끝나자, 링컨은 의사봉의 메아리가 사라지기도 전에 의사당 문을 나섰다. 그는 생애 최고의 봄을 꿈꾸며 뉴세일럼을 향해 발걸음을 재촉했다.

> 그녀의 음성보다 달콤한 음악은 없다. 그녀의 웃는 얼굴보다 아름다운 그림은 없다. 우리는 오늘 오후 나무그늘에 함께 앉았다. 앤이 《맥베스》를 읽는 동안 나는 그녀의 무릎을 베고 누웠다. 그녀는 한 손으로 책을 들고 다른 손으로는 내 머리카락을 쓰다듬었다. 그리고 책 한 장을 넘길 때마다 내 이마에 키스를 했다. 나는 세상을 다 얻은 듯한 기분이었다. 그녀는 세상을 오염시키는 모든 어둠을 물리치는 해독제다. 그녀가 내 곁에 있는 한 나는 은행 빚도 뱀파이어도 두렵지 않다. 그녀만 있으면 된다.

나는 그녀의 아버지에게 결혼을 허락받기로 결심했다. 내가 그녀와 결혼하는 데는 사소한 장애물이 하나 있을 뿐이다. 나는 이 장애물을 즉시 제거하겠다.

링컨이 말한 '사소한 장애물'은 존 맥나마르였다. 링컨의 대수롭지 않다는 어투와는 달리, 맥나마르는 그들의 행복을 심각하게 위협하는 존재였다.

맥나마르와 앤은 결혼을 약속한 사이였기 때문이다.

맥나마르는 성격이 의심스러운 인물로서, 앤이 열여덟 살의 어린 나이일 때 그녀에게 사랑을 맹세하고 결혼을 약속했다. 그러나 그는 앤과 결혼하기 전에 뉴욕으로 떠나 버렸다. 그녀가 디케이터에 머물고 있을 때 맥나마르가 보낸 몇 통의 편지를 읽어 보면, 사랑하는 남자로부터 온 편지라는 사실이 도저히 믿어지지 않는다. 게다가 그 이후 맥나마르는 앤에게 아무런 연락도 하지 않았다. 그래드 그가 앤을 놓아주기 전까지 나는 마음을 놓을 수가 없다. 진정한 사랑은 순조롭지 않은 경향이 있으니까*. 하지만 나는 자신 있다. 모든 문제들이 신속하고 행복하게 해결될 것으로 믿는다.

---

* 셰익스피어의 희곡 《한여름 밤의 꿈》 1막 2장에 나오는 구절을 링컨이 개작한 것으로 보인다.

링컨은 최선의 해결방법이 무엇인지를 놓고 고민하다가, 결국 존 맥나마르에게 편지를 쓴다.

IV

8월 23일 아침, 링컨은 다음과 같은 짤막한 글을 일기장에 남겼다.

> 앤으로부터 몸이 좋지 않다는 연락이 와서 그녀의 집에 다녀와야겠다.

며칠 동안 완연한 여름 날씨가 계속되었다. 링컨과 앤은 매일 만나 강변을 정처 없이 거닐다가 – 주위에 아무도 없는 것이 확인되면 – 몰래 도둑키스를 하곤 했다. 그러나 사실 그럴 필요는 없었다. 뉴세일럼과 클레리스 그로브에서 링컨과 앤이 사귄다는 사실을 모르는 사람은 없었다. 두 사람의 열애가 만천하에 드러나게 된 데는 잭의 역할이 컸다. 잭은 링컨이 앤에게 빠져 있다고 마구 떠들고 다녔다.

> 앤의 집 문 앞에 도착하니, 그녀의 어머니가 '앤이 아무도 만나고 싶어 하지 않는다' 고 말했다. 그러나 말소리를 들은

앤이 나를 안으로 불렀다. 그녀는 《돈 주앙》을 가슴에 품은 채 침대에 누워 있었다. 나는 어머니에게 양해를 구하고 그녀와 단둘이 마주앉았다. 그녀의 손을 잡고 위로의 말을 건넸다. 앤은 미소를 머금으며 말했다. "열이 약간 있을 뿐이에요. 금방 나을 거예요." 그러나 나는 그녀와 대화를 나누는 동안, 그녀에게 말 못할 고민이 생겼다는 느낌을 받았다. 단순한 여름감기 이상의 뭔가가 있었다. 부드럽게 그녀를 껴안자 그녀는 참았던 울음을 터뜨렸다. 무슨 일이 생긴 것이 분명했다. 다음 순간 그녀의 입에서 청천벽력과 같은 말이 튀어나왔다.

앤의 오랜 약혼자인 존 맥나마르가 돌아온 것이다.

"그저께 밤에 그가 내게 찾아왔어요." 앤이 말했다. "그는 화가 단단히 나 있었어요. 미친 사람처럼 행동했죠. 그는 당신의 편지를 받았다며, 내게 직접 답변을 듣기 위해 찾아왔다고 말했어요. '당신이 사랑하는 사람이 내가 아니라 링컨이라고 분명히 말해. 그러면 나는 오늘 밤 이곳을 떠나 다시는 돌아오지 않을 거야!' 라고 그는 말했어요."

앤은 분명히 대답했다, 자기는 에이브러햄 링컨만을 사랑한다고. 그러자 맥나마르는 약속대로 그날 밤에 앤의 곁을 떠났다.

앤은 다시는 그를 만나지 않아도 될 것이라 굳게 믿었다. 그러나 링컨은 불같이 화를 냈다. 그날 밤 링컨이 일기에 쓴 내용을 보면 링컨이 화를 낸 이유를 잘 알 수 있다.

> 나는 맥나마르에게 앤과 내가 서로 사랑한다는 사실을 알리고, 신사답게 그녀를 놓아 달라고 정중히 요청했다. 그러나 그는 내게 말 한 마디 없이 천 마일이나 되는 거리를 달려와, 3년 동안 내팽개쳐 뒀던 여인에게 추태를 부렸다. 그녀를 버렸을 때는 언제고, 이제 와서 사랑 운운 하다니! 못된 놈 같으니라구, 내가 그 자리에 있었다면 당장 그놈의 머리를 쪼개 버렸을 텐데!
>
> 그래도 그가 영원히 떠나 버렸다니 다행이다. 우리의 행복을 가로막았던 유일한 장애물이 제거되었다. 이제 더 이상 머뭇거릴 필요가 없다. 앤이 회복하는 대로 그녀의 아버지에게 달려가 결혼 승낙을 받아내야지.

그러나 앤은 회복되지 않았다.

8월 24일 아침 링컨이 앤의 집을 다시 방문했을 때, 앤은 너무 아파 몇 마디 말을 하는 것조차 힘들어 했다. 시간이 갈수록 그녀의 머리는 점점 더 뜨거워지고, 숨소리는 더욱더 거칠어졌다. 한낮이 되자 입이 굳게 닫히고 의식은 가물가물해졌다. 어쩌다가 눈을 뜰 때면, 환각에 시달리는지 온몸을 심하게 떠는 바람에 침대 밑의 마룻바닥이 덜거덕거릴 정도였다. 링컨은 앤 곁을 지키며 열심히 물수건을 갈아 주었다. 아침에 온 의사가 팔을 걷어붙인 채 한나절까지 그녀를 치료했다. 그는 처음에 장티푸스가 틀림없다고 했지만, 이제는 정확한 병명을 대지 못했다. 단기간에 환각, 경련, 혼수상태가 계속 반복되는 병이 도대체 무엇이란 말인가? 그는 의사생활 수십 년 동안 이런 환자를 본 적이 없었다.

그러나 링컨은 그런 환자를 본 적이 있었다.

까닭 모를 두려움이 나를 엄습했다. 아주 오래 전에 겪어본, 매우 익숙한 두려움이었다. 나는 아홉 살 소년시절에 고열과 악몽에 시달리는 어머니를 곁에서 지켜본 적이 있다. 지금도 그때와 똑같은 기도를 하며, 그때와 똑같은 죄책감에 시달리고 있다. 앤을 이 지경으로 몰아간 장본인은 바로 나다.

나는 맥나마르에게 그녀를 놓아 달라고 간청하는 편지를 썼다. 그러나 나의 간청에 대한 그의 대답은 무엇이었나? 그는 갑자기 창백한 얼굴로 뉴세일럼에 나타났다. 그리고 밤이 되기를 기다려 약혼녀를 만났다. 그는 자기의 약혼녀가 다른 남자의 품에 안기는 것을 보느니, 차라리 고통을 받다가 죽게 하는 쪽을 택했다.

그는 뱀파이어였다.

병석에 누운 앤의 곁에서 슬퍼하고 있는 링컨. 출처: 톰 프리만, 《링컨의 첫사랑》(동판화, 1890)

어머니는 숨을 거두기 직전에 잠깐 정신을 차려 내 손을 잡아 주셨다. 그러나 앤은 그러지 않았다. 그녀는 그저 조용히 스러져 갔다.

하나님의 가장 아름다운 작품이 사라졌다.

이제 모든 것이 끝이다.

앤 러틀리지는 1835년 8월 25일에 세상을 떠났다. 당시 그녀의 나이는 스물두 살이었다.

링컨은 그녀의 죽음을 인정할 수 없었다.

1835년 8월 25일

헨리 스터지스

세인트루이스 루카스플레이스 200

매우 급함.

친애하는 헨리에게,

그동안의 친절에 감사드립니다. 당신에게 마지막으로 드릴 부탁이 하나 있어서 편지 드립니다. 이 편지의 맨 아래에는 당신이 처치해 주어야 할 사람의 이름이 적혀 있습니다. 인생에서 가장 큰 축복은 종말을 맞이하는 겁니다.

존 맥나마르

뉴욕

– A

앤이 세상을 떠난 후 이틀 동안, 잭과 클레리스 그로브의 용사들은 교대로 링컨을 감시했다. 그들은 링컨으로부터 주머니칼과 목공도구, 그리고 장총을 압수했다. 그들은 심지어 링컨이 목매달아 죽는 것을 막기 위해 그의 허리띠까지도 압수했다. 잭은 링컨의 뱀파이어 사냥도구들을 멀찌감치 치워 놓았다.

그들의 주도면밀한 압수 수색에도 불구하고, 수사망을 피해간 무기가 하나 있었다. 아무도 내 베개 밑에 감추어 둔 권총을 찾아내지는 못했다. 둘째 날 잭이 잠깐 자리를 비운 사이에, 나는 권총을 꺼내 내 옆통수에 총부리를 들이댔다. 그냥 이대로 생을 마감할 작정이었다. 나는 총알이 내 두개골을 관통하는 순간을 상상해 보았다. 내가 '탕' 소리를 들을 수 있을까? 뼈가 총알에 부서져 나가는 아픔을 느낄 수 있을까? 내 뇌가 건너편 벽을 향해 튀어나가는 모습을 볼 수 있을까? 갑자기 앞이 캄캄해 지고 아무것도 볼 수 없게 되는 것은 아닐까? 그때 한줄기 바람이 불어와 내 곁에서 불타고 있던 촛불을 꺼뜨렸다. 나는 여전히 총부리를 옆통수에 들이대고 있었지만, 끝내 방아쇠를 당기지는 않았다.

'살아야 한다…'

링컨은 문득 어머니의 마지막 말씀을 떠올렸다.

그럴 수 없다…

나는 어머니의 유언을 저버릴 수 없다. 나는 권총을 마룻바닥에 내던지고 와락 울음을 터뜨렸다. 내 비겁함을 저주하면서, 모든 것을 저주하면서, 하나님을 저주하면서.

링컨은 그날 밤 목숨을 끊지 않았다. 그는 늘 그래 왔듯이 종이 한 장을 꺼내 시를 쓰기 시작했다(링컨은 슬픔이 복받치거나 기쁨이 솟구칠 때는 시를 쓰는 버릇이 있었다).

자살의 독백*

그래! 이제 세상을 떠나는 거야,
이곳이 제일 적당하겠군.
나는 내 심장에 비수를 꽂으리라,
비록 지옥에 가서 후회하겠지만!

---

* 이 시는 앤의 3주기(週忌)인 1838년 8월 25일, 상가몬저널(The Sangamon Journal) 표지에 실렸다. 작자의 요청에 의해 작자의 이름은 미상으로 처리되었다.

칼집에서 나온 달콤한 금속이여!
눈부신 광채를 발하며 네 힘을 뽐내는구나.
내 허파를 갈기갈기 찢어 보아라,
그리고 내 피가 용솟음치게 해 보렴.

푹! 심장에 박힌 채 떨고 있는 비수가
나를 종말로 인도한다.
나는 피 묻은 칼을 빼내어 입을 맞춘다,
죽음이여 - 내 유일한 벗이여!

다음날 아침, 링컨의 편지를 받은 헨리가 뉴세일럼으로 급히 달려왔다.

헨리는 가까운 친척이라고 둘러대고 다른 사람들을 모두 밖으로 내보냈다. 우리 둘만 남게 되자, 나는 앤을 죽인 범인에 대한 모든 정보를 알려 주었다. 나는 구태여 슬픔을 감추려고 하지 않았다. 헨리는 울고 있는 나를 껴안아 주었다. 나는 이 순간을 똑똑히 기억한다. 왜냐하면 나는 두 가지 사실을 깨닫고 깜짝 놀랐기 때문이다. 첫 번째 사실은 뱀파이어도 따뜻한 마음을 갖고 있다는 것이었고, 두 번째 사실은 헨리의 피부가 너무 차갑다는 것이었다.

"살아가는 동안 사랑하는 사람을 잃지 않는 사람은 운이 좋은 사람입니다." 헨리가 말했다. "그런 면에서 보면 당신과 나는 모두 운이 나쁘죠."

"당신도 나처럼 사랑하는 사람을 잃은 적이 있나요?"

"에이브러햄…나는 눈물을 펑펑 쏟으면서 내 아내를 땅에 묻은 적이 있습니다."

"나는 그녀가 없으면 살수가 없어요."

"나도 압니다."

"그녀는 너무 아름답고…너무 사랑스러워요…"

"알고 있어요."

링컨은 눈물을 삼켰다.

"하나님에게 고귀한 선물을 받은 사람은, 자신이 가진 귀중한 것으로 그분에게 보답해야 합니다."

"그녀 없이는 살아갈 수가 없어요…"

헨리는 링컨의 곁에 앉아 그의 팔을 잡고 – 마치 투정부리는 어린아이를 달래듯 – 링컨의 등을 토닥거렸다.

"그렇다면 한 가지 방법을 알려 줄까요?" 헨리가 정색을 하며 말했다.

"우리들 중 몇몇 고수는 죽은 사람을 깨어나게 할 수 있는 능력을 갖고 있습니다. 나도 그중 하나죠. 다만 죽은 지 몇 주일 이내의 사람이어야 하고, 시체가 많이 훼손되지 않아야 합니다."

링컨은 한참 후에야 헨리의 말을 이해할 수 있었다.

"진심을 말해주십시오. 에이브러햄, 그녀는 다시 살아날 수 있습니다…다만 다시 살아난 사람은 '영원한 삶'의 저주를 받아야 한다는 사실을 명심하십시오."

그녀의 사랑스런 미소를 다시 볼 수 있다니! 그녀의 섬세한 손길을 다시 느낄 수 있다니! 내 슬픈 기도가 응답을 받았나보다. 그녀와 함께 나무그늘에 앉아 셰익스피어와 바이런을 읽어야겠다. 내가 그녀의 무릎을 베고 누우면, 그녀는 천진난만한 표정으로 내 머리칼을 쓰다듬겠지. 그녀와 나는 오래도록 상가몬강의 둑 위를 거닐 것이다. 생각만 해도 마음이 편안해진다. 아! 행복하다…

그런데 참 이상하다. 그녀의 창백한 피부와, 검은 눈, 날카로운 송곳니를 떠올리면 그녀에 대한 애틋한 감정이 모두 사라지고 만다. 우리는 분명히 재결합할 수 있다. 그러나 나는 그녀의 차가운 손가락이 내 머리칼을 쓰다듬는 것을 감수해야 한다. 우리가 좋아하는 나무그늘이 아니라, 커튼이 드리워진 어두컴컴한 방구석에서 셰익스피어와 바이런을 읽어야 한다. 우리는 오래도록 함께 상가몬강 둑을 거닐 수 있지만, 나는 곧 늙게 된다.

나는 그녀를 되살리고 싶은 유혹에 시달렸다. 그러나 그럴 수는 없었다. 내게서 앤을 빼앗아간 어둠의 세력에게 행복을 구걸할 수는 없었다. 그들은 어머니까지도 빼앗아가지 않았던가!

앤 러틀리지의 유해는 8월 30일 올드 콩코드 묘지에 안장되었다. 링컨은 우두커니 서서 그녀의 관이 땅 속에 묻히는 것을 내려다보았다. 그 관은 링컨이 손수 만든 것이었다. 그는 관 뚜껑에 다음과 같은 문장을 한 줄 새겨 넣었다.

인간은 본래 혼자일 수밖에 없는 존재다.

장례식에서 돌아오니 헨리가 문밖에서 기다리고 있었다. 아직 해가 중천에 떠오르지도 않았는데 그는 양산을 펼쳐 들고 얼굴에는 검은 안경을 쓰고 있었다. 그는 내게 따라오라고 했다. 우리는 아무 말 없이 반 마일을 걸어 숲 속의 작은 공터로 들어갔다. 그곳에는 금발의 작은 사내가 팔과 발목을 기둥에 묶인 채 창백한 표정으로 대달려 있었다. 그의 발밑에는 장작과 불쏘시개가 수북이 쌓여 있었다. 그 옆에는 커다란 물동이가 놓여 있었다.

"에이브러햄." 헨리가 말했다. "존 맥나마르 씨를 소개합니다."

그는 우리를 보더니 괴로운 듯 몸을 비틀었다. 그의 피부는 온통 물집과 화상으로 뒤덮여 있었다. "그는 뱀파이어에 입문한 지 얼마 되지 않은 신출내기입니다." 헨리는 말했다. "그래서 햇빛에 매우 민감하죠."

나는 횃불을 손에 들었다. 나는 벌겋게 타오르는 횃불의 열기에 질려 잠시 주춤했지만, 눈만은 겁에 질린 맥나마르의 눈을 놓치지 않았다. "횃불은 그의 피부를 더욱 강하게 자극할 겁니다."라고 헨리는 설명했다. 나는 맥나마르에게 무슨 말이라도 하고 싶었지만 아무 말도 떠오르지 않았다. 그저 그에게 가까이 다가가 그의 겁먹은 눈을 계속 노려볼 뿐이었다. 그는 도망치고 싶은 듯 발버둥을 쳤다. 그 절망적인 몸짓을 보니 갑자기 동정심이 일었다.

'이건 미친 짓이다.'

그래도 그자를 불태워 죽여야 마음이 편해질 것 같았다. 나는 횃불을 장작더미에 던졌다. 그는 결박을 풀기 위해 몸부림쳤다. 허사였다. 목구멍에서 피를 토하도록 비명을 질러대, 더 이상 소리가 나오지도 않았다. 불길은 순식간에 허리 높이로 타올랐다. 나는 그의 발이 검게 그을어 타 들어 가는 것을 보고는 섬뜩해 뒤로 물러났다. 뜨거운 열기가 금발을 하늘로 밀어 올렸다. 그는 마치 돌풍의 한 가운데에 서 있는 것처럼 보였다. 헨리는 물동이를 들고 불길에 가까이 접근했다. 그러고는 맥나마르의 머리, 가슴, 등에 물을 퍼부어 목숨을 살려 두었다. 가능한 한 목숨이 오래 붙어 있어야 다리가 뼛속까지 타들어 가는 고통을 느낄 수 있기 때문이었다. '이렇게까지 해서 그의 고통을 연장시켜야 하나?' 라는 생각이 들어 나도 모르게 눈물이 나왔다.

맥나마르는 처절한 몸부림 끝에 숨을 거두었다.

10분 내지 15분쯤 지나, 헨리는 - 나의 만류에 못 이겨 - 물 퍼붓기를 중단하고 그에게 '존엄하게 죽을 기회' 를 주었다. 헨리는 물을 뿌려 불을 끈 다음 시커멓게 탄 시신이 식기를 기다렸다.

헨리가 링컨의 어깨에 가볍게 손을 올려놓았지만, 링컨은 헨리의 손을 매몰차게 뿌리쳤다.

"헨리, 내게 진실을 말해 줘요. 당신은 왜 같은 종족을 죽이죠? 나는 진실을 알 자격이 있어요."

"내가 이제껏 당신에게 진실을 말하지 않은 적이 있었습니까?"

"지금 한번만 더 말해 줘요. 왜 당신의 종족을 죽이는 거죠? 그리고 왜 나를-"

"왜 내가 직접 나서지 않고 당신을 시켜 뱀파이어를 처치하느냐는 겁니까? 알겠습니다. 무슨 말을 하고 싶은지. 그러고 보니 당신이 아직 젊다는 점을 내가 미처 헤아리지 못했군요."

헨리는 난감한 듯 자신의 얼굴을 쓰다듬었다. 하기 싫은 이야기를 마지못해 하는 듯한 표정이었다.

"내가 왜 같은 종족을 죽이냐구요? 이미 말한 적이 있을 텐데… 기억이 나지 않는다면 다시 한 번 말해 주겠습니다. '늙거나 병들거나 위험한 사람의 피를 빠는 것' 과 '잠자는 아기를 침대에서 납치해 가는 것' 은 전혀 차원이 다른 문제입니다. 당신도 두 눈으로 똑똑히 보았겠지만, 죄 없는 흑인 남녀들을 사슬로 묶어 죽이는 것도 같은 맥락에서 이해할 수 있습니다."

"그래서요? 그렇다면 당신 손으로 직접 그들을 처치하면 되잖아요."

헨리는 생각을 정리하기 위해 잠깐 말을 멈췄다.

"나는 당신으로부터 자살을 암시하는 듯한 편지를 받고, 어리석은 행동을 막기 위해 세인트루이스에서 뉴세일럼까지 한걸음에 달려왔습니다. 하지만 나는 이곳에 도착하는 순간까지 당신이 살아 있을 거라고 굳게 믿었습니다. 그건…내가 당신의 확고한 목표를 알고 있었기 때문입니다."

링컨은 눈을 들어 헨리를 쳐다보았다.

"사람들은 대부분 아무런 목적의식도 없이 살아갑니다. 그런 사람들은 무대 위에서 작은 역할만을 맡다가 조용히 역사의 뒤안길로 사라집니다. 아니면 고작해야 전제군주의 노리개 역할을 하거나… 그러나 에이브러햄, 당신은 인간을 억압하는 잘못된 체제와 싸우기 위해 태어난 사람입니다. 당신의 목표는 뱀파이어의 지배로부터 인간을 해방시키는 겁니다. 당신이 어머니 뱃속에서 나올 때부터 당신에게 주어진 운명이죠. 나는 당신을 처음 만나던 날부터 당신이 그런 사람인 줄 알아보았습니다. 당신의 몸에서 태양보다 더 밝은 광채가 뿜어 나오는 것을 느낄 수 있었습니다. 우리가 만난 것이 필연이라고 생각해 본 적 없습니까? 내가 100여년 만에 처음으로 동족을 처치하고 당신을 구해낸 것이 단순히 우연이라고 생각하나요?

나는 사람의 미래를 예견하는 능력이 있습니다. 내 눈에는 당신의 미래가 마치 거울을 보는 것처럼 선명하게 보입니다. 당신이 잘못된 체제와 싸우는 장면이….

그리고 내 목적은, 바로 당신이 승리할 수 있도록 도와주는 겁니다.

그것이 내 운명이죠."

7
스프링필드

나는 앞으로 결혼 따위는 절대로 하지 않겠습니다. 나 같은 사람을 좋아하는 사람은 분명 돌대가리밖에 없을 겁니다.

– 에이브러햄 링컨, 오빌 H. 브라우닝 여사*에게 보낸 편지 중에서
1838년 4월 1일

I

링컨은 농가 2층에 있었다. 그는 미시시피강을 여러 번 오르내리면서 으리으리한 농가들을 많이 봐 왔지만, 농가의 내부를 구경하기는 오늘 밤이 처음이었다.

* Mrs. Orville H. Browning, 켄터키주 출신의 정치가로서 상원의원과 내무부장관을 지낸 오빌 브라우닝의 부인으로, 링컨에게 중매를 선 적이 있다. 오빌 브라우닝은 링컨의 대통령 공천을 도와준 인물이다.

나는 잭을 껴안았다. 배에 난 날카로운 상처를 통해 내장이 들여다보였다. 그의 얼굴에는 핏기가 가시고, 눈에는 공포가 어려 있었다. 그게 끝이었다 내 용감하고 튼튼한 친구, 클레리스 그로브 최고의 터프가이인 잭이 죽다니! 그러나 나는 그의 죽음을 슬퍼할 겨를이 없었다. 나 역시 죽음에 너무 가까이 다가가 있었던 것이다.

헨리의 연락을 받고 출동했을 때만 해도, 이번 작업은 여느 때와 마찬가지로 평범하게 끝날 것처럼 보였다. 그러나 막상 현장에 도착해 보니 그게 아니었다. 그곳은 뱀파이어 소굴 같았다. 링컨은 자세를 낮추고 주변을 유심히 살펴보았다.

도대체 상대가 몇 명이나 되는지도 알 수 없었다. 나는 잭의 시신을 내려놓고 한 손에 도끼를 든 채, 길게 펼쳐진 2층 복도 안으로 조심스레 들어섰다. 내 전투복은 방금 전에 잭을 할퀴고 지나간 손톱에 의해 찢겨져 있었다. 복도 양쪽으로 방 여러 개가 늘어서 있었다. 방문을 하나씩 지나칠 때마다 열린 문틈으로 끔찍한 모습이 보였다. 어떤 방에는 발목에 로프를 묶어 거꾸로 매달아 놓은 어린아이 시체가 세 구 있었다. 모두 목이 잘려 있었고 그 곁에는 떨어지는 피를 받아내기 위한 양동이가 놓여 있었다. 다른 방에는 흔들의자에 앉아 말라죽은 여자의 시체가 있었는데, 그녀의 무릎 위에는 여자보다 나중에 죽은 듯한 아기의 시체가 놓여 있었다. 안으로 들어갈수록 다양한 시체들을 볼 수 있었다. 침대에 누워 죽은 여자가 있는가 하면, 심지어 심장을 꼬챙이에 찔린 땅딸막한 뱀파이어 시체도 있었다.

복도를 지나는 내내 마룻바닥에서 삐걱거리는 소리가 났다. 나는 거의 기다시피 해서 복도 끝에 이르렀다. 내 앞에는 거대한 계단이 놓여 있었다. 나는 계단을 내려가기 전에 지금까지 지나온 길을 확인하려고 몸을 돌렸다. 순간 나는 소스라치게 놀랐다. 뱀파이어 한 명이 우뚝 버티고 서 있었기 때문이다. 역광 때문에 눈이 부셔 뱀파이어의 얼굴을 정면으로 바라볼 수가 없었다. 그는 내 손에서 도끼를 빼앗아 한쪽 구석으로 내던지고, 내 셔츠 깃을 잡아 나를 번쩍 들어올렸다. 그제야 나는 뱀파이어의 얼굴을 똑똑히 볼 수 있었다.

그는 헨리였다.

"에이브러햄, 네 목표는 인간을 잘못된 지배체제로부터 구원하는 것이다." 그는 말했다. "그러기 위해서는 네가 먼저 죽어야 한다." 그러고는 나를 난간 위로 던져 버렸다. 나는 현관의 대리석 바닥을 향해 날아갔다.

내 몸뚱이는 대리석 바닥에 부딪혀 산산조각이 났다.

꿈이었다.

앤이 세상을 떠난 후 링컨은 몇 달 동안 지독한 악몽과 심각한 우울증에서 헤어나지 못했다. 앤을 죽음으로 몰아간 뱀파이어에게 증오가 들끓었지만, 정작 그들을 사냥할 마음은 생기지 않았다. 헨리가 보낸 편지를 뜯지 않고 방치하는 일이 잦아졌다(편지를 본 경우에도 몇 주가 지나서야 겨우 출동하곤 했다). 장거리 여행이 힘들다는 핑계로 책만 보내는 경우도 있었다. 1836년 11월 18일의 일기를 읽어 보면, 링컨의 우울증과 무기력증이 얼마나 심각했는지를 알 수 있다.

그동안 내 자신을 너무 혹사시켰던 것 같다. 이제부터는 가급적 한가한 시간에 뱀파이어 사냥을 해야겠다. 또 어머니와 앤의 명복을 비는 데 도움이 되지 않는 뱀파이어 사냥은 하지 않겠다. 어두운 밤길에 수상한 신사가 나타나든, 경매시장에서 노예가 거래되든, 잠자던 아기가 행방불명이 되든 나와는 아무런 상관도 없는 일이다.

이제까지 뱀파이어 사냥을 하며 쓴 돈도 많다. 뱀파이어 사냥을 하라고 금전적인 지원을 해주는 사람은 없으니까, 필요한 돈은 모두 내 호주머니에서 나갔다. 더구나 뱀파이어 사냥을 하는 동안에는 돈을 벌 수도 없었다. 만일 - 헨리가 말한 대로 - 내가 인간을 해방시키기 위해 태어난 사람이라면, 우선 나부터 해방시켜야 하지 않겠는가?

뉴세일럼에는 더 이상 기대할 게 없다. 상점도 실패했거니와, 멀지 않은 곳에 새로운 시가지가 생겼다는 점이 마음에 걸린다. 이제 뉴세일럼을 벗어나 새로운 인생을 시작해야겠다. 내 인생은 나의 것이니까.

때마침 블랙호크 전쟁의 전우로서 오랫동안 친분관계를 유지해 온 존 T. 스튜어트가 링컨을 찾아온다. 스튜어트는 링컨에게 법조계 일을 하라고 권유한다. 스튜어트는 스프링필드에서 작은 변호사 사무실을 개업하고 있었다. 링컨은 독학으로 – 게다가 순전히 여가시간만을 활용해서 – 법률 서적을 공부한 끝에, 1836년 가을 변호사 시험에 합격한다. 변호사가 된 링컨에게 스튜어트는 파트너를 제안하고, 두 사람은 1837년 4월 12일자 상가몬 저널에 변호사 사무실 개설광고를 낸다. 그들의 사무실은 스프링필드의 호프만스 로에 있는 상가몬 순회법정 건물 2층에 있었다. 그로부터 3일 후, 링컨은 빌린 말을 타고 스프링필드의 법조타운에 입성한다. 그가 가진 소지품이라고는 고작 말안장에 매달린 가방 두 개뿐이었다. 그는 호주머니에 도토리 한 톨 없는 빈털터리였다. 어느덧 그도 스물여덟 살이 되어 돈이 모일 때도 되었지만, 버는 돈은 모조리 은행 빚을 갚거나 법률 서적을 구입하는 데 써야 했기 때문이다. 그는 광장 서쪽 편에 있는 에이와이 엘리스 상점 옆 귀퉁이에 말을 매고, 느릿느릿 상점 안으로 들어섰다. 조슈아 프라이 스피드라는 점원이 그를 반갑게 맞았다. 그는 호리호리한 체격을 가진 스물두 살의 청년으로서, 새카만 머리에 푸른 눈이 매력적이었다.

나는 그가 다루기 힘든 인물이라는 것을 대번에 알아차렸다. "선생님은 스프링필드에 처음이신가요? 이 모자 어떤지 좀 봐주실래요? 요즘 상가몬 카운티는 어떤가요? 선생님은 키가 크시니 사무실에 들어갈 때마다 항상 고개를 숙이셔야 겠네요?" 내 평생에 그렇게 시시콜콜한 것을 물어보는 청년은 처음 보았고, 원치 않는 대화에 그토록 오랫동안 말려든 것도 처음이었다. 나도 상점에서 점원생활을 해 봤지만, 고객에게 그런 질문을 한다는 건 상상도 못할 일이었다. 내가 물건을 고르느라 움직이면, 그는 말 엉덩이에 달라붙는 쉬파리처럼 잽싸게 다가와 질문을 쏟아냈다. 나는 뱀파이어보다 더 지독한 그의 질문공세를 차단하기 위해 복잡한 리스트 하나를 건네주었다. 그것은 내가 뱀파이어 사냥용으로 쓰는 화학 재료의 목록이었다.

"죄송한 말씀입니다만-", 스피드가 말했다. "저는 이 목록에 뭐가 쓰여 있는 건지 도통 모르겠습니다."

"내가 필요로 하는 물품일세. 자네가 그 목록에 나오는 물품을 준비해 줬으면 좋겠네."

"그런데, 선생님. 혹시 우리가 구면이라는 것을 아십니까?"

"여보게, 자네가 그 물품들을 구할 수 있는지 없는지만 말해 주게."

"물론 구할 수 있습니다… 그렇고말고요. 그런데 저는 지난해

7월에 선생님이 샐리스베리에서 연설하시는 것을 구경한 적이 있습니다. 그때 선생님은 상가몬강 유역을 정비해야 한다고 말씀하셨죠. 기억 못하시겠습니까, 링컨 변호사님? 켄터키에서 온 조슈아 스피드라고… 저와 인사하고 악수도 나누셨는데요."

"나는 바빠서 이만–"

"정말로 훌륭한 연설이었습니다. 물론 약간의 실수는 있었지만요. 그 형편없는 실개천에 무작정 돈을 퍼붓는 것을 밑 빠진 독에 물붓기라고 하셨던가요? 하지만 전체적으로는 굉장한 연설이었습니다."

그는 목록에 있는 모든 물품들을 주문하겠노라고 다짐했다. 그러고는 입을 다문 채 다른 종이에 목록을 옮겨 적기 시작했다(덕분에 나는 피곤한 귀를 잠시나마 쉴 수 있었다). 나는 그에게 내가 기거할 방을 – 이왕이면 싼 값으로 – 빌릴 수 있는지 물었다. 지금 당장 수중에 현금이 없다는 말도 덧붙였다.

"저… 혹시 '싼' 걸 원하시나요, 아니면 '공짜'를 원하시나요?"

"외상을 원하네."

"아, 그렇군요… 제 무례함을 용서하십시오. 그런데 프랑스 사람들은 '외상'이라는 말을 '돈을 갚지 않겠다'는 의미로 사용한다던데요."

"은행 빚을 갚는 게 우선이라 그렇네."

"아, 물론 그러시겠죠. 저는 변호사님이 사무실 임대료를 떼어 먹을 분이 아니라는 걸 잘 알고 있습니다. 하지만 스프링필드에서는 임대료가 저렴한 방을 구하기가 어려울 겁니다. 이곳 사람들이 어지간히 돈을 밝혀야죠."

"알겠네… 시간을 내 줘서 고맙네. 좋은 하루 되게."

스피드는 내 궁핍한 처지와 초라한 행색에 연민을 느꼈던 것 같다. 아니, 어쩌면 그도 나처럼 변변한 친구 하나 없는 외톨이였는지 모른다. 어쨌든 그는 돌아서는 나를 불러 세우고는 자기가 살고 있는 상점 2층의 방을 빌려 주겠다고 제의했다. 내가 은행 빚을 다 갚고 자립할 때까지 외상을 놓아주겠다고 했다. 처음에는 그 제안을 거절하고 싶었다. 그런 거머리 같은 친구와 한 방을 쓴다고 생각하니 앞이 캄캄해졌다. 차라리 호젓한 다락방이 나을 것 같았다. 그러나 딱히 대책이 없는 나는 "고맙네!"라는 말 한마디와 함께 그의 제안을 덥석 받아들이고 말았다.

"이제 이사할 준비를 하셔야겠군요."라고 스피드가 말했다.

링컨은 묵묵히 상점 밖으로 나갔다. 잠시 후 그는 말안장에 매달아 놨던 가방 두 개를 들고 들어와 상점 바닥에 내려놓으며 말했다.

"이사는 다 끝났네."

II

스프링필드에 변화의 바람이 불고 있었다. 판잣집과 달구지는 벽돌집과 마차에게 자리를 내어주고 역사 속으로 사라졌다. 변화의 소용돌이 속에서 권력을 등에 업고 한 몫 챙기려는 사람들이 늘어나면서, 정치꾼이 농사꾼보다 두 배나 많아졌다. 스프링필드는 산간벽지의 뉴세일럼이나 변방의 리틀 피전 크리크와는 차원이 다른 도회지였다. 그러나 스프링필드의 화려함 뒤에는 어둡고 질척한 문제가 도사리고 있었다. 급격히 성장하는 도시가 다 그렇듯, 스프링필드 역시 범죄와 폭력이 들끓는 곳이었다. 이 문제는 링컨을 만성 우울증에 빠뜨리는 원인이 되기도 했다.

오늘 한 부부가 총에 맞아 죽는 장면을 목격했다. 사무실 앞 길가에서 존 S. 월번이라는 의뢰인과 대화를 나누고 있을 때였다. 갑자기 웬 비명 소리가 들려 그쪽을 바라보니, 톰슨 여관*에서 서른다섯 살 가량의 여자가 뛰쳐나오는 것이 보였다. 곧이어 권총을 손에 든 남자가 뒤쫓아 나와, 여자의 등을

---

* Thomsons', 호프만스 로 다음 블록에 있는 여관.

겨누더니 실탄을 발사했다. 여자는 길가에 그대로 엎어져서 배를 움켜쥐고 떼굴떼굴 구르다가, 몸을 똑바로 일으키려고 버둥거렸다. 여자는 결국 일어나지 못했다. 그 곁에서 남자가 권총을 든 채 여자를 내려다보고 있었다. 윌번과 나는 살기등등한 남자의 시선에도 아랑곳하지 않고 여자 쪽으로 달려갔다. 갑작스러운 총소리에 놀란 행인들이 몰려들었다. 그 순간, 또 한 발의 총성이 울려 퍼졌다. 이번에는 남자가 제 머리에 방아쇠를 당기고 쓰러졌다. 남자의 심장이 고동칠 때마다, 총알이 뚫고 들어간 구멍에서 시뻘건 핏줄기가 용솟음쳤다.

사람이 그렇게 쉽게 죽는다니 참으로 신기한 일이다. 인간의 생을 지탱하는 힘이란 얼마나 나약한 것인지! 몸에서 영혼이 빠져나가면, 육신은 순식간에 텅 빈 껍데기가 된다. 내가 책에서 읽은 바에 의하면, 유럽에서는 교수대나 단두대로 사형을 집행한다고 한다. 내가 읽은 역사책에 의하면, 대규모 전쟁으로 수십만 명의 사람들이 목숨을 잃은 경우도 있다고 한다. 우리는 그들의 죽음을 슬퍼하면서도 곧 잊어버리고 만다. 슬픈 기억을 금세 잊어버리는 것은 어쩌면 인간의 본성인지도 모른다. 그러나 그들도 한때는 우리처럼 살아 있는 인간이었다는 점을 잊어서는 안 된다. 그리고 총알(혹은 칼이나 로프)이 순식간에 수많은 사람의 생명을 앗아갈 수 있다는 점도 잊지 말아야 한다. 그들 중에는 생명의 싹을 틔우기도 전에 요람에서 스러져간 어린 아기들도 있다. 역사상 얼마나 많은 사람들이 이렇게 비참한 운명을 맞았는지를 생각하면 안타까운 마음에 가슴이 시려온다.

다행히도 링컨은 변호사 일과 주의원 일로 바빠 죽음에 대해 오래 생각할 겨를이 없었다. 그는 주의회의 표결이나 청문회에 참석하지 않을 때는 사무실에서 의뢰인과 상담하거나 스프링필드 법원에서 벌어지는 소송에 참여했다. 그가 주로 담당한 사건은 토지 소유권이나 임금 체불과 관련된 분쟁사건이었다.

한편 링컨은 일 년에 두 번씩 동료 변호사들과 팀을 이루어 순회재판에 참여했다. 일리노이주에는 수십 개의 정착촌이 형성되어 있었지만 법원의 수는 턱없이 모자랐고, 주민 대부분이 법의 혜택을 받을 수 없었다. 이런 불편을 해소하기 위해 판사와 변호사가 주민들을 직접 찾아가 분쟁을 해결해주는 제도가 생겨났는데, 이를 순회재판이라고 불렀다. 한 번 순회재판에 참여하면 일리노이주에 있는 14개 정착지를 모두 방문해야 했다. 이는 3개월이나 걸리는 기나긴 여정이었다. 링컨에게 순회재판은 지루한 사무실 생활에서 벗어날 수 있는 기회였다. 그동안 부진했던 뱀파이어 사냥 실적을 만회할 수 있는 기회이기도 했다.

나는 일 년에 두 번씩 순회재판에 참여했기 때문에, 일부러 뱀파이어 사냥을 뒤로 미뤄 두었다가 순회재판 일정에 맞추어 한꺼번에 처리했다. 낮에는 동료 변호사들과 함께 교회나 술집에서 소송을 진행하고, 저녁이 되면 그들과 함께 저녁식사를 하면서 다음날의 재판일정에 대해 의견을 나누었다. 그리고 밤이 되어 모든 변호사들이 비좁은 여관방에서 곤히 잠들면, 나는 한손에 도끼를 들고 전투복을 휘날리며 뱀파이어 사냥에 나섰다.

순회재판 동안 이루어진 뱀파이어 사냥 중에서 가장 엽기적인 사건을 하나 소개할까 한다.

헨리로부터 다음과 같은 정보가 담긴 편지를 받았다. "E. 쉴드하우스. 일리노이주 애씬즈의 밀 거리 북단에서 반 마일 떨어진 곳에 거주."

나는 순회재판 스케줄을 보고 애씬즈에 들르는 날을 확인했다. 두 달 후 그날이 왔다. 변호사들은 모두 재판소로 사용할 술집에 모였다. 그들은 각자 원고와 피고를 만나 몇 시간 뒤에 벌어질 재판에 대비해서 이런저런 이야기를 나눴다. 나는 전날 밤부터 몸이 좋지 않아 정오까지 스튜어트와 합류하지 못했다(재판을 하려면 정오까지 도든 준비를 끝내야 했다). 우리가 변호할 의뢰인은 작은 빚을 지고 소송을 당한 늙은 여자 베스티였다. 결국 우리는 재판에서 졌다. 나는 그녀에게 미안하다는 말과 함께 악수를 건네고 조용히 헤어졌다. 나는 몸도 안 좋은데다가 재판에도 지는 바람에 우울한 기분으로 숙소로 돌아갔다.

그날 밤 변호사들이 모두 곯아떨어지자, 나는 슬그머니 전투복과 도끼를 챙겨 헨리의 편지에 적힌 주소를 찾아 나섰다. 나는 컨디션이 좋지 않아, 노크하고 나서 문이 열리면 다짜고짜 도끼를 휘두를 작정이었다. 빨리 숙소로 돌아와야만 충분히 휴식을 취할 수 있기 때문이다.

'똑똑…' 문이 활짝 열리는 순간 나는 소스라치게 놀랐다. 문을 연 사람은 바로 내 의뢰인인 베스티 여사였던 것이다. 그녀는 아이보리 머리핀으로 붉은 머리칼을 곱게 단장한 모습이었다. 나는 도끼를 감추기 위해 급히 전투복 옷깃을 여몄다.

"링컨 씨, 제가 무슨 도울 일이라도…?"

"부인, 이렇게 늦은 시간에 찾아뵈어 죄송합니다. 제가 잠시 착각을 했나 봅니다."

"네?"

"저는 이 집이 E. 쉴드하우스 씨의 집인 줄 알았습니다."

"맞아요."

'뱀파이어와 여자가 한 집에 산다는 말인가?'

"링컨 씨, 실례지만 어디가 편찮으신가요? 안색이 안 좋아 보이시는군요."

"아뇨, 괜찮습니다. 염려해 주셔서 감사합니다. 그런데 혹시 쉴드하우스 씨하고 잠깐만 얘기 좀 나눌 수 있을까요?"

"링컨 씨." 그녀가 웃으며 말했다. "제가 바로 쉴드하우스입니다."

가만있자.

E. 쉴드하우스…

엘리자베스…

베스티.

E는 엘리자베스의 첫 글자, 베스티는 엘리자베스의 애칭, 그렇다면?

뱀파이어의 이름은 엘리자베스 쉴드하우스, 남자가 아니라 여자였던 것이다.

그녀는 내 품 속의 도끼를, 그리고 내 얼굴과 눈을 차례로 보았다. 그러더니 마침내 내 정체를 알아차렸다. 순간 나는 그녀의 송곳니를 피하기 위해 몸을 뒤로 젖혔다. 그 바람에 품에 있던 도끼가 앞으로 튕겨나가고 말았다. 나는 오른손으로 그녀의 머리채를 잡아당기며, 왼손으로는 전투복 안주머니를 더듬어 비수를 손에 잡았다. 그러고는 그녀의 목, 등, (나를 짓누르고 있는) 팔을 향해 닥치는 대로 휘둘렀다. 마침내 그녀는 나를 놓아 주고 뒤로 물러섰다. 우리는 좌우로 빙글빙글 돌며 서로를 견제했다. 나는 비수를 앞으로 내밀어 그녀를 위협했고 그녀는 검은 대리석 같은 눈으로 나를 노려 보았다. 그녀는 날랜 동작으로 나를 공격하려다가 주춤했다. 그러기를 몇 차례 더 반복하더니, 갑자기 두 손을 번쩍 치켜 들며 항복했다.

"도대체 우리가 왜 싸워야 하죠?"

"부인은 하나님과 싸운 겁니다. 나는 단지 하나님께 당신을 심판할 수 있는 기회를 드린 것뿐이고요."

"좋아요." 그녀는 웃었다. "매우 좋아요. 당신이 법정에서도 지금처럼 훌륭히 변론했으면 좋았을 텐데요."

그녀는 내가 방심하는 사이에 내 손목을 쳐서 비수를 떨어뜨렸다. 갑자기 온 몸에 열이 나면서 기운이 쫙 빠져나갔다. 그녀가 내 얼굴과 배를 쉴 새 없이 가격했다. 보이지 않는 펀치에 내 입술이 터지고, 입 안에는 찝찔하고 걸쭉한 피가 잔뜩 고였다. 그녀는 쉬지 않고 좌우로 잽을 날리며 나를 코너로 몰았다. 다리가 풀려 더 이상 서 있을 수가 없었다. 오하이오 강에서 헨리의 도움으로 목숨을 건진 이후 처음으로 죽음의 그림자가 내 어깨에 드리운 것을 느꼈다.

'내가 미국을 뱀파이어의 마수에서 구원할 사람이라고? 헨리는 사람을 잘못 봤다…'

나는 무너지듯 바닥에 주저앉았다. 그녀가 나를 향해 몸을 날렸다. 나는 떨리는 손을 내밀어 그녀의 머리채를 낚아챘다. 그러나 이내 뾰족한 송곳니가 내 어깨에 박혔다. 송곳니가 살과 근육을 파고들자 통증을 참을 수 없었다. 정맥이 뚫리며 따뜻한 피가 솟아올랐다. 나는 그녀의 머리채를 잡고 있던 손을 놓았다. 그러고는 두 손을 앞으로 뻗어 – 마치 슬픔에 빠진 친구를 위로하는 듯한 자세로 – 그녀의 머리 위에 올려놓았다. 모든 근심걱정이 사라지고, 한 잔의 위스키와도 같은 따뜻한 느낌이 내 몸 전체에 퍼졌다. 알 수 없는 기쁨이 몰려들었다.

'이제 모든 것이 끝났다.'

나는 지푸라기라도 잡는 심정으로 '순교자'를 꺼내 들어, 그녀의 머리에 꽂혀 있는 아이보리 머리핀에 문질러댔다. 태양보다 밝은 섬광이 번뜩였다. 그녀의 붉은 머리칼이 삽시간에 불에 휩싸였다. 내 어깨에 박혔던 송곳니가 빠져나가는 것이 느껴졌다. 옷에 불이 옮겨 붙자 그녀는 바닥에 이리저리 나뒹굴었다. 나는 간신히 몸을 일으켜 바닥에 떨어진 도끼를 움켜잡고, 그녀의 머리를 향해 냅다 휘둘렀다. 그녀는 숨을 멈췄지만, 나는 그녀를 땅에 묻을 힘은커녕 숙소로 돌아갈 기력도 없었다. 나는 그녀의 시신을 방 한구석으로 끌어다 놓고 문을 닫은 다음, 그녀의 침대 시트를 찢어 내 상처를 감쌌다. 그러고는 그녀의 침대로 기어들어가 잠을 청했다.

나는 낮에는 내 의뢰인을 변호하고 밤에는 그를 살해하는 진기록을 세웠다.

링컨이 순회재판에 참여하는 동안 뱀파이어 사냥은 야간에만 가능했다. 그러나 스프링필드로 돌아오자 그는 낮 사냥에 부쩍 재미를 붙이게 되었다.

내가 즐겨 쓰는 전략 중 하나는 해가 중천에 떠 있을 때 잠들어 있는 뱀파이어의 집에 쳐들어가 불을 지르는 것이다. 기습을 당한 뱀파이어가 선택할 방법은 두 가지밖에 없다. 밖으로 뛰쳐나가 눈부신 태양 아래서 승산 없는 싸움을 벌이거나, 집 안에 앉아 그대로 타 죽거나.

1838년 선거에서 다시 주의원으로 당선될 때까지 링컨은 스프링필드 일대에서 연설가 겸 유능한 변호사로 이름을 날린다. 그는 능력과 야망이 있는 사람으로 존경받았다. 불과 일 년 만에 '빌린 말을 타고 스프링필드에 입성한 무일푼의 신출내기' 에서 '스프링필드의 파워엘리트들과 어깨를 나란히 하는 거물급 인사' 로 변신한 것이다(다만 은행 빚을 갚느라 수중에는 여전히 돈 한

푼 없었다). 그는 산간벽지 출신다운 순수한 태도로 디너파티의 손님들을 사로잡았다. 동료 의원들 사이에서는 문제의 핵심을 잘 집어내기로 평판이 자자했다. 그의 휘그당 동료 의원인 에벤에저 라이언은 친구에게 보낸 편지에서 링컨에 대해 다음과 같이 평했다. "그의 테이블 매너와 옷매무새는 다소 어설프지. 하지만 그는 지금껏 내가 만난 이들 중에서 가장 고운 품성을 갖고 있는 사람이야. 게다가 그는 자기의 생각을 우아한 문구로 표현해내는 데 천부적인 재능을 지녔어. 나는 그가 언젠가 일리노이 주지사의 자리에 오를 것으로 기대한다네."

한편 시간이 흐르면서 앤에 대한 그리움도 차츰 옅어져 갔다.

'시간이 약'이라는 옛사람들의 말이 맞는 것 같다. 우울증도 많이 가라앉았고, 뱀파이어 사냥에 대한 열정도 다시 살아나고 있다. 새어머니께 들은 소식에 의하면, 어머니와 이복형제들도 모두 건강하다고 한다.* 나는 스튜어트라는 훌륭한 파트너와, (가끔씩 귀찮게 굴기는 하지만) 착한 마음씨를 지닌 스피드라는 상점 점원을 만났다. 그리고 스프링필드에서 가장 유능한 변호사라는 평판을 받고 있기도 하다. 은행 빚만 없다면 나는 최고로 행복한 남자일 텐데… 하지만 뭔가

* 링컨은 철이 들고 형편이 나아지면서 새어머니인 사라 부시 링컨 여사와 연락을 재개한다. 그러나 아버지에 대해서는 언급을 회피하는 것을 주목하라.

허전한 느낌을 떨쳐버릴 수가 없다.

존 T. 스튜어트는 친구 링컨을 위한 계획이 하나 있었다.

그는 링컨을 자기의 사촌인 엘리자베스 에드워즈의 집으로 데려간다.

> 스튜어트는 – 몇 년 전에 이복동생인 존이 그랬던 것처럼 – 이렇게 말했다. "에이브! 그까짓 인생 뭐 별거 있겠어? 사람들이랑 좀 어울리고 건강도 챙겨 가면서 일해야지." 나는 벌여 놓은 일이 너무 많아 쓸데없는 잡담으로 시간을 허비할 여유가 없었다. 그러나 그의 넋두리는 한 시간도 넘게 계속됐다. 마침내 나는 하던 일을 잠시 멈추고 영문도 모른 채 그를 따라나설 수밖에 없었다. 나와 스튜어트는 발목까지 빠지는 눈길을 걸어 에드워즈 씨 집에 도착했다. 그의 성화에 못 이겨 집안으로 들어서니 한 젊은 여성이 응접실에서 나를 기다리고 있었다. 나는 그제야 그의 계략에 빠진 것을 알아차렸다.

그녀는 스튜어트의 또 다른 사촌인 메리 토드였다. 메리는 가족을 떠나 먼 곳에서 공부하다가 최근에야 스프링필드에 오게 되었다. 링컨은 1839년 12월 16일의 일기에 그날 밤 그녀를 만났을 때의 첫인상을 적어 놓았다.

> 그녀는 이제 막 스물한 번째 생일을 맞은 매력적인 여성이었다. 그녀는 대화를 매끄럽게 이어갔다. 많은 교육을 받았는데도 격식에 얽매이지 않고 자연스러운 태도를 유지했다. 아담한 체구는 발랄해 보였고, 검은 머리칼에 동그란 얼굴은 보는 사람을 편안하게 만들었다. 게다가 프랑스어에도 능통하고 춤과 음악에도 일가견이 있었다. 나는 그녀에게서 한시도 눈을 뗄 수가 없었다. 나는 그녀가 언니의 귀에 손을 대고 무어라 속삭이다가 박수를 치며 웃는 것을 보았다(아마도 둘이서 내 흉을 보는 것 같았다). 내 마음 속에서 '그녀에 대해 좀 더 알고 싶다' 는 생각이 솟아올랐다. 밤이 깊어 헤어질 시간이 다가오자 나는 도저히 참을 수가 없었다. 나는 자리에서 벌떡 일어나, 허리를 굽혀 예의를 갖추며 그녀에게 말했다.
> "토드 양, 당신과 함께 춤출 수 있는 기회를 주시지 않겠습니까?"

전해 오는 이야기에 의하면, 메리는 나중에 친구들에게 "그는 정말 막춤의 대가였어."라고 말했다고 한다.

메리는 이상하게도 이 키 크고 촌뜨기 같은 변호사에게 마음이 끌렸다. 그들 사이에는 부와 혈통이라는 두꺼운 장벽이 가로

놓여 있었지만, 서로에게 끌리는 결정적인 공통점도 몇 가지 있었다. 링컨과 메리는 어린 나이에 어머니를 여의었고, 그 상실감이 그들의 성격에 큰 영향을 미쳤다. 또 둘 다 감정적 기복이 심해서 기분이 한껏 고조될 때가 있는가 하면 끝없는 심연으로 가라앉을 때도 있었다. 그들은 항상 농담을 즐겼는데, 특히 잘난 체 하는 사람들을 곯려주는 데 소질이 있었다. 그해 가을, 메리는 일기에 링컨을 다음과 같이 평했다. "링컨은 잘생기거나 세련된 변호사는 아니지만, 내가 아는 사람 중에서 가장 영리한 사람이라는 것만은 분명하다. 그러나 그의 넘치는 재치 뒤에는 뭐라 말할 수 없는 슬픔이 도사리고 있다. 참 이상한 사람이면서도, 매우 흥미로운 사람이다."

그러나 두 사람은 당장 맺어질 수 있는 사이가 아니었다. 그녀는 이미 스테펜 A. 더글러스라는 땅딸막한 민주당 의원과 결혼을 전제로 교제하고 있는 중이었기 때문이다. 더글러스는 민주당의 '떠오르는 별'로 인정받고 있는데다가 상당한 재력까지 갖춘 사람이었다. 더욱이 그는 메리에게 익숙한 문화적 배경을 갖고 있었다. 그러나 더글러스가 아무리 유능하고 재산이 많다고 해도 - 메리의 표현에 의하면 - 그에게는 "센스가 부족하다"는 단점이 있었다.

메리는 생각을 거듭한 끝에 "먹고 사는 것보다는 웃고 사는 것이 중요하다."는 결론을 내린다.

메리와 링컨은 1840년 겨울에 약혼을 한다. 그러나 두 사람이 진정으로 사랑하고 서로 결합하기를 간절히 원한다고 해도, 결혼에 골인하기 위해 해결해야 할 '사소한 문제'가 하나 남아 있었다. 그것은 메리의 아버지로부터 결혼 승낙을 받아내는 것이었다. 다행히 두 사람은 아버지의 승낙을 받기 위해 그리 오래 기다릴 필요가 없었다. 메리의 부모님이 크리스마스 때 스프링필드를 방문하기로 했기 때문이다. 링컨은 장차 장인이 될 분을 만나기 위해 크리스마스를 손꼽아 기다렸다.

메리의 아버지인 로버트 스미스 토드는 켄터키 출신의 사업가로서 렉싱턴 시의 토박이였다. 그는 링컨과 마찬가지로 변호사와 국회의원을 겸직하고 있었다. 그러나 링컨과는 달리 막대한 재산을 보유하고 있었고, 그 재산으르 노예를 사들였다. 그의 후처와 열다섯 명의 자녀가 사는 저택을 운영하기 위해서는 노예가 필요했던 것이다.

> 그렇게 엄청난 인물에게 나를 평가받아야 한다는 사실이 조금도 두렵지 않다. 그분이 나를 바보로 생각하든 시골뜨기로 생각하든 나는 전혀 개의치 않는다. 그렇다고 해서 우리의 사랑이 변하는 것은 아니기 때문이다. 더 이상 생각할 것이 뭐가 있겠는가? 나는 털끝만큼의 두려움도 없이 크리스마스를 기다렸다.

사실 링컨은 괜한 걱정을 할 필요가 없었다. 메리 부모님과의 만남은 생각보다 순조롭게 끝났다. 메리는 렉싱턴의 친구에게 부친 12월 31일자 편지에 다음과 같은 4행시를 적어 보냈다.

내 사랑 링컨은 최선을 다했고,

내 사랑 아버지는 깊은 인상을 받았어.

내가 전할 기쁜 소식은 (너도 짐작하겠지만)

우리가 많은 사람들의 축복 속에 결혼식을 올리게 되었다는 거야.

메리의 편지를 실은 우편마차가 렉싱턴을 향해 달려가고 있는 바로 그 시각, 또 하나의 편지를 실은 우편마차가 그녀의 축복받은 약혼자에게 달려가고 있었다. 편지의 겉봉에는 헨리의 필체로 '매우 급함' 이라는 글씨가 적혀 있었다. 헨리는 이 편지가 - 그가 링컨에게 보내는 다른 편지와 마찬가지로 - 다른 사람에게 잘못 전해질 경우를 대비해 뱀파이어를 직접적으로 언급하지 않고 '나의 종족' 이라는 표현을 사용했다.

친애하는 에이브러햄,

당신이 12월 18일에 부친 편지는 잘 받아 보았습니다. 당신의 약혼을 진심을 축하합니다. 토드 양은 많은 장점을 가진 여성인 것 같군요. 그리고 당신의 긴 설명으로 미루어 볼 때, 당신은 이미 그녀에게 완전히 빠진 것 같습니다.

그러나 에이브러햄, 나는 당신에게 조심하라는 충고를 하고 싶습니다. 이것은 내가 심사숙고를 거친 끝에 하는 말입니다.

당신과 약혼한 여성이 로버트 스미스 토드 씨의 따님이라는 것은 잘 알고 있겠죠? 토드 씨는 렉싱턴 시내에서 최고의 부와 권력을 자랑하는 인물입니다. 하지만 당신이 알아둬야 할 사실이 하나 있습니다. 토드 씨의 권력은 위험천만한 토대 위에 세워져 있습니다. 다시 말해, 그는 '당신의 종족' 보다는 '나의 종족' 과 더 가깝게 지내는 인물입니다.

토드 씨와 가깝게 지내는 자들은 '나의 종족' 중에서도 가장 악랄한 것으로 소문난 자들입니다. 지금까지 내가 당신에게 알려준 자들과 같은 수준이라고 보면 됩니다. 토드 씨는 이제까지 켄터키 주의회에서 '나의 종족' 의 이익을 대변했습니다. 그는 '나의 종족' 의 금고 역할을 하고 있을 뿐만 아니라, 노예를 매매해서 상당한 이익을 얻고 있다고 합니다.

나는 당신의 결혼에 나쁜 영향을 주고 싶지 않습니다. 아버지의 죄를 딸에게까지 물을 수는 없지요. 그러나 그런 사람을 장인으로 둔다면 당신까지도 위험해질 수 있습니다. 나는 당신이 이 문제를 심각하게 생각하기를 바라는 마음에서 이 편지를 씁니다. 당신이 어느 쪽으로 결정을 내리든 신중하게 판단할 것이라 믿습니다.

당신의 영원한 친구,

-H

역사가들은 링컨이 헨리로부터 편지를 받은 다음 날인 1841년 1월 1일을 링컨의 인생에 있어서 '최악의 정월 초하루'라고 부른다.

> 모든 게 끝났다. 나는 한마디 설명도 없이 한 여인의 인생을 파괴해 버렸다. 그녀의 행복과 함께 나의 행복도 산산조각 났다. 나는 이 세상에서 가장 불쌍한 피조물이다. 나는 앞으로 어떠한 슬픔이 닥쳐오든지 그저 묵묵히 감내해야만 한다.

링컨은 1월 1일 아침에 메리를 방문해 일방적으로 파혼을 통보했다. 그러고는 몇 마디 알아들을 수 없는 말을 혼자 중얼거리다가, 차마 말을 다 끝내지 못하고 눈물을 뿌리며 밖으로 뛰쳐나갔다.

> 더 이상 그녀의 아버지와 악수를 나눌 수 없다. 내 양심을 배반하지 않고서는 그와 눈을 마주칠 수도 없다. 내 자식의

혈관 속에 그의 피가 흐르고 있다고 생각하면, 정말 끔찍한 일이다. 그녀의 아버지는 인간을 배반한 자다. 불쌍한 흑인들을 죽여 돈을 번 사람이다. 이제 나는 어떻게 해야 하나? 메리에게 아버지의 비밀을 말해 버릴까? 그럴 수는 없다. 그렇다면 내가 할 수 있는 일은 오직 한 가지뿐이다.

링컨은 5년 만에 또 다시 자살을 결심한다. 하지만 이번에도 그를 자살의 위험에서 구원한 것은 어머니의 유언이었다.

스프링필드에는 링컨의 말을 들어줄 사람이 아무도 없었다. 스튜어트는 친지의 집을 방문하기 위해 떠났고, 링컨의 동료 의원들 역시 새해를 맞아 각자의 지역구로 떠났다. 다행히 스프링필드에서 링컨이 기댈 수 있는 인물이 아직 한 명 남아 있었다. 그것은 바로 스피드였다.

링컨은 에이와이 엘리스 상점 2층 작은 방의 침대에 걸터앉았다. 이 방은 '원수덩어리' 스피드와 함께 사용하는 방이었다. 스피드는 쉬파리처럼 방안을 이리저리 돌아다니며, 링컨에게 쉴 새 없이 질문을 해댔다.

"그치만 변호사님은 그녀를 사랑하시잖아요." 스피드가 말했다. "그런데 어떻게 그녀에게 찾아가 그렇게 멍청한 일을 저지를 수가 있죠?"

"나는 메리와의 결혼을 간절히 원하지만, 현실이 그것을 용납

하지 않는다네."

"장인 될 분 때문인가요? 그 분은 일주일 전만 해도 변호사님에게 희망을 주었던 분이잖아요."

"맞아."

"변호사님은 그녀를 사랑하고, 그녀의 아버지도 결혼을 허락했죠. 그런데 뭐가 문제인가요? 변호사님, 도대체 여기 일리노이주에서는 결혼 절차가 어떻게 되죠?"

"메리의 아버지가 악당들과 연루되어 있다는 사실을 알게 되었다네. 그들은 세상에서 가장 악랄한 놈들이야. 나는 그들을 용납할 수 없어."

"저 같으면 사랑하는 여인의 아버지가 악마와 저녁 식사를 하더라도 그 여인에 대한 사랑은 변하지 않을 것 같은데요."

"자네는 이해 못할 걸세…"

"좀 이해시켜 주세요. 저는 변호사님의 말동무를 해 드리는데, 변호사님은 온통 수수께끼 같은 말씀만 하고 계시잖아요."

링컨은 혀끝이 근질거리는 것을 간신히 참고 있었다.

"변호사님, 저를 믿고 모든 것을 털어 놓으시죠."

"방금 자네가 '악마와 저녁 식사를 한다' 고 말했지? 바로 그거야. 메리의 아버지는 악마의 무리와 손을 잡고 있다네. 쉽게 말하면 그는 악마의 친구라고 할 수 있지. 생명을 가볍게 여기고, 코끼리가 개미를 밟듯 인간을 마구 죽이는 악마 말이야. 자네나 나도 언제 그들의 손에 죽을지 몰라."

"아, 그러면 그분은 뱀파이어의 친구인가 보군요?"

링컨은 온 몸의 피가 거꾸로 흐르는 듯했다.

III

조슈아 스피드는 켄터키의 유복한 집안에서 태어나 부잣집 자제들이 다니는 성요셉 아카데미를 다녔다. 그러나 그는 '있는 집' 아이들과 어울리는 것을 불편해 했다. 그는 장난과 농담을 즐겼고 (인적이 드물고 화살이 비 오듯 날아다니는) 변경지방의 거친 생활을 동경했다. 그는 점잖고 고상하게 지내기를 원하는 아버지와 의견이 맞지 않았기 때문에, 하루빨리 독립해서 보다 넓은 세상을 경험하고 싶어 했다. 마침내 열아홉 살이 되자, 그는 켄터키를 떠나 스프링필드로 와서 에이와이 엘리스 상점의 지분을 인수했다. 그러나 주문서나 작성하고 재고나 정리하는 것은 그가 그토록 원하던 '변경지방의 거친 생활'이 아니었다.

1841년 초 조슈아 스피드는 상점의 지분을 정리해 켄터키로 돌아가고, 링컨은 상점 2층 방을 독차지하게 된다.

> 파밍턴에 도착. 우선 잠부터 좀 자야겠다.

그해 8월 링컨은 마음의 안정을 찾기 위해 파밍턴에 있는 스피드 가족의 켄터키 저택을 방문한다. 그동안 스프링필드의 사교계에서 링컨은 '사랑의 배신자'로 낙인찍혀 있었고, 몇 달 동안 메리나 그녀의 친구들과 마주치는 것이 두려워 외출도 하지 않던 터였다. 때마침 스피드는 자기의 오랜 룸메이트에게 '마음의 상처를 치료할 때까지 얼마든지 우리 집에 머물러도 좋다'는 내용의 편지를 보내 왔다.

링컨으로서는 실로 몇 년 만에 누려 보는 꿀맛 같은 휴식이었다. 그는 말에 올라타고 스피드가 저택의 이곳저곳을 느릿느릿 배회하다가 내친 김에 렉싱턴의 농장까지 달려가 보았다. 어느덧 거대한 농장 지붕 위로 저녁 해가 뉘엿뉘엿 넘어가고 있었다. 언젠가 꿨던 악몽을 제외하면, 링컨이 농장 안에 발을 들여놓은 것은 사실상 이번이 처음이었다. 파밍턴 생활의 한 가지 단점이라면 - 집을 비롯해 들판에 이르기까지 - 도처에서 노예들의 끔찍한 생활을 목격하게 된다는 점이었다.

> 나는 오늘 시내로 가던 중에 흑인들이 - 마치 새끼줄에 엮인 굴비처럼 - 사슬에 묶여 있는 것을 보았다. 그들 곁을 지나가는 것은 적잖은 고통이었다. 노예를 부리는 것이 죄악이라고 생각했기 때문만은 아니었다. 그들의 비참한 모습을 보자 그동안 잊고 싶었던 기억들이 다시 떠올랐다.

링컨과 조슈아 스피드는 이런저런 이야기를 나누며 며칠을 보냈다. 영국의 힘, 증기선의 엔진, 심지어 뱀파이어에 이르기까지 그들의 주제는 제한이 없었다.

"우리 아버지도 악마들과 거래해요. 나는 창피해서 말도 못 꺼내겠어요." 스피드는 말했다. "솔직히 이건 아버지 정도의 지위에 있는 사람들에게는 공공연한 비밀이에요. 우리 집안도 예외는 아니죠. 우리 형도 악마들의 이익을 위해 봉사한지 오래죠."

"그럼 자네 아버지도 흑인들을 악마에게 팔아넘겼단 말이야?"

"늙거나 불구가 된 노예를 파는 게 보통이죠. 아버지는 그런 노예들을 파는 걸 꿩 먹고 알 먹는 일이라고 생각했어요. 쓸모없는 노예를 제거하고 돈까지 챙기는 거죠. 아버지는 건강한 노예나 임신한 젊은 여자노예를 팔아넘긴 적도 있어요. 그런 노예들은 피가 많기 때문에 매우 높은 가격을 받을 수가 있죠."

"그만하게. 어떻게 그런 말을 함부로 할 수 있나? 사람이 도축장으로 끌려가는 가축이란 말이야?"

"제 말이 그렇게 들렸다면 사과드릴게요. 하지만 제 뜻은 그런 게 아니었어요. 저는 한 번도 그런 일에 가담한 적 없어요. 제가 아버지의 명성에 기대지 않고, 아버지가 죽을 때 눈물 한 방울 흘리지 않은 것도 바로 아버지가 뱀파이어와 관계했다는 사실 때문이었어요. 저는 나무판자 틈으로 악마들이 흑인들의 피를 빠는 모습을 봤어요. 그들이 아버지의 호주머니를 채우기 위해 죽어가는 걸 봤다구요. 그 끔찍한 기억들을 머릿속에서 완전히 지워버리고 싶어요. 아버지가 저지른 죄악을 내가 보상할 수만 있다면, 무슨 일이든 하고 싶어요."

"그럼 그렇게 하게."

스피드에게는 뱀파이어가 실제로 존재한다는 사실을 확인시킬 필요가 없었다. 나는 뱀파이어를 사냥하는 것이 그가 동경하는 '거친 변경생활' 만큼 스릴과 위험이 넘치는 일이라는 정도만 얘기해 주었다. 나는 잭에게 했던 것과 마찬가지로, 스피드에게 내 모든 지식을 전수하고 언제 어떻게 뱀파이어를 공격하는지를 가르쳤다. 그의 자세를 바로잡아 주기 위해 스파링 파트너 역할도 해 주었다. 그 역시 잭 못지않게 참을성 없고 저돌적인 싸움꾼이었다. 그러나 잭은 하루 종일 싸워도 지치지 않는 데 반해, 체력이 약한 스피드는 그러지 못했다. 나는 그에게 뱀파이어의 순발력과 지구력이 얼마나 강한지를 알려 주고, 언제 어떻게 놈들의 공격에 목숨을 잃을지 모른다는 점을 항상 강조했다. 그의 이해력이 부족한 것 같아 걱정이었지만, 그는 열의가 남달랐다. 머지않아 훌륭한 뱀파이어 헌터가 될 것이 분명했다.

링컨은 원대한 계획을 하나 세웠다. 그것은 그의 신출내기 친구를 훈련시켜 제 앞가림 정도는 할 수 있도록 만들고, 나아가 돌멩이 하나로 여섯 마리의 새를 사냥하는 비법을 가르치는 것이었다. 8월 말이 되자 링컨은 스피드를 시켜 아버지의 옛 거래처 중 여섯 군데를 골라 편지를 쓰게 했다. 거래처 사람들은 스피드의 아버지로부터 가끔씩 노예를 사들이던 사람들, 즉 뱀파이어였다.

드디어 운명의 날이 다가왔다. 걱정이 태산 같았다. 나는 왜 그리 성급한 결정을 내렸을까? 겨우 신입생 파트너 하나를 데리고 뱀파이어 여섯 놈을 상대해야 하다니! 시간이 좀 더 있다면 얼마나 좋을까! 이럴 때 잭이라도 곁에 있다면 큰 힘이 될 텐데!

그러나 이미 엎질러진 물이었다. 조슈아 스피드는 농장 본채에서 반 마일쯤 떨어진 감독자 숙소 현관에서 여섯 명의 뱀파이어 손님들을 맞았다. 그들 중 하나는 회색 턱수염을 기른 70대의 노인, 하나는 20대의 앳된 청년, 나머지 넷은 20대부터 70대 사이의 신사들이었다. 하나같이 검은 안경을 썼고 손에는 접은 양산을 들고 있었다.

스피드는 흑인들에게 건물 근처에 모여 즐겁게 가스펠 송을 부르고 있으라고 미리 말해 두었다. 그들의 노래 소리와 박수 소리 때문에 현관에서 기다리던 뱀파이어들은 다른 소리를 듣지 못했다. 스피드는 계획한 대로 뱀파이어들을 한 명씩 불러 돈을 받고는 '잔칫상'이 준비되어 있는 응접실로 입장시켰다.

'한 놈씩만 들어와라. 밖에 있는 다섯 놈은 안에서 내가 뭘 하는지 모른다. 열 명이라도 상관없다. 안으로 들어오기만 해 봐라.'

응접실 안에서 기다리고 있는 것은 흑인들이 아니라 바로 나 링컨이었다. 나는 응접실 문 옆에 숨어 있다가 뱀파이어가 문을 열고 들어오는 족족 도끼를 휘둘러 놈들의 목을 잘라 버렸다. 처음 다섯 명의 뱀파이어들 중에서 네 명은 도끼질 한방에 목이 달아나고, 세 번째 뱀파이어 하나만 두 번의 도끼질이 필요했다. 첫 번째 도끼질이 빗나가 놈의 얼굴에 맞았기 때문이다.

이제 한 놈 남았다. 어서 들어오너라.

마지막 뱀파이어는 가장 어려 보였지만, 실제 나이는 훨씬 많았다. 그는 혼자 현관에서 기다리다가 짜증이 나서, 스피드의 만류를 뿌리치고 응접실 안으로 뛰어들었다. 때마침 다섯 번째 뱀파이어의 목이 잘려 그 앞으로 데굴데굴 굴러왔다.

앳된 뱀파이어는 현관 밖으로 달려나가 자기 말 위로 단숨에 뛰어올라 쏜살같이 달아났다.

> 스피드는 두 번째 말을 집어타고 뱀파이어의 뒤를 쫓기 시작했다. 그의 동작이 얼마나 빨랐던지 내가 세 번째 말에 올라탔을 때 그는 이미 저만치 앞서 가고 있었다. 스피드는 거칠게 말을 몰았다. 그는 등자*에 발을 딛고 서서 말의 배를 발로 걷어차며 달렸다. 나는 마치 구식 경마경기를 구경하는 것 같았다. 뱀파이어는 스피드가 바짝 추격해 오자 스피드와 똑같은 시늉을 했다. 그러나 뱀파이어가 탄 말은 너무 느렸다. 스피드는 뱀파이어 옆으로 바짝 다가갔다. 그러나 그의 수중에는 뱀파이어를 공격할 무기 - 이를테면 주머니칼이나 조약돌 - 가 없었다.

스피드는 두 손으로 안장의 앞부분을 붙잡고 말 위에서 일어서더니, 두 말이 나란히 달리는 틈을 타서 뱀파이어의 말 위로 몸을 날렸다. 그러고는 뱀파이어의 몸을 잡고 아래쪽으로 끌어내렸다. 두 사람은 흙먼지를 일으키며 땅바닥으로 곤두박질쳤다. 주인 잃은 말들은 앞으로 계속 달려 나갔다. 스피드는 비틀거리며 간신히 일어났다. 떨어질 때의 충격과 눈부신 햇살 때문

---

* 말을 탈 때 발을 디딜 수 있도록 만든 안장에 달린 발 받침대.

에 정신이 몽롱하고 앞이 보이지 않았다. 스피드가 귀에 들어간 먼지를 털어내느라 고개를 이리저리 돌리는 동안, 뒤쪽에서 주먹이 날아와 그의 얼굴을 때렸다. 기습 펀치를 맞은 스피드는 숨이 턱 막혀 그 자리에 주저앉고 말았다. 가쁘게 숨을 몰아쉬며 얼굴을 만져보니, 왼쪽 뺨에 칼로 벤 듯한 깊은 상처가 나 있었다. 고개를 들어 보니 그의 앞에는 성난 표정의 뱀파이어가 버티고 서 있었다. "이 배은망덕한 개자식." 뱀파이어가 말했다. 말이 끝나기가 무섭게 아랫배에 발길질이 들어왔다. 내장이 뒤집히는 느낌이었다.

"너희 땅이 다 누구 돈으로 산 건지 알기나 해?"

두 번째, 세 번째 발길질이 연거푸 들어왔다. 그러다가 갑자기 눈앞에서 불빛이 번쩍 튀더니 엄청난 통증이 엄습했다. 입 안에는 맛이 이상한 액체가 잔뜩 고였다. 스피드는 도저히 몸을 가눌 수가 없었다.

뱀파이어는 스피드의 셔츠 깃을 움켜쥐며 말했다. "네 아비가 불쌍하다."

"나도…그, 그렇게 생각해…" 스피드가 중얼거렸다.

뱀파이어는 날카로운 손톱으로 스피드의 목을 겨누었다.

뱀파이어가 손을 움직이려는 순간, 멀리서 도끼 하나가 바람을 가르며 날아와 뱀파이어의 가슴 한복판을 파고들었다. 뱀파이어는 짧은 비명을 지르며 무릎을 꿇었다. 입에서 피를 토하며 가슴에 박힌 도끼를 움켜쥐었다.

링컨은 말고삐를 잡아당겨 말에서 내렸다. 한 발을 잽싸게 뱀파이어의 가슴에 대며, 두 손으로 놈의 가슴에 박힌 도끼를 빼냈다. 링컨은 도끼를 높이 치켜들고 뱀파이어의 정수리를 내리찍었다.

뱀파이어의 숨이 끊어진 것을 확인한 링컨은 그제야 스피드 곁으로 달려갔다. "스피드, 괜찮아?"

"괜찮아요." 스피드가 대답했다. "이만하면 아버지가 이제까지 저질러온 죄악을 한 번에 다 보상한 거겠죠?"

파밍턴에 있는 동안 링컨의 우울증은 몰라보게 나아졌다. 그러나 스프링필드로 돌아온 링컨은 외롭고 활기 없는 생활에 다시 염증을 느꼈다. 사실 기쁨과 슬픔을 함께 나눌 친구가 없는데, 기쁜 일이 생긴다 한들 무슨 의미가 있겠는가?

> 스피드의 말이 맞다. 메리의 아버지가 악마든 아니든 내게는 아무 상관없다. 중요한 것은 내가 메리를 조건 없이 사랑한다는 것이다. 자기 행복을 희생하고 세상을 구원한다는 건 말이 안 된다. 메리에게 파혼을 통보하기 전에 보다 신중히 판단했어야 했다. 헨리가 메리의 아버지를 문제 삼은 것은 옳지 않다. 스피드를 보면 아버지와 자식이 얼마나 다른지

알 수 있다. 메리가 나를 받아 준다면 나는 인생을 다시 시작 할 수 있을 것이다.

링컨은 염치불구하고 메리의 집 문을 두드렸다. 아니나 다를까, 메리는 링컨을 차갑게 대했다.

"내게 고통을 안겨준 남자와 다시 만나야 하는 이유가 뭐죠? 당신은 아무런 설명도 없이 나를 버렸어요!"

링컨은 하릴없이 고개를 숙이고 손에 든 중절모만 내려다보았다. "저는 다만 -"

"누가 내 이름을 들먹거리며 안 좋은 말이라도 했던가요?"

"친애하는 메리 양, 나는 단지…"

"생각해 보세요, 당신처럼 신의 없는 남자와 결혼하면 어떤 일이 생길지. 나중에 당신 마음이 변하면 그때 가서 또 버림받지 않는다고 장담할 수 있을까요? 링컨 씨, 그렇지 않다는 증거를 보여줘요."

링컨은 고개를 들어 메리를 응시했다. "메리 양, 당신이 나를 꾸짖고자 한다면 앞으로 일주일 동안 이 문 앞에 서 있을 테니 마음껏 꾸짖어 주십시오. 나는 더 이상 당신을 괴롭히지 않고, 잠자코 당신의 발아래 무릎 꿇고 앉아 용서를 빌겠습니다. 나는 남은 인생 동안, 당신에게 저지른 죄를 참회하는 마음으로 살아가겠습니다. 내 맹세가 충분치 않다고 느끼신다면, 또는 내 얼굴만 봐도 몸서리가 쳐지신다면, 언제라도 이 문을 닫아 주십시오.

그러면 나는 당신이 나를 거부하신 걸로 알고, 이 자리에서 물러나 다시는 당신의 눈앞에 나타나지 않겠습니다."

메리는 잠자코 서 있기만 했다. 링컨은 그녀가 원한다면 당장이라도 문을 닫을 수 있도록 반걸음 뒤로 물러섰다.

"오, 에이브러햄. 나는 아직 당신을 사랑해요!" 그녀는 울음을 터뜨리며 링컨의 품 안으로 뛰어들었다.

그들의 파혼은 없던 일이 되었다. 기회를 잡은 링컨은 시간을 지체하지 않았다. 그는 스프링필드의 채터론 보석상에서 금반지 두 개(물론, 외상으로)를 샀다. 두 사람은 반지 안쪽에 다음과 같은 문구를 새겨놓았다.

우리의 사랑은 영원하리라

에이브러햄 링컨과 메리 토드는 1842년 11월 4일, 비 내리는 금요일에 결혼식을 올렸다. 결혼 장소는 메리의 사촌인 엘리자베스 에드워즈의 저택이었다. 혼인서약을 지켜 본 하객 수는 다 합해 봐야 서른 명 미만이었다.

> 결혼식이 끝나고 피로연이 벌어지는 동안, 메리와 나는 부부로서의 첫 순간을 고요히 맞이하기 위해 응접실로 몸을 피했다. 우리는 다정한 키스를 나눈 다음, 약간 얼떨떨한 기분으로 서로를 바라보았다. 우리가 드디어 결혼에 골인하다니,

정말 신기하고 놀라울 따름이었다.

"내 사랑 에이브러햄." 메리가 입을 열었다. "다시는 나를 버리지 말아요."

IV

1843년 5월 11일, 링컨은 조슈아 스피드에게 다음과 같은 편지를 썼다.

> 스피드, 나에게 지난 몇 개월 동안은 그야말로 놀라움과 기쁨의 연속이었네. 메리는 누구나 원하는 헌신적이고 사랑스러운 아내의 모습을 보여 주고 있어. 나는 너무나 행복하다네. 나는 그녀가 아이를 가졌다는 기쁜 소식을 자네와 함께 나누고 싶네. 메리는 새로 태어날 아기를 위해 벌써부터 새 집을 준비한다고 야단법석이야. 나는 그녀가 좋은 엄마가 되리라는 것을 믿어 의심치 않아. 자네가 부상에서 얼마나 회복되었는지 무척 궁금하군. 이 편지를 받는 대로 즉시 답장 주기 바라네.

1843년 8월 1일은 날씨가 유난히 더웠다. 링컨과 메리가 살고 있는 글로브 태번 2층의 작은 방은 창문을 열어 놓아도 열기가 식지 않았다. 한밤의 적막을 깨고 거리에 이상한 소리가 울려 퍼졌다. 행인들은 일제히 소리가 나는 창문을 올려다보았다. 첫 번째 소리는 여인의 비명 소리, 두 번째 소리는 아기의 우렁찬 울음소리였다.

아들이다! 아기와 산모는 모두 건강하다.

메리는 훌륭한 엄마다. 아기가 태어난 지 여섯 시간도 안 지났는데, 벌써 아기를 품에 안고 달콤한 노래를 들려주고 있다. "에이브." 그녀는 아기에게 젖을 물린 채 말했다. "보세요, 우리의 작품이에요." 내 눈에는 눈물이 그렁그렁 고였다. 오, 이 행복한 순간이 영원히 계속되었으면!

로버트 토드 링컨은 링컨과 메리가 결혼한 지 10개월도 채 지나지 않아 세상에 태어났다. 아기의 이름은 메리의 강력한 주장에 따라 지어졌으며, 그 과정에서 링컨은 아무런 힘도 쓰지 못했다.

몇 시간 동안 일손을 놓고 물끄러미 아기만 바라보는 경우가 많아졌다. 나는 아기를 가슴에 안고 부드러운 숨소리를 느낀다. 아기의 통통한 다리에 손가락을 올려놓으면 부드러운 피부 촉감을 느낄 수 있다. 아기가 잠들었을 때면 아기의 머리에 코를 대고 냄새를 맡아 본다. 아기가 손가락을 모으면 이빨로 아기의 손가락을 자근자근 씹어 본다. 나는 아기의 하인이다. 아기가 미소 짓는 것을 보기 위해서라면 뭐든지 할 수 있기 때문이다.

링컨은 좋은 아버지가 되기 위해 최선을 다했다. 그러나 차츰 지난 20여 년 동안 많은 사람들을 땅에 묻어야 했던 기억이 되살아났다. 로버트가 무럭무럭 자라는 중에도, 링컨은 질병이나 사고로 로버트를 잃을지 모른다는 망상에 사로잡혔다. 이 무렵 링컨의 일기를 보면, 그가 몇 년 동안 하지 않았던 특이한 행동을 하고 있다는 것을 알 수 있다. 그는 하나님과의 거래를 시도하고 있었다.

내 유일한 소망은 로버트가 성인으로 성장하는 것이다. 내가 세상을 떠난 후에 로버트의 가족이 내 무덤가에 모이도록 하려면, 방법은 한 가지밖에 없다. 그것은 내 행복을 로버트의 행복과 바꾸는 것이다. 나는 로버트를 위해 내 모든 행복과 업적을 기꺼이 내놓을 각오가 되어 있다. 하나님, 아이에게 아무런 해도 입히지 말아 주세요. 어떠한 불행도 다가오지 못하게 해 주세요. 만일 당신이 우리 가족 중 누군가에게 꼭 벌을 내려야 한다면, 저를 벌해 주세요.

1843년 링컨은 '로버트가 성인이 되는 것을 지켜본다' 와 '결혼생활의 행복을 지킨다' 는 두 가지 희망을 위해 매우 어려운 결정을 내린다.

> 나를 둘러싼 죽음의 무도회를 끝내야 한다. 나는 '남편 없는 메리' 나 '아버지 없는 로버트' 를 만들고 싶지 않다. 지금 당장 헨리에게 편지를 보내, '더 이상 내 도끼를 이용하지 말라' 고 엄중하게 경고하겠다.

이십여 년 동안 계속된 뱀파이어와의 전쟁이 막을 내리고 정들었던 전투복과 이별해야 할 시간이 다가왔다. 또한 8년간의 주의원 생활을 청산하고 한층 더 높은 지위를 갖게 될 기회가 찾아왔다.

1846년, 링컨은 휘그당의 연방 하원의원 후보가 된다.

8
대재앙

어떤 안건을 심사할 때는 그것이 선인지 악인지를 판단하기보다, '선의 비중이 더 큰지' 또는 '악의 비중이 더 큰지' 를 판단해야 합니다. 이 세상에 '절대 선' 이나 '절대 악' 은 없습니다.

– 에이브러햄 링컨, 하원에서 행한 연설 중에서

1848년 6월 20일

I

1843년 겨울, 뱀파이어 헌터를 은퇴한 링컨은 헨리의 심부름 중 하나가 아직 해결되지 않았다는 사실을 깨닫는다.

나는 암스트롱과 스피드에게 편지를 보내, 내가 아직 해결하지 못한 사건이 하나 남아 있다고 고백했다. 그러자 두 사람은 앞 다투어 자기가 그 일을 해결해 주겠노라고 나섰다. 하지만 그들은 아직 베테랑이 아니라서, 나는 두 사람이 그 일을 공동으로 했으면 좋겠다고 전했다.

조슈아 스피드와 잭 암스트롱은 1844년 4월 11일 세인트루이스에서 역사적인 첫 만남을 갖는다. 그러나 그로부터 3일 후 스피드가 링컨에게 보낸 편지를 읽어 보면, 두 사람의 만남이 썩 유쾌하지는 않았던 것으로 보인다.

> 우리는 그제 정오 마켓 거리의 한 술집에서 만났어요. 선생님이 귀띔해 주신 그대로, 암스트롱은 사람이라기보다는 황소에 가까웠어요. 마구간보다도 널찍한 어깨에 삼손보다도 강한 힘, 정말 대단했어요. 하지만 선생님께서 깜빡 잊고 말씀해 주시지 않은 게 하나 있더군요. 그 친구 성질 참 더럽더군요, 머리도 아둔하고. 선생님의 친구를 이렇게 표현하는 걸 용서하세요. 하지만 제 삼십 평생에 그렇게 불쾌하고, 유머 없고, 싸우기 좋아하는 사람은 처음 봤어요. 선생님이 그 친구를 뱀파이어 사냥꾼으로 쓰는 이유를 알겠어요. 크고 무거운 우마차를 끄는 데는 크고 멍청한 황소를 쓰는 게 제격이니까요. 그러나 저는 선생님처럼 고결하고 자제심 많은 분에게 그런 친구가 있다는 게 좀처럼 이해가 되질 않네요.

암스트롱은 링컨에게 보낸 편지에서 스피드의 첫인상에 대해 한 마디도 하지 않았다. 하지만 암스트롱이 스피드를 어떻게 생각했을지는 뻔하다. 잘생긴 부잣집 도련님인 스피드가 명랑하게 재잘거리는 모습이 터프가이인 암스트롱의 눈에 곱게 비쳤을 리 없었다. 스피드처럼 부드럽고 가냘픈 꽃미남은 클레리스 그로브의 악동들에겐 '밥맛없는 놈'으로 통했다. 링컨이 소개한 사람이 아니었다면 암스트롱은 스피드를 드럼통에 쑤셔 넣어 상가몬 강에 던져버렸을 것이다.

> 친구여, 우리는 자네를 존중하는 뜻에서 사소한 의견 차이는 접어 두기로 했네. 우리는 자네가 못 다한 임무를 완수하기 위해 힘을 합치기로 했다네.

이번에 처치할 대상은 이름만 들어도 다 아는 유명인사로, 켐퍼 칼리지의 학장이자 교수인 조지프 내쉬 맥도웰 박사였다.

> 헨리는 맥도웰에 대해 특별한 주의사항을 알려 주었다. 그자는 심한 피해망상증 환자로서, 자객의 공격으로부터 자기의 심장을 보호하기 위해 겉저고리 밑에 항상 가슴보호대를 차고 다닌다는 것이었다. 나는 암스트롱과 스피드에게 이 사실을 알려 주면서, 내 주의사항도 덧붙였다. 그것은 "맥도웰이 죽으면 세인트루이스에 엄청난 혼란이 일어날 거야. 그러니 잘 생각해보게. 임무수행 중엔 남의 눈에 띄어선 안 될 뿐만 아니라, 어느 누구에게도 맥도웰의 소재를 물어서는 안 된다네. 만일 이 주의사항 중 하나라도 어기는 날에는 대재앙이 일어날 거야."라는 것이었다.

멍청한 암스트롱과 스피드는 링컨의 두 가지 경고사항을 모두 어겼다.

3월의 어느 날 오후, 두 사람은 켐퍼 칼리지 메디컬 센터가 위치한 세인트루이스 9번가와 세레 거리의 길 한 모퉁이에 서 있었다. 그들은 눈에 띄는 불룩한 롱코트를 입고 4층짜리 건물 안으로 들어가는 사람들을 일일이 붙잡고 이렇게 물어보았다. "선생님, 혹시 조지프 맥도웰 박사가 어디 계신지 알 수 있나요?"

우리는 마침내 좌석이 가파르게 배치된 원형 강의실로 안내되었어요. 그 강의실은 콜로세움처럼 중앙 강단을 중심으로 좌석이 둥그렇게 배치되어 있었어요. 좌석 사이에는 난간이 설치되어 있었죠. 난간 위에는 호기심 어린 표정의 신사들이 손을 얹고 강의실 한복판에 있는 수술대를 응시하고 있었어요. '쉿쉿' 소리를 내는 가스등 불빛 아래서 한 노신사가 수술대 위의 남자 시체에 메스를 대고 있었죠. 신사의 머리는 아무렇게나 헝클어져 있었고 얼굴빛은 창백했어요. 우리는 강의실의 맨 위쪽에 자리를 잡고, 맥도웰 박사가 심장을 잘라낸 다음 번쩍 치켜들어 여러 사람들에게 보여주는 것을 지켜봤어요.

"제군들의 마음속에서 모든 시적 상상력을 지워버려야 하네." 맥도웰은 말했어요. "내가 들고 있는 이 심장은 사랑이나 용기 따위와는 아무런 관계가 없어. 그저 리드미컬하게 수축과 이완을 계속할 뿐이라네." 그는 심장을 몇 번 주물럭거렸어요. "심장의 유일한 목적은 신선한 혈액을 육신의 구석구석에 풍부하게 공급해 주는 것이야. 어때, 매우 아름답지 않나?"

선생님, 뱀파이어가 인간에게 해부학을 가르치는 모습을 상상해 본 적이 있나요?

맥도웰의 해부학 강의는 계속됐어요. 그는 다양한 장기를 꺼내 수강생들에게 보여주면서 설명을 곁들였어요. 마침내 해부용 시체는 만신창이가 되고 말았죠(암스트롱은 강의가 진행되는 동안 비위가 상한 듯 줄곧 인상을 찌푸렸지만, 나는 강의 내용이 너무 재미있어서 모든 강의를 하나도 빠트리지 않고 경청했어요).

맥도웰은 난간을 지팡이로 두들겨 강의의 끝을 알렸고, 수강생들은 썰물처럼 강의실을 빠져나갔다. 이제 강의실에 남은 사람은 스피드와 암스트롱 둘뿐이었다. 강의를 끝낸 맥도웰은 서둘러 해부도구와 강의자료를 챙겨, 강단 뒤의 작은 문을 통해 강의실을 빠져나갔다. 암스스트롱과 스피드는 부리나케 맥도웰의 뒤를 쫓았다.

우리는 칠흑 같은 어둠 속에서, 거칠고 축축한 강의실 벽을 더듬으며 좁은 돌계단을 내려갔어요. 마침내 뭔가 부드러

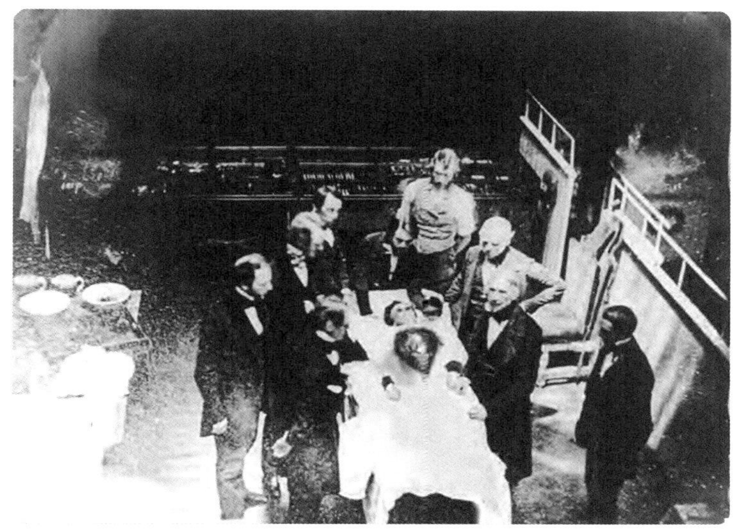

몇 명의 의사들이 신원미상인 환자의 심장과 폐를 검사하고 있다. 환자에게 족쇄가 채워져 있는 것으로 보아, 이 환자는 아직 의식이 있는 것으로 보인다. 또한 환자가 검은 안경을 쓰고 있는 것으로 보아, 우리는 그가 뱀파이어라고 추측할 수 있다(이 사진은 1850년경에 촬영된 것으로 보이지만, 정확한 촬영일자는 알 수 없다).

운 것이 손에 닿자, 나는 성냥을 구두 밑창에 그어 불을 켜보았어요. 우리 앞에는 검은 문이 하나 있었죠. 문에는 금색 페인트로 'J. N. 맥도웰 박사의 개인연구실' 이라고 쓰여 있었어요. '이 문 안에서 뱀파이어가 기다리고 있구나.' 라고 생각하며, 나는 권총을, 암스트롱은 석궁을 꺼내 단단히 움켜쥐었어요. 성냥불이 꺼지자 내 심장은 미친 듯이 방망이질을 해댔어요. "심장의 유일한 목적은 신선한 혈액을 육신의 모든 구석구석에 풍부하게 공급해 주는 것이야. 어때 매우 아름답지 않나?"라는 맥도웰의 목소리가 들려오는 것 같았어요.

스피드는 어둠 속에서 문을 더듬어 손잡이를 찾아냈다. 그가 살그머니 손잡이를 비틀자 문이 조용히 열리며 햇빛이 쏟아져 나왔다.

우리가 들어간 방은 길이가 길고 천장이 높았어요. 바닥에는 돌이 깔려 있었고, 벽은 부드러운 천으로 덧대어져 있었어요. 천정에는 작은 창들 여러개가 일렬로 나 있었는데, 그 창을 통해 오후의 부드러운 햇빛이 방 안으로 들어오고 있었어요. 창을 통해 지나가는 사람들의 구둣발도 구경할 수 있었어요. 우리들 앞에는 큼지막한 돌판이 하나 가로놓여 있었고, 그 위에는 흰 종이가 덮여 있었어요. 오른쪽에는 긴 테이블이 놓여 있었는데, 그 위에는 실험용 쥐를 가둬 놓은 우리, 유리병, 실험기구가 놓여 있었어요. 왼쪽 벽에는 시체들을 보관하는 좁은 선반이 여러 개 설치되어 있고, 그 위에 벌거벗은 시체들이 길게 누워 있었어요. 선반은 여러 층이었는데, 층 사이 간격이 매우 촘촘해서 시체들이 여러 겹으로 차곡차곡 쌓여 있는 것처럼 보였어요.

알고 보니 우리가 들어간 곳은 영안실이었어요.

나는 그 방에만 들어가면 맥도웰이 우리를 기다리고 있다가 바로 공격해 올 줄 알았어요. 그러나 그는 어디로 사라졌는지 흔적도 보이지 않았어요. 암스트롱과 나는 무기를 손에 쥔 채 돌판 쪽으로 서서히 몸을 움직였어요. 우리 눈에는 머리 위를 가로지르는 검은 유리관들밖에 보이지 않았어요. 그것은 왼쪽의 시체들과 오른쪽의 유리병을 연결하고 있었는데, 유심히 살펴보니 그 속에는 사람의 피가 흐르고 있었어요. 유리관 밑에는 유리관을 데우는 가스기구가 설치되어 있어, 피의 온도를 따뜻하게 유지하고 있었어요.

그런데 그 방에 있는 시체들은 좀 이상했어요. 그 시체들은 마치 얕은 숨을 쉬는 듯 규칙적으로 가슴이 움직이는 것 같았어요.

선생님, 나는 그제야 모든 것을 깨달았어요. 그 방의 시체들은 시체가 아니라 모두 '산송장'이었던 거예요. 그들은 도서관 서가에 꽂혀 있는 책들처럼 영안실의 선반에 차곡차곡 쌓여 있었던 거예요. 맥도웰은 그들의 위장에 구멍을 뚫어 그들에게 최소한의 영양분을 공급하고, 그 대가로 피를 뽑아내고 있었어요. 그들은 비좁은 공간 때문에 숨도 제대로 쉴 수 없고, 영양실조 때문에 몸을 제대로 가눌 수도 없었어요.

그때 옆방에서 휘파람 소리가 들려 왔어요. 누군가 수돗물에 손을 씻으면서 휘파람을 불고 있었어요. 그는 이 불쌍한 사람들 중 하나를 도살하려고 준비하고 있는 게 분명했어요.

그자는 도살한 시체를 돌판 위에 올려놓은 다음 흰 종이로 덮어 놓는 습관이 있는 것 같았어요.

그때 비로소 암스트롱과 나는 어떻게 행동해야 하는지 확실히 감을 잡았어요.

잠시 후 앞치마 차림의 맥도웰이 수술도구가 담긴 쟁반을 들고 영안실로 돌아왔다. 테이블 위에 쟁반을 내려놓고 휘파람을 불며 돌판 위의 흰 종이를 벗겼다.

'어, 이건 처음 보는 얼굴인데?'

암스트롱은 돌판 위에서 벌떡 일어나 맥도웰의 가슴을 향해 석궁을 발사했어요. 그러나 선생님, 화살은 맥도웰의 심장을 꿰뚫지 못하고 쨍그랑 소리를 내면서 튀어나오고 말았어요. '덩치만 큰 미련 곰탱이'가 맥도웰의 가슴 보호대를 깜빡 잊었던 거예요.

암스트롱의 실패는 치명적이었어요. 맥도웰은 날카로운 손톱을 들며 본색을 드러냈어요. 그 순간 뭔가 쿵 하고 떨어지는 소리가 났어요. 암스트롱이 깜짝 놀라 바닥을 내려다보니, 자기가 들고 있었던 석궁이 바닥에 떨어진 거였어요. 그런데 그뿐만이 아니었어요. 방금 전에 석궁을 잡고 있던 오른손을 살펴보니, 손목이 석궁과 함께 잘려 나가고 없었던 거예요. 암스트롱은 손목에서 피가 철철 나오는 것을 보고 얼굴이 하얗게 질렸어요. 더구나 석궁을 움켜쥔 채 바닥에 떨어져 있는 자기의 손을 보고는 완전히 패닉 상태에 빠졌어요.

암스트롱이 울부짖는 소리는 왼쪽 선반 위에 놓인 '산송장' 들을 잠에서 깨울 정도로 우렁찼다.

나는 숨어 있는 곳에서 나와 뱀파이어의 머리를 향해 권총을 발사했어요. 하지만 내 수전증 때문에, 총알은 뱀파이어를 비껴나가 피가 가득 담긴 유리병에 명중했어요. 그 순간 쨍그랑 소리가 나면서 병 속에 들어 있던 피가 마룻바닥에 쏟아졌어요. 그와 동시에 시체와 유리병을 연결하고 있던 유리관들이 깨지면서 그 속의 피가 우리의 머리 위로 쏟아져 내렸어요. 마치 하늘에서 '피의 소나기' 가 내리는 것 같았죠.

"안 돼!" 맥도웰이 소리쳤어요. "내 귀한 재산을!"

맥도웰이 나를 무엇으로 어떻게 때렸는지는 기억나지 않아요. 단지 내 몸이 엄청난 충격을 받아 '산송장' 들이 있는 선반 쪽으로 날아갔고, 내 오른쪽 다리가 그들 중 한 명의 뼈를 으스러뜨렸다는 것밖에는 기억나지 않아요. 맥도웰에게 얻어맞은 충격은 파밍턴에서 앳된 뱀파이어에게 얻어맞았던 때의 충격보다 훨씬 강했어요. 도저히 하반신을 움직일 수가 없었죠. 나는 수심 1인치 이상의 '피바다'에 널브러져, 맥도웰이 내게 다가오는 모습을 속수무책으로 바라보고 있었어요. 온 몸이 오싹해지며 야릇한 쾌감이 들더군요. '영안실에서 죽는 기분도 괜찮은데? 따뜻하고 짭짤한 액체가 넘쳐흐르는 이곳…' 그 순간 험상궂은 표정으로 나를 향해 다가오던 맥도웰이 갑자기 외마디 비명을 지르며 두 손으로 자기의 얼굴을 감쌌어요.

나는 맥도웰의 오른쪽 눈 밑으로 석궁의 화살촉이 삐져나온 것을 보았어요. 맥도웰의 뒤에는 '덩치만 큰 미련 곰탱이'가 떨리는 왼손으로 석궁을 들고 서 있었어요. 그가 하나밖에 남지 않은 손으로 온 힘을 다해 발사한 석궁이 맥도웰의 뒤통수를 관통한 거예요.

엉망진창이 되어버린 영안실의 모습에 실망한데다가 얼굴에서 엄청난 피를 철철 흘린 맥도웰은 피해망상증이 악화되어, 영안실을 뛰쳐나가 영영 돌아오지 않았다.*

다행히도, 우리 코앞에는 세인트루이스 최고의 실력을 자랑하는 켐퍼 칼리지 메디컬센터가 있었어요. 우리는 협동을 했죠. 양다리가 성한 암스트롱이 나를 업고, 양손이 성한 내가 암스트롱의 잘라진 손을 들고 계단을 엉금엉금 기어 올라가는 모습은 정말 가관이었어요. 어쨌든 암스트롱과 나는 신속한 치료를 받을 수 있었어요. 물론 우리 두 사람은 머리부터 발끝까지 이십 인분에 해당하는 피를 뒤집어쓴 상태였죠.

의사들은 잭의 목숨을 살렸지만, 그의 잘린 손은 이어 붙이지 못했어요. 하지만 목숨을 건진 것만 해도 다행이에요. 그는 거의 죽기 일보직전까지 갔었으니까요. 잭이 이만큼까지 될 수 있었던 것은 그의 강인한 체력과 선생님의 간절한 기도 덕분이라고 생각해요. 나는 잭 곁에 오래도록 머물며 그의 쾌유를 지켜보고 싶어요(그런데 그는 뭐가 불만인지 내게 한 마디 말도 하지 않네요).

나도 방금 의사들로부터 부러진 발이 치료될 수 있다는 말을 들었어요. 그러나 치료되더라도 세상에서 가장 짧은 다리로 걷게 될 거라고 하네요. 하지만 선생님, 선생님의 사랑하는 친구 스피드 때문에 너무 슬퍼하지는 마세요. 왜냐하면 나는 이 세상에 살아 있는 바보 중에서 제일 운이 좋은 놈이니까요.

---

* 다행히 이번 사태에도 불구하고 세인트루이스에서 소요가 발생하지는 않았다. 그러나 이번 사태를 계기로 맥도웰은 켐퍼 칼리지를 떠나 9번가와 그래셔트가(Gratiot Street) 사이에 새 의과대학을 설립한다. 그는 새 의과대학 건물의 옥상에 대포를 설치하고, 구내에 총포상을 운영하면서 뱀파이어 헌터의 공격에 대비한다. 남북전쟁이 발발하자 그는 남부연합군에 가담하였지만 그 이후의 행적은 알려지지 않았다. 그가 학장으로 있었던 켐퍼 칼리지의 경내에서는 가끔 그의 유령이 나타난다고 전해진다. 그러나 그가 죽었다는 기록은 그 어디에서도 찾아볼 수 없다.

II

1846년 8월 3일 링컨은 미합중국 연방 하원으로 선출된다. 그리고 1847년 12월, 링컨은 첫 임기를 시작하기 위해 가족과 함께 워싱턴에 도착하여, 스프리그 부인이 운영하는 하숙집*에 아주 작은 방을 하나 마련한다. 그러나 새로 얻은 방은 네 번째 식구가 생겨나는 바람에 더욱 비좁아진다.

> 1846년 3월 1일에 둘째 아들 에드워드 베이커가 태어나면서, 우리 가족의 축복은 두 배가 되었다. 에디(에드워드의 애칭)는 웃는 모습이 밥(로버트의 애칭)을 영락없이 빼닮았지만, 밥보다는 성격이 상냥한 것 같다. 에디가 둘째라고 해서 첫째보다 소홀히 대하는 일은 결코 없다. 나는 밥의 하인인 동시에 에디의 하인이기도 하다. 나는 에디를 웃기기 위해 그의 발바닥을 간질이고, 에디가 잠잘 때는 그의 머리칼 냄새를 맡는다. 그리고 잠자는 에디의 가슴에 내 가슴을 가져다 댄다. 나는 두 아들 때문에 점점 바보가 되어 가는 것 같다!

링컨은 두 번째 아들인 에드워드가 태어난 후에는, 그가 병들거나 죽을지 모른다는 불안감을 느끼지 않았다. 이즈음 링컨이

---

* 오늘날의 미 국회 도서관자리에 있었던 아담한 2층 건물.

쓴 일기를 보아도 그가 하나님과 거리를 시도하는 모습은 찾아볼 수 없다. 아마도 그는 부모로서 보다 강한 자신감을 갖게 되었는지 모른다. 아니면 단순히 너무 바빠서 그런 생각을 할 겨를이 없었는지도 모른다. 사실 링컨은 스프링필드의 법조계에 계속 관심을 두면서, 워싱턴의 새로운 생활방식과 정치 환경에 적응하느라 애썼다. 그는 뱀파이어 사냥을 제외한 모든 분야에서 정신없이 바빴다.

헨리는 한 달에 한 번씩 꼬박꼬박 내게 편지를 보냈다. 그는 지금까지 내가 해왔던 일이 미합중국의 미래를 위해 매우 중요한 일이라며, 마음을 돌이킬 수 없겠느냐고 애원을 거듭했다. 나는 그때마다 보낸 답장에서, '내 아내를 과부로 만들거나 아이들을 아비 없는 자식으로 만들고 싶지 않다.' 는 간단한 이유를 들어 그의 부탁을 거절했다. 나는 이렇게 덧붙였다. "나 역시 당신처럼 잘못된 지배체제를 없애고 싶습니다. 그러나 나는 '펜이 칼보다 강하다.' 는 격언을 믿는 사람입니다. 나는 이제 칼을 들지 않겠습니다. 내게 남은 일은 펜을 통해 인간을 해방시키는 것입니다."

워싱턴 생활은 거의 모든 면에서 링컨의 기대와 달랐다. 링컨은 '미합중국 헌법의 수호를 위해 헌신하는 최고의 지성들이 우글거리는 찬란한 대도시' 를 기대했다. 그러나 그가 발견한 것은

'극소수의 총명한 인재들을 가로막는 바보들의 장막'이었다. 그가 보기에, 워싱턴디씨가 루이빌이나 렉싱턴보다 나은 점은 거대한 건축물이 몇 채 더 있다는 것밖에 없었다. 링컨은 종종 이를 빗대어 '벌판에 궁전 몇 개만 달랑 지어 놓은 셈'이라고 비꼬곤 했다. 그 당시만 해도 워싱턴 기념비는 아직 착공되지도 않았으며, 미 국회의사당 건물 역시 미완성 상태였다.

워싱턴의 가장 실망스러운 점은 노예가 너무 많다는 것이었다. 링컨이 가족과 함께 머물고 있는 스프리그 부인의 하숙집에서도 노예를 부리고 있었다. 링컨은 의회로 출근하는 도중에도 거리에서 노예경매가 진행되는 광경을 종종 보았다. 당시 노예들을 가둬 두는 우리가 있던 곳이 지금의 내셔널몰*인데, 링컨은 후에 이곳에서 거대한 대리석상으로 환생하여 자신이 악마의 구렁텅이에서 구해낸 세상을 영원히 지켜보게 된다.

> 국회의사당 창문에서 내려다보면, 노예들이 매매되는 과정이 한눈에 보인다. 전국 각지에서 모인 노예들은 우리에 잠시 갇혀 있다가 남쪽의 경매장으로 옮겨지는데, 이것은 말이 매매되는 과정과 똑같다. 거래된 흑인들은 쇠사슬로 엮여

---

* National Mall, 워싱턴 D.C.의 명소들이 한데 어우러져 있는 곳. 넓디넓은 푸르른 직사각형 형태의 잔디밭과 함께 그 주위로 수많은 박물관, 미술관, 기념물 등이 자리 잡고 있다. 이곳에는 거대한 링컨 대리석상도 설치되어 있는데, 링컨 대리석상은 워싱턴 기념비와 국회의사당의 일직선상에 놓여 있다.

어디론가 끌려간다. 명예를 아는 시긴이라면 누구라도 이러한 현실을 보고만 있을 수 없을 것이다. 이러한 상황에서 "모든 인간은 평등하게 태어났다."는 미국 독립선언서의 문구나, "자유가 아니면 죽음을 달라!"는 패트릭 헨리의 외침은 공허한 메아리일 뿐이다.

링컨이 하원의원 시절에 남긴 빛나는 업적 중 하나는 '워싱턴 디씨에서 노예제도를 불법화하자'는 법안을 발의한 것이다. 그는 노예제 찬성론자들과 폐지론자들의 입장을 절충하느라 상당히 고심했지만, 법안은 표결에 부쳐지지도 못한 채 사라지고 말았다. 능력이 아무리 뛰어나더라도 초선의원이 할 수 있는 일에는 한계가 있었던 것이다.

링컨은 많은 동료 의원들에게 강한 인상을 주었는데, 이는 그의 키가 너무 컸기 때문만은 아니었다. 그는 발목 위로 6인치나 올라가는 바지를 입고 다녀, 동료 의원들로부터 '어리숙하고 흐느적거린다'는 조롱을 받았다. 또 그는 아직 마흔 살이 되지 않았는데도 '늙은 에이브'라는 별명을 얻었는데, 이는 그의 거칠고 초라한 외모와 졸려 보이는 눈 때문이었다.

어느 날 밤 메리가 아이들을 목욕시키는 동안, 나는 그녀에게 동료 의원들이 내게 무슨 말을 하는지 알려 주었다. 그리고 동료들의 조롱 때문에 솔직히 신경이 많이 쓰인다고 고

백했다. 그러자 그녀는 한 치의 망설임도 없이 말했다. "에이브, 의회에 당신보다 두 배 이상 잘생긴 사람은 많을지도 몰라요. 하지만 당신의 지적 수준을 절반이라도 쫓아갈 사람은 아무도 없어요."

나는 억세게 운 좋은 사나이다.

링컨은 곧 의원들의 조롱에 별 신경을 쓰지 않게 된다. 하원의원에 취임한 지 며칠 후에 새로운 관심사를 발견했기 때문이다.

의사당 곳곳에서 뱀파이어 이야기가 들린다. 어디를 가든지 뱀파이어 이야기를 꺼내지 않는 사람이 없다. 나는 이렇게 많은 사람들이 이렇게 자주 뱀파이어 이야기를 하는 것을 본 적이 없다. 나는 이제까지 뱀파이어의 비밀을 아는 사람은 나밖에 없다고 생각했고, 아내와 아이들에게도 이 사실을 숨겼다. 그러나 여기 국회의사당 안에서는 뱀파이어의 존재가 공공연한 비밀이다. 많은 의원들이 '빌어먹을 남부 놈들'과 '검은 눈의 친구'에 대해 수군거린다. 식사 시간에도 뱀파이어에 관한 농담이 스스럼없이 오가며, 심지어 헨리 클레이 상원의원* 같은 분들까지도 이런 농담에 끼어들 정도다.

* Henry Clay. 당시 일흔 살의 원로 정치인으로서, 휘그당의 창립자이자 링컨의 우상이기도 했다.

"제프 데이비스*가 왜 넓은 목 칼라를 두르고 다니는지 아나? 그건 바로 뱀파이어에게 물린 목을 감추기 위해서라네, 허허허."

의원들의 농담에는 어느 정도 진실이 담겨 있다. 남부 출신 의원들 중 뱀파이어의 이익을 대변하지 않거나, 그들의 대의명분에 공감하지 않거나, 그들의 보복을 두려워하지 않는 사람은 한 사람도 없기 때문이다. 그러나 나는 뱀파이어 헌터 경력을 동료들에게 말하지 않을 작정이다. 그것은 내 아픈 과거다. 나는 뱀파이어의 '뱀' 자만 들어도 정나미가 떨어진다.

링컨은 한밤중에 유리창 깨지는 소리에 깜짝 놀라 잠에서 깨어났다.

사내 두 명이 하숙집 2층 창을 깨고 우리 가족이 잠들어 있는 방으로 침입했다. 내 베개 밑에는 권총이 없었다. 침대

---

*Jefferson Davis, 미국의 정치가. 미시시피주 상원의원으로서 노예문제에서 주(州)의 주권을 강력히 주장하여 민주당 남부파의 중심적인 존재가 되었다. 남부연합 대통령으로 선출되어 전쟁을 지휘했으나 패전 후 체포되었다.

곁에도 도끼가 없었다. 내가 일어나기도 전에 놈들 중 하나가 내 얼굴을 내리치는 바람에, 내 뒤통수가 침대머리의 나무판에 부딪혔다. 나는 정신이 몽롱해졌다.

'뱀파이어다.'

한 놈이 메리의 비명소리를 막으려고 그녀의 입을 틀어막는 것을 보면서, 나는 정신을 차리려고 안간힘을 썼다. 다른 놈은 곤히 자고 있는 밥을 침대에서 들어내더니, 그를 품에 안고 창문을 넘어 밖으로 도망쳤다. 나는 벌떡 일어나 창가로 달려가, 창밖으로 뛰어내려 놈을 좇아갔다(이 과정에서 깨진 유리에 손을 찔리고 말았다). 한밤중이라 거리에는 인적이 드물었다. 나는 어둠 속에서 밥의 울음소리를 똑똑히 들을 수 있었다. 나는 거의 패닉상태에서 아기 울음소리가 나는 곳을 향해 달렸다. 내 마음 밑바닥에서 걷잡을 수 없는 분노의 불길이 타올랐다.

'반드시 이 두 손으로 네놈을 갈기갈기 찢어놓고 말 테다.'

나는 신음을 토하며 다리가 끊어지도록 달리고 또 달렸다. 내 얼굴은 땀과 눈물로 범벅이 되었다. 여러 블록을 지나고 이 거리 저 거리를 따라 달릴 때마다 밥의 울음소리는 각각 다른 방향에서 들려왔다. 밥의 울음소리는 점점 희미해졌다. 내 발의 힘이 점점 빠지면서 밥의 울음소리는 바람결에 실려 오는 것처럼 점차 희미해지더니, 마침내 완전히 들리지 않게 되었다. 나는 결국 땅바닥에 털썩 주저앉아 버렸다. 가엾은 내 아기가 어둠 속으로 사라지다니, 그것도 아빠의 힘이 미치지 않는 머나먼 곳으로… 나는 하도 기가 막혀 어린아이처럼 엉엉 울며 밤거리를 헤맸다.

그렇게 얼마 동안을 헤맸을까? 링컨은 자신도 모르게 스프리그 부인의 하숙집 문 앞에 당도해 있었다.

그때 문득 또 하나의 무서운 생각이 뇌리를 스치고 지나갔다.

'그런데, 에디는?'

나는 하숙집 계단을 단숨에 뛰어올라가 방문을 열었다. 방은 조용했다. 텅 빈 침대…깨진 유리창…펄럭거리는 커튼-. 에디의 침대는 건너편 벽 쪽으로 내팽개쳐져 있었다. 침대 안에는 아무도 없는 것 같았다. 나는 에디의 침대를 자세히 들여다 볼 엄두가 나지 않았다. '만약 에디가 없어졌으면 어떡하지?'

'주여, 제발…'

'도대체 왜 에디가 없어진 거지? 내가 도끼를 포기한 이유가 뭔데? 이건 말도 안 돼.' 나는 문가에 서서 다시 한 번 울음을 터뜨렸다. 나는 에디가 어디론가 납치되어 이미 – 이제까지 납치되었던 다른 아기들처럼 – 차디찬 시신으로 변해 있을 거라고 생각했다.

그때 방 안에서 아기의 울음소리가 들려왔다. '하나님 감사합니다!' 나는 쏜살 같이 방으로 뛰어 들어갔다. 그러나 에디의 침대를 들여다본 나는 등골이 오싹해졌다. 흰색 침대 시트가 피에 흥건히 젖어 있었던 것이다.

그런데 그 피는 에디의 것이 아니었다. 에디의 침대에는 에디가 아니라 악마가 누워 있었기 때문이다. 악마는 심장이 꼬챙이에 찔리고 두개골에 구멍이 난 채 침대에 누워 있었다. 악마는 꿈쩍도 하지 않고 피만 계속 흘렸다. 그 얼굴은 아이 같기도 하고 어른 같기도 한 기이한 모습이었다. 그런데 가만히 살펴보니 무척 낯익은 얼굴이었다. 악마는 졸린 눈을 멍하니 뜨고 물끄러미 나를 바라보았다. 나는 그를 잘 알았다.

그건 바로 나였다.

잠자리에서 일어난 링컨은 두근거리는 가슴을 진정시킬 수 없었다. 그는 왼쪽으로 고개를 돌려 그의 곁에서 평화롭게 잠들어 있는 메리의 모습을 바라보았다. 그리고 밥과 에디의 침대로 다가가 괜찮은지 살펴보았다.

모두 무사하다는 것을 확인한 그는 다시 잠자리에 들기 전에 일기장을 펴서, 다음과 같은 짤막한 글귀를 적어 놓았다.

> 워싱턴은 죽음의 도시다.

III

1849년 2월의 어느 날 밤, 링컨은 오랜만에 만난 옛 친구와 함께 하숙집 난롯가에서 따뜻한 정담을 나눈다.

> 애드거 앨런 포가 몇 주 전부터 볼티모어에 와 있다고 편지를 보냈다. 메리가 아이들을 데리고 렉싱턴으로 나들이 간 사이에, 나는 포와 재회하기로 마음먹었다.

링컨과 포는 여러 해 동안 가끔 연락을 주고받았다. 링컨은 포가 소설이나 시를 새로 발표할 때마다 축하편지를 보냈고, 포는 포대로 링컨의 의원 당선을 축하하는 편지를 보냈다. 그러나 두 사람이 얼굴을 맞대고 앉은 것은 이날 밤이 처음이었다. 20여 년

만의 재회였다. 그들의 대화는 자연스레 뱀파이어에 대한 이야기로 옮겨갔다.

> 나는 뱀파이어를 사냥한 무용담과 그 과정에서 알게 된 끔찍한 사실들을 포에게 말해 주었다. 포는 자신의 주위를 끊임없이 맴돌고 있는 뱀파이어의 망령에 대해 이야기했다. 그는 레이놀즈라는 새 뱀파이어 친구를 사귀었으며, 모종의 사악한 음모를 꾸미고 있는 중이라고 말했다. 그는 열정과 확신에 찬 어조로 말했으나, 대부분 허무맹랑한 소리처럼 들렸다. 그가 술기운을 빌려서 이야기하고 있었기 때문이다. 그는 장기간의 과음과 거듭된 불운으로 매우 지쳐 있었다. 나와 마지막으로 헤어진 이후 그는 사랑하는 아내를 잃었고, 문학적으로 성공했는데도 경제적 궁핍에서 벗어나지 못했다.

"인간이 삶과 죽음의 경계에서 허덕이는 것을 보았네." 링컨이 말했다. "그들은 지하실의 선반 위에 '산송장'으로 저장되어 있었고, 그들의 고귀한 피는 가스불로 따뜻하게 데워지고 있었다네. 어때, 이 정도면 뱀파이어의 만행이 어느 정도인지 알 수 있지 않나?"

포는 미소를 띠며 술잔을 비웠다.

"자네 어디서 '피의 백작부인' 이야기라도 주워들은 게로군,

그렇지?" 포가 말했다.

링컨은 무슨 말인지 몰라 고개를 가로저었다.

"뱀파이어를 잡겠다고 온 세상을 떠돌아다닌 자네가 '피의 백작부인'을 모른다니 보는 내가 다 민망하군." 포가 말했다. "그럼 내가 말해 줄 테니 잘 들어 봐. 그 여자는 내가 제일 좋아하는 인물이야. 게다가 미국 역사의 중요한 일부분이기도 하고...

피의 백작부인이란 엘리자베스 바토리를 말하는 거야. 부인은 헝가리 귀족계급의 보석과도 같은 존재였어." 포는 이야기를 이어 나갔다. "그녀는 그 누구도 따라올 수 없는 아름다움과 부를 누렸지. 그녀의 유일한 불만은 사랑하지 않는 남자와 잠자리를 같이 해야 한다는 것이었어. 그 남자의 이름은 페렌크 나다스키 백작! 그녀는 열두 살 때부터 나다스키와 결혼하기로 되어 있었어. 나다스키는 아내 엘리자베스가 원하는 일이라면 무엇이든 간섭하지 않고 내버려 두는 관대한 남편이었지. 그런데 엘리자베스가 가장 원한 것은 검은 머리에 흰 피부를 가진 안나 다불리아라는 여인이었어. 두 여자는 사랑에 빠지게 돼, 그게 언제부터인지는 정확히 모르지만 –"

"여자 둘이서 사랑을 한다고?"

"그건 별로 중요하지 않아, 정작 중요한 건 이제부터야. 안나가 뱀파이어였는지, 아니면 엘리자베스가 스스로 뱀파이어가 됐는지는 몰라도, 아무튼 언제부터인가 두 여자가 '영원한 젊음'을 유지하려고 광분하기 시작했다 이거야. 1604년 나다스키 백작이 의문의 죽음을 당한 이후로, 두 여자는 – 일자리를 주겠다거나 가족을 먹여 살릴 돈을 주겠다는 등의 핑계로 – 가난한 농부의 딸들을 차흐티체성*으로 유인하기 시작하지. 엘리자베스와 안나는 이 소녀들의 피를 뽑아 죽이는데, 3년 동안 이렇게 목숨을 잃은 소녀들이 전부 합해 600명이 넘는다는 거야."

"저런…끔찍하군."

"더 끔찍한 건 두 여자가 '누가 소녀를 더 잔인하고 고통스럽게 죽이는지' 내기를 하기 시작했다는 거야. 그들은 소녀들을 고문하고, 유린하고, 며칠 동안 혹사시켰어. 어떤 경우에는 소녀들의 팔과 다리에 갈고리를 끼워 천정에 매달고, 소녀들의 몸에 칼로 상처를 낸 다음, 자기들은 그 밑에 누워 웃으며 떨어지는 피를 받아먹었어. 어떤 소녀들은 아예 십자가에 매달았다는군, 손에 못을 쳐서 말이야–"

"이제 그만하게, 포. 구역질이 나오려고 하는군."

"마침내 참다못한 농부들이 성을 공격했지. 때마침 폭풍우가 성을 덮치는 덕분에 성은 파괴됐어. 성 안으로 쳐들어간 농부들은 지하 감옥을 찾아냈는데, 감옥에는 쇠창살로 만든 우리가 늘어서 있었고 우리 안에는 팔과 내장이 훼손된 '반송장'들이 수없이 널브러져 있었어. 소녀들의 얼굴과 손은 어찌나 오래 불에 그슬렸던지, 뼛속까지 시커멓게 변해 있었다는군. 하지만 뱀파

---

* 오늘날의 서부 슬로바키아 지역에 해당함.

이어의 흔적은 어디서도 찾을 수 없었지. 곧이어 재판이 진행되었고, 성난 농민들을 달래기 위해 죄 없는 여인 두 명이 불구덩이에 던져졌어. 하지만 진짜 엘리자베스 바토리와 안나 다불리아는 이미 성을 빠져나가 멀리 도망친 후였지."

"그런데 놀라운 건, '어떻게 그토록 짧은 시간에 그 많은 소녀들을 죽일 수 있었을까?' 하는 점이야. 엘리자베스와 안나가 소녀들을 죽이는 과정에서 보여 준 효율성과 상상력은 너무 놀랍다 못해 아름답기까지 해. 나는 그들의 살인기술을 찬미하지 않을 수 없다네."

"너무 악질적이야." 링컨이 말했다.

"자네도 인생의 경험을 통해 아름다움과 악이 양립할 수 있다는 것을 잘 알 텐데?"

"자네는 방금 내게 미합중국 역사의 중요한 부분을 알려 주겠다고 약속했어. 그런데 자네가 지금까지 내게 말해 준 혐오스러운 이야기가 대체 무슨 중요한 역사적 사실이란 말인가? 자네, 오랜만에 만난 친구를 괴롭히고 기뻐하는 걸 보니 사디스트가 틀림없군!"

"친구, 흥분하지 말게. 지금부터 자네에게 중요한 역사적 사실을 하나 말해 주지. 지금 미국에 이처럼 많은 뱀파이어들이 우글거리게 된 것은 따지고 보면 바로 엘리자베스 바토리 때문이야."

링컨은 포의 말에 귀를 기울였다.

"엘리자베스가 도망친 후로 유럽 전역에 '피의 백작부인이 육

백 명의 소녀를 죽였다.'는 소문이 쫙 퍼졌어. 그 바람에 불과 10여 년 만에, 수백 년 동안 미신인 줄 알았던 뱀파이어가 실제로 존재한다는 것이 만천하에 밝혀지고 말았지. 뱀파이어에 대한 신비로운 환상은 증오로 바뀌었어. 이전까지는 뱀파이어가 세상을 지탱해 나가기 위한 필요악이었지만, 이제는 평화로운 세상을 위협하는 '공공의 적'이 된 거지. 영국에서부터 크로아티아에 이르기까지 뱀파이어 사냥을 전문으로 하는 뱀파이어 헌터가 등장하기 시작했어. 뱀파이어 헌터들은 기술을 교류하면서 유럽 전역으로 활동무대를 넓혀 갔지. 그들은 뱀파이어를 찾아 파리의 하수구와 빈민가, 런던의 어두운 골목길을 뒤졌어. 그 통에 뱀파이어들은 지하 묘지에 숨어 잠을 자거나 길가에 떠도는 개의 피를 빨아먹을 수밖에 없었어. 사자가 양에게 쫓기게 된 격이라고나 할까? 이제 더 이상 유럽에서 뱀파이어 노릇을 해먹기는 글렀다는 게 분명해졌지. 그들은 자유를 갈망하기 시작했어. 압박으로부터의 자유, 공포로부터의 자유… 이 세상에서 그런 자유를 쉽게 얻을 수 있는 곳은 어딜까?"

"미합중국."

"바로 그거야, 링컨! 미국은 뱀파이어들이 피를 얻기 위해 경쟁을 하지 않아도 되는 낙원이야. 미국에는 가정마다 다섯 명, 여덟 명, 아니 열 명의 아이들이 있지. 또 미국에는 넓고 황량한 땅이 많고, 외딴 마을과 이주민들로 붐비는 포구가 많아. 미국의 가장 큰 매력은 노예가 있다는 거야. 다른 문명국과 달리 이곳에는 노예제도가 있기 때문에, 뱀파이어들은 보복당할 염려 없이 싱싱한 피를 얼마든지 공급받을 수 있어.

영국인들이 신대륙을 좀 더 잘 굴려먹으려고 미국 해안에 상륙했을 때, 미국의 뱀파이어들은 미국인들과 함께 들고 일어났다네. 그들은 렉싱턴과 콩코드에서 영국인들에게 대항해 싸웠고, 타이콘테로가나 무어스크릭과 같은 역사의 현장에서도 미국인들과 함께 있었지. 그들 중 일부는 고향인 프랑스로 돌아가 루이 왕을 설득해, 미국인들에게 해군 병력을 지원하기도 했지. 뱀파이어들은 자네나 나와 똑같은 미국인이고, 진정한 애국자야. 미국이 살아야 자기들도 살 수 있기 대문이지."

"국회의사당 내에서도 뱀파이어에 대한 소문이 무성하더군." 링컨이 속삭이듯 말했다. "여기 국회에서도 그들의 영향력이 커."

"뱀파이어는 주변 모든 곳에 존재하지. 그리고 유럽을 생각해 보면, 앞으로 숫자는 더욱 불어날 것이 뻔해. 하지만 언제까지 이런 일이 지속될 것 같나? 얼마나 많은 뱀파이어들이 유럽을 떠나 미국으로 올까? 일반 시민들의 눈에 띌 정도로 뱀파이어의 수가 많아진다면 어떤 일이 생길까? 보스턴이나 뉴욕의 선량한 시민들이 이웃의 뱀파이어와 함께 사는 것을 좋아할까? 게다가 모든 뱀파이어들이 헨리나 레이놀즈처럼 온화한 것도 아닌데.

링컨, 만일 유럽의 뱀파이어들이 미국이라는 탈출구를 구하지 못했다면 유럽에서는 어떤 일이 일어났을지 상상해 봐. 뱀파이

에드거 앨런 포와 에이브러햄 링컨이 워싱턴에 있는 매튜 브래디의 스튜디오에서 포즈를 취하는 장면(1849. 2. 4).

어가 '양을 사냥하는 사자' 처럼 용맹하게 인간을 사냥할 수 있었을까? 뱀파이어가 '백수의 왕' 과 같은 위엄을 유지할 수 있었을까?"

링컨은 포가 말하는 내용을 상상하기만 해도 진저리가 쳐졌다.

"장담하건대, 우리 앞에는 커다란 재앙이 기다리고 있어."라고 포는 말했다.

포의 불길한 예언은 - 적어도 포에게 있어서는 - 현실로 나타났다.

링컨과 포가 재회한 지 약 8개월이 지난 1849년 10월 3일, 포는 남의 옷을 입은 채 인사불성 상태로 볼티모어 거리를 헤매다가 행인들에게 발견된다. 행인들은 그를 급히 워싱턴 대학병원으로 데려가 의사의 치료를 받게 했는데, 당시 치료를 맡았던 의사는 진료일지에 다음과 같이 적어 놓았다.

> 환자는 고열을 동반한 환각 증상을 보이고 있다. 그는 의식이 깨어날 때마다 '레이놀즈' 라는 인물을 찾는다. 환자의 증상은 장티푸스와 유사하지만, 증세가 급격히 악화되는 것으로 보아 다른 질환과의 합병증일 가능성도 있다. 환자의

상태는 절망적이다.

그로부터 나흘이 지난 10월 7일 새벽 다섯 시, 포는 혼수상태에서 깨어나 "주여 불쌍한 영혼을 도우소서!"라는 말을 중얼거리고는 세상을 떠났다.

IV

1849년 3월 5일, 링컨은 재선 도전을 포기한다고 선언한다. 이로써 그의 짧고 별 볼일 없는 하원의원 생활이 끝난다.

의원생활은 기대했던 것만큼 만족스럽지는 않았다. 나는 지난 2년 동안 아내와 아이들에게 소홀히 대했다. 워싱턴은 나를 일리노이로부터 꾀어낼 만큼 매력적이지 않았다.

링컨은 스프링필드로 돌아가 윌리엄 H. 헌든이라는 젊은 변호사와 함께 변호사 사무실을 열고 변호사 업무에 매진한다(당시 헌든의 나이는 서른 살이었다. 그는 링컨이 암살당한 후 링컨의 전기를 저술하는데, 헌든의 링컨 전기는 풍부한 내용을 자랑하지만 아직도 논란의 여지가 많다). 링컨은 젊은 파트너가 자신의 어두운 과거를 눈치 채지 못하도록 신경 쓴다.

링컨은 아이들과 레슬링도 하고, 아내와 함께 산책을 즐기기도 하며 즐거운 나날을 보냈다.

그는 평온한 삶을 만끽했다.

> 더 이상 송곳니를 가진 사나이를 논하지 말라,
> 영원한 생명도 필요 없다.
> 나는 단순한 것을 좋아한다,
> 내가 원하는 것은 오직 평화뿐이다.

그러나 그의 평온한 삶은 오래 가지 못했다.

에디 링컨은 태어난 지 정확히 3년 7개월 18일 만에 세상을 떠났다.

링컨은 1850년 2월 1일, 에디가 세상을 떠난 지 불과 몇 시간 후에 쓴 일기에서 다음과 같이 절규한다.

> 오늘 둘째 아들 에디를 잃었다…가슴이 미어진다.
> 내 인생의 기쁨이 사라졌다…

에디의 죽음이 뱀파이어와 관련이 있다는 증거는 그 어디에서도 발견되지 않았다. 에디는 전년 12월부터 – 아마도 결핵으로 인하여 – 아프기 시작해, 점점 쇠약해져 갔다. 메리가 곁에서 지극정성으로 간호하며 가슴에 향유를 발라주기도 했지만 소용이 없었다.

메리는 에디가 침대에 홀로 누워 죽어가는 것을 바라보고만 있을 수 없었다. 그녀는 의식이 점점 가물가물해져 가는 에디를 품에 안고 밤새도록 얼렀다. 그러나 에디는 끝내 눈을 뜨지 못했다.

메리는 제정신이 아니었다. 천사와 같았던 아들 에디를 잃은 슬픔을 주체할 수가 없었다. 에디가 숨을 거둔 지 3일이 지나도록 그녀는 식음을 전폐하고 잠도 잊은 채 울기만 했다.

메리를 위로하는 것은 불가능했다. 나는 위로를 단념하고, 스피드와 암스트롱에게 빨리 스프링필드로 와 달라고 연락했다. 그런데 난데없이 헨리로부터 편지 한 장이 배달되었다. 편지에는 에디의 죽음을 애도하며, 늦어도 다음날 정오까지 스프링필드에 도착하겠다는 내용이 적혀 있었다. 헨리는 에디가 죽었다는 소식을 어디서 들었을까?

에디는 링컨의 집에서 두 블록 떨어진 허친슨 묘지에 묻혔다.

나는 장례식이 진행되는 동안 밥과 메리를 부둥켜안고 오열했다. 암스트롱과 스피드는 – 다른 친구들이나 조문객들과 마찬가지로 – 침통한 표정으로 우리 가족의 곁을 지켰다. 헨리는 멀찌감치 떨어진 곳에서 장례식을 지켜보았다. 메리의 눈에 띌 경우 의심*을 불러일으킬 수도 있기 때문이었다. 헨리는 장례식이 시작되기 직전에 사람을 시켜 내게 쪽지를 보냈다. 그는 쪽지에서 다시 한 번 애도의 뜻을 표하며, 내가 잠시 잊고 있었던 사실을 일깨워 주었다.

'에디의 모습을 다시 볼 수 있는 방법이 있다는 것을 잊지 마십시오.'

링컨은 아들을 살리고 싶은 마음이 간절했지만, 이성의 힘으로 악마의 유혹을 물리쳤다.

설사 에디가 다시 살아난다 하더라도, 그 아이는 더 이상 천진난만한 아기가 아니라 천사의 탈을 쓴 살인마다. 나는 에디가 영원히 어둠 속에 묻혀 살아가도록 만들 수 없다. 에디에게 '죄 없는 인간을 죽여 네 생명을 유지하라' 고 가르칠 순 없다. 제 자식을 지옥에 보내는 아비가 세상에 어디 있겠

---

* 메리는 헨리가 누구인지 몰랐으며, 뱀파이어가 존재한다는 사실조차 전혀 모르고 있었다.

는가?

메리는 일리노이주 저널에 다음과 같은 추모시를 기고했다(아마도 링컨의 도움을 받은 듯하다). 이 시의 마지막 두 행은 에디의 비석에 새겨진 글귀와 똑같다.

밤하늘의 별은 슬픈 듯 가물거린다.
별빛보다 찬란하게 빛났던 너,
뺨과 입술은 진홍빛으로 물들고
심장에서는 따뜻한 기운이 샘솟았지.

죽음의 천사가 가까이서 맴돌다
사랑스런 아기를 데려가고 말았네.
네 윤기 나는 은빛 머리칼은
대리석 같은 이마를 조용히 휘감고 있네.
창백한 입술과 진주 빛 뺨은
죽음이 찾아왔음을 깨우쳐 주네.

순수한 작은 꽃봉오리여!
하늘나라에 올라 활짝 피어라.
나의 행복한 아기 천사는
왕관을 쓰고 하프를 켜며

주님의 발밑에서 노래하고 있네.
이루 말할 수 없는 영광이어라.
에디야, 하나님의 사랑 가득한 꽃다발을 받고
영혼의 세계에서 편히 쉬어라.
나의 천사여 안녕!
귀여운 에디야,
우리의 작별 인사를 받아주렴.
우리의 슬픈 통곡 소리가 네게 들리니?
그건 우리의 진심이란다.

그는 환한 빛을 받으며 고향으로 돌아갔나니,
그곳은 바로 하나님의 왕국이라네.

9
마지막 평화

우리는 하나님의 선택을 받아 오랫동안 평화와 번영을 누렸습니다. 역사상 어느 민족도 가져 보지 못한 부와 권력을 거머쥐었습니다. 그러나 우리는 지금 하나님을 잊고 삽니다. 우리를 생육하고 번성하게 해 주신 하나님의 은혜로운 손길을 잊은 지 오랩니다.

– 에이브러햄 링컨, 전 국민을 대상으로 단식을 선포하면서
1863년 3월 30일

I

1857년 7월 6일 뉴욕 트리뷴지에는 다음과 같은 기사가 실렸다.

폭도들, 뉴욕에 테러를 가하다

이상한 패싸움

- H. 그릴리 기자

이틀 동안 맨해튼을 점거했던 폭도들은 이제 잠잠해졌다.

지난 일요일 뉴욕 지사는 파이브 포인츠 지역에 군 병력을 투입했다. 폭도들은 머스킷 총을 쏘아대며 저항했지만, 이내 군대가 그들을 진압했다. 오늘 아침 박스터, 멀베리, 엘리자베스 가에서는 헤아릴 수 없이 많은 시체들이 거리를 뒤덮었다. 이번 사건은 사상 최악의 도시폭동으로 기억될 것이다. 이번 폭동은 악명 높은 파이브 포인츠, 플러그 어글리스, 데드 래빗츠 등 3개 파의 갱들이 공동의 적인 바워리 보이즈 파를 공격하면서 시작되었다. 경찰에 의하면 첫 살인은 토요일 정오 베이야드 가에서 발생했으며, 그 후로 무차별 살인이 벌어지면서 파이브 포인츠 전역이 공포의 도가니에 휩싸였다고 한다.

갱들이 서로 때리고, 칼로 찌르고, 총을 쏘는 동안 시민들은 문에 바리케이드를 치고 바깥출입을 삼가는 수밖에 없었다. 그 와중에 거리의 상점들은 파괴되고 물건을 약탈당했다. 무법 천지였다. 부근을 지나가던 시민 열한 명은 영문도 모른 채 부상을 입었는데, 그중에는 여성과 어린이도 포함되어 있다.

이상한 패싸움

신문사 기자실에는, 토요일 저녁부터 일요일 아침 사이에 일어난 폭동의 한가운데서 '초자연적인 묘기'를 목격했다는 제보가 빗발쳤다. 예컨대 서로 쫓고 쫓기는 폭도들이 새처럼 가볍게 지붕을 뛰어넘거나, 마치 고양이가 나무를 기어오르듯 건물의 외벽을 수직으로 기어오르는 장면을 보았다는 것이다.

재스퍼 루브스라는 상인에 의하면, 데드 래빗츠 파의 조직원 한 명이 바워리 보이즈 파의 조직원을 머리 위로 번쩍 들어 박스터 가의 공장건물 2층으로 내던졌는데, 그 충격이 얼마나 컸던지 건물 벽에 구멍이 뚫렸을 정도라고 한다. 그런데 더욱 놀라운 것은, 공격을 당한 바워리 보이즈의 조직원이 넘어진 자리에서 벌떡 일어나, 아무 일도 없었다는 듯이 건너편 건물 지붕 위로 사뿐히 날아올랐다는 것이다.

루브스는 그 바워리 보이즈 파 조직원의 눈빛이 숯검정처럼 시커멨다고 진술했다.

1850년대 초반까지만 해도 에이브러햄 링컨은 뱀파이어 사냥에 뜻이 없었다.

링컨과 메리는 에디를 땅에 묻은 후 열 달이 지나 세 번째 아들을 얻었다. 그들은 에디의 곁을 끝까지 지켜준 의사에게 감사하는 뜻에서, 의사의 이름을 따 아기의 이름을 윌리엄 윌리스 링컨이라고 지었다. 1853년 4월 4일, 링컨 부부는 또 한 명의 아기를 낳아 토머스 링컨이라고 이름 붙였다. 새로 낳은 아들 두 명은 이미 열 살이 된 로버트와 마찬가지로 말썽쟁이여서, 메리의 속을 시커멓게 태웠다.

링컨은 1853년 스피드에게 보낸 편지에서 이렇게 말했다. "내가 이 편지를 쓰는 동안 밥은 옆방에서 울고 있다네. 엄마의 허락을 받지 않고 혼자 밖으로 나가 사라졌다가, 메리에게 들켜 회초리를 맞고 있어. 하지만 이 편지를 다 쓸 때쯤이면 녀석은 또 사라져 있을 거야."

링컨은 에디가 죽은 뒤로는 일기를 별로 쓰지 않았다. 이미 여섯 권 반으로 불어난 그의 일기장은 뱀파이어와의 투쟁에 관한 내용으로 가득 메워져 있었다. 그는 일기의 상당부분을 무기, 복수, 죽음, 상실 등을 묘사하는 데 할애했다. 그러나 그것은 이미 다 지나간 일이었다. 링컨은 1865년에 다시 일기를 쓰기 시작하면서, "내 인생에서 마지막으로 누렸던 잠깐 동안의 평화롭고 멋진 시절"이라고 그때를 회고했다.

확실히 그때가 좋긴 좋았다. 나는 뱀파이어 사냥밖에 모르는 단순한 남자였다. 하원의원에 당선되어 워싱턴에 가 있는 동안 잃은 것이 너무 많다. 정치한다는 핑계로 가족을 제대로 챙기지 못하는 사이에, 짧고 아름다웠던 에디의 인생은 내 눈 앞에서 영영 사라져 버렸다. 나는 그런 어처구니없는 실수를 두 번 다시 저지르지 않겠다. 나는 이제부터 가족 하나만을 생각하리라. 나의 임무는 오직 하나, 가족을 지키는 것이다. 내가 아이들과 함께 있을 수 없을 때는 – 라몬*에게는 미안하지만 – 아이들을 사무실로 데려와야겠다. 나는 사시사철 비가 오든 눈이 오든 메리와 함께 산책을 하면서, 아이들, 친구들, 그리고 우리 가족의 미래에 대하여 이야기할 것이다(물론 세월이 빠르게 지나갔다는 이야기도 빠뜨리지 않을 것이다).

그 동안 헨리로부터는 아무 편지도 없었다. 나를 방문한 적도 없다. 그가 어디에 있는지 짐작조차 할 수 없다. 헨리는 '다시는 뱀파이어 사냥에 나서지 않겠다.'는 나의 결심을 받아들인 걸까? 혹시 나 아닌 다른 뱀파이어 헌터의 도끼에 희생된 것은 아닐까? 이유야 어찌 됐든, 나는 헨리가 나에게 연락해 오지 않는다는 사실 자체가 기쁘다. 그의 이름만 들어도 기억하고 싶지 않은 과거의 악몽들이 자꾸만 떠오른다.

링컨은 뱀파이어의 피로 얼룩진 전투복을 별다른 기념 없이 불태워 버렸다. 권총과 칼은 트렁크 속에 넣고 자물쇠를 잠근 다음 지하실에 처박아 두었다. 서슬 퍼렇던 도끼는 날이 무뎌진 데

---

* 1852년 링컨은 워드 힐 라몬(Ward Hill Lamon)을 새 파트너로 영입하여 변호사 사무실을 연다. 라몬은 후에 링컨 대통령의 보디가드 역할을 하게 되는 인상적인 인물이다. 링컨은 라몬에게 – 이전의 파트너들과 마찬가지로 – 뱀파이어와 관련된 자신의 과거를 일절 비밀에 부친다.

다가 녹까지 슬어 못쓰게 되었다. 아홉 살 이후 링컨의 얼굴에 드리워져 있던 죽음의 그림자는 마침내 사라진 것처럼 보였다.

1854년 링컨은 클레리스 그로브의 한 친구로부터 잭 암스트롱이 죽었다는 전갈을 받는다. 링컨은 이 소식을 즉시 조슈아 스피드에게 전한다.

스피드! 멍청한 잭이 그까짓 말 하나를 이기지 못하고 세상을 떠났다네.

때 아닌 폭우가 쏟아지던 초겨울 날, 잭은 고집쟁이 말 한 필을 억지로 끌고 길을 가고 있었다네. 한 시간쯤 되었을까? 외팔이인 잭은 비에 흠뻑 젖은 채 길에서 말과 씨름하면서도 다른 사람들에게 도움을 요청하지 않았다는군. 더구나 잭은 코트도 입지 않고 있었대. 말썽꾸러기 말을 어르고 달래면서 겨우 목적지에 도달했을 때 잭은 이미 독감에 걸려 있었다는군. 그 후 잭은 한 주일 동안 고열에 시달리다가 결국 힘없이 죽고 말았대. 그렇게 건강하던 잭이 이렇게 어이없이 죽다니 체면이 말이 아니군, 안 그래? 죽을 고비를 수없이 넘긴 용사가 그렇게 죽다니, 세상에 이보다 믿기지 않는 일이 어디 있단 말인가?

어찌된 일인지 링컨은 암스트롱의 죽음에 대해 절절한 슬픔을 느끼지 않았다. 링컨이 암스트롱의 브음을 듣고 슬퍼한 것은 분명했지만, 이 슬픔은 과거 어머니, 앤, 에디가 죽었을 때 느꼈던 처참한 슬픔과는 종류가 달랐던 것이다. 링컨은 스피드에게 보낸 편지의 말미에서 다음과 같이 말했다.

> 나는 삶과 죽음 모두에 대해 무감각해지는 내 자신이 두려워.

그로부터 4년 후, 링컨은 살인누명을 뒤집어쓰고 법정에 선 암스트롱의 아들 더프의 변론을 맡는다. 물론 무보수였다. 그는 최선을 다해 변호에 임하던 중, 번뜩이는 기지를 발휘하여 무죄판결을 받아내는 데 성공한다.* 이로써 링컨은 용감한 친구에게 마지막 신세를 갚게 된다.

II

오랜 친구였던 잭이 세상을 떠난 바로 그 해, 링컨은 오랜 정치적 라이벌에게 이끌려 정계에 복귀하게 된다.

---

* 한 증인은 보름달 때문에 더프가 살인하는 것을 150피트의 거리에서 똑똑히 볼 수 있었다고 증언했다. 링컨은 역법(曆法)을 동원하여, 사건이 일어났던 날 밤에 달이 뜨지 않았다는 것을 입증함으로써 더프의 무죄판결을 이끌어냈다.

스테펜 A. 더글러스 상원의원과 링컨은 과거 일리노이주 의원 시절부터 잘 알고 지내던 사이였다(더글러스는 한때 메리 토드에게 열렬히 구혼했던 남자이기도 하다). 더글러스는 민주당원이었지만, 오랫동안 '다른 지역으로 노예제를 확대하는 것'을 반대해 왔다. 그러나 1654년 그는 갑자기 입장을 바꾸어 캔사스-내브라스카 법*을 찬성하는 쪽으로 돌아선다. 마침내 5월 30일 프랭클린 피어스 대통령이 캔사스-내브라스카 법에 서명하자, 북부인 수백만 명이 거세게 반발하면서 북측과 남측 사이에 팽팽한 긴장감이 감돌게 된다.

나는 끓어오르는 분노를 도저히 참을 수 없었다. 나의 분노는 물방울이 나무의 뿌리를 향해 끌려가듯, 내 마음 속 깊은 곳으로 스며들었다. 그리고 마침내 내 온몸으로 퍼져 나가면서 강하게 분출했다. 밤이면 수많은 흑인들의 얼굴이 꿈에 나타나 울부짖는다. "링컨 씨, 정의를 지켜 주세요!" 그들은 모두 뱀파이어에게 희생된 사람들이다.

현재 존재하는 노예제만으로도 미국은 충분히 사악한 나라다. 그런데 노예제를 실시하는 지역이 두 배로 늘어난다면 미국은 어떻게 될 것인가? 노예제가 그 더러운 손가락을 서

---

* Kansas-Nebraska Act, 노예제의 파급을 금지하는 연방정부의 권한을 철폐하는 법.

부와 북부로 뻗친다고! 일리노이주에도 노예가 등장할 날이 멀지 않았다. 나는 도저히 참을 수 없다. 나는 이미 정치에서 은퇴한 몸이지만, 동료들로부터 더글러스와의 논쟁에 참여하라는 요청을 받는다면 거절하지 않겠다. 한 맺힌 흑인들의 영혼이 내가 이대로 머물러 있는 것을 용서하지 않는다.

1854년 10월 16일 저녁, 링컨과 더글러스는 일리노이주 피오리아에 모인 수많은 군중 앞에서 물러설 수 없는 한판 승부를 펼친다. 시카고 이브닝 저널의 기자는 링컨의 연설을 듣고 느낀 벅찬 감동을 다음과 같이 묘사했다.

링컨의 얼굴에서 그가 천재임을 암시하는 빛이 번득였다. 연설은 그의 심장에서 나와 군중의 심장 속으로 파고들었다. 그는 설득력 있는 몸짓으로 자신의 생각을 군중들에게 전달했다.

"나는 노예제라는 괴물을 싫어합니다!" 그는 외쳤다. "나는 노예제 자체가 내포하고 있는 괴상망측한 불평등 때문에 노예제를 싫어합니다."

이제껏 유명 연설가들의 연설을 많이 들어보았다. 그들은 청중의 우레와 같은 박수소리와 함께 등장했지만, 군중들의 마음을 바꾸지는 못했다. 그러나 링컨의 연설은 여느 연설가들의 그것과는 차원이 달랐다. 그는 스스로 확신에 찬 어조로 열변을 토함으로써 듣는 사람들이게 확신을 심어 주었다.

"나는 노예제가 국제사회에서 미합중국의 영향력을 깎아 내리기 때문에 노예제를 싫어합니다." 그는 덧붙였다. "미국이 노예제를 유지하는 한, 우리의 경쟁국들은 미국을 위선자라고 조롱할 것입니다!"

그 확신에 찬 어조에서 노예제에 반대하는 그의 확고한 신념을 읽을 수 있었다. 청중들은 그가 – 종교개혁을 이룬 마틴 루터와 마찬가지로 – 어떠한 시련에도 굴복하지 않고 정정당당하게 맞설 것이라고 믿게 되었다. 나는 링컨의 얼굴에서 (어린 시절 교회 주일학교에서 배운) 고대 히브리 예언자의 모습을 보았다.

비록 링컨은 더글러스를 비롯한 민주당 의원들의 기세를 꺾는 데 실패했지만, 이 연설은 링컨의 정치인생에서 중요한 전환점으로 작용한다. 그는 대중 앞에서 노예제(나아가 뱀파이어)에 대한 분노를 표출함으로써 정치무대에 화려하게 복귀한 것이다. 그날 저녁 링컨의 감동적 연설을 들은 사람들은 그가 다시는 정계를 떠나지 않을 것이라는 점을 확신할 수 있었다. 링컨의 연설 내용은 글로 옮겨져 북부 전역에 배프되었고, 이로 인하여 에이브러햄 링컨은 일약 전국적 지명도를 가진 노예제 폐지론자로 부상하게 되었다. 링컨의 연설문은 앞으로 일어날 불길한 일을 예견하고 있었다.

"노예제를 둘러싼 논쟁은 조만간 싸움으로 번져갈 겁니다. 두 진영 사이에 서로 충돌과 폭력이 발생할 가능성이 매우 높습니다. 지금 미국은 민감한 상황에 놓여 있습니다."

메사추세츠주 출신의 찰스 섬너 상원의원은 의식을 잃고 상원 마룻바닥에 엎어져 있었다. 그의 얼굴 아래에는 피가 흥건하게 고여 있었다.

노예제 폐지론자인 섬너 의원은 서른일곱 살의 프레스톤 스미스 브룩스라는 의원에게 공격 받았다. 브룩스는 사우스캐롤라이나 출신의 노예제 찬성론자로서, 섬너 의원이 이틀 전에 있었던 노예제 반대 연설에서 자기의 삼촌을 흉본 것에 대하여 앙심을 품고 있었다. 1856년 5월 22일, 브룩스는 사우스캐롤라이나 출신의 동료 의원인 로렌스 케이트와 함께 섬너의 의원실을 방문했다. 브룩스는 말했다. "섬너씨, 나는 당신의 연설문을 두 번이나 상세히 읽어 보았습니다. 그것은 나의 출신지역인 사우스캐롤라이나와 나의 친척인 버틀러씨를 모독하는 내용으로 가득 찼더군요." 말을 마친 브룩스는 섬너에게 해명할 기회도 주지 않고, 금속 장식이 달린 지팡이 끝으로 섬너의 머리를 수차례 내리쳤다. 지팡이에 맞을 때마다 섬너의 머리에 상처가 하나씩 생겨났다. 상처에서 흘러나온 피가 눈 속으로 들어가면서, 섬너는 중심을 잃고 비틀거리다가 그 자리에 주저앉았다. 브룩스는 의식을 잃은 섬너를 지팡이가 부러질 때까지 계속 때렸다. 비명 소리에 놀란 상원의원들이 섬너를 구하기 위해 달려왔지만 케이트가 그들을 막았다. 케이트는 주머니에서 권총을 빼 들어 휘두르며, "그대로 내버려 둬!"라고 소리쳤다.

섬너는 브룩스의 공격으로 두개골과 척추에 골절상을 입었다. 그는 목숨을 건졌지만, 그후 3년 동안 상원의원직에 복귀하지 못했다. 브룩스의 용맹무쌍한 무용담을 전해들은 사우스캐롤라이나의 주민들은 그에게 수십 자루의 새 지팡이를 보냈다.*

워싱턴은 바보 천치들만 모인 곳이다. 내가 워싱턴을 떠나 있는 건 정말 잘한 일이다. 포가 오래 전에 경고한 것처럼 우리는 대재앙을 눈앞에 두고 있다. 저 멀리 수평선 위에서 시시각각 우리를 향해 다가오고 있는 해적선들의 깃발이 눈에 보이는 듯하다. 설사 그 해적들을 물리치는 방법이 전쟁밖에 없다 하더라도, 나는 이 전쟁을 피하고 싶다. 내 아이들은 건강하고, 내 아내는 행복하게 잘 지내고 있다. 나와 내 가족은 워싱턴으로부터 멀리 떨어져 있다. 나는 가끔씩 연설을 하고, 필요하다면 글을 기고할 수도 있다. 이 정도만으로도 나는 행복하다. 내 야망은 이 '작은 행복'을 지키는 것이다. 나

---

* 브룩스는 이 사건이 있은 후 여덟 달 만에 세상을 떠났다.

는 지난 30여 년 동안 뱀파이어의 하수인으로 일하며 너무 나 많은 것을 잃었다. 이제는 자유롭게 살고 싶다. 하나님이 나에게 허락해 준 여생을 편안하게 보내고 싶다. 만일 내가 누리고 있는 이 평화가 앞으로 다가올 위험의 전주곡에 불과하다면, 나는 더욱 더 이 평화를 즐기고 싶다.

노예제 찬성론자들만 폭력을 쓰는 건 아니었다. 급진적 노예제 폐지론자인 존 브라운은 찰스 섬너가 공격받은 데 격분해, 동료들을 이끌고 캔자스주로 달려가 포타와토미 크리크의 정착민들을 공격했다. 섬너가 공격당한 지 이틀 후인 1856년 5월 24일, 브라운과 그 일당은 찬성론자들의 집에 쳐들어가 남자 다섯 명을 무참히 살해했다. 그 후 브라운 일당은 살해된 시신들을 밖으로 끌어내 칼로 난자하고, 마지막으로 두개골에 총알을 박아 넣었다. 이 사건은 후에 사람들이 '피의 캔자스'라고 부르게 되는 일련의 보복사건 중 맨 처음 발생한 것이었다. 이 폭력사태는 이후 3년 동안 계속되면서 50여 명의 목숨을 앗아갔다.

1857년 3월 6일, 드레드 스콧 사건에 대한 미국 연방대법원의 판결은 상황을 벼랑 끝으로 몰아갔다.

스콧은 예순 살의 노예로서 10여 년 동안 자유를 찾기 위해 법정 투쟁을 벌여 온 인물이었다. 1832년부터 1842년 사이에, 그는 주인인 존 에머슨 소령과 함께 노예제가 없는 미국 북부지역을 돌아다니며 그의 시중을 들었다. 그는 이 기간 동안 결혼을 해서 자식도 하나 낳았다. 1843년 에머슨 소령이 죽자, 스콧은 에머슨의 미망인에게 돈을 줄 테니 자신을 노예 신분에서 벗어나게 해 달라고 청했다. 그러나 에머슨의 미망인은 스콧의 청을 거절하고, 한술 더 떠서 스콧에게 지불할 임금을 떼어 먹었다. 1846년 스콧은 노예제 폐지론자 친구들의 자문을 받아 법원에 소송을 제기한다. 그의 논리는 "노예가 자유지역(노예제가 실시되지 않는 지역)에 발을 들여놓으면 그 즉시 노예의 신분이 상실된다."는 것이었다. 이 사건이 재판에 계류되자 전 미국인들의 시선이 이 사건에 집중되었고, 이 재판은 상고에 상고를 거듭하여 마침내 1857년 연방 대법원에까지 이르게 되었다.

대법원은 7:2로 스콧에게 패소판결을 내렸다. 대법원은 "미국 건국의 아버지들이 헌법 초안을 작성할 때, 그 기본 정신은 '흑인은 열등한 존재로서 백인과 어깨를 나란히 할 수 없다'는 것이었다. 흑인은 미합중국의 시민이 될 수 없으며, 연방법원에 소송을 제기할 수도 없다. 흑인이 가진 유일한 권리는 자신이 끄는 쟁기의 방향을 결정하는 것뿐이다."라고 판결했다.

이 판결은 스콧에게 참담한 결과를 안겨주었지만, 스콧 개인의 문제를 떠나 미국 사회 전체에 매우 중요한 메시지를 던졌다. 요컨대 대법원은 이번 판결문을 통해 미국인들에게 다음과 같이 선언한 것이나 다름없었다.

· 개별 주는 노예제의 실시여부를 결정할 수 있는 권한이 없다. 또 의회가 법을 제정하여 노예제를 제한할 수도 없다.
· 노예와 그 후손은 거주 지역에 관계없이 헌법의 보호를 받지 못하며, 미합중국의 시민이 될 수 없다.
· 주인으로부터 도망쳐 자유의 땅을 밟은 노예는 여전히 옛 주인의 재산이다.

드레드 스콧 판결 이후 올버니 이브닝저널은 대법원, 상원, 제임스 뷰캐넌 신임 대통령을 싸잡아 '노예제 확산의 공범'이라고 비난했다. 특히 뉴욕 트리뷴지는 다음과 같은 사설을 게재해서 많은 북부인들의 공감을 이끌어냈다.

> 이제 성조기가 휘날리는 곳이라면 어디서나 노예제가 실시될 수 있게 되었다. 지금까지 노예제 확산을 막기 위해 애썼던 많은 조상님들, 애국자, 학자, 선량한 시민들의 땀과 피는 모두 물거품이 되고 말았다. 미합중국은 노예를 보유하고 양성하는 야만 국가다!

남부의 민주당 지지자들은 전보다 더욱 의기양양해져서, 조만간 보스턴 코먼*에서 노예 경매를 실시할 수 있을 것이라고 기뻐했다. 공화당 지지자들과 노예제 폐지론자들은 이에 격분하여 남부인들에 대한 반감을 노골적으로 드러냈다. 미합중국은 분열의 위기에 놓였다.

그러나 미국이 실제로 어떤 위기에 빠졌는지 아는 미국인은 거의 없었다.

III

1857년 6월 3일, 링컨은 익숙한 필체로 휘갈겨 쓴 편지 한 통을 받았다. 그 편지에는 링컨이나 그 가족의 건강과 행복을 묻는 인사말은 한 마디도 없었다.

> 에이브러햄,
>
> 지난 3년 동안 편지 한 통 전하지 못한 것을 용서해 주십시오. 또한 이렇게 갑작스럽게 편지를 보내는 것도 용서해 주기 바랍니다. 이곳 상황이 너무 급박하게 돌아가다 보니 그렇게 되었습니다.
>
> 에이브, 당신의 신세를 져야 할 일이 또 하나 생겼습니다. 그 동안 당신이 겪었던 많은 고통과, 당신의 가족에게 끼친 민폐를 생각하면 쥐구멍에라도 들어가고 싶은 심정입니다.

---

*Boston Common, 미국 매사추세츠주 보스턴에 있는 공원. 1634년 문을 연 이래로 미국에서 가장 오래된 공원이다.

그러나 상황이 오죽 심각하면 내가 당신에게 손을 벌리겠습니까? 더구나 당신 말고 이 일을 맡아 줄 사람이 또 누가 있단 말입니까?

당신이 신속히 뉴욕으로 올 수 있도록, 필요한 모든 것들을 이 편지에 함께 동봉하겠습니다. 내 부탁을 들어 줄 의향이 있다면 늦어도 8월 1일까지는 뉴욕으로 와 주십시오. 기타 자세한 내용은 당신이 도착하는 대로 모두 말해 주겠습니다. 그러나 이번에 당신이 내 부탁을 들어 주지 않는다면, 이제 더 이상 당신을 귀찮게 하지 않겠습니다. 이 편지를 받는 즉시 답을 해주기 바랍니다. 그래야 우리도 다른 수단을 찾을 수 있을 테니 말입니다. 친구여, 웬만하면 당신과 다시 뭉칠 수 있게 되기를 바랍니다. 당신에게 꼭 설명해 줘야 할 이야기도 있습니다.

에이브러햄, 지금이야말로 당신이 나서야 할 때입니다.

당신의 영원한 친구,

-H

편지에는 기차와 증기선의 시간표와 현금 500달러가 동봉되어 있었다. 그리고 뉴욕의 한 여관에 A. 러틀리지라는 이름으로 예약된 숙박권도 한 장 들어 있었다.

나는 헨리의 편지를 받고 매우 기분이 언짢았다. 그는 매우 영리했다. 왜냐하면 그는 겉으로는 내게 미안한 척 하면서도, 내가 이번 일에 가담하지 않을 수 없도록 교묘한 유인 장치를 편지 곳곳에 심어 놓았기 때문이다. 그는 나의 자존심에 호소하는 말을 한바탕 쏟아낸 후, 내게 꼭 설명할 것이 있다는 말을 남겼다. 그리고 마지막으로, 나의 감성에 호소하기 위해 내 첫사랑인 앤 러틀리지의 이름으로 여관방을 예약해 놓았다. 치밀한 사람이었다. 그는 내가 가족을 내팽개치고 천 마일이나 되는 머나먼 길을 달려오도록, 넌지시 미끼를 던져 놓고 기다리고 있는 것이다.

하지만 나는 그의 의도를 뻔히 알면서도 부탁을 거절할 수 없었다.

사실 나를 가장 언짢게 하는 것은 헨리의 편지보다도, '헨리의 부탁을 거절 할 수 없게 만드는 이 암담한 현실'이다. '지금이야말로 당신이 나서야 할 때입니다.' 라는 헨리의 말은 옳다. 지금은 진실을 아는 사람이 미합중국을 위해 일을 해야 할 때다. 나는 어렸을 때 나룻배에 몸을 싣고 미시시피 강의 급류를 타고 내려가면서 이런 생각을 한 적이 있다. '지금 내가 겪고 있는 이 모든 고통들은 미래에 보다 큰일을 이루기 위한 밑거름이 될 것이다.' 그러나 나는 장밋빛 미래를 확신할 수 없었기 때문에, 이러한 생각을 아무에게도 말하지 않았다(사실 모든 사람이 자신의 꿈을 이룰 수 있다면 이 세상은 온통 나폴레옹으로 가득 차게 될 것이다).

지금껏 품어왔던 어렴풋한 꿈이 이제야 비로소 형체를 드러내는 것 같다. 그러나 그것이 정확히 무엇인지는 아직 알 수 없다. 천 마일을 달려가서 그 꿈이 무엇인지 확인할 수 있다면, 나는 기꺼이 그 먼 길을 달려가리라. 예전에는 훨씬 사소한 일을 위해 이보다 훨씬 먼 길을 달려가지 않았던가?

링컨이 뉴욕에 도착한 것은 7월 29일이었다. 그는 가족들에게 괜한 의심을 받지 않기 위해(또는 가족과 떨어져 있고 싶지 않아), '뉴욕 구경이나 하자'는 핑계를 대고 메리와 아이들을 데리고 뉴욕 여행을 떠났다.

그러나 링컨은 가족여행 날짜를 단단히 잘못 잡았다.

그 당시 뉴욕은 온통 폭력으로 얼룩져 있었다. 뉴욕 경찰은 그 해 5월 이후 두 패로 갈려 피의 싸움을 벌이느라 치안 따위는 안중에도 없었다. 그러다 보니 뉴욕은 노상강도와 살인자들의 천국이 되어 버렸다. 링컨 가족이 뉴욕에 도착한 것은 뉴욕 역사상 최악의 폭동이 발생한 지 3주가 지난 때였다. 현장에서 폭동을 목격한 사람들은 폭도들이 '초자연적 묘기'를 선보였다고 진술하고 있었다.

링컨은 가족을 데리고 뉴욕의 북쪽으로 거슬러 올라갔다. 이

웃고 미국에서 가장 크고 역동적인 도시의 모습이 링컨 가족의 눈앞에 펼쳐졌다.

> 뉴욕의 실제 모습은 그림에서 봤던 것보다 훨씬 크고 아름다웠다. 하나의 거리를 지나면 그보다 더 크고 멋진 또 하나의 거리가 모습을 나타냈다. 내 생전에 그렇게 큰 건물들은 처음 보았다. 거리에는 마차들이 우글거렸고, 말발굽이 보도의 자갈에 부딪히는 소리와 수백 명의 행인들이 재잘거리는 소리로 도시 전체가 시끄러웠다. 수많은 여성들이 검은 양산을 들고 거리로 쏟아져 나와, 지붕 위에서 보면 땅바닥이 거의 보이지 않을 정도였다. 나는 전성기의 로마나 런던을 연상했다.* 메리는 이런 근사한 구경을 언제 또 해보겠냐며, 최소한 한 달은 머물러야 한다고 고집을 부렸다.

8월 2일 밤, 링컨은 슬그머니 일어나 어둠 속에서 옷을 주섬주섬 챙겨 입고, 잠자는 가족을 뒤로 한 채 몰래 여관을 나섰다. 정확히 11시 30분에 그는 워싱턴 광장을 가로질러 북쪽으로 걸어갔다. 이 모든 행동은 그날 아침 여관 방문 밑으로 미끄러져 들어온 쪽지에 쓰인 지시사항에 따라 이루어졌다. 그는 5번가에서

---

* 뉴욕의 도시 규모가 아무리 컸다고 해도, 1857년 현재 뉴욕의 크기는 런던의 1/4에 불과했다.

2마일쯤 떨어진 44번가 구석의 고아원 앞에서 헨리를 만나기로 되어 있었다.

> 중심가를 지나 변두리로 갈수록 거리는 더욱 어두워지고 인적이 드물었다. 커다란 빌딩들은 어느덧 줄줄이 늘어선 2층 가정집들로 바뀌고, 가정집 창가에서는 불빛 하나 새어 나오지 않았다. 길거리에는 한 명의 신사도 보이지 않았다. 매디슨 스퀘어 공원을 지나자 신축중인 건물의 뼈대*가 유령처럼 나타났다. 텅 비어 황량한 거리는 적막 속에 잠겨 있었다. 나는 문득 '내가 뉴욕에 살아남아 있는 유일한 사람이 아닐까?' 라는 착각에 빠졌다. 그때 적막을 깨고 보도를 밟는 발자국 소리가 들려 왔다.

링컨은 어깨 너머로 시선을 돌렸다. 어느새 세 명의 사내가 그의 뒤에 바짝 달라붙어 걷고 있었다.

> '어떻게 사람들이 이렇게 바짝 다가오도록 인기척 하나 느끼지 못했을까?' 나는 위협을 느껴서 오던 길을 다시 돌아 워싱턴광장 쪽으로 진로를 바꿨다. 그쪽은 길가에 가스등이 많이 켜 있고 사람도 많은 곳이라 안전할 것 같아서였

---

* 아마도 1859년에 완공된 5번가 호텔(Fifth Avenue Hotel)을 가리키는 듯하다.

다. 약속시간에 좀 늦더라도 헨리는 내 입장을 이해해 줄 것 같았다.

나는 무기를 갖고 나오지 않은 것을 후회했다. '이럴 때 경찰은 전혀 믿을 게 못 된다. 뉴욕의 신사들이 밤길에 강도를 당한다는 사실을 잘 알면서도 무기를 두고 나오다니, 큰 실수다.' 나는 내 자신을 꾸짖으면서 급히 왼쪽으로 몸을 틀어 34번가로 들어섰다. 나를 뒤따르던 발자국 소리도 나를 따라 곧바로 방향이 바뀌었다. 이제 그들이 나를 추격하고 있다는 것은 더 이상 의심할 여지가 없었다. 나는 거의 뛰듯이 걸었다. 그들 역시 발걸음이 빨라졌다. '브로드웨이까지만 가면 된다.'

그러나 상황은 링컨의 뜻대로 되지 않았다. 추격자들의 발걸음이 더욱 빨라졌던 것이다. 링컨도 이에 뒤질세라 속도를 높였다. 링컨은 그들을 따돌리기 위해 좌측으로 돌아, 앞에 보이는 두 개의 건물 사이로 힘껏 달렸다.

내 다리는 아직 쓸 만했다. 그러나 내가 아무리 빨리 달려도 그들은 곧 나를 따라잡았다. 더 이상 달아날 가망이 없다고 판단한 나는 갑자기 뒤로 돌아서며 그들에게 주먹을 날렸다.

링컨의 나이는 어느덧 오십을 바라보고 있었다. 더욱이 그는 무기도 갖고 있지 않은데다가, 최근 15년 동안 싸워 본 경험이 한 번도 없었다. 링컨은 추격자 세 명에 맞서 한동안 주먹을 날리며 싸울 수 있었다. 하지만 결국 나이는 속일 수 없었다. 추격자 중 한 명이 카운터펀치를 날려 링컨을 쓰러뜨렸다. 링컨은 완전히 정신을 잃었다.

잠시 후 눈을 떠 보니 나는 머리에 두건이 씌워진 채 마룻바닥에 누워 있었다. 등 밑에서는 연신 삐거덕거리는 소리가 났는데, 아마도 마차바퀴가 굴러가는 소리 같았다. '대체 여기가 어디지? 나는 어디로 실려 가는 거지?' 나는 주위를 두리번거렸다.

"벌써 깨어났군. 이거 안 되겠는데. 다시 한 번 보내버려." 어둠 속에서 낯선 목소리가 들렸다. 곧이어 날카로운 통증이 머리에 느껴지더니, 눈앞에서 별이 반짝거렸다. 그리고 나는 또다시 정신을 잃었다.

"정말 미안하게 됐습니다." 낮익은 목소리가 들렸다. "하지만 우리가 있는 곳을 인간들에게 알려 줄 수는 없었습니다. 물론 당신도 예외가 될 수는 없죠."

그것은 헨리의 목소리였다.

헨리는 내 얼굴을 가리고 있던 두건을 벗겨 주었다. 그제야 나는 거대한 연회장의 한복판에 누워 있다는 것을 알 수 있었다. 천정의 높이는 30피트쯤 되어 보였는데, 아득한 천정을 보니 눈앞이 아른거리고 머리가 지끈거렸다. 사방에 검붉은 커튼이 길게 드리워져 있고, 샹들리에가 연회장 내부를 은은하게 밝혀 주고 있었다. 많은 대리석 조각품과 금빛 가구들이 연회장 전체를 장식하고 있었고, 잘 닦인 검은색 마룻바닥은 마치 유리알처럼 반짝거렸다. 이 정도 규모와 아름다움이라면 어디에 내놔도 손색이 없는 최고의 연회장이라고 할 수 있었다.

헨리 뒤에는 나이와 체격이 각기 다른 남자 세 명이 있었다. 그들은 거대한 대리석 벽난롯가에서 서로에게 몸을 기대고 서 있었다. 그들은 경멸 가득한 눈빛으로 나를 쏘아보고 있었는데, 나는 직감적으로 그들이 나를 습격한 자들이라는 것을 알아차릴 수 있었다. 벽난로 앞에는 긴 소파 한 쌍이 마주 놓여 있고, 소파 사이에는 낮은 테이블이 하나 있었다. 테이블 위에 놓인 은빛 찻잔세트는 난로의 불빛을 반사해 천정과 벽에 기묘한 모양의 무늬를 새겨놓고 있었다. 왼쪽 소파에는 왜소한 체구의 노신사가 찻잔을 손에 들고 앉아 있었다. 나는 그를 전에 어디선가 본 적이 있다고 생각했지만, 아직 정신이 개운치 않은 상태라서 그가 누군지 정확히 기억할 수 없었다.

정신을 차리고 보니, 그 방에는 신사들이 스무 명 더 있었다. 그들은 방의 이곳저곳에 흩어져 있었는데, 일부는 내 뒤에 서 있었고, 일부는 벽 쪽에 있는 등 높은 의자에 앉아 있었다. 그들은 하나같이 위를 쳐다보거나, 방 언저리의 후미진 곳에서 바닥을 내려다보고 있었다. 아마도 그들은 자신의 얼굴을 내게 드러내고 싶어 하지 않는 것 같았다.

"에이브!" 헨리는 링컨의 이름을 부르며 왜소한 노신사 맞은편에 앉으라는 시늉을 했다.

내가 움직일 기미를 보이지 않자, 헨리는 – 내 심사를 눈치 챈 듯 – 나를 습격했던 세 사내들에게 뒤로 물러나라고 손짓을 했다. 그들이 난롯가에서 사라지자 헨리는 "이제 아무도 당신에게 손대지 못하게 하겠습니다."라고 나를 안심시켰다. 그제야 나는 소파로 가서 노신사의 건너편에 자리를 잡고 앉았다. 오른손을 소파에 기대고 왼손으로는 뻣뻣한 뒷목을 주무르며 노신사를 바라보았다. 매우 낯익은 얼굴이었지만, 어디서 만난 사람인지 도무지 생각이 나지 않았다.

"저 친구들은 뱀파이어입니다." 헨리가 나를 습격했던 자들을 가리키며 말했다(그들은 이제 벽 쪽으로 물러나 자리를 잡고 앉아 있었다).

"나도 알고 있어요." 링컨이 대답했다.

"저 사람들도 모두 뱀파이어죠." 헨리는 이번에는 연회장 전체를 빙 둘러 가리키며 말했다. "우리는 모두 인간의 피를 빨아야 하는 운명을 갖고 태어난 '저주받은 피조물' 입니다. 하지만 이 중에는 당신 말고도 또 한 명의 인간이 있죠. 그 분은 바로…수어드 씨입니다."

'수어드?'

윌리엄 수어드 상원의원은 전 뉴욕 지사로서, 의회에서 노예제 폐지에 앞장섰던 인물 중의 하나였다. 그는 1860년 대통령 선거에서 공화당의 대통령 후보로 나서리라 예정되어 있었다. 그와 링컨은 9년 전 뉴잉글랜드에서 처음 만나 재커리 테일러*를 대통령으로 당선시키는 데 큰 도움을 준 적이 있었다.

"다시 만나게 되어 영광이네, 링컨!" 수어드는 손을 내밀었다.

"저도 마찬가집니다, 수어드 의원님." 링컨은 수어드의 손을 잡았다.

"수어드 의원님의 명성은 익히 들어서 알고 있겠죠?" 헨리가 물었다.

---

* Zachary Taylor, 육군 중위로서 영미전쟁, 인디언 토벌, 멕시코전쟁에서 용맹을 떨쳐 '노련하고 준비된 지휘관(Old Rough and Ready)' 이라는 별명을 얻었다. 1848년 대선에서 휘그당 후보로 제12대 미국 대통령에 당선되었다.

"그럼요, 알고말고요."

"그럼 수어드 의원님이 차기 대통령 후보로 거론되고 있다는 것도 알고 있겠군요."

"당연하죠."

"그럼 수어드 의원님께서 그 동안 당신만큼이나 많은 뱀파이어를 사냥했다는 사실은 알고 있습니까?" 헨리가 물었다.

링컨은 갑자기 입이 떡 벌어지는 것을 막으려고 입술을 지그시 깨물었다. '책 읽는 것밖에 모르고 늘 특권의식에 사로잡혀 있는 수어드 의원이 뱀파이어 헌터라고? 더구나 저 작은 체구로? 그럴 리가…'

"오늘 밤 우리가 이 자리에서 만난 것은 하나님의 계시 때문이라고 생각합니다." 헨리가 말했다.

"내가 오늘 밤 당신을 부른 이유는 내 동료들이 당신의 솜씨를 보고 싶어 했기 때문입니다. 나는 지난 몇 년 동안 당신 자랑을 많이 했죠. 내 동료들은 당신이 우리의 숙원을 해결해 줄 능력이 있는지를 직접 확인하고 싶어 합니다. 당신에게 보다 큰일을 맡기기 전에 당신의 능력을 판단하겠다는 거죠."

'내 능력을 어떻게 평가하겠다는 거지? 내가 능숙하게 자기들의 목을 베는 것이라도 보고 싶단 말인가?'

"링컨 씨, 당신이 생각하는 것보다 더 좋은 방법이 있을 거요." 어둠 속에서 한 남자가 우렁차게 말했다.

몇몇의 껄껄거리는 웃음소리가 방 안에 퍼졌다. 헨리는 손짓으로 웃음소리를 그치게 했다.

"당신의 능력은 이미 증명되었습니다." 헨리가 방 안을 거닐며 말했다. "당신이 이 방으로 옮겨지는 순간, 내 동료들은 이미 당신의 과거와 현재를 평가하고 당신의 마음을 꿰뚫어 보았습니다. 당신에게 능력이 있다는 판단이 서지 않았다면, 당신이 기절에서 깨어나 '우리 팀' 의 일원이 되도록 놔두지 않았을 겁니다."

"'우리 팀' 이라…" 링컨이 말했다. "뱀파이어들 사이에는 동맹을 맺지 않는 걸로 알고 있는데요?"

"적들이 동맹을 맺어 우리를 공격하는 긴급한 상황에서는 뱀파이어들도 동맹을 맺는답니다. 우리의 적들이 살아 있는 인간들과 동맹을 맺었기 때문에 우리도 그렇게 하는 것뿐이죠. …에이브러햄, 지금 우리 코앞엔 전쟁이 닥쳐왔습니다." 헨리가 갑자기 발걸음을 멈추며 말했다.

"그것은 인간 사이의 전쟁이 아닙니다. 그러나 그 전쟁으로 피를 흘리게 되는 것은 결국 인간입니다. 이것은 인간의 자유와 관련된 전쟁이기 때문이죠."

"우리는…," 그는 계속해서 말했다.

"기필코 이번 전쟁에서 이겨야 합니다."

이제 링컨 주변에 있었던 뱀파이어들은 모두 사라졌다. 소파에 앉아 차를 마시던 수어드 의원도 자취를 감췄다. 방 안에는 링컨과 헨리 둘밖에 없었다.

"우리 뱀파이어들 중에는 어둠 속에 그대로 머물러 있기를 바라는 종족이 있습니다. 그들은 인도주의 정신을 지닌 종족으로서, 현재의 삶에 만족합니다. 가능한 한 평화롭게 인간과 공존하면서, 배고픔을 정 참을 수 없을 때 병든 사람과 악한 사람들만을 골라 살인을 합니다. 그러나 이와 반대되는 종족도 있습니다. 그들은 자신을 '양떼 속에서 군림하는 사자' 라고 생각하며 인간을 업신여깁니다. 그들은 인간을 피해 어둠 속에 숨어 있을 필요가 없다고 생각합니다.

미합중국이 건국되기 오래 전부터 뱀파이어 종족 간 갈등은 존재했습니다. 그것은 '인간과 공존하기를 원하는 종족' 과 '인간을 가축처럼 사육하기를 원하는 종족' 간의 갈등이었습니다."

링컨은 이제야 비로소 '에이브러햄, 우리를 모두 똑같은 뱀파이어로 보지 말아요.' 라는 헨리의 말을 이해할 수 있을 것 같았다.

"지난 오십 년 동안 우리는 뱀파이어 종족 간의 전쟁을 막으려고 온갖 노력을 다했습니다. 내가 당신을 보내 처치했던 뱀파이어들은 뱀파이어의 종족 전쟁을 선동하는 극렬분자들이었습니다. 지금까지는 당신이나 수어드 의원 같은 뱀파이어 헌터들의 노력 덕분에 전쟁이 일어나지 않았습니다. 그러나 우리의 노력은 한계에 부딪치고 말았습니다. 우리는 더 이상 전쟁을 막을 수가 없게 되었습니다. 급기야는 4주 전 뉴욕의 거리에서 사상 최초의 뱀파이어 전쟁이 일어나고 말았습니다."

'이상한 패싸움…초자연적 묘기…'

"우리의 적은 매우 교활합니다." 헨리가 말했다. "그들은 자기 욕망을 남부 사람들의 목표인 것처럼 포장하는 데 성공했습니다. 노예제도의 존속을 원하는 인간들과 동맹을 맺은 거죠. 그러나 남부 사람들은 뱀파이어에게 속았다는 것을 알아야 합니다. 흑인들은 첫 번째 희생물일 뿐이죠. 적들의 다음 목표는 모든 미국인들입니다. 에이브러햄, 만일 우리가 이번 전쟁에서 패배한다면 미국의 모든 남자, 여자, 심지어 어린이들까지 뱀파이어의 노예가 되고 말 겁니다."

링컨은 구역질이 날 것 같았다.

"친구여, 우리는 이번 전쟁에서 반드시 이겨야 합니다. 우리가 동맹을 맺은 것도 바로 그 때문이죠. 우리는 인간의 권리를 믿는 뱀파이어입니다." 헨리는 힘주어 말했다. "당신과 우리는 이제 하나가 되었습니다. 자, 여기 당신을 위한 계획이 하나 있습니다."

제3부

대통령

ABRAHAM LINCOLN VAMPIRE HUNTER

10
분열된 나라

"한 집이 서로 싸워 갈라지면, 그 집은 일어설 수 없습니다." 나는 노예와 자유인이 반반씩 뒤섞인 나라는 영원할 수 없다고 생각합니다. 나는 의회가 분열되고 미합중국이 해체되는 것을 원치 않습니다. 나는 미국의 분열이 종식되기를 기대합니다. 미국은 어떠한 형태로든 하나가 되어야 합니다.

– 에이브러햄 링컨, 공화당 상원의원 후보 수락연설 중에서
1858년 6월 16일

I

1861년 2월 23일 새벽 동트기 전, 키 큰 남자가 망토를 걸치고 볼티모어 & 오하이오 철도역의 플랫폼에 모습을 드러냈다. 정규 열차가 도착하려면 아직 열 시간이나 남아 있었기 때문에, 이 시간에 그가 나타날 거라고는 아무도 짐작하지 못했다. 곧이어 중무장한 사내들이 나타나 그를 호위하며 특별 열차에 태웠고, 육중한 열차 문이 '쿵' 하고 닫혔다. 너무도 순식간에 벌어진 일이

라 남자는 플랫폼 바닥에 미처 발을 디딜 틈도 없었다. 열차 안에 쳐진 검은 커튼 뒤에서는 보디가드 두 명이 남자를 기다리고 있었다. 언제 나타날지 모르는 적의 도발에 대비하기 위해 그들은 리볼버 권총의 안전장치를 풀었다. 커튼 밖에서는 제 3의 인물이 기관사 옆에 자리를 잡고 앉아, 워싱턴 디씨의 어두컴컴한 거리를 노려보고 있었다. 그는 만에 하나 있을지도 모르는 위험에 대비해 전방을 주시하는 중이었다. 이처럼 철통같은 경호는 남자가 투숙한 호텔에서도 계속되었다. 경호원들은 그들의 '귀중한 화물'을 호텔 침대로 안전하게 배송하기 위해, 자신들의 승낙 없이는 아무도 호텔방에 출입할 수 없도록 통제했다. 호텔 맞은편 건물의 옥상에서는 한 사내가 호텔방의 창문을 향해 총구를 겨누고 있었다. 그의 임무는 창문을 통해 호텔 방으로 침투하는 적을 사살하는 것이었다.

이상과 같이 사상 유례 없는 '초특급 경호작전'을 계획한 인물은 헨리 스터지스였다. 그의 판단이 옳다고 입증되기까지는 오랜 시간이 필요하지 않았다.

왜냐하면 에이브러햄 링컨 대통령 당선자는 방금 전 발생한 최초의 암살기도 사건을 모면했기 때문이다.

운명적인 뉴욕 방문을 마치고 돌아온 1857년 후반, 링컨은 스

테펜 더글러스와 상원의원 자리를 놓고 맞대결을 펼치겠다고 폭탄선언을 한다. 그가 자신의 지지자들에게도 알리지 않고 이 같은 폭탄선언을 한 이면에는 다음과 같은 비밀편지가 도사리고 있었다.

에이브러햄,

9월 13일에 보낸 편지에서 당신도 언급한 바 있지만, 우리는 당신이 더글러스와 상원의원자리를 놓고 맞대결을 펼칠 것을 제안합니다. 알다시피 더글러스는 적들에게 농락당하고 있는 인물들 중 하나입니다. 이번 선거의 결과에 대해 걱정하지 마십시오. 당신은 고비 때마다 당신의 연설능력을 활용하여 노예제 폐지의 정당성을 강력하게 주장하기만 하면 됩니다. 우리는 이번 선거의 승패와 관련 없이, 상원의원 출마가 우리의 대의명분을 쌓는 데 큰 도움이 될 것으로 판단하고 있습니다. 에이브러햄, 당신 스스로 자신의 능력을 믿는 것이 중요합니다. 이번 선거가 우리의 궁극적 목표 달성에 큰 도움이 된다는 것을 잊지 마십시오.

당신의 영원한 친구,

– H

추신: 마태복음 12장 25절*

1858년 6월 16일, 링컨은 그 유명한 '분열된 집' 이라는 연설을 통해 공화당의 상원의원 후보지명을 수락한다. 그는 이 연설에서 더글러스(당시 현직 상원의원)를 '노예제를 미국 전체에 퍼뜨리려는 음모세력의 하수인' 이라고 비난한다. 그는 '뱀파이어' 라는 말을 명시적으로 사용하지는 않았지만, '불순한 의도를 가진 세력들이 인도주의자들을 해치기 위해 동맹을 맺었다.' 고 말함으로써, 남부인과 뱀파이어의 결탁을 우회적으로 비판했다.

링컨과 더글러스는 8월 21일부터 10월 15일까지 2개월 동안 일리노이주 전체를 순회하며 일곱 번의 토론회를 가졌는데, 그 중에는 일만 명이 넘는 청중이 모인 경우도 있었다. 그들의 토론은 세간의 관심을 끌어 모으면서 신문을 통해 미국 전역에 알려졌고, 두 사람은 전국적인 유명인사가 됐다. 더글러스는 링컨을 급진적 노예 폐지론자로 몰아세우며, 노예가 해방되면 흑인들이 거리로 쏟아져 나와 일리노이주를 난장판으로 만들 거라고 시민들을 선동했다. 또한 흑인들이 백인들의 뒷마당을 점령하고, 흑인 남성이 백인 여성과 결혼하는 비극이 발생할 거라며 공포감을 조성했다.

흑인들이 당신들과 동등하게 선거권을 갖고, 관직에 취임

---

* 스스로 분쟁하는 나라마다 황폐하여질 것이요, 스스로 분쟁하는 동네나 집마다 서지 못하리라.

남북전쟁이 발발하기 전, 조지아주 애틀랜타 시에 있는 한 노예경매회사 앞에서 부부로 보이는 한 남녀가 포즈를 취하고 있다. 검은 안경을 쓴 남성은 뱀파이어가 확실하며, 여성 또한 뱀파이어로 보인다.

> 하고, 법관이 되어 당신들을 심판하는 자리에 오르기를 원한다면 링컨과 흑인 공화당을 지지하십시오. 링컨과 공화당은 흑인들에게 시민권을 줘야 한다는 터무니없는 주장을 늘어놓고 있습니다!

링컨은 더글러스의 '비관적 운명론'을 명쾌한 '도덕적 진실론'으로 맞받아쳤다. 여기에는 - 링컨이 인정하든 말든 - 아버지 토머스 링컨에게서 받은 침례교식 가정교육이 큰 영향을 미친 것으로 보인다.

> 나는 '흑인과 백인은 많은 점에서 동등하지 않다.'는 더글러스 의원의 말에 동의합니다. 피브색깔이나 도덕적, 교육적 측면에서 흑인과 백인 간에 차이점이 있다는 것은 분명한 사실입니다. 그러나 '자기 자신의 노력으로 돈을 벌 권리', 그리고 '자기가 번 돈으로 남의 눈치를 보지 않고 마음대로 빵을 사먹을 권리'라는 관점에서 보면, 나 링컨이나, 더글러스 의원이나, 여기 모인 여러분들이나, 흑인들은 모두 똑같습니다.

링컨은 더글러스가 뱀파이어의 하수인*이라는 사실을 공개적으로 밝힐 수 없는 현실이 너무나 안타까웠다. 일리노이주 찰스턴 시에서 개최된 토론회를 마치고 호텔에 돌아온 링컨은 당시에 느꼈던 좌절감을 다음과 같이 적어 내려갔다.

---

* 더글러스가 여러 경로를 통해 뱀파이어와 밀접한 관련을 맺고 있었던 것은 사실이지만, 그가 '뱀파이어가 흑인뿐만 아니라 모든 인간을 지배하려고 한다.'는 사실을 알고 있었는지는 분명치 않다.

오늘따라 유난히 '노예를 평등하게 대하는 것은 비도덕적이다!' 라거나 '미국은 백인의 나라다!' 라고 쓰인 피켓이 많이 눈에 띄었다. 나는 토론장에 모인 군중 속에서 수많은 어리석은 자들을 발견한다. 그들은 자신들이 옹호하는 '도덕'이 도대체 무엇을 의미하는지도 모른다. 그들은 하나님을 믿는다고 말하면서도, 실제로는 하나님을 욕되게 하고 있다. 크리스천이 노예제를 전파하고, 노예 주인이 도덕을 논한다는 것이 말이 되는가? 그것은 술주정뱅이가 금주를 주장하고 매춘부가 정숙함을 주장하는 것과 다를 바 없다.

노예제를 찬성하는 사람들은 스스로 자기 무덤을 파고 있다. 나는 그들에게 진실을 말해 주고 싶은 충동을 느낀다. 노예제를 지지하는 것은 뱀파이어의 계략에 말려드는 것이라고, 뱀파이어는 흑인뿐만 아니라 모든 인간을 지배하려 한다고… 뱀파이어 이야기를 들은 군중들이 어떤 반응을 보일지 눈에 선하다. 아마도 그들은 공포에 질려 까무러치고 말 것이다. 나는 군중들 앞에서 더글러스를 가리키며 "뱀파이어의 하수인!"이라고 폭로하고 싶다. 더글러스는 인간을 배반한 반역자다. 더글러스와 뷰캐넌은 자신들이 옹호한 뱀파이어에게 언젠가는 뒤통수를 맞고 사슬에 묶이게 될 것이다.

심한 좌절에 몸부림치던 링컨은 마침내 10월 15일의 마지막 토론회에서, 뱀파이어의 위협을 암시하는 발언을 하고야 만다.

그 동안의 토론회에서 더글러스 의원과 내가 미처 말씀드리지 못한 진실을 한 가지 밝히고자 합니다. 그것은 '선과 악의 투쟁은 이 세상 어디에서나 끊임없이 벌어지고 있으며, 미국의 경우도 예외는 아니다.' 라는 것입니다. 선과 악은 태곳적부터 서로 얼굴을 맞대고 전해져 내려온 상반된 원칙이며, 둘 간의 투쟁은 영원히 계속될 것입니다. 선은 인간의 보편된 권리이며, 악은 지배자들만의 신성한 권리입니다.

링컨은 더글러스와 벌인 2개월간의 논쟁을 통해 일리노이주와 미국 북부에서 노예제 반대세력을 규합하는 데 성공한다. 그러나 미국의 연방 상원의원은 주의회에서 선출되는데, 불행하게도 1858년 당시 일리노이주 의회의 다수당은 민주당이었다. 따라서 스프링필드의 민주당(보다 정확하게 말하면 뱀파이어 옹호세력)은 스테펜 더글러스를 워싱턴에 입성시킨다. 이로써 재선에 성공한 더글러스는 6년의 시간을 더 벌게 되었다. "앞으로 6년을 더 뱀파이어에게 농락당해야 한다니!" 링컨은 수 년 만에 다시 우울증이 도져 고통을 받는다.

나는 억압받는 자들의 권리를 더변하는 데 실패했다. 나는 정의를 부르짖는 그들의 외침을 반영하지 못했다. 나는 자유를 사랑하는 국민들의 기대에 부응하지 못했다. 헨리가 그토록 자랑스럽게 내세우던 목표란 것이 고작 이 정도란 말인가?

그러나 링컨의 우울증은 오래가지 않았다. 상원의원 선거에서 패배한 지 사흘 만에, 링컨은 헨리로부터 다음과 같은 짤막한 편지를 받는다.

> 이번에는 패배했지만, 우리는 목적을 달성한 것으로 평가하고 있으니 실망하지 마십시오. 우리의 계획은 차질 없이 수행될 겁니다. 잠시 푹 쉬면서 우리의 다음 연락을 기다리기 바랍니다.

II

최근 몇 년 동안 링컨은 소일거리 삼아 극장에 가는 취미가 생겼다. 링컨은 뮤지컬과 오페라도 좋아했지만, 가장 좋아하는 것을 꼽으라면 단연코 연극이었다(희극인지 비극인지는 별로 중요하지 않았다). 그는 배우들이 대사를 전달하는 방식과, 그들이 대사에 덧붙이는 동작에 깊은 관심을 가졌다. 그는 배우들을 매우 높이 평가했는데, 왜냐하면 그 자신이 연설가로서 수천 명의 청중 앞에 설 때 느끼는 긴장감을 누구보다도 잘 알고 있기 때문이었다. 링컨은 특히 셰익스피어의 희곡이 연극으로 상연되는 것을 가장 좋아했다.

바람이 심하게 부는 2월의 어느 날 저녁, 나는 선거 패배 때문에 쌓인 스트레스도 풀 겸 해서 메리와 함께 《줄리어스 시저》 공연을 관람하러 갔다. 마침 친애하는 윌리엄 제인 시장이 4인용 귀빈실을 빌려 주었다.

링컨은 이날 밤 법률 파트너인 윌리엄 힐 라몬과 그의 부인 안젤리나(당시 34세)를 초청해서 함께 연극을 관람했다. 그날의 공연은 - 링컨의 생각에 의하면 - 의상과 배경은 근사했으나, 1막에서 대사 한 줄이 틀렸다는 것이 문제였다.

나는 불쌍한 예언자가 시저에게 예언을 하는 순간 하마터면 큰 웃음을 터뜨릴 뻔했다. 그는 시저에게 "4월을 조심하십시오."*라고 말했던 것이다. 그러나 신기하게도 그 많은 관객 중에서 틀린 대사를 지적하는 사람은 한 사람도 없었다. 명색이 전문배우라는 사람이 어떻게 대사를 틀릴 수가 있단 말인가? 내가 잘못 들었던 걸까?

《줄리어스 시저》 3막 2장에는 안토니우스가 시저의 시체를 내

* 본래는 "Beware the Ides of March"로, "3월 15일을 조심하십시오."이다.

려다보며 읊조리는 명대사가 나온다.

> 친구여, 로마인이여, 동포들이여, 내 말을 들어주십시오.
>
> 나는 시저를 땅에 묻으러 온 것이지, 그를 찬양하러 온 것이 아닙니다.
>
> 사람들이 저지른 악행은 그들이 죽은 후에도 살아남지만,
>
> 선행은 종종 그들의 뼈와 함께 묻히곤 합니다…

링컨은 젊은 배우의 감동적인 대사에 눈시울을 적셨다.

나는 지금까지 안토니우스의 대사를 수도 없이 반복해 들으며, 셰익스피어의 천재성에 감탄하곤 했다. 그러나 나는 오늘에야 비로소 한 재능 있는 젊은 배우를 통해 그 대사의 진실한 의미를 깨닫게 되었다. "여러분은 한때 시저를 사랑했고, 그럴 만한 이유도 있었습니다." 그는 대사를 계속했다. "그렇다면 지금은 무슨 이유로 그를 애도하지 못한단 말입니까?" 배우는 이 대목에서 돌연 대사를 중단하고, 무대 위에서 객석을 향해 뛰어내렸다.

"참 특이한 해석인데?" 관객들은 어리둥절해 하면서도 재미있다는 표정으로 배우를 계속 쳐다보았다. 배우는 깡충깡충 뛰어 귀빈실 쪽으로 오더니, 귀빈실 문을 열고 안으로 들어왔다. 나는 가슴이 철렁 내려앉았다. 그 배우가 나를 이용

하여 깜짝 이벤트를 벌이려 한다는 생각이 퍼뜩 들었기 때문이다. 사실 과거에도 이와 비슷한 경험이 몇 번 있었다. 사회적 저명인사가 되다 보면 이런 일은 흔히 있을 수 있는 법이지만, 나는 그때마다 적잖은 당혹감에 휩싸이곤 하였다.

링컨이 염려했던 대로, 젊은 배우가 귀빈실에 들어서자 객석에서는 가벼운 웃음과 박수갈채가 터져 나왔다. 배우가 링컨의 뒤편으로 가 서자, 배우의 동선을 따르던 객석의 모든 눈들이 일제히 링컨 일행에게 집중되었다. 링컨은 다음에 생길 일이 무엇인지를 예감하며 쑥스럽게 웃었다. 그러나 링컨의 예상을 깨고, 배우는 잠시 멈췄던 대사를 계속 이어나갈 뿐이었다.

"오, 정의의 신이여!" 그는 부르짖었다. "당신은 잔인한 야수에게 도망쳐 버렸고, 사람들은 이성을 잃고 말았습니다." 대사가 끝나기가 무섭게, 배우는 품속에서 리볼버 권총을 꺼내 안젤리나의 뒤통수에 대고 방아쇠를 당겼다. 나는 총소리에 깜짝 놀라면서도 - 이 모든 것이 연출된 상황이라고 생각하며 - 웃음을 터뜨렸다. 그러나 그녀의 옷에 튄 핏자국과, 그녀가 의자에 앉은 채 앞으로 고꾸라지는 것을 보는 순간, 나는 이것이 실제상황이라는 것을 깨달았다. 그녀의 귀와 콧구멍에서 피가 용솟음쳤다.

메리의 비명소리에 객석은 아수라장이 되었다. 관객들은

넘어진 관객들을 짓밟으며 앞 다투어 홀 뒤편으로 도망치기 시작했다. 라몬이 안젤리나의 머리를 받쳐 들고 정신차리라고 소리치는 동안, 나는 코트에서 칼을 꺼내 살인자를 향해 달려들었다(나는 마침 '연맹' 동지들과 모임이 있어서 칼을 휴대하고 있었다). 살인자가 메리를 향해 권총을 겨누는 순간, 나는 그의 목과 어깨 사이의 근육에 힘껏 칼을 꽂았다. 내 기습 공격을 받은 살인자는 끝내 방아쇠를 당기지 못하고 권총을 떨어뜨렸다. 나는 살인자의 몸에서 칼을 빼낸 다음, 다시 한 번 칼을 휘둘렀다. 그러나 내 칼이 그의 몸에 닿기도 전에, 세상이 한 바퀴 빙그르르 돌아가는 느낌이 들었다.

살인자가 링컨의 다리에 로우킥을 날리자, 링컨은 바닥에 거꾸러지며 손에 잡았던 칼을 놓쳤다. 링컨은 왼쪽 다리에서 이상한 통증이 느껴져 아래를 내려다보았다. 무릎을 접질리는 바람에, 링컨의 다리는 앞으로도 뒤로도 굽힐 수 없게 옆으로 엉거주춤 뒤틀어져 있었다.

나는 통증 때문에 제대로 싸울 수가 없었다. 나의 이런 모습을 본 라몬이 아내를 의자에 기대어 놓고 싸움을 거들었다. 라몬은 주머니에서 권총을 꺼냈다. 그러나 그가 미처 총을 겨누기도 전에 살인자는 라몬의 얼굴에 강력한 펀치를 꽂았다. 라몬은 이가 부러지고 턱뼈가 돌아갔다.

'빌어먹을 뱀파이어 자식…'

메리는 끔찍한 장면에 기가 질린 나머지, 일찌감치 실신해서 좌석 옆 바닥에 쓰러져 있었다. 라몬은 비틀거리며 뒷걸음질 치다가 좌석의 난간에 몸을 기대고는, 양손으로 자신의 턱을 잡고 어긋난 턱뼈를 바로잡으려 안간힘을 쓰고 있었다. 뱀파이어는 권총을 들어 라몬의 머리를 겨누었다. '탕' 소리와 함께 라몬의 깨진 두개골 조각이 난간 위를 날아, 주인 없는 좌석 위로 떨어졌다. 라몬은 그 자리에서 즉사했다. 다음으로 뱀파이어는 바닥에 쓰러진 메리에게 총을 겨눴다. 그러고는 내 간절한 애원에도 불구하고, 잠들어 있는 그녀의 가슴에 총탄을 발사했다. 그녀는 영원히 깨어나지 않았다.

마지막으로 뱀파이어는 내게 다가와, 무방비 상태로 쓰러져 있는 내 모습을 물끄러미 내려다보았다. 이윽고 그는 권총을 들어 내 머리를 겨눴다. 순간 그의 눈과 내 눈이 마주쳤다.

그것은 헨리의 눈이었다.

"독재자의 끝은 이렇게 –"

뱀파이어의 마지막 소리는 총소리에 묻혀 버렸다.

링컨은 자지러지게 놀라며 잠에서 깨어났다.

그는 침대 위에서 벌떡 일어나 앉아 두 손으로 얼굴을 감쌌다.

그가 손으로 얼굴을 가린 모습은 까마득히 오랜 옛날, 그의 아버지가 악마와 거래를 하던 날 밤의 모습과 똑같았다. 그날 밤 잭 바츠는 링컨으로부터 어머니를 빼앗아갔다.

링컨은 자리에서 일어나 집안 구석구석을 확인해 보았다. 메리는 그의 곁에서 평화롭게 잠들어 있었고, 아이들 역시 침대에서 안전하게 자고 있었다. 집안에 아무런 침입 흔적이 없는 것을 확인한 링컨은 다시 잠자리에 누웠다. 그러나 도무지 잠이 오지 않았다. 이번에 꾼 꿈은 너무나 실제 상황처럼 느껴졌다. 극장의 세부적인 모습에서부터 배우들의 의상과 무대 배경에 이르기까지 모든 것이 그날 저녁에 봤던 것과 완전히 똑같았다. 그는 꿈의 모든 내용들을 기억할 수 있었다. 다리에 느꼈던 지긋지긋한 통증과 안젤리나의 피가 마룻바닥에 떨어지는 장면까지도 생생하게 떠올랐다. 그러나 그가 깨어나기 직전에 뱀파이어가 마지막으로 내뱉었던 세 마디 말만은 도무지 생각나지 않았다.*

---

* 안젤리나 라몬은 링컨이 꿈을 꾼 지 두 달 후에 실제로 세상을 떠났다. 그녀의 죽음에 뱀파이어가 개입했는지는 확실하지 않다.

링컨이 이상한 꿈을 꾼 직후, 1860년 대선에서 공화당의 유력한 대통령 후보로 거론되던 윌리엄 수어드는 매우 특이한 결정을 내린다.

> 수어드 의원이 갑자기 유럽 여행을 결정하고, 6개월 이상 유럽에서 돌아오지 않겠다고 선언했다. 그가 대통령 후보 경선이라는 중대사를 앞두고 이런 납득하기 힘든 결정을 내린 이유는 뭘까? 이것이 선거에 어떤 영향을 미칠까? 많은 사람들은 그의 유럽행을 두고 '거만하다' 느니 '무관심하다' 느니 하는 비판을 늘어놓는다. 그러나 나는 그들의 비판에 동의하지 않는다. 내 추측으로는, 수어드 의원이 우리 '연맹' 동지들의 요청을 받아들여 유럽행을 선택한 것으로 보인다.

얼마 후 헨리가 링컨에게 보낸 편지를 보면 링컨의 추측이 옳았다는 것을 알 수 있다.

> 에이브러햄,
>
> 우리의 동지인 S가 모종의 임무를 띠고 유럽으로 파견되었습니다. 그가 이번에 맡은 임무가 앞으로 수개월 또는 수년에 걸쳐 우리의 대의명분을 강화하는 데 큰 도움이 될 거라고 우리는 믿고 있습니다. 자, 이제는 당신 차례입니다. 우리는 당신이 앞으로 다가올 거대한 정치적 투쟁에서 승리하

기 위해 온 몸을 바칠 것이라고 믿습니다.

–H

수어드가 미국에 없는 동안, 링컨의 정치적 동맹자들은 지지 세력을 규합하는 데 주력하고, 링컨은 자신의 전국적 지명도를 높이는 데 치중한다. 1860년 2월 27일, 링컨은 뉴욕의 쿠퍼유니언 대학에서 천 명이 넘는 청중 앞에 서서 역사상 가장 위대한 연설을 한다.

"우리는 거짓과 비난에 굴복해 우리의 임무를 소홀히 하지 않을 것입니다." 그는 부르짖었다. "우리는 또한 정부를 전복시키거나 우리를 감옥에 가두겠다는 적들의 위협에도 굴하지 않을 것입니다. 우리는 '정의는 반드시 승리한다'는 믿음을 갖고 우리의 임무를 끝까지 수행할 것입니다."

링컨의 연설은 이튿날 뉴욕의 모든 주요일간지에 실렸고, 2주 후에는 링컨의 연설이 수록된 팜플렛이 북부 전체에 퍼졌다. 이제 링컨은 공화당의 지적 지도자인 동시에 가장 재능 있는 연설가로 부상하게 된다.

이처럼 링컨을 중심으로 단결한 공화당 진영과는 대조적으로, 민주당 진영은 두 개의 파벌로 분열되어 갈팡질팡하고 있었다.

북부의 민주당원들은 링컨의 오랜 라이벌인 스테펜 더글러스를 대통령 후보로 밀었지만, 남부의 민주당원들은 존 C. 브레큰리지 현직 부통령을 대통령 후보로 내세워 서로 대립하고 있었다. 그러나 민주당의 분열은 우연이 아니라, 링컨의 동지들이 수십 년 동안 공들여 작업해 온 결과였다. 헨리와 그 동지들은 19세기 초반부터 고비 때마다 적(민주당)을 약화시키려 했다. 그들은 지하철도를 통해 남부의 노예들을 북부로 빼돌리거나, 남부에 스파이를 파견해 후방을 교란시켰다. 그리고 최근에는 남부의 주의회에서 분리 독립 논의를 잠재우는 데 주력했다. 그러나 뭐니 뭐니 해도 헨리의 가장 큰 업적은 1860년 5월 18일 시카고에서 열린 공화당 전당대회 3차 투표에서 링컨이 대선후보로 지명되도록 만드는 데 성공한 것이다.

전당대회에서 자신이 수어드를 제치고 대선후보로 지명되었다는 소식을 들었을 때, 링컨은 스프링필드에 있었다.

> 내가 공화당 대선후보로 지명되었다니 도저히 믿어지지 않는다. 그러나 어찌 보면 그것은 지극히 당연한 귀결이다(나는 일부러 겸손한 척 하고 싶지는 않다). 지금 우리 눈앞에는 전쟁이 임박해 있다. 그것은 인간 사이의 전쟁이 아니지만, 그 전쟁으로 인해 피를 흘리는 것은 결국 인간이다. 그것은 인간의 자유와 관련된 전쟁이기 때문이다. 나와 모든 인간은 기필코 이번 전쟁에서 이겨야 한다.

III

1860년까지만 해도 미국의 대통령 후보는 자기 스스로 선거운동을 할 수 없었다. 연설과 악수는 자신과 동맹을 맺은 정치가나 보좌진들에게 맡기고, 후보 자신은 뒷전에 물러앉아 조용히 편지를 쓰거나 지지자들에게 안부를 전하는 것이 관례였다. 링컨 역시 이러한 관례를 깰 이유가 없었다. 수어드를 포함한 링컨의 지지자들이 링컨을 대신하여 전국을 돌아다니며 열심히 지원유세를 펼치는 동안(수어드는 대선후보 경선에서 링컨에게 졌는데도 불구하고 링컨을 헌신적으로 도왔다), 링컨은 가족과 함께 스프링필드에 머물렀다. 링컨이 그 해 4월 16일에 쓴 일기를 잠깐 들여다보자.

> 나는 매일 아침 사무실로 출근하며 친구들과 안부 인사를 나누고, 내게 덕담을 건네는 낯선 사람들에게 감사의 뜻을 전했다. 하루 일과가 끝난 후, 나는 어린 두 아들이 잠들 때까지 그 애들과 함께 뛰어놀았다. 날씨가 좋으면 메리와 산책을 하기도 했다. 공화당 대통령 후보로서의 내 인생은 이전과 전혀 다르지 않았다. 다만 한 가지 예외가 있다면, 세 명의 뱀파이어가 우리 가족 주변을 항상 그림자처럼 따라다닌다는 점이었다.

링컨이 뉴욕을 방문했을 때 링컨을 습격했던 세 명의 '발 빠른

1860년 이미 폐가가 된 리틀 피전 크리크의 고향집 앞에서 포즈를 취하고 있는 링컨. 비장의 무기인 도끼를 지팡이 삼아 의지하고 서 있다. 이 사진은 링컨이 비천한 가문 출신의 대통령 후보라는 점을 부각시키기 위해 헨리가 치밀하게 연출한 것이다.

뱀파이어' 들은 '연맹' 과 헨리의 지시로 보직이 바뀌었다. 그들은 어떠한 희생이 있더라도 링컨의 성명을 보호하겠다는 서약을 하고 링컨의 개인 경호원 임무를 부여받았다.

세 명의 뱀파이어들은 내 경호를 맡아 개인적으로 원통할지도 모르겠다. 그러나 그들은 통 갈이 없기 때문에 본심을 모르겠다. 나는 가끔씩 농담 삼아 그들을 '불경스러운 삼총사' 라고 부르는데, 그럴 때도 그들은 대수롭지 않게 씩 웃고 만다. 그들은 매우 진지하게 임무를 수행한다. 이러한 태도는 대통령 후보의 생명을 보호하는 데 매우 적합하다.

메리와 아이들은 '뱀파이어 삼총사'가 극성 지지자들로부터 링컨을 보호하기 위한 자원봉사자라고 알고 있었는데, 이것은 매우 적절한 구실이었다. 왜냐하면 링컨은 이미 전국적인 유명인사가 되어 있던 관계로, 그의 집은 지지자들과 파파라치들로 항상 붐비고 있었기 때문이다. 그러나 뱀파이어 경호원은 '정직한 늙은 에이브(링컨의 별명)'가 메리와 지지자들에게 감추고 있었던 여러 가지 비밀 중 하나에 불과했다.

링컨은 특수임무를 수행하기 위해 남몰래 녹슨 도끼를 갈아놓고 있었던 것이다.

이번 목표는 난생 처음으로 - 뱀파이어가 아닌 - 살아 있는 인간이었다.

에이브러햄,

내 심부름을 하나 더 해 주십시오. 이번 목표물은 뱀파이어가 아니라 당신과 똑같은 인간입니다. 하지만 이 목표물은 항상 두 명의 뱀파이어에 의해 보호받고 있습니다. 조심하십시오.

링컨은 편지의 맨 밑에 적혀 있는 이름을 보고 까무러칠 뻔했다.

제퍼슨 데이비스.

데이비스는 남부에서 가장 뛰어난 업적을 남긴 정치가였다. 그는 웨스트포인트를 졸업하고 멕시코 전쟁에서 용맹을 떨쳤으며, 미시시피주 지사와 프랭클린 피어스 내각의 장관을 역임하고, 상원의원을 두 번씩이나 지낸 인물이었다. 그는 노예제를 노골적으로 지지하는 인물로서 전쟁 장관이었던 적도 있기 때문에, 남부를 이끌기에 안성맞춤인 인물이었다.

링컨은 이번 임무만큼은 수행할 자신이 없어, 헨리에게 다음과 같은 편지를 보내 거절했다.

헨리,

나는 아내와 세 아들을 가진 늙은 남자입니다. 내 아내는 이미 많은 사람들의 무덤 앞에서 눈물을 흘려 본 사람입니다. 나는 임무수행 중의 사고로 아내에게 슬픔을 안겨 주고 싶지 않습니다. 아마 당신의 종족 중에 이 일을 나보다 더 잘할 수 있는 분들이 수두룩할 것입니다. 어째서 전성기를 한참 넘긴 나 같은 사람에게 이런 일을 맡기시는 겁니까?

부디 다른 사람을 보내 주시기 바랍니다.

당신의 친구,

– 에이브러햄

링컨이 뉴욕으로 편지를 부친 후 불과 4일 만에, 헨리로부터 속달편지가 날아왔다.

에이브러햄,

사실 사람의 미래를 예견한다는 것은 매우 어려운 일입니다. 우리 뱀파이어들은 마치 물방울에 사물이 비치듯 사람의 미래를 내다보는 능력을 갖고 있지만, 그 물방울이 찌그러지거나 움직여서 제대로 미래를 예견할 수 없는 경우가 종종 있습니다. 그러나 때로는 물방울이 정지 상태에 있어서 미래의 모습이 또렷이 보일 때도 있지요. 지난번 당신이 뉴욕에 왔을 때, 우리 연맹은 정지된 물방울에 비친 당신의 미래를 똑똑히 보았습니다. 우리는 당신이 제퍼슨 데이비스를 처치할 수 있다고 100% 자신 있게 말할 수 있습니다. 다시 한 번 강조하지만, 이번 일은 당신 혼자서도 충분히 성공할 수 있습니다. 더 이상 긴 말 하지 않겠습니다. 이번 일은 반드시 당신이 맡아 줘야합니다. 에이브러햄, 부디 마음을 고쳐먹기 바랍니다.

당신의 영원한 친구,

-H

링컨의 나이는 이미 쉰둘! 그는 또래에 비해서는 날렵했지만, 50야드 밖에서 도끼를 던져 통나무를 쪼개던 젊은 헌터와 비교하면 이빨 빠진 호랑이였다. 그에게는 조수가 필요했다.

나는 스피드에게 편지를 보내 스프링필드로 오라고 했다. 그리고 심사숙고 끝에 라몬에게 모든 진실을 털어놓기로 결심했다. 뱀파이어와 그들의 사악한 음모에 관한 이야기를 들은 라몬은, 처음에는 나를 '미치광이'나 '바보'로 취급하더니 나중에는 이성을 잃고 흥분하기 시작했다. 나는 '뱀파이어 삼총사' 중 한 명을 시켜 시범을 보였고, 그의 멋진 연기 덕분에 라몬도 내 말을 믿게 되었다.

뱀파이어와의 전쟁에서 모든 것을 믿고 맡길 수 있는 사람은 찾기 어렵다. 라몬은 많은 점에서 나와 의견 차이를 보였지만 매우 충실한 친구임에 틀림없었다. 게다가 라몬은 체구가 듬직했다. 잭이 세상을 떠난 후로 그와 맞먹는 체격의 남자를 찾던 내게는 안성맞춤이었다(더욱이 내 나이와 스피드의 비쩍 마른 몸을 감안하면, 우리에겐 덩치 큰 친구가 꼭 필요했다).

마치 천군만마를 얻은 기분이었고, 아르플뢰르를 점령한 헨리 5세도 전혀 부럽지 않았다.*

1860년 7월의 어느 날 링컨, 스피드, 라몬은 기차를 차고 데이비스의 본거지인 미시시피주 볼리바르 카운티로 여행을 떠났다. 그들은 여행을 떠나가 직전 제퍼슨 데이비스가 눈 수술을 받은 후 회복 중이라는 소문을 들었다. 그들의 여행가방 속에는 권총, 칼, 석궁, 그리고 도끼가 들어 있었다. 대통령 후보인 링컨은 이번 사냥을 위해 남몰래 많은 준비를 했다. 그는 며칠 동안 남의 눈을 피해 길고 뾰족한 나무봉을 만들고 도끼 날도 새로 갈았다. 그리고 적의 공격으로부터 심장을 보호하기 위해 가슴에 착용할 가슴보호대를 준비했다. 그는 아무도 없는 숲 속으로 들어가, 3개의 나무등걸을 표적으로 삼아 도끼 던지는 연습을 했다. 처음에는 거리를 10야드로 했다가 점차 익숙해지면서 20야드로 거리를 늘렸다. 그는 창고를 뒤져 먼지가 수북이 싸인 화학노트를 찾아내어 '순교자' 한 세트를 새로 제조했다.

나는 '뱀파이어 삼총사'들에게 스프링필드에 남아 내 가족을 돌봐 달라고 했다. 이번 사냥은 뱀파이어가 아닌 인간을 목표로 하기 때문에, 삼총사의 도움이 없더라도 간단히 끝낼 자신이 있었다. 더구나 상대는 병약한 데다가 눈수술까

---

* 셰익스피어의 희곡 《헨리 5세》 3막 1장 참조. 프랑스에 침입한 헨리 5세는 다음과 같은 유명한 말로 영국군의 사기를 드높인다. "한 번 더 돌파하자, 친구들이여. 한 번 더!"

지 받았으니 소경이나 다름 없었다. 내가 스피드, 라몬과 힘을 합치면 데이비스와 뱀파이어 경호원들을 처치하는 것쯤은 식은죽 먹기라는 생각이 들었다.

7월 30일 새벽 한 시, 뱀파이어 헌터 세 명은 말을 타고 데이비스의 저택 언저리로 접근했다. 그들은 나무에 말을 맨 다음, 숲 속에 숨어 30분 동안 안채를 감시했다. 달은 구름에 가려 형체만 겨우 분간할 수 있을 정도였다. 그들은 가끔씩 수군거리며 신호를 주고받았다.

링컨은 스피드, 라몬과 함께 스프링필드를 떠나기 전에 헨리의 두 번째 편지를 받았다. 그 편지에는 새로운 첩보가 담겨 있었다. '연맹'의 스파이로부터 들어온 정보에 의하면, 데이비스는 저택 2층의 서쪽에 있는 침실에서만 기거한다고 했다. 그리고 그의 아내인 배리나는 남편을 편히 쉬게 하려고, 젖먹이 아들 둘과 다섯 살배기 딸을 데리고 옆방에서 잠잔다는 것이었다. 그리고 야간에는 경호원 두 명이 번갈아 집 주위를 순찰하는데, 한 명이 순찰을 도는 동안 다른 한 명은 저택 안에 머물러 있다고 했다.

이상하게도 순찰을 도는 경비원이 한 명도 눈에 띄지 않았다. 안채의 창문 중에서도 불빛이 새어 나오는 곳은 한 군데도 없었다. 그러나 헨리의 정보는 지금까지 항상 정확했다.

우리는 먼 길을 달려 여기까지 왔기 때문에, 절대 일을 포기하고 돌아갈 수는 없었다. 우리는 좀 더 기다리다가 마침내 작업을 개시했다. 각자 무기를 챙겨 낮은 포복으로 안채를 향해 다가갔다.

안채는 흰색(또는 노란색일수도 있다. 어둠 속이라 정확히 분간하기 어려웠기 때문이다)의 2층 건물이었는데, 1층과 현관이 미시시피 강물의 범람에 대비하기 위해 평지보다 높게 솟아 있었다. 나는 말울음 소리와, 내 코트 주머니의 '순교자' 냄새로 나의 접근을 알아차린 뱀파이어가 현관 앞에서 우리를 기다리고 있으리라 짐작했다. 그러나 현관 앞에는 아무도 없었고, 정적만이 흐르고 있었다. 계단을 올라 현관으로 들어가면서, 내 마음 속에서는 한 가닥 의심이 모락모락 피어올랐다. '내게 뱀파이어를 처치할 수 있는 힘이 아직 남아 있을까? 내가 라몬에게 뱀파이어의 빠른 몸놀림과 강력한 파워를 제대로 알려 줬던가? 스피드가 아직도 예전의 능력을 갖고 있을까?' 이런 생각을 하니 손에 든 도끼가 어렸을 적보다도 무겁게 느껴졌다.

링컨이 팔꿈치로 슬며시 현관문을 밀자, 라몬은 어둠 속에서 곧 튀어나올 뱀파이어를 향해 쌍권총을 겨누었다.

그러나 집 안에서는 아무도 나오지 않았다.

나는 도끼를 높이 치켜들고 집 안으로 들어갔다. 스피드는 44구경 라이플을, 라몬은 양손에 리볼버 권총 하나씩을 들고 있었다. 우리는 어두컴컴하고 가구가 듬성듬성 배치된 1층을 모조리 수색했다. 우리가 발을 옮길 때마다 마룻바닥에서는 연신 삐거덕거리는 소리가 났다. 만일 2층에서 데이비스를 지키는 뱀파이어가 있었다면, 놈은 우리가 여기에 온 것을 분명히 알아차렸을 것이다. 1층에 아무도 없는 것을 확인한 우리는 다시 현관 쪽으로 나와 2층으로 올라가는 비좁은 계단 위에 섰다.

이제는 2층으로 밀고 올라갈 차례였다. '이 집에는 분명히 뱀파이어가 있다.' 링컨은 직감적으로 뱀파이어의 존재를 느낄 수 있었다.

나는 계단을 따라 올라가면서, 잠시 후에 벌어질 상황을 머릿속에 그려 보았다. '내가 계단 꼭대기에 올라서는 순간 오른쪽에 숨어 있던 뱀파이어 한 놈이 튀어나와 나를 공격할 것이다. 그러면 나는 놈의 가슴을 향해 도끼를 휘두를 것이다. 그러나 그 순간 나는 놈의 반격을 받아 뒤로 넘어지면서, 스피드와 라몬과 함께 계단 밑으로 굴러 떨어질 것이다. 내가 뱀파이어와 엎치락뒤치락하는 동안 또 한 놈의 뱀파이어가 위에서 스피드와 라몬을 공격할 것이다. 라몬은 – 이번이 첫 뱀파이어 사냥이라 - 공포에 질린 나머지 권총을 난사하여 총알이 다 떨어질 것이고, 결국 뱀파이어를 처치하는 것은 스피드의 몫이 될 것이다. 스피드는 침착하게 총을 겨누어 뱀파이어의 심장과 머리를 맞출 것이다. 한바탕 소란이 벌어지는 동안 데이비스 부인과 자녀들이 잠에서 깨어나 현관으로 뛰어나올 것이다. 그 순간 내 손을 떠난 도끼가 첫 번째 뱀파이어의 목을 명중시키면서, 놈의 머리가 떨어져 나와 계단을 따라 데굴데굴 굴러 내려갈 것이다. 부인과 아이들의 비명소리에 놀란 제퍼슨 데이비스가 두 눈을 비비면서 침실에서 뛰쳐나올 것이고, 그 순간 스피드가 총을 쏘아 데이비스를 사살할 것이다. 우리는 유가족에게 심심한 애도의 뜻을 표하면서 그 자리를 빠져나와 어둠 속으로 줄행랑을 칠 것이다.'

그러나 계단을 다 올라 2층에 이르도록 링컨은 아무것도 발견하지 못했다. 2층의 방문은 죄다 열려 있었고, 텅텅 비어 있었다.

우리가 다른 집을 잘못 찾아왔나? 데이비스가 피치 못할 사정으로 한밤중에 자다가 일어나 워싱턴으로 떠난 것은 아닐까? 아니야, 그럴 리가 없어. 헨리의 정보는 이제까지 한 번도 틀린 적이 없다. 이 집은 헨리가 점찍어 준 집이며, 이번 거사날짜와 시간도 전부 헨리가 정해 준 것이다.

'이 근처 어딘가에 분명히 뱀파이어가 있다. 느낄 수 있어.'

불현듯 불길한 생각이 떠올랐다. '아, 진작 내 직감을 믿었어야 하는 건데. 헨리의 예언은 틀렸다. 나는 오늘 밤 여기에 오지 말아야 했다. 나는 신중하지 못했다. 아내와 세 아들을 집에 두고 먼 곳에 와서 목숨을 잃게 되다니. 아내는 이미 아들을 잃은 슬픔 때문에 매우 예민한 상태인데.'

'아니야. 나는 오늘 밤 죽지 않아.' 나는 고개를 절레절레 흔들었다.

"밖이야." 링컨이 갑자기 속삭였다. "얼른 무기 챙겨서 밖으로 나가…우린 속았어."

우리는 허겁지겁 계단을 내려가 현관문으로 향했다. 그러나 현관문은 이미 밖에서 잠겨 있었다. 갑자기 모든 창문에 방풍 셔터가 내려지면서 사방에서 나무 부딪치는 소리가 들렸다. 그리고 셔터가 내려진 창문에서는 일제히 못질하는 소리가 들렸다. "다시 2층으로!" 나는 소리 질렀다. 그러나 이미 때는 늦었다. 2층 입구에서 방화셔터가 내려와 우리 앞길을 완전히 막아 버린 것이다.

"완전히 독 안에 든 쥐군!" 라몬이 갈했다.

"맞아." 스피드가 말했다. "그래도 나는 밖으로 나가 놈들과 함께 있느니, 동지들과 함께 이 안에 있고 싶어."

링컨은 아무 말도 하지 않았다. 그는 곧 매캐한 연기가 피어오르며, 뜨거운 불꽃이 솟아오를 것을 직감하고 있었다. 시뻘건 불길은 삽시간에 벽과 마루를 집어삼킬 것이 뻔했다. 그때 링컨의 생각에 화답이라도 하듯 라몬이 소리쳤다. "저기 좀 봐!" 라몬이 가리키는 곳을 쳐다보니, 앞 벽의 갈라진 틈에서 오렌지 빛 불꽃이 넘실대는 것이 보였다.

링컨 일행은 속수무책이었다.

아무리 끔찍한 일이 밖에서 그들을 기다리고 있을지라도, 집 안에서 꼼짝없이 타 죽는 것보다는 나을 것 같았다. 모든 방풍셔터의 틈 사이로 시뻘건 불길이 밀려들기 시작했다.

> 한 가지 작전이 있었다. 그것은 현관문을 부순 후에 우리 세 사람이 일렬로 서서 저택 언저리의 숲을 향해 쏜살같이 달려가는 것이었다. 그동안 나는 한가운데서 도끼를 휘두르며 전방의 적들을 무찌르고, 스피드와 라몬은 내 좌우에서 총을 쏘며 측면의 적들을 사살할 것이다. 이 작전은 실패할 가능성이 높지만(밖에는 열 명 이상의 뱀파이어와 인간이 우리를 기다리고 있을 것이었다), 우리가 취할 수 있는 유일한 방책이었다. 나는 도끼를 들고 마음을 가다듬은 다음, 외쳤다.
>
> "지금이야!"

현관문은 링컨의 도끼 한방에 부서졌다. 그 충격으로 매캐한 연기와 뜨거운 재가 현관 밖으로 한 무더기 쏟아졌다.

불길의 위력은 엄청났다. 처음에는 등짝이 화끈거리더니, 곧이어 피부에 물집이 생기고 옷에 불이 붙었다. 부서진 문이 앞길을 가로막는 바람에 진로가 좁아졌다. 나는 심호흡을 하고 넘어진 문을 사뿐히 뛰어넘고는 현관 계단을 내려가 잔디밭에 발을 디뎠다. 그러나 땅에 발을 딛는 순간 작전이 실패했다는 것을 깨달았다. 우리 앞에는 스무 명이 넘는 적들이 우글거리고 있었던 것이다. 그들 중 일부는 라이플총을 손에 들고 있었고, 일부는 불빛으로부터 눈을 보호하려고 선글라스를 쓰고 있었다. 인간과 뱀파이어들이 합세해 우리 앞을 막아섰다. 인간들 중에서 가장 나이가 많은 듯한 신사가 앞으로 걸어 나와, 불과 10피트 거리를 두고 우리와 마주섰다.

"링컨 씨, 역시 당신이었군." 그가 말했다

"데이비스 씨." 링컨이 말했다.

"무기를 내려놓으면, 내 부하들이 당신들 몸을 벌집으로 만들지 않게 해 주겠소." 데이비스가 말했다.

링컨이 스피드와 라몬에게 고개를 끄덕이자, 두 사람은 총을 땅에 내려놓았다.

"덩치 큰 친구가 총 한 자루를 감추고 있어요." 데이비스 뒤에 서 있는 뱀파이어 한 명이 말했다. "방금 권총을 뽑으려고 손을 움직이는 걸 봤어요."

"그래?" 데이비스가 말했다. "그럼, 그 친구가 손을 움직이는 순간 자네가 그 친구를 죽여 버려도 좋아."

데이비스는 링컨에게로 돌아섰다. "당신의 도끼도 그만 내려놓는 게 좋겠소."

"내가 도끼를 버리고 안 버리고는 크게 중요하지 않소. 설사 내가 화가 나서 이 도끼를 들어 올리더라도, 당신 부하 중의 한 명이 나를 총으로 쏘아 버리면 그만 아니겠소? 나는 어린 시절에 아버지로부터 물려받은 도끼를 끌어안고 죽는 게 소원이오."

데이비스는 미소 지었다. "링컨씨, 나는 당신을 좋아하오. 당신은 나처럼 켄터키 출신인 데다가, 자수성가한 것도 같고, 최고의 웅변가이며 헌신적인 성격까지 닮았소. 그런데 고작 사람 하나 죽이려고 스프링필드에 가족을 내팽개쳐 두고 이렇게 먼 길을 달려왔단 말이오? 나는 개인적으로 당신을 미워하지 않소. 나는 내일 아침까지 당신을 찬양할 수도 있소. 그러나 내 동지들은 햇빛에 매우 민감하다오. 미안하지만 오랫동안 시간을 끌 수가 없구려."

"나는 알고 싶소." 데이비스가 말했다. "당신처럼 훌륭하고 유명한 사람이 어째서 이런 승산 없는 싸움에 말려들었단 말이오?"

"내가 승산 없는 싸움을 한다고?" 링컨이 대답했다. "당신이 이제까지 쌓아 온 명성이 아깝군! 당신은 지금 동포들을 배신하려고 음모를 꾸미고 있는 것이오."

"링컨 씨, 뱀파이어는 인간보다 우수하오. 마치 백인이 흑인보다 우수한 것과 마찬가지지. 이것은 자연의 이치요. 당신도 이 점에는 동의하지 않소?"

"나는 '일부' 뱀파이어가 '일부' 인간보다 우수하다는 점에는 동의하오."

"그렇다면 뱀파이어가 인간을 지배하도록 인정하는 것이 왜 잘못이란 말이오? 전쟁에서 강한 편에 가담하는 것이 잘못이오? 나도 백인이 뱀파이어에게 지배당하는 것을 좋아하지는 않소. 그러나 뱀파이어가 인간에게 '왕 노릇' 을 하는 것이 필연적이라면, 앞으로 남은 시간 동안 그들과 협력하는 것이 당연하지 않겠소? 다만 지배의 대상을 흑인 또는 '불필요한 인간' 에게만 한정하면 되는 것이오."

"그래요?" 링컨이 말했다. "그렇다면 흑인의 피가 다 떨어졌을 때는 어떻게 하겠소? '불필요한 인간' 의 피가 다 떨어졌을 때는 어떻게 하겠냔 말이오. 데이비스 씨, 말해 보시오. 그들의 피가 동이 난다면, 이제 당신의 '왕' 은 누구의 피를 먹게 되겠소?"

데이비스는 말문이 막혔다.

"미국은 '독재를 반대하는 사람들' 이 흘린 피 위에 건국된 나라요." 링컨은 계속했다. "당신과 당신의 패거리들은 미국이 독재자들 손에 다시 넘어갈 수 있다는 것을 모른단 말이오?"

"당신이 말하는 미국은 저쪽에 있소, 링컨씨." 데이비스는 웃으며 북쪽을 가리켰다.

"당신이 지금 있는 곳은 미시시피강 남쪽이라는 점을 명심하시오." 그는 링컨 앞으로 한 발자국 다가오며 말했다. 링컨이 마음만 먹으면 도끼로 요절을 낼 수 있는 거리였다. "우리 솔직히 말해 봅시다. 따지고 보면 당신이나 나나 모두 뱀파이어의 하수인 아니오? 그러나 이번 전쟁이 끝나고 평화가 오면, 나는 여생 동안 부귀와 영화를 누리고 살겠지만 당신은 개죽음을 당하게 될 것이오. 이것이 결론이오."

> 데이비스는 잠시 멈칫하더니, 가볍게 목례를 하고는 뒤로 물러났다. 그러자 세 명의 인간이 대열 앞으로 나와, 라이플로 우리를 겨냥했다. 그들은 데이비스의 사격명령을 기다리는 '사형집행인' 들이었다.

"제기랄." 라몬이 말했다. "여기 이렇게 서서 그냥 당해야 하나요?"

"할아버지에게 물려받은 시계가 하나 있어요." 스피드가 사형집행인들에게 말했다. "누가 이 시계를 루이빌에 있는 내 아내에게 전해 줬으면 좋겠어요." 그의 목소리는 떨리고 있었다.

'내 인생의 마지막 순간이로구나.'

"어차피 이렇게 된 거-" 라몬이 말했다. "나는 권총이나 만져 보고 죽으련다." 그는 코트 안주머니어 손을 집어넣었다.

"친구들." 링컨이 말했다. "자네들을 죽음으로 몰아넣어서 미안-"

링컨이 말을 마치기도 전에 라이플의 총성이 고요한 밤하늘에 메아리쳤다.

그 짧은 순간 동안, 나보다 먼저 세상을 떠난 이들의 사랑스러운 얼굴이 내 앞을 스쳐갔다. 사랑하는 어린 아들 에디, 천하장사 암스트롱, 첫사랑의 여인 앤, 누이 사라, 그리고 천사 같은 어머니. 그러나 짧은 회상의 시간이 끝나자, 불빛에 비친 사형집행자들의 얼굴이 갑자기 새하얗게 질리는 것이 보였다. 스피드와 라몬도 아무 일 없이 내 양쪽에 그대로 서 있었다.

우리는 살아 있었던 것이다. 그러나 우리를 향해 총을 겨눴던 세 명의 사형집행인들은 그렇지 못했다. 그들은 모두 머리에 관통상을 입고 그 자리에 쓰러졌다.

그것은 한 마디로 기적이었다.

그 기적은 헨리 스터지스의 작품이었다.

그는 '연맹'에 속한 뱀파이어들 열한 명을 이끌고 어둠 속에서 나타났다. 어떤 이는 라이플총을, 어떤 이는 리볼버 권총을 발사하며 등장했다. 데이비스 옆에 서 있던 남부 뱀파이어는 데이비스를 서둘러 피신시켰고, 나머지 뱀파이어들은 북부 뱀파이어들을 맞아 싸울 준비를 했다. 그들 중 하나는 나를 처형하지 않은 것이 생각난 듯, 송곳니와 손톱을 드러내며 나를 향해 달려들었다. 그의 선글라스 뒤에는 시커먼 눈이 숨겨져 있었다. 나는 다가오는 그를 향해 도끼를 던졌지만, 전성기를 지난 파워 때문에 도끼는 그의 가슴 한복판에 깊숙이 박히지 못했다. 도끼를 맞은 그는 뒤로 넘어졌다가 벌떡 일어났고, 가슴에 박혔던 도끼는 빠져나와 땅바닥에 떨어졌다. 그의 가슴에서는 검붉은 피가 흘러나왔지만, 그는 개의치 않고 땅에 떨어진 도끼를 주워들어 내게 달려들었다. 나는 코트 안주머니에 손을 넣어 칼을 찾았지만, 칼은 그 자리에 없었다(내 전투복은 이미 태워 버린 지 오래였다). 나는 꼼짝없이 당하는 수밖에 없었다. 뱀파이어가 바짝 다가오자, 뒤에 있던 라몬이 내 어깨 위로 권총을 발사했다. 라몬 덕분에 뱀파이어는 처치할 수 있었지만, 내 왼쪽 귀는 그 후 평생 잘 들리질 않았다.

라몬의 권총에서 흰색 연기가 피어오르는 동안, 링컨은 턱에 날카로운 통증을 느꼈다.

방금 전 뱀파이어가 내게 가까이 다가왔을 때 그가 휘두른 도끼날 끝이 턱을 살짝 스치고 지나간 것 같았다. 상처에서 핏방울이 떨어져 내 셔츠를 적셨다. 우리 앞에서는 남부와 북부의 뱀파이어들이 불타는 집을 배경으로 치열한 전투를 벌이고 있었다. 그들은 놀라운 점프력으로 상상할 수조차 없는 먼 거리를 날아갔으며, 힘 또한 엄청나서 서로 부딪힐 때마다 지축이 흔들렸다.

헨리가 싸우는 모습을 구경한 건 처음이었다. 그는 멧돼지처럼 머리를 앞세우고 남부 뱀파이어에게 돌진했는데, 그 기세에 눌린 남부 뱀파이어는 뒷걸음질 치다가 나무에 부딪혔고, 나무는 그 충격을 이기지 못하고 두 동강이 나 버렸다. 그러나 남부 뱀파이어는 아무런 타격도 받지 않은 듯 앞으로 나와, 양손에 달린 길고 날카로운 손톱을 – 마치 검을 휘두르듯 – 이리저리 휘둘렀다. 헨리 역시 손톱으로 남부 뱀파이어의 공격을 막아내며 반격의 기회를 노렸는데, 두 검투사의 대결은 결국 헨리의 승리로 끝났다. 헨리는 상대방이 허점을 보이는 순간 다섯 손가락의 손톱으로 그의 배를 찔렀다. 헨리의 손톱은 상대방의 배를 관통하여 등 뒤로 삐져나왔다. 헨리가 손톱을 빼내자, 남부 뱀파이어는 땅바닥에 쓰러졌다. 척추까지 다친 그는 영영 움직이지 못했다. 헨리는 쓰러진 뱀파이어의 머리를 뒤로 비틀어 목을 완전히 부러뜨려 버렸다.

미처 도망치지 못하고 뱀파이어들의 싸움판에 끼어든 데이비스의 부하들은 뱀파이어들이 휘두르는 손톱에 맞아 몸이 갈가리 찢기고 손발이 떨어져 나갔으며, 뱀파이어의 몸에 부딪혀 뼈가 산산조각이 났다. 시간이 지나 열세에 몰린 남부 뱀파이어들은 슬슬 꽁무니를 내뺐다. '연맹' 소속의 뱀파이어들 중 일부는 도망치는 남부 뱀파이어들을 추격했고, 헨리를 포함한 나머지 뱀파이어들은 우리가 있는 곳으로 황급히 달려왔다.

"에이브러햄." 헨리는 말했다. "당신이 살아있어서 다행입니다."

"나를 살리느라 고생했군요." 링컨이 대답했다.

헨리는 가벼운 미소를 지으며, 셔츠의 소매를 찢어 링컨의 턱에 난 상처를 감싸주었다. 그동안 헨리의 동료들은 라몬과 스피드를 부축했다(라몬과 스피드는 정신적 쇼크를 약간 받았을 뿐, 다친 데는 없었다).

이번 사건은 '연맹' 측 뱀파이어들이 이중간첩의 거짓 정보에 속아 발생한 해프닝으로 밝혀졌다. 남부 뱀파이어들은 나를 유인해 살해하려고 이중간첩을 통해 정보를 흘렸던 것이다. 헨리는 우리 일행이 스프링필드를 출발할 때까지 이 사실을 모르고 있다가, 뒤늦게 속았다는 것을 깨닫고 나에게 모든 수단을 동원해 연락을 했다고 한다. 그러나 우리 일행은 신분을 숨기고 여행을 했기 때문에 연락이 닿지 않았다. 결국 헨리는 '뱀파이어 삼총사'에게 알려 메리와 세 아이들을 안전한 곳으로 대피시키고, 이틀 동안을 쉬지 않고 달려온 끝에 겨우 우리를 구할 수 있었다.

"그럼, 우리 가족은 안전한가요?" 링컨이 물었다.

"물론이죠. 당신의 가족은 '뱀파이어 삼총사'가 이미 안전한 곳으로 모셨습니다." 헨리가 말했다.

링컨은 헨리의 말을 듣고 한시름 놓을 수 있었다. 그는 '뱀파이어 삼총사'의 철저한 면을 잘 알고 있었다.

"헨리." 링컨은 한참을 침묵한 후에 입을 열었다. "나는 이번에 꼭 죽는 줄 -"

"에이브러햄." 헨리가 말문을 막았다. "내가 분명히 말했을 텐데요? 아직은 때가 아니라고."

이 사냥은 링컨의 일생에서 마지막 사냥으로 기록되었다.

1860년 11월 6일, 링컨은 아침부터 스프링필드의 비좁은 우체국에 앉아 있었다.

선거일이 가까워오면서 지지자들과 '눈도장을 찍으려는 사람들'의 방문이 쇄도해 도저히 감당할 수 없는 지경에 이르렀다. 마침내 11월 6일이 되자, 나는 최종 투표 결과가 나올 때까지 아무도 만나지 않겠다고 선언했다. 나를 만날 수 있는 유일한 사람은 젊은 전보기사 한 명뿐이었다. 만일 나와 지지자들이 원하는 대로 선거결과가 나온다면, 앞으로 내 인생에서 평화로운 시절은 사라질 것이다.

링컨은 턱에 난 상처를 감추기 위해 난생 처음으로 턱수염까지 길렀다.* 턱수염을 기르고 나니 링컨의 얼굴은 훨씬 후덕하고 건강해 보였다. "차기 대통령에 걸맞은 기품 있는 모습이에요."라고 메리가 거들었다.

메리는 처음에는 나의 대통령 출마를 극구 만류했다. 그녀는 워싱턴 생활에 대한 안 좋은 기억을 갖고 있는데다가, 선거운동으로 내 생활이 피폐해질 것을 염려했다. 그러나 선거판세가 내게 유리해지는 기미가 보이자, 그녀의 입장은 180

---

* 링컨이 턱수염을 기른 것은 그레이스 베델(Grace Bedell)이라는 열한 살짜리 소녀의 편지 때문이라는 설이 널리 퍼져 있다. 베델이 링컨에게 "아줌마들은 구레나룻을 좋아하기 때문에, 링컨 아저씨가 수염을 기르게 되면 아줌마들이 남편들에게 아저씨를 찍으라고 조를 거예요."라는 편지를 보낸 것은 사실이다. 그러나 링컨은 베델의 그 유명한 편지를 받기 전에 이미 수염을 기르기 시작했다.

도 달라졌다. 그녀는 지지자들이 시도 때도 없이 우리 집으로 찾아오는 것을 오히려 즐기는 듯했다. 또한 그녀는 부유한 커플들과의 디너파티나, 나를 위해 벌어지는 호화 이벤트를 좋아했다. 그녀는 미합중국의 영부인이 될 경우 누릴 수 있는 많은 사회적 혜택들을 차츰 깨달아 가는 것 같았다.

그날 저녁 중간개표 상황을 알리는 전보가 하나 둘씩 도착하기 시작하면서, 링컨의 당선 가능성은 점차 높아져 갔다.

솔직히 말하면, 나는 별로 놀라지 않았다. 내가 표를 많이 얻든 말든, '연맹'이 어떻게든 손을 써서 나를 당선시킬 것이라고 믿었기 때문이다.* 따라서 나는 블랙호크 전쟁 시절 동료들에 의해 대장으로 뽑혔을 때와 같은 영광스러운 느낌은 들지 않았다. 오히려 막중한 책임감에 짓눌리는 기분이었다. 언제 어떻게 닥쳐올지 모르는 수많은 고통과 난관에 마음이 무거웠다.

그날 아침 일찍 도착한 전보 중에는 헨리로부터 온 전보도 있었다. 아직 투표함이 한 개도 개봉되지 않은 상태였지만, 헨리는

---

* '연맹'이 굳이 링컨을 위해 선거에 개입할 이유는 전혀 없었다. 왜냐하면 링컨은 자기 자신의 힘만으로도 선거에서 능히 압승할 수 있었기 때문이다.

이미 링컨의 당선을 축하하고 있었다.

축하합니다 대통령 각하 영원한 친구 H

IV

1861년 2월 11일, 에이브러햄 링컨 대통령은 스프링필드를 떠나 백악관을 향한 여정에 올랐다. 링컨과 그 가족, 가까운 수행원, 개인 경호팀을 워싱턴으로 호송하기 위해 특별 열차가 배정되었다.

링컨이 대통령직을 인수하는 과정은 그리 순탄하지 않았다.

링컨이 대통령에 당선된 후 한 달이 조금 지나, 사우스캐롤라이나 주의회는 미합중국 연맹에서 탈퇴했다. 그 후 남부의 주들이 하나 둘씩 연맹을 탈퇴하더니, 급기야 대통령 취임일까지 총 일곱 개 주(루이지애나, 미시시피, 앨라배마, 플로리다, 조지아, 사우스캐롤라이나, 텍사스)가 탈퇴하기에 이르렀다. 그러나 이 위기를 수습할 책임이 있는 뷰캐넌 전임 대통령은 그저 미합중국이 분열하는 꼴을 손 놓고 보고만 있었다.

> 뷰캐넌은 미합중국의 붕괴를 강 건너 불구경하듯 보고 있다. 우리의 해군함과 육군 진지는 매일 하나 둘씩 남부에 항

복하고 있다. 미합중국 연맹은 우리의 눈 앞에서 분열되고 있다. 뷰캐넌의 나약한 태도는 경악스럽다. 그는 비탈길을 내려가는 말에게 박차를 가하고 있다. 나는 그를 발로 걷어 차서 펜실베이니아 애비뉴로 쫓아내고 싶은 심정이다.

링컨을 태운 열차가 스프링필드를 떠나기 사흘 전, 자칭 '남부 주민의 지도자들' 은 앨라배마주 몽고메리에서 만나 헌법을 채택하고 남부연합을 선포했다.

그들이 대통령으로 내세운 인물은 제퍼슨 데이비스였다.

링컨을 지키는 '뱀파이어 삼총사' 는 밤낮으로 링컨의 호송열차를 순찰했다. 그들의 공식직함은 대통령 당선자를 지키기 위해 자원한 스프링필드의 사립탐정이었다. 링컨의 경호팀에는 뱀파이어 삼총사 외에 인간 두 명도 있었는데, 그들은 사립탐정인 앨런 핑커톤과 링컨의 오랜 친구인 워드 힐 라몬이었다. 라몬은 링컨의 안전을 걱정하는 진실한 마음 하나로 링컨의 경호팀에 자원했다. 라몬은 링컨의 최측근 중에서 위험의 중대함을 가장 잘 아는 몇 안 되는 사람 중 하나였다. 그 후 몇 년 동안이나, 라몬은 백악관의 어두운 정원을 순찰하거나 링컨의 침실 문 앞에서 잠들곤 했다. 그는 덩치가 크고 터프하며 총을 잘 다루는 데

다 충성심까지 매우 강해서, 링컨의 안전을 위해 절대적으로 필요한 인물이었다.

링컨의 호송열차는 워싱턴으로 가는 도중에 열 개 이상의 도시에 정차하게 되어 있었다. 열차가 역에 멈출 때마다 수천 명의 주민들이 새 대통령의 얼굴을 구경하기 위해 몰려나왔다. 링컨은 리어카 위에 올라 모여든 군중들 앞에서 즉석 연설을 하기도 했는데, 때로는 군중들과의 간격이 몇 인치도 안 된 적도 있었다. 그는 연설을 마친 다음 마차에 옮겨 타고 역을 빠져나가 지방의 유지들을 만나고, 연회에 참석하거나 의장대를 사열하기도 했다. 이런 행사들은 링컨에겐 영광이었을지 몰라도 경호팀에게는 악몽이었다.

> 요 며칠 동안은 빡빡한 스케줄 때문에 매우 힘든 나날을 보냈다. 그러나 아이들은 정신이 말똥말똥해 보인다. 아이들은 열차 안을 뛰어다니거나, 차창을 통해 대통령의 행차를 보기 위해 몰려든 인파를 구경한다. 밥은 그런 광경을 재미있어 하지만, 윌리와 태드는 군중들을 보아도 무덤덤한 표정을 짓는다. 윌리와 태드는 주변에 낯선 사람들이 있어도 전혀 개의치 않는다. 메리는 이번 여행 내내 두통에 시달리면서도 스트레스를 잘 견뎌내는 것 같다.*

호송열차에는 재미있는 일들도 많았지만, 항상 독특한 긴장이 감돌았다. 열차에 타고 있는 사람들은 누구나 이런 긴장감에 휩싸여 있었지만, 그것을 공개적으로 언급하는 사람은 아무도 없었다.

> 항간에 떠도는 소문 중에 '백악관에 한 번 들어가면 살아서 나오지 못한다.'는 말이 있다. 내 경호원들이 이런 말을 듣는다면 매우 실망할 것이다. 그러나 솔직히 고백하건대, 나는 대통령에 당선된 이후로 하루도 편히 발을 뻗고 자 본 적이 없다. 나는 일생 동안 죽음의 공포 속에서 살아왔기 때문에, 죽음을 오랜 친구처럼 여긴다. 나는 이런 터무니없는 풍문이 메리의 귀에 들어가지 않기를 간절히 바란다(메리는 그것 말고도 놀랄 일들이 많다). 나는 크게 걱정하지 않는다.

대통령 호송 작전은 처음 열흘 동안은 아무런 사고 없이 잘 진행되었다. 그 동안 호송열차는 인디애나, 오하이오, 뉴욕, 뉴저지, 펜실베이니아를 무사히 지나쳤다. 대통령의 암살을 둘러싼 각종 루머들은 단순한 루머였던 것으로 판명되었다. 그러나 2월 22일 필라델피아에서, 수어드의 아들인 프레데릭이 갑자기 링컨

---

* 메리는 성인이 된 후 줄곧 심한 두통(편두통으로 추정됨)에 시달렸다. 많은 역사가들은 그녀의 두통이 우울증과 관련된 것이라고 추정한다. 심지어 일부 역사가들은 그녀가 정신병을 앓았다고 주장하지만, 이를 입증할 근거는 없다.

을 방문한다. 그는 아버지 윌리엄 수어드가 보낸 밀서 한 장을 품고 있었다.

대통령님,

대통령님과 저를 모두 알고 있는 한 지인이 볼티모어에서 암살 음모가 진행되고 있다는 첩보를 전했습니다. 대통령님께서 캘버트 스트리트 역에서 열차를 갈아탈 때 남자 네 명이 달려들어 칼로 찌르거나 총으로 쏠 것이라고 합니다. 이 사실을 염두에 두고, 사전 대비를 철저히 하시기 바랍니다.

당신의 친구,

– W.H. 수어드

링컨은 즉시 경호팀 회의를 소집했다. 회의 결과, 링컨은 다른 승객들에게 들키지 않도록 모자와 망토를 걸치고, 핑커톤과 라몬만을 대동하고 다른 열차를 타기로 했다(핑커톤과 라몬은 무장을 하되, 링컨은 무장을 하지 않기로 했다). 이 열차는 해리스버그에서 출발하여 볼티모어를 그대로 통과해 워싱턴으로 직행하는 열차였다.

경호팀 회의에서는 약간의 의견충돌이 있었다. 내 솜씨를 잘 아는 라몬은 내게 리볼버 권총과 긴 칼을 주자고 주장했지만, 핑커톤은 반대했다. '차기 미국대통령이 무기를 들고 워싱턴에 입성한다는 것은 가당치도 않다.' 는 것이 핑커톤의 논리였다. 이 문제로 두 사람이 난투극 일보직전까지 가는 험악한 상황이 전개되었다. 결국 내 중재로, 라몬이 권총과 칼을 갖고 있다가 적의 공격이 개시될 경우 내게 무기를 넘겨주는 방향으로 합의를 보았다.

그러나 '뱀파이어 삼총사' 가 갑자기 행방을 감추는 사건이 발생하면서, 애초의 계획은 수정되었다.

뱀파이어 삼총사는 아무런 설명도 없이 필라델피아와 해리스버그 사이에서 종적을 감췄다. 메리와 아이들을 보호할 무장경호원이 사라졌으므로, 핑커튼은 뒤에 남아 가족을 맡고 라몬 혼자서 나와 함께 다른 열차에 옮겨 타기로 했다. 우리가 해리스버그에서 출발한다는 정보가 새나가는 것을 막기 위해, 펜실베이니아와 메릴랜드 사이의 통신망은 차단되었다.

2월 23일 자정이 조금 지난 시각, 링컨의 비밀열차는 볼티모어에 정차하지 않고 그대로 워싱턴으로 직행했다.

우리가 탄 열차가 볼티모어의 중심부를 천천히 지나가는

동안 나는 가슴이 조마조마했다. 암살범들이 우리의 작전을 알아채지는 않았을까? 만약 그렇다면, 그들은 이 순간 우리가 탄 열차를 향해 대포를 발사할지도 모른다.

링컨의 걱정은 괜한 것이었다. 링컨과 스피드가 탄 기차가 역을 빠져나가는 순간, 세 명의 암살자는 이미 이 세상 사람이 아니었다. 나머지 한 명 역시 선로 위에 쓰러져 가쁜 숨을 몰아쉬고 있었다.

그날 아침 암살범 4인조의 시신 일부가 캘버트 스트리트 역 부근에서 발견되었다. 볼티모어 신문 2월 23일판에는 다음과 같은 기사가 실렸다.

> 두 구의 시체는 머리가 없고 다른 한 구의 시체는 심하게 훼손되어, 경찰은 그들의 신원을 파악하는 데 애를 먹고 있다. 마지막 네 번째 시체는 기관차 바퀴에 치어 두 동강이 나 있었다. 목격자에 의하면 마지막 희생자는 척추가 부러진 채로 선로 위에 버려졌으며, 기관차에 깔리기 전 몇 분 동안 목숨이 붙어있어 머리와 팔을 움직일 수 있었다고 한다. 그는 희미한 목소리로 뭐라고 부르짖으며, 죽기 직전까지 선로에

서 몸을 빼내려고 몸부림쳤다고 한다.

기사에는 더 이상 자세한 내용이 없었지만, 링컨은 '뱀파이어 삼총사'가 그 사건의 범인임을 믿어 의심치 않았다.

V

1861년 3월 4일, 싱킹 스프링스 농장의 비범한 아이로 태어나 당대 최고의 뱀파이어 헌터로 활동했던 에이브러햄 링컨은 미합중국 제 16대 대통령으로 취임한다.

> 우리는 적이 아니라 친구입니다. 우리는 적이 되어서는 안 됩니다. 일시적인 분노 때문에 우리의 유대관계가 깨져서는 안 됩니다. 모든 전쟁터와 순국선열의 무덤에서 흘러나오는 멜로디가 우리 모두의 가슴에 울려 퍼져, 미합중국 국민의 하모니로 되살아나기를 바랍니다.

수만 명의 청중들이 링컨의 연설을 듣기 위해 국회의사당의 계단 위에 마련된 연단 앞에 모여들었다. 역사상 최대의 경호작전이 전개되고 있는 현장이었다. 군인들은 워싱턴 시 전역에 배치되어, 폭력집회나 대규모 공격을 차단하기 위해 삼엄한 경계태세를 유지했다. 링컨이 연설하는 연단 아래에는 정복 및 사복경찰관들이 배치되어 저격범을 색출하기 위해 눈을 번득이고 있었다. 라몬은 두 손에 쌍권총을 들고 허리춤에는 긴 칼을 찬 채 연단 주변을 맴돌았다. '뱀파이어 삼총사'는 사람들의 이목을 피해 다른 곳에 있었지만, 링컨으로부터 한시도 눈을 떼지 않았다.

> 나중에 안 일이지만, 내가 연설하는 동안 무장한 남자 두 명이 심장에 칼을 맞았고 경호원들이 그들을 조심스럽게 행사장 밖으로 끌어냈다고 한다. 볼티모어에서 죽은 암살자들과는 달리, 이들은 뱀파이어였다.

링컨이 대통령으로서 일한 지 겨우 5주가 지났을 때, 노예제를 둘러싸고 남북 간에 고조되었던 긴장관계가 마침내 폭발하고 만다.

사우스캐롤라이나 주의 찰스턴 항을 방어하는 임무를 맡고 있던 북부 연맹의 섬터 요새는 1월부터 남부 연합에게 포위되어 있었다. 남부인들은 로버트 앤더슨 소령의 지휘를 받는 북부 연맹군에게, 섬터 요새가 남부의 영토인 사우스캐롤라이나 주에 있다는 이유를 들어 섬터 요새를 포기하라고 요구하고 있었다. 링컨은 불행한 사태가 일어나지 않도록 최선을 다했다. 그러나 앤더슨의 병사들은 식량이 다 떨어졌기 때문에, 그들에게 식량을 보급할 수 있는 유일한 방법은 북부 연맹의 전함을 남부 연합

영토로 파견하는 것밖에 없었다.

> 나는 두 가지의 악을 놓고 선택의 기로에 섰다. 섬터 요새를 포기해 몇 명의 병사들을 굶겨 죽일 것인가, 아니면 전쟁을 일으켜 보다 많은 병사들을 죽게 할 것인가? 아무리 고민해 보았지만, 제 3의 방법은 없었다.

링컨은 결국 전함을 파견하는 길을 선택했다.

첫 번째 전함은 4월 11일에 찰스턴 항구에 도착했다. 그 다음 날, 동이 트기도 전에 남부 연합의 제임스 체스닛 대령은 찰스턴 항구의 남부 연합 포대에 섬터 요새를 포격하라는 명령을 내린다.

그것은 남북전쟁의 발발을 알리는 첫 번째 포성이었다.

11
남북전쟁

의원 여러분, 우리 모두는 역사에서 자유로울 수 없습니다. 우리의 개인적인 잘잘못은 의미가 없으며, 우리는 개인이 아닌 의회와 행정부의 일원으로서 후세에 기억될 것입니다. 현재 우리가 겪고 있는 모진 시련은 – 명예로운 것이든 불명예스러운 것이든 – 우리의 모습을 후손에게 비춰주는 거울입니다.

– 에이브러햄 링컨, 의회에 보내는 메시지 중에서
1862년 12월 1일

I

1861년 6월 3일, 스테펜 A. 더글러스는 그의 시카고 자택 계단에서 변사체로 발견되었다.

나는 방금 전 쇼킹한 뉴스를 들었다. 자세한 진상은 아직 밝혀지지 않았지만, 나는 그것이 뱀파이어의 소행이라고 확신한다. 나도 그의 죽음에 대해 책임이 있는 것 같아 가슴이 아프다.

더글러스의 공식적 사인은 장티푸스라고 보도되었지만, 전날 밤 그가 앓는 모습을 봤다는 사람은 아무도 없었다. 그의 시체는 머시병원으로 이송되었다. 시카고 출신의 젊은 의사 브래들리 밀리너가 시신을 부검했다. 의사의 부검 소견은 다음과 같다.

- 왼쪽 어깨와 목에 각각 2개씩, 총 4개의 작고 동그란 구멍이 뚫려 있음. 어깨에 난 구멍은 겨드랑이 동맥 바로 위, 목에 난 구멍은 우측 목동맥 바로 위에 있음.
- 각각의 구멍 주변에는 멍든 자국이 있고, 구멍 사이의 간격은 1~1.5인치로 일정함.
- 시신은 전체적으로 매우 부패되어 있고, 색깔은 회청색(잿빛을 띤 파란색)임. 안면이 움푹 들어가고 피부가 푸석푸석한 것으로 보아, 수 주일에서 수 개월 전에 사망한 것으로 보임.
- 위장에 소화되지 않은 음식물이 남아 있는 것으로 보아, 고인은 사망 직전에 식사를 한 것으로 보임. 음식물의 상태가 양호한 것을 감안할 때, 고인의 사망시간은 부검 전 24시간 이내인 것으로 추정됨.

이상의 부검소견과 함께, 밀리너는 소견서의 여백에 다음과 같은 문구를 적어 넣었다.

"도대체 종잡을 수 없다."

밀리너의 소견서는 앞뒤가 맞지 않는다는 이유로 선임자들에게 무시되었다. 그들은 '이런 식의 소견서를 발표해 보았자, 상원의원의 죽음을 둘러싸고 구구한 억측과 불필요한 의혹만 초래할 것' 이라고 지레짐작했던 것 같다.*

링컨과 더글러스는 미국 역사상 가장 유명한 라이벌이었다.

그들은 지난 20여 년 동안 '신붓감을 고르는 문제' 부터 시작해 '대통령이 되는 문제' 에 이르기까지 모든 분야에서 한 치의 양보도 없는 경쟁을 펼쳐 온 사이였다. 그들은 상반된 정치적 신념을 갖고 있었지만 서로를 존중했고, 심지어는 서로를 좋아했다. 링컨에게 있어서 더글러스는 바보들로 가득 찬 워싱턴 정가에 우뚝 솟은 등대와도 같은 존재였다. 더글러스는 '작은 거인' 이라는 별명으로 불리며 남부인들의 열렬한 지지를 받았지만,

* 밀리너의 소견서는 1871년 시카고 대화재 때 소실된 것으로 알려져 있다가, 1967년 머시병원의 리노베이션 공사 때 발견되었다. 더글러스의 부검 소견서가 발견되었다는 뉴스가 발표된 날, 머시병원은 익명의 독지가로부터 백만 달러를 기부받았다. 그 다음 날 병원 관계자들은 더글러스의 부검 소견서가 허위로 밝혀졌다고 말을 바꿨다.

사실은 남부를 사랑하지 않았다. 더글러스는 분열을 싫어했으며, 남부의 분리 독립을 주장하는 사람들을 범죄자라고 규탄했다. 그는 이렇게 외쳤다. "우리는 각자의 차이를 잊고 조국을 위해 한데 뭉쳐야 합니다. 세상 사람들은 두 부류로 나뉩니다. 하나는 애국자이고 다른 하나는 반역자입니다. 우리는 모두 애국자입니다."

1860년 대선이 끝난 후 미합중국 연맹이 남북으로 나뉘자, 가장 먼저 나서서 링컨에게 협조한 인물도 스테펜 더글러스였다.

> 더글러스는 나를 찾아와, 분리 독립 반대운동의 선봉에 서고 싶다고 말했다. 나는 그의 방문에 깜짝 놀랐다. 그는 남부의 뱀파이어에게 협력했던 지난날을 후회하면서 참회할 방법을 찾는 중이라고 했다. 나는 그의 제안을 흔쾌히 수락했다. 나는 그에게 경계주*와 북서부즈를 순회하며 미국의 통일을 호소하는 연설을 해 줄 것을 부탁했다. 통일의 중요성을 강조하는 데 있어서 그만큼 상징적인 인물은 없었기 때문이다.

더글러스는 3개 주에서 북부연맹을 지지하는 연설을 한 다음

---

* Border States, 남부와 북부의 경계에 위치한 5개 주(미주리, 웨스트 버지니아, 켄터키, 메릴랜드, 델라웨어)를 말함.

워싱턴으로 돌아왔다. 링컨이 암살의 위험을 무릅쓰고 취임연설을 하는 동안, 더글러스는 "링컨을 공격하는 것은 나를 공격하는 것과 같다."고 선언하고 연단 주위를 지켰다. 1861년 4월 14일, 섬터 요새가 남부연맹에 항복하자 스테펜 더글러스는 부리나케 백악관으로 달려갔다.

더글러스는 사전 약속 없이 백악관으로 나를 찾아왔다. 나는 때마침 각료들과 회의를 하고 있었는데, 회의는 꽤 오래 계속되었다. 내 비서인 존 니콜레이가 나중에 다시 찾아오는 것이 좋겠다고 설득했지만, 더글러스는 기어코 나를 만나야 겠다고 고집을 부렸다. 더글러스와 니콜레이가 시끄럽게 다투는 소리를 듣다 못한 나는 집무실 문을 열고 소리쳤다. "비서, 그 분을 들여보내게. 그렇잖아도 전쟁 때문에 골치가 아픈데 또 전쟁을 치를 수는 없지."

더글러스와 나는 한 시간이 넘도록 밀담을 나눴다. 그가 그토록 공포에 질린 모습은 본 적이 없었다. "놈들은 워싱턴으로 곧장 와서 나를 죽일 겁니다!" 그는 울부짖었다. "나 말고도 많은 사람들을 죽일 거라고요! 각하는 놈들의 침략에 맞설 계획을 갖고 계십니까?" 나는 침착한 목소리로 "내일 아침 75,000명의 민병대를 소집하겠습니다. 모든 노력을 다해 폭도들을 진압할 겁니다."라고 말했다. 그러나 나의 확신에 찬 대답에도 불구하고 더글러스의 공포는 전혀 수그러들지 않는 것 같았다. 그는 내게 20만 명 이상의 병력을 소집해야 한다고 떼를 썼다. "대통령 각하," 그는 말했다. "각하는 놈들의 흉악함을 아직 잘 모르시는군요. 각하는 실상을 정확히 아셔야 합니다."

"더글러스 씨, 걱정 마세요. 나는 누구보다도 놈들을 잘 압니다." 나는 그를 안심시켰다.

링컨은 더글러스와 상원의원직을 놓고 경쟁을 벌였던 3년 전부터, 그가 남부의 뱀파이어와 내통하고 있다는 사실을 - 헨리로부터 들어서 - 잘 알고 있었다. 그러나 더글러스는 자기 앞에 서 있는 '늙고 흐느적거리는 남자' 가 한때 미시시피강 유역에서 알아주는 뱀파이어 헌터였다는 사실을 꿈에도 몰랐다.

나는 더글러스를 안심시키기 위해 비밀을 털어놓았다. 내 입에서 '뱀파이어' 라는 말이 나오는 순간 기겁을 하던 더글러스의 모습을 잊을 수가 없다. 우리는 뱀파이어에 관한 경험담을 이야기했다. 나는 더글러스에게 어머니의 죽음과 뱀파이어 사냥에 대해 말해 주었다. 더글러스는 뱀파이어와 처음 접촉했던 때를 말해주었다. 그는 민주당 소속 일리노이 주의원이었던 시절, 남부에서 왔다는 사나이 두 명을 만난 것이 비극의 씨앗이었노라고 고백했다. "그들은 얼굴빛이 창백했어요. 그때 처음으로 뱀파이어의 존재를 알았습니다.

나는 그들과 만나면서 점차 돈과 권력에 중독되고 말았죠."
라고 그는 말했다.

더글러스는 노예제 폐지론자들을 공격하는 한편, 천부적인 연설 실력으로 미국 전역에 노예제를 전파했다. 모두 뱀파이어들에게 도움을 받는 대가였다. 그러나 그는 최근 들어 뱀파이어를 옹호했던 것에 대해 회의를 품게 되었다.

더글러스는 점점 고민이 깊어졌다고 한다. "뱀파이어들이 북부와 타협하지 않으려는 이유는 무엇일까? 그들은 왜 수단 방법을 가리지 않고 전쟁을 일으키려는 것일까? 그들은 왜 그토록 노예제에 집착하는 것일까? 도대체 알 수가 없다." 더글러스는 고민에 고민을 거듭한 끝에 다음과 같은 결론에 도달했다고 한다. "그들을 좇아 미국을 분열의 구렁텅이로 몰아넣는 것은 내 양심에 어긋나는 일이다."

그러나 더글러스에게는 순진한 면이 있었다. 그는 뱀파이어에 대한 진실을 절반만 알고 있는 것이 분명했다. 나는 그를 제퍼슨 데이비스 같은 골수분자와 동일한 죄목으로 처벌하고 싶지는 않았다. 나는 그의 참회에 감동해 모든 진실을 말해 주었다. "노예제도는 남부의 뱀파이어들을 위한 제도입니다. 뱀파이어들의 궁극적 목표는 흑인이 아닙니다. 그들은 결국 - 백인이 흑인에게 그랬던 것처럼 - 백인에게도 사슬을 채워 철창에 가두고 말 것입니다. 그들은 미국을 뱀파이어가 지배하는 왕국으로 만들려고 합니다. 그들은 더 이상 어둠 속에 숨어 지내지 않을 겁니다. 그들은 모든 인간들을 희생물로 삼아 피의 향연을 벌일 것입니다."

내가 말을 마칠 무렵 더글러스는 울고 있었다.

그날 밤 링컨은 윌리엄 수어드 국무장관과 함께 대통령 집무실 테이블에 앉아 있었다. 얼마 후 다른 각료들이 하나 둘씩 합류했다. 그들은 집에서 저녁을 먹다가 대통령의 긴급호출을 받고 달려왔기 때문에, 하나같이 어리둥절한 표정을 하고 있었다. 그들의 마음을 아는지 모르는지, 링컨은 각료들이 다 모일 때까지 입을 굳게 다물고 있었다.

"각료 여러분!" 나는 마침내 입을 열었다. "나는 오늘 밤 뱀파이어에 대한 이야기를 하려 합니다."

링컨은 취임식 이후 거의 매일 각료회의를 소집했고, 늘 각료들과 전쟁의 진행상황과 대책에 대해 의견을 나누었다. 그러나 정작 중요한 사항은 회의에서 빠져 있었다. 그 중요한 사항이란 '우리의 진정한 적은 누구인가'와 '우리가 무엇을 위해 싸우는

가' 에 관한 것이었다.

나는 지금까지, 이번 전쟁의 상대방과 목표를 모르는 사람들에게 전쟁계획을 내놓으라고 다그쳤다. 그러나 이는 마치 장님에게 증기선을 조종하라고 시키는 것과 마찬가지였다.

더글러스와 만난 링컨은 중대한 결심을 했다. 그날 저녁 더글러스와 헤어진 링컨은 니콜레이에게 '퇴근한 각료들을 즉시 비상소집하라' 고 지시했다.

각료들은 앞으로 다가올 많은 고난들을 함께 헤쳐 나갈 사람들이다. 그들이 맡은 바 임무를 충실히 수행하기 위해서는, 자신들이 직면하고 있는 위험이 무엇인지를 정확히 알아야 한다. 이제 백악관 내에 더 이상의 비밀이 있어서는 안 된다. '절반의 진실' 이나 '생략' 은 용납할 수 없다.

나는 수어드 국무장관이 참석한 자리에서 각료들에게 모든 진실을 털어놓았다. 그중에는 나의 개인적 이력, 뱀파이어 사냥경력, 일부 뱀파이어 종족과 맺은 동맹, 이번 전쟁의 예측 불가능한 결과 등 다양한 내용들이 포함되었다. 부족한 부분은 노련한 수어드 국무장관이 부연 설명해 주었다.

일부 각료들은 뱀파이어라는 말만 듣고도 기겁을 했다. 기디언 웰스 해군장관과 새먼 체이스 재무장관은 일생동안 뱀파이어를 단지 신화적 존재로만 생각해 온 사람들이었다. 체이스는 몹시 불쾌한 표정을 지으며 말했다. "집에 멀쩡히 앉아 있는 사람을 갑자기 불러다 놓고, 이렇게 대통령의 노리개로 만들어도 되는 겁니까? 나는 이 전쟁에서 멍청한 대통령 편에 서지 않겠습니다." 수어드가 벌떡 일어나 나를 변호했다. "그동안 입장이 곤란해서 각료 여러분들께 말씀드리지 않았지만, 대통령 각하의 말씀은 모두 진실입니다." 그러나 체이스는 미덥잖다는 표정을 끝내 거두지 않았다.

에드윈 스탠턴 전쟁장관은 뱀파이어의 존재를 믿고는 있었지만, 단지 '어둠 속에 존재하는 세력' 정도로만 생각해 온 사람이었다. 그는 황당한 표정으로 말했다. "제퍼슨 데이비스가 뱀파이어와 합세해 반란을 일으켰다고요? 도대체 그게 말이 됩니까? 어떤 얼빠진 사람이 자기 자신을 노예로 만드는 일에 앞장서겠습니까?"

"데이비스는 뱀파이어들이 세상을 지배하게 되더라도 자기 하나만은 살려 줄 거라고 믿었을 겁니다." 내가 말했다. "데이비스와 그 일당은 악어새입니다. 그들은 목숨을 부지하려고 악어의 이빨을 청소해 주는 겁니다. 아마도 그들은 뱀파이어에게 충성을 맹세하는 대신 부귀영화를 약속받았을 겁니다. 그러나 뱀파이어가 어떤 약속을 했든 그것은 새빨간 거짓말입니다. 뱀파이어가 인간을 지배하게 되면 데이비스도 끝장입니다."

체이스는 더 이상 참을 수 없었던지 자리를 박차고 나가 버렸다. 나는 다른 각료들의 반응을 유심히 지켜봤지만, 체이스를 따르는 사람은 나타나지 않았다. 다소 안도감을 느낀 나는 말을 이어나갔다.

"여러분이 제 말을 믿지 못하는 것도 무리는 아닙니다. 저 역시 지난 50여 년 동안의 경험이 믿어지지 않습니다. 때로는 그동안 목격했던 사실들이 한바탕 꿈이었기를 간절히 바라기도 합니다. 뱀파이어의 존재를 믿으려면 이성을 부인하고, '이 세상에 어둠의 공간이 존재한다' 는 것을 인정해야 합니다.

사실 과학이 발달한 오늘날 초자연적 미스터리는 거의 사라졌고, 성경이나 셰익스피어의 비극에서나 겨우 명맥을 유지하고 있습니다. 그러나 여러분, 뱀파이어가 존재할 수 있는 까닭이 바로 이것, 인간의 이성이 지니고 있는 허점 때문이라는 사실을 알아주십시오. '이 세상에 어둠의 공간은 없다' 는 인간의 믿음 덕분에, 뱀파이어는 지난 수 세기 동안 인간의 눈을 피해 어둠 속에서 번성할 수 있었습니다. 인류 역사상 최대의 거짓말은 '뱀파이어는 존재하지 않는다' 는 말입니다."

II

섬터 요새가 남부연합에 함락된 후 3일이 지나, 버지니아주가 미합중국 연맹을 탈퇴하고 남부연합에 가입하면서 남부연합은 버지니아주의 산업 중심지인 리치몬드로 수도를 옮긴다. 그 후 몇 주 동안 아칸소, 테네시, 노스캐롤라이나가 줄줄이 연맹을 탈퇴하자, 북부연맹에는 총 열한 개 주, 900만 명의 국민들만이 남게 된다. 그중 흑인은 400만 명이었다. 그러나 북부인 대부분은 '전쟁은 단기전이 될 것이며, 늦어도 여름이 끝날 때쯤이면 반란이 진압될 것'으로 믿었다.

그도 그럴 것이, 북부는 남부에 비해 인구가 두 배나 많으며, 철도망이 발달돼 있어 병력과 물자를 순식간에 전선으로 실어 나를 수 있었다. 게다가 북부는 공업이 발달해 군화와 탄약을 충분히 공급할 수 있었고, 전함이 있어 항구를 차단하고 도시를 폭격할 수 있었다. 북부연맹을 지지하는 신문들은 대통령에게 속전속결을 촉구했으며, 북부 전역에서는 "리치몬드로 진격하자!"는 외침이 끊이지 않았다. 헨리 역시 이러한 움직임을 지지했다. 그는 7월 15일에 배달된 전보에서, 셰익스피어의 희곡을 인용해 '지금 당장 리치몬드를 공격하라'는 뜻의 비밀 메시지*를 보냈다.

---

* 헨리의 전시(戰時) 메시지는 적의 스파이에게 노출되지 않기 위해 다양한 방법으로 암호화되었다.

에이브러햄,

용감한 친구여! 하나님의 이름으로 그대의 건투를 빈다. 날카로운 전쟁의 피나는 시련을 통해 영원한 평화를 얻으라.*

–H

링컨은 헨리의 권고를 받아들여, 7월 16일 어빈 맥도웰 준장으로 하여금 35,000명의 병력을 이끌고 리치몬드로 진격하게 한다. 이것은 북부에서 실시된 사상 최대 규모의 군사작전이었다. 그러나 맥도월 준장의 병사들은 급조한 민병대 75,000명 중에서 차출된 이들로서, 대부분이 농부나 공장 노동자였다. 그중에는 앳된 소년과 늙은 노인도 있었으며, 심지어 평생 동안 총 한 번 쏴 보지 못한 사람들도 있었다.

맥도웰은 병사들이 오합지졸이라고 불평했다. "당신의 군대는 초짜요." 나는 말했다. "남부군도 초짜이긴 마찬가지요. 워싱턴에 가만히 앉아 적이 쳐들어오기를 기다릴 순 없소. 우리는 적이 있는 곳으로 가서 그들과 맞서 싸워야 하오. 리치몬드로 진격하시오!"

---

* 셰익스피어의 희곡 《리처드 3세》 5막 2장에 나오는 리치몬드라는 인물의 대사이다.

맥도웰의 군대가 워싱턴에서 리치몬드까지 가려면 버지니아주를 거쳐 25마일을 행군해야 했다. 그런데 버지니아에는 피에르 뷰레가드 장군이 이끄는 남부군 병사 2만 명이 진을 치고 있었다. 1861년 7월 21일, 맥도웰이 이끄는 북부군과 뷰레가드가 이끄는 남부군은 7월의 작열하는 태양 아래 버지니아주 머나서스 부근에서 맞붙었다. 이 싸움은 당시 병사들이 흘린 피로 시뻘겋게 물들었던 시냇물의 이름을 따서, 불런의 첫 전투라는 이름으로 남북전쟁사에 영원히 기록된다.

전투가 시작된 지 이틀 만에 앤드루 머로라는 북부군 병사가 메사추세츠에 홀로 남은 신부에게 보낸 편지를 읽어 보면, 당시의 전쟁이 얼마나 참혹했는지를 잘 알 수 있다.* 더욱이 그의 편지를 잘 읽어 보면 남부군 중에 뱀파이어가 섞여 있었다는 증거를 발견할 수 있다.

> 처음에는 우리가 남부군을 압도했어. 우리는 수적 우세를 바탕으로 남부군을 밀어붙였고, 남부군은 헨리하우스힐 꼭대기의 숲속으로 쫓겨 올라갔지. 남부군이 생쥐처럼 흩어지는 모습은 참 가관이었어. 우리 북부군은 좌우로 반 마일 정도 거리를 두고 남부군을 추격했어. 사방에서 총성이 울려

---

* 하버드대학에 소장되어 있는 머로의 편지는 오랫동안 '서간문의 형식을 빌린 픽션'으로 잘못 알려져 왔다.

퍼졌지. "놈들을 추격해 조지아까지 진격하라!"고 헌터 대령이 소리쳤어.

우리가 언덕 꼭대기에 도착했을 때, 남부군은 우리의 추격을 따돌리려고 집중포화를 퍼부었어. 우리는 짙은 화약연기 때문에 적들이 숲 어디에 숨어 있는지 알 수 없었어. 그런데 갑자기 자욱한 연기 속에서 이삼십 명쯤 되는 남자들의 함성 소리가 들렸어. 우리는 육탄전에 대비하라는 대령의 지시에 따라 총 끝에 총검을 꽂았지. 잠시 후 남부군 진영에서 한 무리의 병사들이 연기를 뚫고 나와 우리 쪽으로 쏜살같이 달려왔어. 먼발치에서 본 그들은 하나같이 창백한 얼굴에 이상한 눈빛을 하고 있었어. 그들은 장총이나 권총은 물론, 심지어 칼도 갖고 있지 않았어.

그런데, 멜리사! 우리는 총을 발사했지만 전혀 효과가 없었어. 놈들의 가슴과 손발과 얼굴에 총알이 박히는 것을 내 두 눈으로 똑똑히 확인했는데, 놈들은 전혀 개의치 않고 우리 쪽으로 돌격했어. 결국 놈들은 우리 진영으로 침입해 병사들을 공격하기 시작했어. 놈들은 총검이나 권총이 아니라, 순전히 맨손으로 백 명이나 되는 우리 병사들을 갈기갈기 찢어 놓았어. 놈들의 수는 고작해야 삼십 명이 안 됐는데도 말이야. 내 앞에 있던 아군 병사는 한 놈에게 총을 빼앗겼어. 그놈은 빼앗은 총의 개머리판으로 병사의 머리를 내리쳤고, 병사의 두개골은 쪼개졌어. 그때 날아온 핏방울이 내 입술에 닿아, 찝찔한 맛이 났지.

아군 대열은 순식간에 분산됐어. 멜리사! 우리는 부끄러운 줄도 모르고, 너나 할 것 없이 총을 내던진 채 걸음아 날 살려라 하고 도망치기에 바빴어. 놈들은 퇴각하는 아군을 뒤에서 덮쳐 무참히 살해했지. 나는 동료들의 아우성 소리를 뒤로 하고, 언덕 아래로 내달릴 수밖에 없었어.

맥도웰 휘하의 지휘관들에게는 '이상한 적군의 습격'에 대한 보고가 여러 건 접수됐다. 전해 내려오는 이야기에 의하면, 맥도웰은 북부군이 완전히 퇴각했다는 보고를 들은 후 다음과 같이 말했다고 한다. "우리는 군인을 데리고 왔지만, 놈들은 슈퍼맨을 데리고 왔군." 그러나 맥도웰은 그 슈퍼맨이 바로 뱀파이어일 것이라는 생각은 꿈에도 하지 못했다.

싸움은 몇 시간 만에 싱겁게 끝났다. 총성이 그치고 화약연기가 걷힌 후, 천 명 이상의 병사가 목숨을 잃고 삼천 명 이상의 병사가 중상을 입은 것으로 밝혀졌다. 여기서 잠깐 북부군의 암브로스 번사이드 소장이 쓴 병영일기를 살펴보기로 하자.

나는 해질 무렵 말을 타고 작은 연못가를 지나쳤다. 연못가에서는 많은 병사들이 상처를 씻고 있었고, 물을 마시는 병사들의 모습도 눈에 띄었다. 연못물은 병사들의 상처에서 씻겨 나온 피로 물들어 있었다. 연못에서 조금 떨어진 곳에는 포탄에 맞아 하반신을 잃은 소년병사의 시체가 널브러져 있었다. 시체는 눈을 뜬 채, 무표정한 얼굴로 땅바닥에 누워 있었다. 독수리 몇 마리가 날아와 시체의 내장을 쪼아 먹고 있었다. 독수리들은 깨진 두개골 사이로 흘러나온 소년병의 뇌까지도 남김없이 쪼아 먹었다. 나는 그 끔찍한 광경을 영원히 잊을 수 없다. 나는 오늘 하루 동안 이와 비슷한 장면들을 백 번 이상 목격했다.

어느 곳을 가더라도 발끝에 시체가 걸린다. 내가 이 일기를 쓰는 동안에도 부상당한 병사들의 신음소리가 사방에서 들려온다. 도와달라는 소리, 물 좀 달라는 소리, 심지어 제발 죽여 달라는 소리도 들린다.

나는 이제 지옥이 두렵지 않다. 오늘 내 눈으로 지옥의 모습을 똑똑히 보았기 때문이다.

불런 전투가 끝난 후 북부는 충격와 애도의 물결에 휩싸인다.

나는 더글러스와 맥도웰의 말에 귀 기울여야 했다. 보다 많은 병사들을 모집해 충분한 기간 동안 훈련을 시켰더라면, 수천 명의 사상자를 내지 않고 전쟁을 일찍 끝낼 수 있었을 것이다. 남부는 뱀파이어들을 전쟁에 내보내고 있는 것이 분명하다. 나는 일생 동안 도끼를 이용하여 뱀파이어를 사냥해 왔지만, 미숙한 병사들을 이끌고 뱀파이어를 사냥하려면 이보다 더 오랜 시간이 걸릴지 모른다. 우리는 더 많이 노력해야 한다.

충격이 진정되자, 링컨은 패전의 원인을 분석하고 그 치욕을 되갚기 위한 작업에 착수했다. 장정들은 앞 다투어 북부연맹군에 지원했고, 각 주(州)들은 병력과 물자를 제공하기로 약속했다. 1861년 7월 22일, 링컨은 50만 명의 병사를 추가로 징발하는 법안에 서명했다. 그날 밤 링컨의 일기를 읽어보면 다음과 같은 구절이 눈에 띈다.

미래의 희생자들을 위해 기도하자. 희생자들의 이름은 아직 알 수 없지만, 앞으로 수많은 사람들이 목숨을 잃게 될 것이다.

III

1861년 겨울, 링컨과 각료들은 고통과 좌절의 나날을 보내야 했다. 강이 얼고 도로가 진흙과 눈으로 뒤범벅이 되면서 군사작전이 불가능해졌기 때문에, 병사들은 큇짐을 지고 얼음이 녹기만을 기다려야 했다. 1862년 2월 9일 링컨은 쉰 세 번째 생일을 맞아 희망찬 봄소식을 기다리며, 대통령 집무실에 앉아 창밖을 내다보고 있었다.

> 나는 방금 율리시즈 S. 그랜트 장군이 테네시주 헨리 요새에서 승리를 거두었다는 보고를 받았다. 이것은 서부전선에서 거둔 매우 값진 전과이며, 오랫동안 침체되어 있던 아군의 사기를 북돋는 반가운 소식이다. 밖에서는 개구쟁이 아들 놈들이 천진난만하게 뛰어노는 소리가 들린다. 오늘은 정말 행복한 일요일이다.

개구쟁이 태드(일곱 살)와 윌리(열 살)는 백악관의 귀염둥이였다(혹자는 골칫덩어리라고 부를 지도 모르겠다). 그들은 링컨의 재임 첫해 동안 백악관의 실내와 정원을 쉴 새 없이 뛰어다녔는데, 이는 – 대통령의 수행원들에게는 고통이었을지 몰라도 – 전쟁과 행정업무에 시달리는 링컨에게는 일상의 스트레스를 풀어 주는 기쁨이었다.

> 아이들은 하루 종일 장난치고 뛰어노는 게 일이고, 나는 시간 나는 대로 – 누가 보든 말든 – 아이들과 함께 씨름하고 뛰어다니는 게 유일한 낙이다. 지난 주 제임스 W. 그라임스 상원의원이 내 집무실로 들어오다가, 네 명의 악동들에게 포

위된 나를 발견했다. 태드와 윌리는 내 발을, 버드와 홀리*는 내 팔을 붙들고 있었다. "그라임스 상원의원." 나는 말했다. "나를 대신해서 이 아이들과 항복조건을 협상해 주시겠습니까?" 메리는 그런 장난을 치는 것이 대통령의 품위를 손상시킨다고 나무라지만, 이런 행복한 순간이 없다면 나는 곧 미쳐 버릴지도 모른다.

링컨은 세 아들들을 맹목적으로 사랑했다. 그러나 대학생인 로버트는 (몇 명의 수행원과 뱀파이어들의 보호를 받으며) 하버드에 머물고 있었고, 태드는 너무 어리고 천방지축이었기 때문에, 점차 윌리를 편애하게 되었다.

윌리는 책을 엄청나게 많이 읽고 수수께끼 풀기를 좋아한다. 그 아이는 친구들끼리 다툴 때 중재하는 능력이 탁월하다. 사람들은 나와 윌리 사이의 공통점을 찾아내려 애쓰지만, 나는 윌리와 내가 많이 닮지는 않았다고 생각한다. 윌리는 차분한 성격인 데 반해, 나는 성격이 좀 급한 편이다.

---

* 버드(호레이쇼 넬슨 태프트 주니어)와 홀리(핼시 쿡 태프트)는 윌리와 태드의 절친한 친구였다. 이들은 가끔 비슷한 또래의 누이 줄리아(Julia)와 함께 백악관을 방문했는데, 링컨은 줄리아를 '수다쟁이'라는 애칭으로 불렀다. 그로부터 59년 후, 줄리아는 링컨 부자(父子)와의 추억을 회상하며 《태드 링컨의 아버지》라는 회고록을 집필한다.

링컨이 일요일에 날아든 반가운 승전보에 취해 있을 때, 그의 아들들은 대통령 집무실 창 아래의 눈 덮인 사우스론 위에서 놀고 있었다.

> 태드와 윌리는 잭*에 대한 군사재판을 주재하느라 바빴다(그들은 종종 잭에게 이런저런 죄를 덮어씌워 군사재판을 열곤 했다). 아이들이 노는 곳에서 10마일 남짓 떨어진 곳에서는 젊은 병사 두 명이 보초를 서고 있었다. 그들은 추위에 떨고 있었다. 아마도 '내가 무슨 죄를 지어 추운 날씨에 밖에서 개고생을 하고 있나?' 라고 생각하고 있었으리라.

병사들은 백악관 경비대 소속의 보초병으로서, 백악관 내부와 경내를 주기적으로 순찰하는 임무를 맡고 있었다. 링컨의 주장에 의하면, 메리와 아이들이 백악관 건물 밖으로 외출할 때는 경호원 두 명(또는 뱀파이어 한 명)이 동행했다. 1862년 당시 백악관과 외부 사이에는 아무런 울타리도 설치되어 있지 않았기 때문에, 행인들이 자유롭게 백악관 뜰에 들어와 배회할 수 있었으며

---

* 잭은 태드가 선물로 받은 작은 장난감 병정의 이름이다. 태드와 윌리는 반역이나 직무유기 등의 죄목으로 잭을 군사재판에 회부하고 사형을 선고하는 장난을 되풀이했다. 링컨은 언젠가 아이들로부터 잭을 사면해 달라는 청탁을 받고, 다음과 같이 사면서를 써 줬던 적이 있다: "대통령 에이브러햄 링컨은 그 동안 잭이 지은 모든 죄를 사면할 것을 명령한다."

삼엄한 경계태세를 갖춘 백악관 사우스론의 모습. 원 안의 인물은 '뱀파이어 삼총사'의 일원인 것으로 보인다.

심지어 백악관 1층에까지 들어올 수 있었다. 노아 브룩스*가 말했듯이 "모든 시민들은 지위의 고하를 막론하고 백악관을 자유로이 출입할 수 있었다. 다만 무기를 반입하는 것만은 금지되었다."

오후 3시 30분, 라파예트 광장에서 작달만한 체구에 콧수염을 기른 사내 한 명이 장총을 든 채 백악관으로 접근하고 있었다. 북문을 담당하는 보초가 사내를 조준하며 "정지!"를 외쳤다.

* 링컨이 신임했던 기자.

나는 갑작스러운 소란에 놀라 집무실 북쪽 창가로 다가가 밖을 내다보았다. 키 작은 사내 한 명이 장총을 들고 백악관으로 접근하고 있었다. 사방에서 경비병들이 뛰어나와 "정지, 움직이면 쏜다!"는 경고를 되풀이했다.

경비병 중 세 명이 침입자에게 달려갔다. 뱀파이어 삼총사였다. 삼총사는 사내가 들고 있는 총 따위에는 전혀 아랑곳하지 않았다. 삼총사의 위세(정확히 말하면 그들의 송곳니)에 겁먹은 침입자는 총을 땅바닥에 떨어뜨리고 두 손을 높이 들었다. 삼총사가 침입자를 땅에 엎드리게 하고 그의 손발을 잡고 있는 동안, 라몬이 달려가 그의 주머니를 뒤졌다. 나중에 보고받은 바에 의하면, 그 침입자는 놀란 표정으로 이렇게 중얼거렸다고 한다. "그가 내게 10달러를 줬어요."

위기일발의 순간이 지난 후, 나는 침입자의 주변을 둘러싸고 있는 경비병들 중 낯익은 병사 둘이 있는 것을 보았다.

링컨은 심장이 멎는 듯했다. 맙소사! 그들은 방금 전 윌리와 태드를 돌보던 병사들이었다.

그렇다면 지금 윌리와 태드를 돌보는 사람은 누구란 말인가!

윌리와 태드는 노는 데 열중한 나머지 주위에서 소란이 발생한지도 몰랐다. 아이들 곁에서 떨고 있던 경비병들이 소란이 발생한 곳으로 달려간 사이, 한 낯선 남자가 아이들에게 접근했다.

아이들은 낯선 사람이 접근한지도 모르고 놀이에 열중했지만, 남자의 발뒤꿈치가 인형을 건드려 놀이가 방해되자 그제야 고개를 들어 남자를 쳐다보았다. 아이들은 중간 키, 중간 체격에 검은 안경을 쓴 남자가 자기들을 내려다보고 서 있는 것을 발견했다. 남자는 검은 롱코트와, 그에 어울리는 스카프와 중절모로 한껏 치장한 모습이었다. 남자의 눈빛은 검은 안경에 가려 잘 보이지 않았으며, 입술 역시 짙은 콧수염에 가려져 있었다. "헤이, 윌리." 남자가 말했다. "네 아빠에게 드릴 편지가 있어. 이것 좀 아빠에게 전해 줄래?"

이번에는 태드의 비명소리가 경비병들을 끌어 모았다.

뱀파이어 삼총사가 제일 먼저 현장에 도착했고, 라몬과 일곱 명의 병사들이 그 뒤를 따랐다. 나는 남쪽 현관의 계단을 용수철처럼 튀어 내려가 아이들이 있는 곳으로 달려갔다. 태드는 울고 있었지만 다친 곳은 없어 보였다. 그러나 윌리는 혀를 옷소매에 자꾸 문지르며 연신 침을 뱉고 있었다. 나는 윌리를 품에 안고 – 아무런 일이 없기를 기도하며 – 얼굴과 목을 유심히 살펴보았다.

"저기다!" 라몬이 소리쳤다. 그는 남쪽으로 도망가는 한 남자를 지목했다. 라몬과 뱀파이어 삼총사는 즉시 남자를 추격했고, 병사 일곱 명은 나와 아이들을 호위하여 백악관 건물 안으로 들어갔다. 나는 라몬과 삼총사에게 "놈을 사로잡아!"라고 외쳤다.

라몬과 삼총사는 펜실베니아 애비뉴를 건너고 엘립스공원*을 가로질러 도망자를 추격했다. 기진맥진해 더 이상 도망자를 추격할 수 없다고 판단한 라몬은 - 무고한 시민이 다칠 위험성을 무릅쓰고 - 멀리 달아나는 도망자를 향해 권총을 발사했다.

그러나 뱀파이어 삼총사는 도망자를 끝까지 추격했다. (삼총사와 도망자를 합해 모두) 네 명의 뱀파이어는 공사 중인 워싱턴 기념비를 향해 남쪽으로 달려갔다. 대리석으로 만들어진 오벨리스크(워싱턴 기념비)는 약 1/3이 완성된 상태에서 공사가 중단돼 있었지만, 이미 높이는 150피트가 넘었다. 오벨리스크 옆으로 드리워진 그늘에는 병사들의 주린 배를 채워 주기 위해 세워진 임시 도살장 건물이 있었다. 삼총사는 도망자를 50야드 거리까지 추격했는데, 다급해진 도망자는 도살장 건물 안으로 숨어들었다. 도살장 안에는 무기로 사용할 수 있는 칼이 있을 뿐만 아니라, 피 냄새가 진동해 후각을 어지럽혀 도망자가 숨기에 알맞은

---

* Ellipse, 백악관 후문 쪽에 자리잡은 타원형의 공원. 북부연맹군의 야영지로 종종 사용되었다.

장소였다.

도망자는 문을 살그머니 열고 도살장 안으로 들어섰다. 그러나 때는 일요일 오후인지라, 도살장 안에는 도축된 동물의 시체가 하나도 없었다. 소의 혀를 자르는 노동자들도 눈에 띄지 않았다. 단지 천정에 덩그러니 매달려 있는 빈 갈고리들만이 열린 문틈으로 들어오는 석양빛을 받아 반짝거릴 뿐이었다. 도망자는 피로 얼룩진 마룻바닥을 이 잡듯이 뒤져 숨을 곳과 무기를 찾았지만, 아무런 소득도 얻지 못했다.

'강으로 가자. 강이라면 놈들의 추격을 따돌릴 수 있다.'

도망자는 출구로 빠져나가, 포토맥강을 향해 남쪽으로 달아나리라 마음먹었다. 강가에 도착하면 물 밑으로 잠수해, 먼 곳으로 감쪽같이 도망칠 수 있을 것 같았다. 그러나 출구로 가보니, 문밖에는 이미 한 사나이의 그림자가 어른거리고 있었다.

'그렇다면 입구로 다시…'

그러나 도망자가 몸을 돌이키는 순간, 남자 두 명이 입구를 통해 도살장 안으로 들어오는 것이 보였다.

도망자는 이제 독 안에 든 쥐였다.

도망자는 하는 수없이 도살장 한복판으로 이동했다. 그러는 동안 추격자들은 그의 양쪽에서 서서히 포위망을 좁혀 갔다. '놈들은 나를 생포해서 배후를 대라고 고문할 게 뻔하다. 나는 모진 고문에 못 이겨 동족을 배반할 지도 모른다. 그럴 수는 없다.'

도망자는 추격자들이 가까이 다가오자 의미심장한 미소를 지었다. "이것 하나만은 알아둬라." 도망자는 말했다. "너희들은 노예의 하수인이다." 도망자는 심호흡을 한 다음, 눈을 감고 공중으로 솟구쳐 올랐다. 그 순간 천정에 걸려 있던 갈고리가 그의 심장을 꿰뚫었다.

뱀파이어 삼총사 중 한 명은 도망자의 최후를 다음과 같이 증언했다.

> 그는 온 몸에 경련을 일으키며, 코와 입에서 피를 뿜어냈다. 그의 피는 아래로 떨어져 동물들의 피와 뒤섞였다. 그는 자신의 발밑에서 지옥의 불길이 활활 타오르는 것을 보았을 것이다. 그는 영원한 삶을 포기하고 기꺼이 죽음을 선택했지만, 얼굴에는 두려움의 기색이 역력했다.

경비병들은 백악관의 모든 출입문을 봉쇄하고 백악관 안팎을 샅샅이 수색했다. 윌리는 링컨의 집무실 안에 앉아 의사의 진찰을 받으며 사건 당시의 상황을 차분히 설명했다.

> "수상한 아저씨가 내 얼굴을 잡고 입을 강제로 벌리게 하더니, 내 입에 뭔가 쓴 액체를 쏟아 부었어요."라고 윌리는 말했다. 그 말을 듣는 순간 나는 낙담하고 말았다. 어린 시절

어머니가 뱀파이어의 피를 마시고 돌아가셨던 기억이 떠올랐기 때문이다. '사랑하는 윌리가 내 어머니와 같은 운명을 맞게 되다니!' 아무런 상처도, 약물중독의 징후도 발견하지 못한 의사는 윌리에게 활성탄* 몇 순갈을 삼키게 했다.

그날 밤 메리가 태드를 돌보는 동안(태드 역시 낮에 일어난 사건 때문에 정신적 충격을 받은 상태였다), 나는 윌리의 침대 옆에 앉아 그 애가 자는 모습을 가만히 지켜보았다. 다행스럽게도 윌리는 아무런 이상증세를 나타내지 않았고, 월요일 아침까지도 아무런 건강상의 문제가 없는 것처럼 보였다. 나는 '괜한 걱정을 했나 보다.' 라고 생각하며 가슴을 쓸어내렸다.

그러나 월요일 저녁이 되자 윌리는 몸살 증상을 보이기 시작하더니, 화요일 저녁에는 몸이 불덩이처럼 뜨거워졌다. 윌리의 병세가 악화되자 링컨은 모든 공식 업무를 중단하고 윌리를 간호하는 데 매달렸다. 워싱턴 최고의 의료진들이 모두 백악관으로 호출되었다.

의사들은 윌리의 증상을 가라앉히기 위해 최선의 노력을 다했지만, 윌리는 전혀 차도를 보이지 않았다. 메리와 나는

---

* 활성탄(Activated charcoal)은 오랫동안 해독제로 사용되어 왔다. 그것은 장(腸)에서 독소를 흡착하여, 독소가 혈류로 흡수되는 것을 막는 작용을 한다.

사흘 동안 밤낮을 가리지 않고 윌리의 곁을 지켰다. 우리는 윌리의 쾌유를 기도하며, 윌리의 젊음과 신의 가호가 윌리를 병마로부터 지켜 주리라 믿었다. 나는 윌리가 자는 동안 그 애가 좋아하는 책의 구절들을 읽어 주었다. 또 윌리의 부드러운 갈색 머리칼을 쓰다듬으며 눈썹에 맺힌 땀방울을 닦아 주기도 했다.

수요일(4일째)이 되자 우리 부부의 간절한 기도가 응답을 받은 것처럼 보였다. 윌리의 증상이 호전되면서, 실낱같은 희망이 되살아났다. '윌리가 마신 뱀파이어의 피는 치사량이 아니었던 게 분명해. 만일 그게 치사량이었다면 윌리는 벌써 죽었을 거야.'

그러나 몇 시간 동안 호전되는 듯하던 윌리의 병세는 다시 악화되기 시작했다. 윌리는 음식물을 섭취할 때마다 심한 복통을 호소했다. 윌리의 몸은 눈에 띄게 쇠약해졌고, 한 번 올라간 열은 식을 줄 몰랐다. 9일째가 되자 윌리는 잠에서 깨어나지 않았고, 10일째가 되자 워싱턴에서 내로라하는 의사들도 두 손을 들고 말았다.

우리 부부는 또 어린 아들을 하늘나라로 보내야 한다는 사실을 받아들일 수 없었다. 나는 깨어나지 않는 윌리를 품에 안고 이틀 밤낮을 뜬눈으로 새웠다. 나는 윌리를 보낼 수 없

윌리(왼쪽), 태드(오른쪽)와 포즈를 취한 메리. 메리는 살아생전에 세 아들 에디, 윌리, 태드를 하늘나라로 보냈다.

었다. 나는 '하나님이 설마 그렇게까지 잔인하지는 않을 것'이라고 생각하며, 실낱같은 희망을 버리지 않았다.

1862년 2월 20일 오후 다섯 시, 윌리 링컨은 아버지의 품 안에서 숨을 거두고 말았다.

그로부터 몇 년 후, 해방된 노예로서 메리의 전속 재봉사로 일했던 엘리자베스 케클리는 아들을 잃은 설움에 복받쳐 흐느끼던 링컨의 모습을 이렇게 회상했다. "천재적 연설가이자 위대한 대통령인 에이브러햄 링컨이 많은 사람들 앞에서 목 놓아 우는 모습은 너무나 안쓰러웠어요. 마치 소중한 우상을 잃은 어린애 같았죠." 존 니콜레이 대통령 비서관은 키 크고 터프한 대통령이 집무실 문간에서 허공을 응시하며 – 마치 최면에 걸린 사람처럼 – 이렇게 뇌까리던 모습을 잊지 못한다. "니콜레이, 내 아들이 죽었어…도저히 믿어지지 않아." 링컨은 울음을 터뜨리면서 집무실 안으로 들어오지도 않았다고 한다.

윌리가 세상을 떠난 후 나흘 동안, 링컨은 나랏일에서 완전히 손을 떼고 멍하니 하늘만 바라보았다. 그는 이 기간 동안 일기장에 자신의 심경을 토로하는 글을 남겼는데, 그 분량은 무려 20여 페이지에 달한다.

> 윌리는 연인의 부드러운 손길도, 첫사랑의 달콤함도 경험해 보지 못하고 짧은 생을 마감했다. 그 애는 자기를 닮은 아들을 품에 안을 때 느끼는 평안함이 무엇인지도 모른다. 그 애는 위대한 문학작품과, 세계의 유명한 도시들을 더 이상 볼 수 없다. 그 애는 해돋이의 신비로움과, 얼굴을 간질이는 빗방울의 감촉을 더 이상 느낄 수 없다.

자살을 암시하는 글도 있었다.

인생의 참된 평화는 생을 마감함으로써 얻을 수 있다. 인생은 상실, 투쟁, 끝없는 희생으로 점철된 악몽이며, 죽음이란 이 짧고 무의미한 악몽에서 깨어나는 것을 의미한다. 내가 사랑했던 사람들이 죽음의 저편에서 나를 기다라고 있다. 참된 평화를 얻으려면 용기가 필요하다.

맹목적인 분노를 표출하는 글도 있었다.

내게 이 같은 고통을 안겨 주고 기뻐하고 있을 '비겁한 하나님'을 한번 만나보고 싶다. 어린 아이의 생명을 빼앗고 기뻐하는 자의 모습은 어떻게 생겼을까? 오, 제발 하나님의 얼굴을 직접 보고, 그 시커먼 속내를 만천하에 폭로하고 싶다. 내가 아는 악마들과 손잡고 그를 단단히 혼내 주고 싶다.

일부 친지들은 윌리의 시신을 (링컨의 영원한 안식처가 될) 스프링필드에 안장하자는 의견을 제시했다. 그러나 링컨은 어린 아들을 그렇게 먼 곳에서 혼자 지내게 할 수가 없었다. 결국 윌리의 시신은 링컨이 대통령직에 있는 동안에만 워싱턴 묘지에 묻

어 두기로 결정되었다. 장례식이 끝난 지 이틀 후(메리는 슬픔을 이기지 못해 끝내 장례식에 불참했다), 링컨은 묘지를 방문해 묘지기에게 윌리의 관을 열어 달라고 부탁했다.

> 시체의 방부처리 솜씨가 너무 훌륭해서 윌리는 마치 잠자는 것처럼 보였다. 나는 그 애가 어서 잠에서 깨어나 나를 포옹해 주기를 바랐다. 나는 한 시간 동안 그 애 곁에 머물며 많은 이야기를 건넸다. 그 애가 걸음마를 시작하던 일, 짓궂게 장난치던 일, 특이한 표정으로 웃던 일 등을 말할 때는 나도 모르게 웃음이 나왔다. 나는 '너의 사랑스러운 모습은 엄마 아빠의 가슴 속에 영원히 남아 있을 거야!' 라는 말로 마지막 인사를 대신 했다. 윌리와의 마지막 만남이 끝나자 관 뚜껑이 다시 닫혔다. 나는 윌리가 춥고 어두운 관 속에 혼자 있어야 한다는 사실을 받아들일 수 없었다. 그곳은 내가 함께 있어 줄 수 없는 곳이었다.

장례식이 끝난 후 일 주일 동안 메리는 침대를 벗어나지 않았고, 링컨은 집무실 문을 굳게 닫고 두문불출했다. 니콜레이와 헤이는 링컨의 건강을 염려해 모든 공식 미팅을 취소했고, 라몬과 뱀파이어 삼총사는 집무실 문 앞을 한시도 떠나지 않았다. 2월 27일까지 수십 명의 지지자들이 애도를 표하기 위해 백악관을 방문했지만, 비서의 정중한 거절에 모두 발길을 돌렸다.

그러나 1862년 2월 28일, 한 사내가 대통령 집무실을 방문했다. 그는 방문을 제지하는 니콜레이와 헤이에게 자신의 신분을 밝혔다. 그것은 링컨이 도저히 거부할 수 없는 이름이었다.

IV

"당신이 짊어진 짐이 얼마나 버거운지 상상조차 어렵습니다." 헨리가 말했다. "전쟁을 맞아 나라를 이끌어 가는 일도 어려운데, 또 한 명의 아들을 가슴에 묻었으니…"

링컨은 난롯가에 앉은 채 헨리를 맞이했다. 벽난로 덮개 위에는 낡은 도끼가 매달려 있었다. "무슨 일로 왔나요? 내가 얼마나 불행한지를 일깨워 주려고? 그렇다면 괜한 걸음을 하셨군요. 당신이 깨닫게 해 주지 않더라도 나는 이미 너무나 잘 알고 있으니까."

"나는 오랜 친구에게 애도의 뜻을 전하러 왔습니다. 그리고 한 가지 알려줄 것도 있고 -"

"다 그만 둬요!" 링컨은 목이 메어 외쳤다. "듣고 싶지 않아요. 다시는 이런 일로 나를 괴롭히지 말아요."

"당신을 괴롭히려는 게 아닙니다."

"괴롭히는 게 아니면 뭡니까? 말해 봐요, 당신이 원하는 게 뭔지. 내가 괴로워하는 모습을 보고 싶은 거죠? 내 뺨에서 눈물이 흘러내리는 것을 보고 싶은 거죠? 그렇다면 보십시오. 어떤가요. 이제 속이 좀 후련한가요?"

"에이브러햄…"

링컨은 자리에서 벌떡 일어났다. "나는 평생 동안 당신의 심부름만 했어요. 더 이상 뭘 원하는 겁니까? 내 마지막 남은 행복까지 가져가실 건가요? 나는 당신에게 모든 것을 바쳤는데, 그 결과가 뭐죠? 내가 사랑하는 사람들이 모두 당신의 종족에게 희생당하고 말았어요."

"나는 이제까지 당신에게 충실해 왔고, 앞으로도 영원히 그럴 겁니다. 내가 당신에게 줄 수 있는 것은 -"

"죽음이에요!" 링컨이 말했다. "당신은 내게 죽음을 줬어요!"

링컨은 머리 위의 도끼를 바라보았다.

'이제까지 내가 사랑했던 사람들은 모두…'

"에이브러햄, 한 순간의 절망 때문에 목숨을 버려서는 안 됩니다. 어머니가 마지막으로 남기신 말씀을 생각해 보십시오."

"헨리! 나를 조종하려 들지 말아요. 괜히 나를 염려하는 척하지도 마세요. 당신은 자기 이익만을 추구하는 사람입니다. 당신은 절대로 손해 보는 장사는 하지 않죠. 당신이 원하는 건 전쟁이에요."

이번에는 헨리가 자리를 박차고 일어났다. "에이브러햄! 나는 무려 300년 동안 단 한 명의 아내와 자식을 애도하며 살아온 사람입니다. 그 오랜 세월 동안 내 인생에서 어떤 일이 벌어졌는지 당신은 짐작도 할 수 없을 겁니다. 그동안 내가 떠나보낸, 사랑하는 사람들만 해도 천 명이 넘습니다. 하지만 오늘 나는 당신을 위로하러 온 겁니다. 지난날 내가 겪었던 고통을 당신에게는 -"

헨리는 흥분을 가라앉히기 위해 잠시 말을 멈췄다.

"아니야." 헨리는 말했다. "아니야 이렇게 말하면 안 되지. 내가 너무 주제에서 벗어난 이야기를 했군요." 그는 코트와 모자를 집어 들었다. "나는 분명히 당신에게 선택할 기회를 줬습니다. 하지만 당신이 윌리를 다시 살리고 싶지 않다면 그렇게 하십시오. 나는 당신의 의사를 존중합니다."

헨리의 입에서 윌리라는 이름이 나오자 나는 격분했다. 헨리의 냉담한 말투가 나를 흥분시킨 것이다. 나는 난로 위에서 도끼를 꺼내 외마디 소리와 함께 헨리의 머리를 향해 휘둘렀다. 도끼는 헨리의 머리를 살짝 빗나가면서 벽시계를 박살내 버렸다. 이때 집무실의 문이 열리면서 라몬과 뱀파이어 삼총사가 뛰어 들어왔다. 그들은 난장판이 된 집무실 내부를 보고 소스라치게 놀랐다. 뱀파이어 삼총사는 나와 헨리 중에서 어느 쪽 편을 들어야 할지 난감해 했다. 그러나 라몬은 달랐다. 그는 권총을 빼들더니 전혀 망설임 없이 헨리를 겨눴다. 그러나 삼총사 중 한 명이 총구를 가로막는 바람에 라몬은 방아쇠를 당기지 못했다.

헨리는 양팔을 허리에 얹은 채 집무실 한복판에 서 있었다. 나는 다시 도끼를 치켜들고 헨리의 머리를 겨냥하며 달려들었다. 헨리는 눈 하나 깜짝하지 않고 도끼 손잡이를 잡아채더니, 내게서 도끼를 빼앗아 두 동강을 낸 다음 마룻바닥에 던져 버렸다. 나는 이번에는 주먹을 들고 헨리에게 덤볐다. 헨리는 내 주먹을 간단히 막아내더니, 내 팔을 비틀며 등 뒤로 돌렸다. 그는 나를 무릎 꿇린 다음, 자기 가슴을 내 등에 기대며 무릎을 꿇었다. 순간 헨리의 날카로운 송곳니가 내 목에 닿았다. "안 돼!" 라몬이 소리치며 내 쪽으로 달려왔다. 뱀파이어 삼총사가 라몬을 제지했다. 나는 온 몸에 소름이 돋았다. 마치 두 개의 면도날이 내 살갗에 닿은 기분이었다.

"나를 죽여 줘!" 나는 울부짖었다.

'인생의 참된 평화는 생을 마감함으로써 얻을 수 있다.'

"제발 나를 죽여 줘, 제발!"

헨리의 송곳니가 피부를 꿰뚫으며 작은 핏방울이 새어 나왔다. 나는 눈을 감고 미지의 세계로 여행할 준비를 했다. '사랑했던 사람들을 다시 만날 수 있다.'

그러나 나의 간절한 바람은 실현되지 않았다.

헨리는 송곳니를 거두고 나를 놓아 주었다.

"에이브러햄, 이 세상에는 너무 중요해서 죽으면 안 되는 사람이 있습니다." 헨리는 일어서며 말했다. 그는 다시 코트와 모자를 집어 들고 문 쪽으로 발걸음을 옮겼다. 라몬과 뱀파이어 삼총사는 그제야 겨우 안도의 한숨을 내쉬었다.

"헨리!"

헨리가 돌아섰다.

"나는 이 전쟁을 확실히 끝낼 겁니다. 하지만 내가 사는 동안에는 더 이상 뱀파이어를 만나고 싶지 않아요."

"대통령 각하…" 헨리는 가볍게 경례를 했다.

그러고는 한 마디 말도 없이 집무실 문을 나섰다.

링컨은 앞으로 남은 일생 동안 다시는 헨리를 만나지 않으리라 결심했다.

12
노예해방

우리는 이 거대한 재난의 전쟁이 하루 빨리 끝나기를 간절히 바라고 열심히 기도합니다. 그러나 3천 년 전의 말씀에 이르듯, 채찍으로 남의 피를 흘리게 한 자가 심판의 칼에 맞아 그 피 한 방울 한 방울을 자기 피로 되갚는 날까지 이 전쟁을 지속시키는 것이 하나님의 뜻이라면, 우리는 그저 "하나님의 법은 참되어 정의롭지 않은 것이 없도다."라고 말해야 할 것입니다.

– 에이브러햄 링컨, 두 번째 대통령 취임사 중에서

1865년 3월 4일

I

워싱턴 디씨가 남부군의 공격을 받게 되자, 링컨은 전쟁이 벌어지는 장면을 바로 눈앞에서 구경하고 싶었다.

1864년 7월 11일, 링컨은 개인경호원들의 만류를 뿌리치고 혈혈단신으로 말에 올라 스티븐슨 요새*로 향했다. 그곳은 워싱턴의 북쪽 방어선이었다. 그때 남부군의 주발 A. 얼리 장군은 군사 17,000명을 이끌고 스티븐슨 요새에 맹공격을 퍼붓고 있었다.

요새에 도착한 링컨은 북부군 장교들의 영접을 받은 다음 재빨리 진지 안으로 들어갔다. 진지 안에 들어간 링컨은 두꺼운 방호벽 뒤에 숨어 긴장을 풀고 시원한 음료수를 마셨다.

> 나는 백악관에 가만히 앉아 전황을 보고받는데 싫증을 느꼈다. 전쟁의 공포를 현장에서 생생하게 느끼고, 우리 병사들이 고생하는 모습을 눈으로 직접 지켜보고 싶었다. 내가 요새 가장자리에서 막무가내로 고개를 내밀고 병사들의 배치상태와 사격장면을 구경하는 동안, 장교들은 만일의 사태를 염려하느라 전전긍긍했다. 나는 아군 병사들이 적군의 포화에 날아가고 총검에 찔리는 장면을 목격했다.

검정색 실크 모자를 쓴 링컨이 요새 위에서 전쟁터를 내려다보는 모습은 남부군의 저격수들에게는 하늘이 준 기회였다. 몇 분 사이에 세 발의 총탄이 링컨을 스쳐갔는데, 그를 곁에서 지켜보던 장교들은 간이 콩알만 해졌다. 마침내 링컨 곁에 서 있던 장교 하나가 머리에 총을 맞고 즉사하는 사고가 발생했다. 그 순간 누군가 링컨의 코트자락을 잡아당기며 소리쳤다. "이런 바보 멍청이 같으니라고. 저리 가지 못해!" 링컨을 야단친 용감한 사

---

* 스티븐스 요새는 미국의 현직 대통령이 시찰 중에 적군의 공격을 받은 유일무이한 곳으로 알려져 있다.

람은 – 후에 대법원 판사가 되는 – 올리버 웬델 홈스 중위였다.

그러나 링컨은 끄떡도 하지 않았다.

한 마디로, 링컨은 완전히 겁을 상실했던 것이다.

윌리가 죽고 헨리가 다녀간 후 링컨은 백악관에서 모든 뱀파이어들을 추방했다. 링컨의 가장 유능하고 충실한 보호자였던 삼총사들도 예외가 될 수는 없었다. 그들은 정들었던 백악관을 뒤로 하고 뉴욕으로 돌아갔다.

> 내가 미합중국을 지키기 위해 싸우는 이유는 그만한 값어치가 있기 때문이다. 나는 미합중국을 세운 조상들의 재능과 헌신적인 노력에 보답하고 싶다. 나는 미합중국의 미래를 이어나갈 후손들에게 자유를 물려주고 싶다. 미합중국의 승리와 평화를 위해 내 모든 것을 바칠 작정이다. 그러나 그 과정에서 뱀파이어의 힘을 빌린다면 나는 천벌을 받을 것이다.

대통령 경호팀에도 많은 변화가 일어났다. 경호원들은 모두 인간으로 충원되었고, 경호팀의 권한은 링컨의 지시에 의해 점점 축소되었다. 경호원들의 행동에 많은 제약이 생겼고, 경호원들이 참석하지 않는 회의가 눈에 띄게 많아졌다. 날씨가 좋은 날이면 링컨은 – 라몬의 반대에도 불구하고 – 무개마차*를 타고 백악관 밖으로 외출을 나갔고, 저녁에는 백악관과 전쟁부 사이를 혼자 걸어 다녔다. 몇 년 후 라몬이 회고한 바와 같이, "그 당시 링컨의 태도는 겁을 상실한 수준을 넘어, 죽음을 자초하는 수준이었다."

1862년 4월 20일의 일기를 보면, 링컨은 숙명론에 빠져들고 있었던 같다.

> 나는 백악관에서 일주일 동안 천여 명이나 되는 낯선 사람들과 인사를 나눈다. 하지만 이 사람들을 모두 암살범으로 의심할 수는 없는 노릇이다. 사실 나를 암살하려고 마음만 먹는다면 누구라도 힘들이지 않고 그렇게 할 수 있다. 그렇다면 나는 철로 된 상자 속에 숨어 이 전쟁이 끝나기를 기다려야 하나? 그럴 필요는 없다. 하나님이 내 목숨을 원하신다면, 그분은 내가 어디 있더라도 내 목숨을 거둬갈 수 있다. 그분은 원하는 시간에 원하는 방법으로 나를 데려갈 수 있다.

그러나 시간이 흐르면서 링컨은 – 늘 그래왔던 것처럼 – 스스

---

* 지붕이나 문이 없는 마차

로 우울증의 굴레에서 벗어나 안정을 찾아간다. 윌리가 세상을 떠난 지 얼마 후 링컨의 오랜 친구인 윌리엄 맥컬로가 남부군과의 전투에서 전사하자, 링컨은 슬픔에 잠긴 맥컬로의 딸 패니에게 위로의 편지를 쓴다. 그가 패니에게 건넨 위로의 말은 곧 자기 자신에게 하는 말이기도 하였다.

> 이 세상에 세월보다 더 좋은 약은 없단다. 지금은 잘 느끼지 못하겠지만, 시간이 지나면 너도 모르게 기분이 훨씬 나아진 것을 느낄 수 있을 거야. 절대 그럴 리가 없다고? 아니야, 그건 잘못된 생각이야. 넌 분명히 다시 행복해질 수 있어. 이건 내가 많은 경험을 통해 터득한 진리란다. 그러니 한번 믿어 보렴. 내 말을 믿는 순간 세상이 확 달라 보일 거야. 사랑하는 아버지에 대한 애잔한 기억이 곧 순수하고 성스러운 기억으로 바뀌게 될 거야.

그러나 스스로 몸을 추스르고 활기를 되찾아 가는 링컨과는 달리, 메리의 우울증은 시간이 흐를수록 더욱 악화되었다.

> 메리는 단 한 시간도 침대를 떠나 있지 못한다. 그러다 보니 태드를 제대로 돌볼 수 없다. 태드는 태드대로 죽은 형과 병든 엄마 때문에 마음고생이 심하다. 나는 솔직히 메리가 침대에 누운 모습만 봐도 울화가 치밀어 오를 때가 있다. 그

녀는 가끔 화를 내거나 윌리를 핑계로 돈을 뜯어내는 사기꾼들에게 놀아나기도 한다. 그러나 그건 그녀의 잘못이 아니다. 그녀는 세상의 어떤 엄마보다도 많은 고통을 겪었다. 나는 그녀가 옛날의 메리로 되돌아오지 못할까 봐 걱정이다.

II

링컨은 매우 실용적인 사고방식을 가진 인물이었다. 그는 헨리나 '연맹'과 직접적으로 접촉하지는 않았지만, 그들의 지원까지 마다하지는 않았다. 언젠가 링컨이 한번 방문한 적 있던 뉴욕의 대연회장은 군사지도, 상황판, 전신시설 등이 완비된 전략회의실로 개조되어 북부연맹군에게 제공되었다. '연맹' 소속 뱀파이어들은 유럽의 우호적인 뱀파이어들에게 특사를 보내 국제 여론을 조종했다. 그들은 직접 전투에 가담하는가 하면, 자체 첩보망을 통해 수집한 정보를 백악관 정보팀에 제공하기도 했다. 이러한 정보들은 수어드 국무장관을 거쳐 링컨에게 보고되었으며, 관련 문건은 링컨이 본 후에 즉시 소각됐다. 링컨은 1862년 6월 10일자 일기에 다음과 같이 기록했다.

오늘 수집된 정보에 따르면, 북부군 포로들이 남부의 뱀파이어들에게 넘겨져 잔인하게 처형되었다고 한다. 뱀파이어들은 두 명이 한 조를 이뤄 포로 한 명을 기둥 사이에 거꾸로 매단 채, 톱으로 서서히 – 사타구니부터 머리까지 – 세로로 두 동강 냈다. 그러는 동안 다른 뱀파이어는 땅바닥에 등을 대고 누워, 위에서 떨어지는 피를 받아 마셨다. 포로는 거꾸로 매달려 있었기 때문에, 톱이 위(胃)와 가슴을 거쳐 머리에 이를 때까지 의식을 잃지 않고 계속 비명을 질렀다. 다른 포로들은 자기 차례를 기다리는 동안, 앞 포로가 처형되는 끔찍한 광경을 바라보면서 진저리를 쳤다고 한다.

남북전쟁이 발발한 이후 두 번째로 맞는 1862년 여름, 북부군 진영에는 '남부의 유령과 악마들이 막사에서 잠자는 북부군 병사들을 납치해 피를 빨아먹는다'는 소문이 파다하게 퍼졌다. 심지어 야간에 캠프파이어를 하며 다음과 같은 노래를 부르는 병사들도 있었다.

플로리다부터 버지니아에 이르기까지,
조니 렙*이 악마와 거래를 한다는 걸 모르는 사람이 없지.
조니 렙은 음흉한 눈빛의 거짓말쟁이.
북부군 막사로 몰래 숨어들어와,
우리를 불구덩이로 끌고 간다네.

* Johnny Reb, 남북전쟁 당시 남군 병사를 가리키던 속어.

사실무근의 엉뚱한 소문 때문에 북부군 병사들 사이에 살인사건이 발생한 경우도 있었다. 1862년 7월 5일 버지니아주 버클리 농장 부근에서 야영을 하던 북부군 진영에서, 모건 슬로스라는 이등병이 다섯 명의 동료병사에게 살해되었다.

병사 다섯 명은 한밤중에 슬로스 이등병을 막사 밖으로 끌어내어, '뱀파이어'라고 비난하며 구타하기 시작했다(만일 슬로스가 진짜 뱀파이어였다면, 그까짓 병사 다섯 명은 너끈히 해치울 수 있었을 것이다). 그들은 슬로스를 기둥에 묶고 몽둥이와 삽으로 두들겨 패며 자백을 강요했다. "네놈이 뱀파이어라고 자백하면 목숨만은 살려 주마!" 그들은 슬로스를 15분 동안 폭행한 끝에, 그의 피 묻은 입술로부터 뱀파이어라는 자백을 받아냈다. 나는 그가 고통을 면하기 위해서라면 "내가 예수 그리스도요!"라는 자백도 능히 할 수 있었으리라고 생각한다. 자백을 받은 병사 다섯 명은 슬로스의 몸에 등유를 끼얹고 산 채로 태워 죽였다. 나는 슬로스가 느꼈을 공포와 황당함을 생각할 때마다 부르르 치가 떨린다. 내가 공간이동을 할 수 있었다면 당장 그곳으로 달려가 슬로스 이등병을 구했을 것이다.

링컨이 슬로스 이등병 살해사건을 심각하게 받아들인 이유는 그 잔인함 때문만은 아니었다. 그런 어처구니없는 사건이 발생한다는 것은 남부연합의 전략이 먹혀들고 있다는 것을 의미했기 때문이다.

> 아군 병사들끼리 서로 죽이는 일이 발생하는 한, 우리는 이 전쟁에서 절대로 승리할 수 없다. 병사들이 싸움도 하기 전에 겁부터 집어먹는다면 어떻게 적을 이길 수 있겠는가? 현재 우리와 동맹을 맺은 뱀파이어가 한 명이라면 남부와 동맹을 맺은 뱀파이어는 열 명일 것이다. 이처럼 불리한 상황에서 '가상의 뱀파이어'를 자꾸 만들어 내면 전세는 더욱 불리해질 뿐이다. 불리한 전세를 단번에 뒤집을 수 있는 방법은 없을까?

링컨은 어려운 문제에 부딪혔을 때 간혹 꿈을 통해 해답을 얻곤 했는데, 이번에도 그는 꿈속에서 문제를 해결할 결정적인 단서를 찾았다. 그가 1862년 7월 21일에 쓴 일기를 보자.

> 나는 꿈속에서 어린 시절로 되돌아갔다. 어느 흐린 날, 나는 올드컴벌랜드 트레일 길가의 울타리 꼭대기에 앉아 지나가는 나그네들을 구경하고 있었다. 거기서 노예를 가득 싣고 가는 마차를 보았다. 노예들은 서로 사슬로 엮여 있었으며, 손목에는 족쇄가 채워져 있었다. 마차에는 진동으로 인한 충격을 막아줄 건초도 깔려 있지 않았고, 겨울바람을 막아 줄

담요도 없었다. 나는 내 또래의 흑인 소녀와 눈이 마주쳤다. 하지만 그 소녀의 눈을 차마 바라볼 수 없어 시선을 딴 곳으로 돌리고 말았다. 소녀의 얼굴은 온통 슬픔으로 가득했다.

그러나 나는 그 소녀가 어디로 실려 가는지 알고 있었기 때문에 소녀를 외면할 수 없었다.

날이 어두워지자, 나는 흑인 소녀를 뒤쫓아 커다란 헛간으로 들어갔다(내가 어떻게 소녀를 뒤쫓아 갔는지는 생각이 나지 않는다). 헛간 안에는 횃불과 등잔불이 환하게 밝혀져 있었다. 나는 어둠 속에 숨어, 소녀와 다른 흑인들이 고개를 숙인 채 한 줄로 서 있는 것을 보았다. 흑인들 바로 뒤에는 뱀파이어들이 한 줄로 늘어서 있었다. 소녀의 등 뒤에서 번쩍이는 송곳니 한 쌍이 어깨를 향해 내려왔다. 그 순간, 소녀와 나의 눈이 마주쳤다. 뱀파이어는 날카로운 손톱이 돋은 양손으로 소녀의 가녀린 목을 움켜잡았다.

"제발 나를 해방시켜 줘." 소녀가 나를 빤히 바라보며 말했다.

뱀파이어의 송곳니가 소녀의 어깨를 꿰뚫었다.

나는 소녀의 날카로운 비명소리에 놀라 잠에서 깼다.

다음날 아침 링컨은 각료회의를 주재했다.

"각료 여러분," 나는 말했다. "우리는 이제까지 이번 전쟁의 성격이 무엇이며 우리의 진정한 적이 누구인지에 대해 많은 이야기를 나누었습니다. 또 우리는 적에게 맞서는 가장 현명한 방법이 무엇인지에 대해 논의했지만, 적의 힘이 너무나 강력해 마땅한 방법을 찾을 수가 없었습니다. 심지어 우리는 그들을 두려워하게 되었습니다.

그러나 여러분, 이래서는 안 됩니다. 우리는 적의 허를 찔러야 합니다. 그들이 우리를 두려워하게 만들어야 합니다. 그렇다면 적들이 우리를 두려워하게 만드는 방법은 무엇일까요?

그건 바로 적들과 동맹을 맺은 남부인들의 농장에서 노예들을 해방시키는 것입니다. 남부인들은 노예를 이용해 막사를 짓고 탄약을 운반합니다. 따라서 노예가 없어진다면 남부인들은 노동력을 잃고 스스로 무너지고 말 것입니다. 또한 노예들은 은밀히 악마들의 식량으로 제공됩니다. 따라서 노예해방을 선언한다면, 식량이 없어진 악마들은 굶어 죽게 될 것입니다."

각료들 사이에서 일제히 환호성이 터져 나왔다. 여전히 뱀파이어의 존재를 의심하던 체이스 재무장관조차, '남부를 움직이는 기관차의 엔진을 파괴하는 천재적 전략'이라고 추켜세우며 링컨의 아이디어를 높이 평가했다. 수어드 국무장관은 각료들의 찬성 분위기에 동조하면서, 다음과 같은 추가 제안을 내놓았다.

"노예해방은 우리가 어떤 전투에서든 승리한 후에 발표되어야 합니다. 그렇지 않으면 대내외적으로 우리가 불리한 상황을 만회하기 위해 궁여지책으로 노예해방이라는 카드를 꺼내 들었다는 오해를 받을 수 있습니다."라고 수어드는 말했다.

"좋은 생각입니다." 나는 말했다. "그렇다면 지금 당장 우리에게 필요한 것은 단 한 번의 승리로군요."

III

1862년 9월 17일, 남부군과 북부군은 메릴랜드주 샵스버그 근교의 앤티텀 크리크에서 맞붙었다. 남부군의 지휘관은 로버트 E. 리 장군이었는데, 그는 전쟁이 발발하기 전까지만 해도 링컨과 사이가 좋던 인물이었다. 북부군의 지휘관은 민주당원인 조지 B. 맥클레런 장군으로서, 걸핏하면 링컨을 깔보고 무시하던 사람이었다. 그렇다면 링컨은 맥클레런을 어떻게 생각했을까?

맥클레런은 학벌과 배경이 좋은 사람으로서, 나를 푼수로 취급하는 경향이 있다. 그는 자기 같은 귀공자가 나 같은 시골뜨기의 부하로 일하는 것을 못마땅하게 여긴다. 하지만 전쟁에서 한 번도 이겨 보지 못한 주제에 그런 생각을 한다니 그저 가소로울 뿐이다. 그는 막사 안에 우두커니 앉아 포토맥 육군을 자기의 개인 경호원처럼 부려먹는다. 그는 지독한 겁쟁이라서, 공격할 시점에는 망설이고 방어할 시점에는 퇴각하기 일쑤다. 그는 도저히 용서받을 수 없는 죄인이다.

리와 맥클레런이 이끄는 병사들은 동트기 전부터 - 자기들이 미국 전쟁사상 가장 치열한 격전의 주인공이 될 것이라는 것을 아는지 모르는지 - 공격개시 명령이 떨어지기만을 초조하게 기다렸다. 동이 트면서, 한 시간 가까이 지루한 포격전이 계속되었다. 포탄 중에는 일부러 적진의 상공에서 터지도록 조작된 것도 있어서, 불붙은 포탄 파편에 부상을 입는 (운 나쁜) 병사들도 많았다. 북부군 6군단 산하, 제 20 뉴욕연대 소속의 크리스토프 니더러가 쓴 일기*를 보면 당시의 상황이 어떠했는지를 잘 알 수 있다.

방금 전 내 머리 위에서 포탄이 한 방 터지더니 귀가 완전히 먹었다. 이제 더 이상 포탄 터지는 소리가 안 들리니 차라리 마음이 편하다. 이번에는 오른쪽 어깨 위로 뭔가가 휙 날

---

* 미국 전쟁연구소(USAMHI)가 발간한 남북전쟁자료집에서 인용됨.

아오더니, 내 윗옷이 온통 흰 가루로 뒤덮였다. 나는 반사적으로 오른팔을 만져 보고, 내 팔을 온전히 보존해 주신 하나님께 감사드렸다. 감사의 기도가 끝나기 무섭게, 이번에는 내 얼굴에 뭔가 축축한 물질이 묻어있는 느낌이 들어 얼른 손으로 닦아냈다. 그것은 피였다. 나는 그제야 내 옆에 앉아 있던 케슬러의 두개골이 열려 있고, 거기서 삐져나온 뇌수가 옆에 있던 머켈의 얼굴에 묻어 있는 것을 보았다. 머켈은 케슬러의 뇌수가 눈에 들어가 앞이 보이지 않는다고 야단이었다. 그러나 이 정도의 일은 언제든지 일어날 수 있기 때문에, 아무도 크게 신경 쓰지 않는다.

포성이 잠잠해지자, 북부군은 총에 칼을 끼우고 광활한 옥수수 밭 평원을 가로질러 남부군의 진지로 진격했다. 그러나 그들이 남부군 진지에 접근하자, 나무 뒤에 숨어서 기다리고 있던 남부군의 포병들이 포도탄*을 쏘았다. 북부군 병사들의 머리는 포탄에 맞아 날아가고, 그들의 몸뚱이는 산산이 분해되어 옥수수밭 평원에 흩뿌려졌다. 다음은 북부군 12군단 산하 제 13 뉴저지 연대 소속의 세바스찬 덩컨 주니어 중위가 가족에게 보낸 편지**의 일부분이다.

길 잃은 총알이 머리 위를 쌩하니 지나갔고, 사방에서 무수한 포탄이 터졌어. 내 앞에는 사망자와 부상자들이 즐비하게 누워 있었어. 한 불쌍한 병사는 포탄에 맞아 한쪽 다리를 잃고, 다른 쪽 다리에는 심한 부상을 입은 채 날카로운 목소리로 통증을 호소하고 있었어.

북부군의 돌격작전이 끝나자, 옥수수 밭 평원은 시커멓게 그슬린 황무지로 변했다. 평원은 온통 사망자와 부상자로 뒤덮였고, 간간이 떨어지는 남부군의 포탄이 부상자들의 남은 목숨마저 앗아갔다. 이 모든 것은 전투가 시작된 지 불과 두 시간 만에 벌어진 일이었다.

그날 앤티텀 전투에서는 6천 명 이상의 병사들이 목숨을 잃었고, 2만 명 이상의 병사들이 부상을 입었다(부상자 중 상당수는 생명이 위태로웠다).

리 장군은 결국 퇴각하지 않을 수 없었다. 이 전투에서 병력의 2/3만을 사용한 맥클레런 장군은 패배한 남부군이 버지니아로 물러나 재집결하는 것을 바라만 보고 있었다(역사가들은 아직도 이 점을 납득하지 못하고 있다). 그가 퇴각하는 리 장군의 부대를 추격하기만 했어도 남부군에 결정적인 타격을 입혀 전쟁을 보다 빨리 종결시킬 수 있었을 것이다.

---

* 산탄총알과 비슷한 대포알. 하나의 발사체에 작은 금속공들을 충전해 두었다가, 포를 발사하면 여러 개의 금속공들이 흩어져 적에게 큰 타격을 입힐 수 있다. 주로 근접전에서 사용되었다.

* * 뉴저지 역사협회가 발간한 덩컨서신에서 인용됨.

링컨은 격분했다.

"제기랄!" 링컨은 맥클레런이 패주하는 적군을 추격하지 않았다는 스탠턴 전쟁장관의 보고를 듣고 소리쳤다. "그는 어떤 남부인들보다도 나를 더 슬프게 하는군!"

링컨은 즉시 샵스버그에 있는 맥클레런의 막사로 향했다.

남북전쟁 당시에 촬영된 사진들 중에는 링컨과 맥클레런이 샵스버그의 총사령부 막사에서 테이블에 마주앉아 찍은 사진이 있다. 이 사진에서 두 사람의 표정은 매우 부자연스럽고 언짢아 보인다. 역사가들에 의하면, 링컨은 당시에 맥클레런을 이렇게 조롱했다고 한다. "군대를 쓰고 싶지 않다면 내게 좀 빌려주시오." 그러나 그 유명한 사진이 촬영되기 직전 두 사람 사이에서 어떤 일이 벌어졌었는지를 아는 역사가는 아무도 없다.

나는 맥클레런의 막사에 들어가 그와 인사를 나누고 그의 보좌관들에게 악수를 건넨 다음, 맥클레런에게 단독면담을 요구했다. 텐트 문이 닫히는 것을 확인한 나는 모자를 작은 테이블 위에 올려놓고, 코트 깃을 매만진 다음 그 앞에 버티고 섰다.

"장군." 나는 말했다. "당신에게 물어볼 말이 하나 있소."

"말씀하십시오." 맥클레런이 말했다.

나는 그의 멱살을 잡고 내 앞으로 바짝 끌어당겼다. 그와 나의 거리는 불과 몇 인치밖에 되지 않았다. "그것 좀 보여 주시요."

"도대체 무슨 말씀을 하시는 겁니까?"

나는 그를 더욱 바짝 끌어당기며 말했다. "당신의 송곳니 말이오." 맥클레런은 내 손에 매달려 몸부림을 치기 시작했지만, 나보다 키가 한참 작아 발바닥이 땅에 닿지 않았다. "분명히 여기에 있을 텐데." 나는 한 손으로 그의 입을 강제로 벌리면서 말했다. "당신이 인간이라면, 왜 전쟁의 고통을 연장시키려 애쓴단 말이오? 어서 당신의 시커먼 눈과 날카로운 손톱을 드러내시오. 우리 한번 맞붙어 봅시다." 나는 그를 세게 흔들었다. "보여 달란 말이오!"

"도-도대체 무슨 말씀을 하시는지 저-전혀 못 알아듣겠습니다." 그는 울먹였다.

잔뜩 겁먹은 표정으로 보아 그의 말은 진심인 것 같았다. 나는 그를 놓아 주었다. 욱하는 성미를 다스리지 못한 내 자신이 부끄러웠다. "알겠소." 나는 말했다. "당신은 인간이 맞는가 보군." 나는 다시 코트 깃을 여민 다음 텐트의 문을 열었다.

"이리 오시오." 나는 테이블 앞에 앉으며 말했다. "방금 전의 일은 없었던 걸로 해 두고, 가드너*에게 사진이나 한 장

링컨이 샵스버그의 막사 안에서 초조한 모습의 맥클레런 장군과 마주앉아 있다. 링컨이 의자에 비스듬히 기대어 놓은 도끼를 주목하라. 링컨은 맥클레런 장군이 뱀파이어일 경우를 대비해 도끼를 휴대한 것으로 보인다.

찍어 달라고 합시다."

그로부터 한 달 후, 링컨은 맥클레런을 직위 해제했다.

샵스버그의 막사를 떠난 후, 링컨은 앤티텀 크리크 일대를 돌아다니며 전쟁의 참사를 두 눈으로 확인했다. 심하게 훼손되고 경직된 채 옥수수 밭 평원을 나뒹구는 시체들을 보자, 비통해진 링컨은 눈물을 글썽였다.

> 죽은 병사들 하나하나가 전부 윌리와 같은 처지라고 생각하니 나도 모르게 눈물이 나왔다. 그들은 모두 나 같은 '저주받은 아버지', 메리 같은 '울보 어머니'와 이별한 청년들이었다.

링컨은 머리에 포탄을 맞아 전사한 북부군 병사의 시체 옆에 앉아 거의 한 시간을 보냈다.

> 병사의 뒤통수는 열려 있었다. 두개골과 뇌가 대부분 사라진 머리에는 얼굴과 두피만이 남아, 마치 빈 곡물자루처럼 납작한 모습으로 땅바닥에 놓여 있었다. 나는 구역질이 났지만 그의 시체에서 눈을 뗄 수 없었다. 이 무명 용사는 9월의

---

* 알렉산더 가드너(Alexander Gardner)는 워싱턴 D.C.에 거주하는 사진사로서, 후에 링컨의 마지막 초상을 촬영하게 된다.

남북전쟁이 끝난 1865년, 버지니아주 콜드하버에서 해방된 노예들이 남부군 병사들의 시체를 수습하고 있다. 땅바닥에 앉아 있는 남자 왼쪽에 있는 해골의 모습을 유심히 보라. 송곳니가 보이지 않는가?

어느 날 아침 기상나팔 소리에 - 그날이 인생의 마지막 날이 되리라고는 꿈에도 생각하지 못하고 - 눈을 떴으리라. 그는 옷을 입고 밥을 먹은 다음, 전쟁터로 용감하게 달려 나갔으리라. 그러나 그가 달려간 길은 영원히 돌아올 수 없는 길이었다. 그의 인생은 처참한 비극으로 끝났다. 그의 모든 경험, 과거와 미래는 고향에서 멀리 떨어진 낯선 평원에 산산이 흩어지고 말았다.

나는 병사의 어머니와 아버지, 형제와 누이를 생각하며 울었다. 그러나 나는 병사 자신을 위해 울지는 않았다. 다음과 같은 옛말이 생각났기 때문이다.

"오직 죽은 자만이 전쟁의 종말을 볼 수 있다."

IV

앤티텀 전투의 결과가 아무리 '상처뿐인 영광'이었다 할지라도, 한 건의 승전보를 애타게 기다리던 링컨에게는 대박을 터뜨릴 절호의 기회였다. 1862년 9월 22일 링컨은 "반란주(rebel states)로 지정된 모든 지역에서 노예들을 영원히 해방한다."고 전격 선언한다.

노예해방 선언에 대한 사람들의 반응은 제각각이었다. 강경파(노예제 폐지론자)들은 "남부의 노예들을 해방하는 것만으로는 충분치 않다."고 비판했다. 온건파들은 "노예해방이 남부인들을 자극해 그들의 결속을 강화시킬지도 모른다."고 우려를 표명했다. 일부 북부군 병사들은 "우리는 북부연맹의 보존을 위해 싸우는 것이지 흑인들의 자유를 위해 싸우는 것은 아니다."라고 주장하며 반란을 일으킬 조짐까지 보였다.

그러나 링컨은 그들의 사소한 비판에 개의치 않았다.

링컨이 정작 중요하게 생각한 것은 흑인들의 반응이었다. 그는 시시각각 각지에서 들어오는 보고를 종합해 본 결과, 의도했던 대로 상황이 전개되고 있다고 확신하게 되었다.

나는 오늘 뉴욕에서 활동하고 있는 동지들로부터 반가운 소식을 전해 들었다. 그들이 수어드 국무장관을 통해 전해온 바에 따르면, 최근 미시시피주 빅스버그 부근의 한 농장에서 흑인들의 반란이 일어났다고 한다. 이 소식은 농장에서 탈출한 흑인소년의 입을 통해 처음으로 알려졌다고 하는데, 나는 이 이야기가 절대로 꾸며낸 이야기가 아니라고 확신한다. "그날 아침 노예해방의 반가운 소식이 흑인들의 막사에 전해지자, 흑인들은 찬송가를 부르며 기뻐했다고 합니다." 수어드가 말했다. "그러나 곧 주인들의 성난 회초리가 그들의 반란을 제지했습니다. 주인들은 흑인 소녀 한 명을 골라 발목에 사슬을 채운 다음 우리에 가두었습니다(이것은 주인이 노예 한 명을 죽여 본보기로 삼아, 노예들의 동요를 가라앉히는 전형적인 방법입니다). 그러나 흑인들은 - 종전과는 달리 - 이 소녀가 죽도록 내버려두지 않았습니다. 그들은 낫과 칼을 들고 소녀가 갇힌 우리를 에워쌌습니다. 그 순간 흑인들을 경악시키는 끔찍한 사건이 발생하였습니다. 매서운 눈매의 신사 두 명이 나타나 그 소녀 앞에 무릎을 꿇고 앉아, 벗겨진 옷 사이로 드러난 두 유방을 하나씩 차지하고 피를 빠는 것이 아니겠습니까? 그 신사들은 뱀파이어였습니다. 그들은 입가에 피 칠갑을 하고 태연히 식사를 했습니다. 눈앞에서

노예해방이 선포되자 – 링컨의 의도대로 – 노예들은 자신들의 주인과 뱀파이어를 상대로 반란을 일으키기 시작했다

벌어지고 있는 끔찍한 장면에 흑인들은 전의를 완전히 상실했습니다. 잠시 후 일부 용감한 흑인 남자들이 무기를 들어 뱀파이어들을 내리쳤습니다. 그러나 뱀파이어들의 동작이 더 빨랐습니다. 그들은 잽싸게 허공으로 솟구쳐 올라 우리 한쪽 벽에 달라붙었습니다. 그것은 마치 파리가 파리채를 피하는 것만큼이나 민첩하고 유연한 움직임이었습니다. 흑인들의 공격을 피한 뱀파이어들은 역습을 했습니다. 뱀파이어들은 날카로운 손톱으로 흑인들의 목에 구멍을 뚫고, 머리에 강펀치를 날렸습니다. 뱀파이어의 공격을 받은 흑인들은 쓰러지기도 전에 이미 목숨이 끊어진 상태였습니다. 그러나 수

가 많던 흑인들이 결국 뱀파이어들을 제압했습니다. 한 명의 뱀파이어를 제압하는 데 여섯 명 이상의 장정이 필요했습니다. 결국 흑인들은 혼절한 뱀파이어들을 우리에서 질질 끌고 나가, 결박해 두었다가 목매달아 죽였다고 합니다."

흑인들이 반란을 일으켜 주인과 뱀파이어를 처형했다는 소식은 전국 방방곡곡으로 퍼져 나갔다. 바야흐로 뱀파이어의 시대는 종말을 고하고 있었던 것이다.

1863년 11월 19일, 15,000명의 청중 앞에 선 링컨은 호주머니에서 조그만 종이쪽지 하나를 꺼내 펼쳐 들었다. 잠시 목청을 가다듬은 링컨은 연설문을 읽어 내려가기 시작했다.

지금으로부터 87년 전 우리의 선조들은 이 대륙에 새로운 나라를 세웠습니다. 이 나라는 자유 속에서 태어나, '만인은 모두 평등하게 창조되었다'는 명제에 봉헌되었습니다.

링컨은 게티스버그를 방문해, 3일 동안 계속된 전투에서 목숨 바쳐 북부연맹의 승리를 이끌어낸 8천여 병사들의 넋을 기리며 추모연설을 하는 중이었다. 링컨의 곁에서는 워드 힐 라몬이 한쪽 손을 안주머니에 넣은 채 바짝 긴장한 표정으로 청중들을 훑어보고 있었다(그의 손은 안주머니 속에 있는 리볼버 권총을 움켜쥐고 있었다). 오늘날 남아 있는 당시의 사진을 보면, 링컨을 밀착 경호하고 있는 라몬의 모습을 볼 수 있다. 그날 링컨을 경호하는 인물은 라몬 한 명뿐이었다.

> 대통령과 나는 세 시간 동안 연단 위에 있었다. 나는 그날따라 왠지 암살자의 공격이 있을 것 같은 예감이 들어, 한시도 긴장을 늦출 수 없었다. 내 눈에는 모든 청중들이 대통령에 대해 반감을 가진 것처럼 보였다. 청중들의 움직임 하나하나가 모두 대통령의 생명을 노리는 행위인 것처럼 느껴졌다.

워싱턴을 출발하기 전, 링컨은 이번만큼은 경호원 없이 게티스버그에 가겠다고 고집을 부렸다. 조국을 위해 생명을 바친 분들을 추모하는 자리에 무장한 사람이 나타나면 곤란하다는 이유 때문이었다. 라몬이 "그럼, 각하를 태운 열차를 출발시키지 않겠습니다."라고 으름장을 놓은 끝에, 라몬 혼자 대통령을 경호하기로 결정되었다.

> 우리는 그분들의 죽음을 헛되이 하지 않겠다고 굳게 다짐합니다. 신의 가호 아래 이 나라는 새로운 자유의 탄생을 보게 될 것이며, 국민의, 국민에 의한, 국민을 위한 정부는 이

게티스버그의 연설이 끝난 후, 라몬이 링컨에게 바짝 달라붙어 청중들을 주시하고 있다. 이날따라 라몬의 신경은 매우 날카로워 보인다. 사진의 오른쪽 끝부분을 유심히 보면, 라몬의 육감이 틀리지 않았음을 알 수 있다.

지상에서 결코 사라지지 않을 것입니다.

연설이 끝나자 곧 우레와 같은 박수갈채가 쏟아졌다. 링컨은 연설문이 적힌 종이쪽지를 접은 다음, 박수 소리가 잦아들기를 기다려 자리에 앉았다. 연설시간은 총 2분이었지만, 그 짧은 시간 동안 링컨은 미국인뿐 아니라 세계인들의 가슴 속에 영원히 간직될 명연설을 남겼다. 그것은 바로 19세기 최고의 연설로 역사에 남을 게티스버그의 연설이었다. 한편 그 짧은 시간 동안, 링컨의 가장 충실한 경호원인 워드 힐 라몬은 미국의 역사를 영원히 바꾸어 놓을 중대 결정을 내리게 된다.

라몬이 게티스버그에서 느꼈던 스트레스는 그가 감당할 수 있는 수준을 넘어선 것이었다. 결국 워싱턴으로 돌아간 라몬은 링컨에게 대통령 경호원 직을 사임하겠다고 말한다.

V

1864년 11월 8일 밤, 링컨은 몰아치는 비바람 속에 홀로 밤길을 걷고 있었다.

> 나는 4년 전 스프링필드에서 그랬던 것처럼, 이번에도 혼자 우체국으로 가서 조용히 결과를 기다리기로 했다. 이번 선거에서 패배하더라도 위로받고 싶은 생각은 없다. 설사 승리하더라도 축하받고 싶은 생각이 없는 것은 마찬가지다. 첫 번째 당선이 축하할 일이었다면, 두 번째 당선은 반드시 축하할 일만은 아니기 때문이다.

선거일 현재 전쟁으로 인한 사망자는 50만 명으로 집계되었다. 게다가 전쟁으로 인한 막대한 손실, 전쟁에 대한 염증, 노예해방을 둘러싼 북부의 심각한 내분 때문에 아무도 링컨의 재선을 장담할 수 없는 상황이었다. 그럼에도 불구하고 링컨은 민주당의 맥클레런(앤티텀에서 링컨과 대면했던 맥클레런과 동일 인물임)을 압도적 표차로 제치고 17대 미국 대통령으로 재선된다. 링컨의 러닝메이트*는 테네시주 출신의 민주당원인 앤드루 존슨이었다. 북부군 병사의 80%는 자기들의 총사령관인 링컨에게 표를 던진 것으로 밝혀졌는데, 이는 상대 후보가 북부군의 장군 출신이라는 점과 그 동안 북부군 병사들이 견뎌내야 했던 끔찍한 상황을 고려해 볼 때 도저히 믿기지 않는 결과였다. 링컨의 당선 소식이 전해지는 순간 리치몬드를 포위하고 있던 북부군은 일제히 함성을 질렀다. 리치몬드는 남부연합의 수도였다. 북부군의 함성 소리가 얼마나 우렁찼던지, 리치몬드의 시민들은 남부군이 북부군에 항복한 것으로 착각했을 정도라고 한다.

사실 리치몬드의 주민들이 패배를 예감한 데는 그만한 이유가 있었다. 리치몬드는 몇 달 동안 포위되어 있던 데다가, 남부의 공업 중심지인 애틀랜타는 이미 함락된 상태였다. 더욱이 남부 전역에서 해방된 노예들이 수만 명씩 북부로 탈출하는 바람에 남부의 농업기반은 완전히 붕괴되었다. 한편 노예의 급격한 감

---

* 선거에서 한 조가 된 입후보자 가운데 하위 후보자를 일컫는 용어. 두 관직을 동시에 뽑는 선거제도에서 아래 관직의 선거에 출가한 입후보자를 일컫는 정치용어이다.

소로 인해 손쉬운 먹잇감을 잃은 뱀파이어들은 굶어 죽거나 묘지를 파헤쳐 시체의 피를 먹는 수밖에 없었다. 이로 인해 북부군 병사들에게 테러를 가하던 무시무시한 '슈퍼맨 병사'들은 점차 사라지게 되었다. 따라서 링컨이 두 번째 취임연설을 하는 1865년 3월 4일 쯤에는, 전쟁은 거의 끝난 것이나 마찬가지였다.

> 우리는 누구에게도 원한을 품지 말고, 모든 이를 불쌍히 여기는 마음을 가져야 합니다. 또 하나님의 정의로움에 대한 굳은 확신을 가지고 지금 우리에게 맡겨진 일을 잘 마무리하도록 노력해야 합니다. 전쟁으로 인한 이 나라의 상처를 치유하고, 전쟁의 부담을 짊어져야 하는 사람과 그의 미망인, 그리고 고아가 된 그의 아이를 돌보아야 합니다. 우리 국민들 사이는 물론 다른 나라들과의 관계에서도 정의와 평화가 영원히 정착될 수 있도록, 우리 다 함께 매진합시다.

취임 연설이 끝난 후 링컨은 의장대를 사열했다. 흑인 병사들이 백인 병사들 사이에 섞여 연단 앞을 지나가는 것이 보였다.

> 나는 흑인 병사들이 내 앞으로 지나가다가 경례를 하는 것을 보고 감격의 눈물을 흘렸다. 그들의 얼굴 위에 정의를 외치다 희생된 이름 없는 사람들의 얼굴이 스쳐갔다. 어린 시절 올드컴벌랜드 트레일에서 마차에 실려 지나가던 흑인 소

녀의 얼굴도 떠올랐다. 나는 그들의 얼굴에서 과거의 고통과 미래의 희망을 함께 보았다.

1865년 4월 9일, 남부군의 로버트 E. 리 장군이 항복함으로써 남북전쟁은 사실상 끝을 맺는다. 다음날 링컨은 익숙한 글씨체로 휘갈겨진 편지를 한 통 받았다.

에이브러햄,

나에 대한 분노는 잠시 접어 두고, 내 축하 인사를 받아주십시오.

우리의 적이 드디어 미국을 탈출하기 시작했다는 보고를 받았습니다. 놈들 중 일부는 유럽으로 되돌아가고, 일부는 상대적으로 안전한 남아메리카나 동양으로 향하고 있다고 합니다. 놈들은 미국의 현재와 미래를 분석했을 때, '미국은 앞으로 살아있는 인간의 땅이 될 것이기 때문에 뱀파이어가 생활하기에는 부적당한 곳이다.' 라는 결론을 내린 것 같습니다. 당신은 최근 4년 동안 많은 미국인들의 아버지 역할을 훌륭히 수행했습니다. 당신은 하나님으로부터 감당하기 어려운 희생을 많이 요구받았습니다. 그러나 당신은 그 동안의 모든 어려움을 슬기롭게 극복했습니다. 이제 당신의 존재는 동시대인들과 그 자손들에게 커다란 축복이 될 겁니다.

당신의 부인도 매우 자랑스러워하겠군요.

당신의 영원한 친구,

-H

어린 시절 링컨은 "미국에 있는 모든 뱀파이어들을 죽여 버리겠다."고 맹세한 바 있다. 그는 비록 그 맹세를 지키지는 못했지만, 그에 버금가는 큰일을 해냈다. 뱀파이어 중에서 가장 악랄한 종족들을 해외로 추방하는 데 성공한 것이다. 그러나 미국에는 떠나기를 거부하는 뱀파이어가 아직 한 명 남아 있었다. 그는 링컨을 죽임으로써 뱀파이어의 왕국을 재건할 수 있다고 믿고 있었으니……

그의 이름은 바로 존 윌크스 부스였다.

존 윌크스 부스(오른쪽 앉은 이)가 남부연합의 대통령인 제퍼슨 데이비스와 포즈를 취했다. 이 사진은 1863년경 리치몬드에서 촬영되었는데, 지금까지 전해 오는 부스의 사진 중에서 그가 뱀파이어의 본색을 드러내며 찍은 것은 이 사진 하나뿐이다.

13
악마의 복수

나는 이제 여러분을 떠나갑니다. '만인은 자유롭고 평등하게 태어났다'는 사실을 아무도 의심하지 않는 그 날이 올 때까지, 여러분의 가슴 속에 자유의 등불이 활활 타오르기를 기원합니다.

– 에이브러햄 링컨, 일리노이주 시카고에서 행한 연설 중에서
1858년 7월 10일

I

1865년 4월 12일 저녁, 한 남자가 백악관의 잔디밭을 가로질러 남쪽 현관의 우뚝 솟은 기둥을 향해 걸어가고 있었다(이처럼 화창한 봄날 오후에는, 대통령이 현관의 3층 발코니에 불쑥 모습을 나타내는 경우도 종종 있었다). 남자는 작은 서류가방을 들고 활기차게 걸었다. 에이브러햄 링컨의 책상 위에는 「중앙정보부의 창설에 관한 법률안」이 결재를 기다리고 있었다. 그러나 그 법률안은 링컨의 재임기간 내내 그 자리에 있던 것이었다.

오후 4시 3분 전, 남자는 백악관 안으로 들어가 집사에게 자신의 신분을 밝혔다.

"조슈아 스피드입니다. 대통령 각하를 만나 뵈러 왔습니다."

오랜 전쟁에 링컨은 심신이 지쳤다. 그는 윌리의 죽음 이후로 자신이 점점 더 쇠약해지고 있다는 것을 느꼈다. 그의 마음에는 그늘이 드리워졌고, 자신감은 없어졌다. 얼굴의 주름은 깊어 갔고, 눈 밑의 피부는 축 처져 온 몸의 진이 다 빠진 듯 보였다. 메리 역시 만성적인 우울증에 시달렸으며, 어쩌다 생기가 돌 때는 병적인 집안 꾸미기에 집착하거나 죽은 에디, 윌리의 영혼과 대화하기 위한 강신 행사에 몰두했다. 데리와 링컨은 단순한 인사말 말고는 거의 얘기를 나누지 않았다. 리치몬드를 방문 중이던 4월 3일부터 5일 사이, 링컨은 일기장의 한쪽 귀퉁이에 다음과 같은 글귀를 끼적여 놓았다.

> 우울하다.
> 옛 친구를
> 다시 한 번
> 만나보고 싶다.

링컨은 기분전환과 친목도모를 위해, 옛 친구이자 뱀파이어 사냥꾼인 스피드를 그날 저녁 백악관 만찬에 초대했다. 링컨은 집사로부터 스피드가 도착했다는 소식을 듣자, 회의 중이던 각료들에게 양해를 구하고 서둘러 응접실로 달려갔다. 조슈아 스피드는 링컨이 죽은 후 동료 헌터인 윌리엄 수어드에게 보낸 편지에서, 링컨이 응접실에 들어서던 때의 모습을 다음과 같이 회상했다.

> 대통령 각하는 오른손을 내 어깨에 얹으시고, 잠깐 동안 내 얼굴을 물끄러미 바라보셨습니다. 나는 각하의 얼굴을 자세히 살펴보았습니다. 그 분은 과거 어느 때보다도 무기력해 보였습니다. 뱀파이어의 정수리를 향해 사정없이 도끼를 내리치던 어깨 넓은 거인의 모습은 어디로 사라진 걸까요? 미소 띤 눈과 자신감 넘치는 태도는 온데간데없고, 내 앞에는 그저 구부정하고 수척한 노신사가 한 명 서 있었습니다. 피부에는 병색이 완연하고, 나이보다 20년은 더 늙어 보였습니다. 각하는 "친애하는 스피드!"라고 말하며 나를 끌어안으셨습니다.

두 헌터는 자기들끼리만 식사를 했다. 메리는 두통 때문에 침실에 틀어박혀 있었다. 그들은 식사를 마친 후 대통령 집무실로 들어가 - 마치 스프링필드의 자취방에서 그랬던 것처럼 - 웃고 떠드느라 날이 새는 줄도 몰랐다. 그들은 뱀파이어 사냥과 전쟁에 관해 이야기꽃을 피웠고, 아직도 뱀파이어가 떼를 지어 몰려다닌다는 루머에 대해서도 이야기를 나누었다. 그러나 그들은 가족이나 사업에 관한 화제는 일절 입에 올리지 않았다.

내 희망이 이루어졌다. 나는 비록 짧은 시간 동안이나마 근심걱정을 잊고 옛날의 나로 돌아갈 수 있었다.

자정이 지나 대화가 한바탕 오고간 후, 링컨은 스피드에게 며칠 동안 그를 괴롭히던 꿈 이야기를 꺼냈다. 그가 일기장에 적어놓은 꿈의 내용은 다음과 같다.

죽음처럼 고요한 적막이 흐르는 밤이었다. 갑자기 어디선가, 많은 사람들이 흐느껴 우는 소리가 들려왔다. 나는 잠자리에서 일어나 아래층으로 내려갔다. 울음소리는 아래층에서 나는 것이 분명했지만, 그 주인공이 누구인지는 알 수 없었다. 나는 이 방 저 방을 찾아 헤맸지만 아무도 보이지 않았고, 그 동안에도 울음소리는 계속 들렸다. 마지막으로 남은 곳은 백악관에서 가장 큰 방인 동관뿐이었다. 나는 동관의 문을 밀치고 들어갔다. 그 순간 깜짝 놀라 뒤로 넘어질 뻔했다. 내 앞에는 관대*가 하나 놓여 있었고, 그 위에는 수의를 입은 시체가 하나 누워 있었다. 시체의 주위에는 호위병들이 빙 둘러서 있었고, 그 뒤로 많은 사람들이 모여들어 있었다. 그들은 모두 시체를 내려다보며 슬피 울고 있었다. 시체의 얼굴은 가려져 있었다. 나는 '누가 죽었지?' 라고 호위병에

* 무덤 안에 관을 얹어놓던 평상이나 낮은 대.

게 물었다. 그는 '대통령 각하요. 암살되셨습니다.' 라고 대답했다. 그러자 사람들은 일제히 울음을 터뜨렸고, 나는 그 울음소리 때문에 잠에서 깨어났다. 그날 밤 나는 잠을 한숨도 이루지 못했다.

II

존 윌크스 부스는 햇빛을 지독히 싫어했다. 햇빛은 그의 피부를 자극하고 눈을 따끔거리게 했다. 더욱이 햇빛은 북부인들의 시뻘겋고 기름진 얼굴을 돋보이게 하기까지 했다. 그는 북부인들이 북부연맹의 승리를 찬양하고 남부연합의 종말을 축하하면서 거리를 쏘다니는 모습을 굉장히 싫어했다. 그는 북부인들을 볼 때마다, '너희들이 남북전쟁의 진정한 의미를 알아?' 라고 중얼거리곤 했다. 스물여섯 살의 연극배우인 부스는 어두운 무대를 좋아했다. 그에게 연극 무대는 집이나 다름없었다. 그는 연극에 사용되는 막(幕), 조명, 로프가 좋았다. 그에게 극장은 인생의 중심이었다. 정오 무렵에 극장에 도착하면 많은 편지들이 그를 기다리고 있었다. 그는 그 편지들이 열성팬들로부터 온 팬레터라는 것을 잘 알고 있었다. 그들은 3개월 전 뉴욕 공연에서 안토니우스로 출연한 부스를 기억하는 사람들이었다. 아니면 최근 공연된 《배교자(The Apostate)》라는 연극에서 악당 페스카라 공작으로 출연한 부스에게 매료된 사람들이었다.

현재 부스가 공연하고 있는 포드 극장은 – 자연채광을 위해 무대 뒤의 문이 열려 있는 것을 제외하면 – 전반적으로 어두웠다. 1층과 2층의 발코니는 어둠에 싸여 있고, 부스가 무대를 밟을 때마다 신발 굽에서 울리는 메아리가 텅 빈 객석의 공허함을 채워주었다. 부스에게는 이보다 더 즐겁고 자연스러운 것이 없었다. 부스는 가끔씩 무대의 뒷문을 닫아 극장을 어두컴컴하게 만든 다음, 객석의 좁은 통로에서 잠을 자거나, 발코니에 촛불을 켜고 책을 읽거나, 아니면 혼자 무대에 올라 가상의 관객을 대상으로 리허설을 하곤 했다. "텅 빈 극장은 이행되지 않은 약속이다."라고 누군가 말하지 않았던가? 몇 시간 후 막이 오르면, 주변이 모두 밝아지고 시끄러워질 것이다. 다양한 사람들이 다양한 복장을 하고 들어와 웃음과 박수갈채를 쏟아낼 것이다. 그리고 약속은 이행될 것이다. 그러나 막이 내리고 조명이 꺼지면, 다시 어둠이 찾아올 것이다. 부스에게 있어서, 극장의 아름다움이란 바로 이런 것이었다.

부스는 무대의 왼쪽 위, 자기 머리보다 10피트 높은 곳에서 인부 두 명이 작업을 하고 있는 것을 보았다. 그곳은 귀빈실이었다. 인부들은 두 개의 작은 방을 나누는 칸막이를 없애, 하나의 큰 방으로 만드는 작업을 하고 있었다. 이는 누군가 중요한 인물이 오늘 밤 극장을 방문한다는 것을 뜻했다. 인부 두 명 중 한 명은 부스와 안면이 있는 에드먼드 스팽글러였다. "스팽글러, 오늘 저녁 귀빈실의 주인공은 누구죠?" 스팽글러가 대답했다. "대통령 각하와 그랜트 장군 내외분이랍니다."

부스는 스팽글러의 대답이 떨어지기가 무섭게, 팰레터를 챙기지도 않고 서둘러 극장을 빠져 나갔다.

부스는 친구들과 접촉하고, 작전도 세우고, 무기도 준비해야 했다. 그러나 그러기에는 시간이 너무 부족했다. '시간이 촉박하다. 하지만 두 번 다시 올 수 없는 절호의 기회다!' 그는 메리 서랫의 하숙집으로 직행했다.

메리는 동그란 얼굴과 검은 머리칼을 지닌 평범한 여성으로서, 남부연합의 열렬한 지지자였다. 부스와 그녀는 몇 년 전부터 알고 지내던 사이였다. 그녀는 남편과 함께 메릴랜드에서 선술집을 운영하다가 손님으로 왔던 부스를 만났다. 그녀는 자신보다 열네 살이나 연하인 연극배우에게 마음을 뺏겼고, 두 사람은 내연 관계를 맺게 되었다. 그 후 남편이 사망하자 메리는 선술집을 처분하고 워싱턴으로 이사해, H거리에 작은 하숙집을 열었다. 부스는 이 하숙집의 단골손님이었지만, 최근 몇 년 동안 두 사람 간의 육체적 관계는 뜸한 편이었다. 하지만 부스에 대한 메리의 일편단심은 변함이 없었다. 그래서 부스가 그녀에게 '선술집 주인인 존 로이드에게 가서 맡겨둔 총을 찾아와 달라' 고 부탁하자, 그녀는 두말없이 그의 부탁을 들어주었다(부스는 몇 주 전 로이드에게 리볼버 총을 맡겨두었다. 그것은 링컨을 납치해 남부군의 포로와 교환하는 데 사용하려던 것이었다. 하지만 링컨을 납치하려던 계획은 수포로 돌아갔고, 부스는 이제 그 총을 보다 직접적인 방법으로 사용할 속셈이었다). 하지만 부스에 대한 메리의 사랑은 결국 파멸로 끝난다. 그녀는 3개월 후 교수형에 처해짐으로써 부스의 부탁을 들어준 대가를 톡톡히 치르게 된다.

애욕에 눈먼 메리가 '치명적인 심부름'을 하는 동안, 부스는 루이스 파월과 조지 애처롯의 집을 연이어 방문했다. 그들은 모두 링컨의 납치계획에 가담했던 자들로서, 부스의 머릿속에 세워진 '대담한 계획'을 실천하는 데 꼭 필요한 인물들이었다. 둘 중에서 연장자인 애처롯은 터프한 인상의 독일계 이민자로서, 마차 수리공으로 일하고 있었으며 부스와 오랫동안 알고 지내온 사이였다. 파월은 남부군으로 참전한 경력이 있는 스물두 살의 앳된 청년으로서, 남부군의 첩보대 요원이었고 메리와 친분이 있었다. 부스는 그들에게 그날 저녁 일곱 시에 만나자고 말했다. 그는 시간을 꼭 지키라고 말했을 뿐, 모임의 이유는 말하지 않았다.

III

1865년 4월 14일, 링컨은 기분이 매우 좋았다.

당시 링컨과 친분이 두터웠던 노아 브룩스 기자는 몇 년 후 이렇게 증언했다. “아침 내내 유쾌한 웃음소리가 대통령 집무실을 울렸다. 나는 처음에는 그것이 웃음소리가 아니라 다른 소리인 줄 알았다. 나는 그 동안 대통령의 침울함에 너무나 익숙해져 있었던 것이다.” 재무장관인 휴 맥컬로는 “나는 링컨 대통령이 그토록 즐거워하는 것을 본 적이 없었다.”고 회상했다. 링컨은 조슈아 스피드를 재회한 기쁨과, 한 시간 간격으로 전쟁 상황실에서 날아오는 승전보에 마음이 들떠 있었다. 바로 닷새 전, 버지니아주의 애퍼머톡스 법원에서 남부군의 리 장군이 북부군의 율리시즈 그랜트 장군에게 항복함으로써, 남북전쟁은 사실상 끝났던 것이다. 이와 함께 제퍼슨 데이비스가 이끄는 남부연합 정부는 위기에 몰렸다.

그날 저녁 링컨은 그랜트 장군의 승리를 개인적으로 축하하기 위해, 그랜트 장군 내외를 극장에 초대했다. 포드 극장에서는 《우리 미국인 사촌》이라는 새로운 연극이 상연될 예정이었다. 링컨 부부는 몇 시간이라도 아무 걱정 없이 웃을 수 있는 여유가 필요했다. 그러나 그랜트 장군은 그날 저녁 기차로 워싱턴을 떠나야 했기 때문에, 대통령의 초청을 정중히 사양했다. 링컨은 비서에게 대상자를 변경하라고 지시했지만, 공교롭게도 사람들마다 이런 저런 이유로 모두 초청을 거절했다. “아니, 우리가 사형이라도 시킬 거라고 생각하는 모양이죠?”라고 메리는 언짢은 듯 투덜거렸다. 그러나 링컨의 기분은 그리 나쁘지 않았다. 아무리 초청을 거절당하더라도, 이미 한창 들떠 있는 따뜻한 금요일 오후의 기분을 가라앉힐 수는 없었다.

> 나는 오늘 아침부터 이상하게 기분이 들떠 있다. 오전에 스카일러 콜팩스 하원의장이 미국의 재건 문제를 논의하기 위해 내 집무실에 찾아왔다가, 나를 15분 동안 관찰한 후 "혹시 커피 열매를 깨무셨나요?"라고 물었다(나는 기분전환을 위해 커피 열매를 깨무는 습관이 있다). 내각과 앤드루 존슨 부통령이 하루 종일 내 속을 썩이려고 무던히도 노력했지만, 내 들뜬 기분을 가라앉히지는 못했다. 그러나 나는 드러내놓고 기분이 좋다고 말하지는 않았다. 메리가 알면 불길한 징조라고 걱정할 것이 뻔했다. 그녀와 나는 – 오랜 경험으로 미루어 볼 때 – 이러한 일시적인 평화는 곧 다가올 재난을 암시하는 징조라고 여기고 있었기 때문이다. 오늘은 꽃이 만개한 화창한 봄날인 데다가 기분까지도 너무 좋아, 이 좋은 기분을 일기장에 적어놓지 않을 수 없다.

위의 일기에는 1865년 4월 14일이라는 날짜가 적혀 있다. 따라서 이것은 링컨이 이 세상을 떠나기 전에 마지막으로 적은 일기이다.

링컨은 하루 일과가 끝난 늦은 오후에 메리와 함께 호젓하게 마차 드라이브를 하고 싶었다. 마침 메리도 – 링컨만큼은 아니지만 – 이날따라 기분이 괜찮은 편이어서, 링컨에게 백악관 뜰을 한 바퀴 둘러보자고 제안했다. 두 사람이 북쪽 현관문을 나설 때, 전쟁에서 한 팔을 잃은 젊은 북부군 병사가 나타났다. 그는 "에이브러햄 링컨 대통령과 악수할 수 있다면, 나의 남은 손을 기꺼이 그를 위해 바치겠습니다."라고 소리쳤다(그는 대통령과 마주치기만 빌며, 하루 종일 그 자리에서 기다리고 있었다). 링컨은 그 병사에게 다가가 손을 내밀었다. "당신의 소원이 이루어졌습니다. 하지만 나를 위해 당신의 남은 팔을 바칠 필요는 없습니다."

IV

부스는 데이비드 헤롤드라는 작은 사내를 대동하고, 오후 일곱 시 정각에 루이스 파월의 셋방에 도착했다(헤롤드는 메리 서랫을 통해 만난 스물두 살의 청년으로서 직업은 약사였는데, 매우 소심한 인물이었다). 조지 애처롯은 이미 도착해 있었다.

이 네 명의 사내는 몇 시간 후 북부연맹을 전복시킬 수도 있는 엄청난 음모를 꾸몄다.

루이스 파월은 열 시 정각에 윌리엄 수어드 국무장관을 암살하는 임무를 맡았다(수어드는 병약한 노인으로, 현재 병석에 누워 있었다). 파월은 워싱턴 지리에 어둡기 때문에, 소심한 헤롤드가 그를 수어드의 집으로 안내하는 역할을 맡았다. 수어드를 암살한 후, 파월과 헤롤드는 네이비야드 다리를 건너 메릴랜드에서 부스와 만나기로 했다. 이와 동시에 애처롯은 커크우드하우스에 묵고 있는 앤드루 존슨 부통령을 암살한 다음, 다른 세 명의 공범과 메릴랜드에서 만나기로 했다. 마지막으로, 부스는 포드 극장 귀빈실로 들어가 데린저 권총 한 발로 대통령을 암살한 다음, 곁에 있을 그랜트 장군의 심장에 비수를 꽂기로 했다.

북부연맹 정부의 수뇌부가 제거되면, 남부연합의 제퍼슨 데이비스와 그 내각은 재건할 시간을 벌게 된다. 그리고 조셉 존슨, 메리웨더 톰슨, 스탠드 웨이트와 같은 남부연합의 장군들도 다시 공격 준비를 할 수 있었다. 부스와 세 명의 공범은 메릴랜드에서 남쪽으로 내려가 친절한 남부인 지지자들에게 음식과 잠자리를 제공받을 수 있을 것이다. 그들의 암살 소식이 널리 알려지면, 텍사스에서부터 캐롤라이나에 이르기까지 기쁨의 합창소리가 울려 퍼질 것이다. 암살범들은 영웅대접을 받을 것이며, 존 윌크스 부스는 남부연합의 구원자로 불리게 될 것이다.

애처롯은 부스에게 반대했다. 납치라면 몰라도, 살인에 동의할 수는 없었기 때문이다. 그러나 부스는 애처롯을 집요하게 설득하기 시작했고, 결국 애처롯은 떨더름한 표정으로 암살에 참여하는 데 동의하고 말았다(부스가 애처롯을 설득하기 위해 어떤 말을 했는지는 알려져 있지 않다. 아마도 그는 – 이럴 경우를 대비해 평소에 연습해 놓은 – 셰익스피어의 연극에 나오는 명대사를 인용했을 가능성이 높다. 하지만 부스가 어떤 말을 했는지는 중요하지 않다. 중요한 것은 그의 말이 애처롯의 마음을 움직였다는 것이다).

그러나 세 명의 공범자들은 – 교수대의 열세 계단을 올라가는 순간까지도 – 부스가 링컨을 증오하는 진정한 이유를 알지 못했다.

겉으로 볼 때, 부스가 링컨을 미워할 이유는 없었다. 부스는 미국 최고의 꽃미남으로 불렸다. 그가 미국 어느 지역의 극장에서 공연하든지 그 극장은 항상 그득그득 찼다. 여자들은 그의 얼굴을 단 한 번이라도 보려고 난리법석을 떨었다. 부스는 가족 대부분이 연극배우인 명문가문에서 태어나, 10대에 전문 연극배우로 데뷔했다. 형인 에드윈과 주니어스 역시 유명한 연극배우였지만, 부스는 형들과는 차원이 달랐다. 그의 형들이 고전적 의미의 세련된 연기를 펼쳤다면, 그는 다듬어지지 않은 터프한 연기를 펼쳤다. 그의 장점은 순발력이었다. 그는 종종 무대 위로 뛰어 올라가 목청이 터져라 고함을 지르곤 했다. 한 비평가는 브루클린 데일리 이글지에 기고한 평론에서, "아무리 재미없는 대사라도, 그가 외치면 감동적인 서사시가 된다. 그의 연기에 매혹되지 않을 사람은 없다. 그는 천상의 재능을 갖고 있다."라고 극찬하기까지 하였다.

그는 돈과 명예를 거머쥐고 있었으며, 원하기만 하면 뭐든지

할 수 있었다. 한 일화에 의하면, 부스는 리치몬드 극장에서 햄릿 공연을 마친 후, 젊은 여인 여섯 명과 하숙집으로 들어가 사흘 동안 나오지 않았던 적도 있다고 한다. 한 마디로, 존 윌크스 부스는 모든 남자들이 선망하는 당대 최고의 섹시가이였다.

그러나 사실을 말하자면, 그는 살아있어도 살아있는 것이 아니었다.

> 인생은 단지, 걸어 다니는 그림자.
> 무대 위에 올라 뽐내며 걷고 안달하며
> 시간을 보내다 사라지는 서툰 배우.
> 인생은 아무런 의미도 없는
> 소음과 분노로 가득 찬 백치의 이야기.*

부스는 열세 살 때 집시 노파에게 돈을 주고 손금을 본 적이 있었다. 그는 평소 '나는 거역할 수 없는 운명을 지니고 세상에 태어난 게 아닐까?'라는 예감에 사로잡혀 있었다. 어머니에게 신기한 태몽 이야기를 들었기 때문이었다. "네가 태어나던 날 밤, 나는 하나님에게 네 미래를 보여 달라고 기도했어. 그랬더니 하나님은 태몽을 통해 내 기도에 응답해 주셨단다." 어머니는 걸핏하면 그에게 태몽 이야기를 해 주었다. 꿈 내용은 간단했다.

---

* 셰익스피어, 《맥베스》 5막 5장.

시뻘겋게 달아오른 난로에서 갑자기 불길이 번져 나와 허공에 국가(COUNTRY)라는 글자를 아로새기더라는 것이었다. 부스는 오랫동안 이 꿈의 의미를 생각했고, 역시 무언가 특별한 일이 자기를 기다리고 있을 거라고 결론지었다.

"음, 손금이 좋지 않아." 집시 노파는 약간 움찔했다. "아무리 보아도 슬픔과 고통뿐인 걸." 부스는 내심 '장래에 위대한 인물이 될 것' 이라는 점괘를 기대했다. 그런데 고작 불길한 예언뿐이라니. 노파의 다음 말은 더욱 가관이었다. "요절할 손금이야, 그것도 엄청나게 많은 적을 만든 다음에." 부스는 그녀의 해석을 완강히 부인했다. "그럴 리가 없어요, 당신이 틀렸어요." 하지만 노파는 고개를 절레절레 흔들었다. "무슨 수를 써도 막을 수 없어. 너는 비참한 최후를 맞게 될 거야."

그로부터 7년이 지난 후, 그는 예정된 운명을 기어코 맞이하고야 말았다.

부스가 버지니아주 리치몬드의 하숙집에 데리고 들어갔던 여인 여섯 명 중에서, 다음날 아침까지 남아 있었던 사람은 단 한 명이었다. 그는 여인 다섯 명을 동트기 전에 전부 밖으로 내보냈다. 그녀들은 헤어스타일과 옷매무새를 다듬지도 못한 채 허둥지둥 쫓겨났다. 그녀들은 부스가 이제껏 보아 왔던 여인들과 다

를 게 없었다. 멍청하고, 수다스럽고, 건수를 노리는, 한 마디로 그렇고 그런 여자들이었다. 유통기간이 지난 여인들과는 더 이상 같이 있을 필요가 없었다. 하지만 침대에 남아 있는 마지막 한 여인만은 뭔가 달랐다. 그녀는 검은 머리칼과 아이보리색 피부를 가진 자그마한 체구의 여인이었다. 그녀는 스무 살 남짓 되어 보이는 나이에도 불구하고, 나이에 걸맞지 않게 침착하고 대담했다. 말수는 적었지만 유머와 재치가 있었다. 그들의 정사는 몇 시간이고 지속되었다. 메리 서랫을 비롯해 그동안 그를 거쳐 간 수많은 여인 중에서, 그를 이토록 편안하게 해 준 여인은 없었다. 그녀에게서 느껴지는 편안함은 그가 극장 안에서 느끼는 편안함과 똑같았다.

'이전까지 내가 만났던 모든 여인들은 이행되지 않은 약속이었다.'

부스는 인생의 공허함에 지쳐 있었다. 그는 돈과 명예를 초월해, 인생의 갈증을 채워줄 그 무엇을 갈구했다. 그는 자신이 위대한 인물이 될 운명을 갖고 태어났다는 믿음을 버리지 않았다. 아이보리 피부의 여인은 부스의 귀에 입술을 대고, 위대한 인물이 되는 방법을 가르쳐 주겠다고 속삭였다. 부스가 그녀의 말을 믿었는지, 아니면 단순히 그녀의 말에 맞장구만 쳤는지는 분명하지 않다. 문제는, 어느 순간 그가 그녀의 피를 받아 마셨다는 것이다.

그 후 이틀 동안, 부스는 엄청난 고통에 시달렸다. 그것은 그의 일생에서 처음이자 마지막으로 겪은 최악의 고통이었다. 그는 무시무시한 환상에 시달렸다. 경련이 찾아올 때마다 침대 다리가 마룻바닥에 부딪혀 덜거덕 소리가 났다. 침대 시트는 그가 흘린 땀으로 흥건히 젖었다.

그러나 마침내 그는 깨어났다. 대중 앞에서 모습을 감춘 지 3일만이었다. 일어나 보니 하숙집 방 한가운데 혼자 덩그러니 남아 있었다. '그녀가 날 버렸구나.' 그 이후로는 그녀를 두 번 다시 만날 수 없었다. 그는 그녀의 이름조차 몰랐다. 하지만 그것은 중요하지 않았다. 부스는 일생 동안 그렇게 활기가 넘친 적이 없었다. 시각, 청각, 후각이 그토록 예민할 수가 없었다.

'그녀의 말은 진실이었구나.'

부스는 어릴 적부터 영원한 생명을 원했다. 이제 그의 소원이 이루어진 것이다. 그는 특별한 운명이 자기를 기다리고 있다고 항상 생각해 왔다. 그가 기다려온 것은 바로 이것이었다. 이전까지 그는 고작해야 당대 최고의 배우에 불과했다. 그러나 이제 그는 모든 세대를 아우르는 불멸의 배우가 되었다. 그의 위대함은 에드윈이나 주니어스 따위는 감히 상상조차 할 수 없는 것이었다. 그는 세계의 모든 무대에 설 수 있고, 한 국가가 멸망하는 것을 목격할 수도 있으며, 셰익스피어의 희곡에 나오는 모든 대사들을 암기할 수도 있게 되었다. 그는 시간의 지배자가 된 것이다. 그는 흡족한 웃음을 짓다가, 문득 집시 노파의 말을 떠올렸다. '그래, 집시 노파의 말이 옳았어.' 집시 노파의 말대로, 과거의 부스는 젊은 나이에 죽었다. 그리고 지금의 부스는 영원한 생명을 누리게 될 것이다.

'나는 뱀파이어다. 하나님을 찬양할 지어다!'

그러나 영원한 생명을 누린다는 것은, 처음에는 – 기대와는 달리 – 약간 실망스러운 면도 있었다. 다른 뱀파이어들과 마찬가지로, 그 역시 뱀파이어로 행세하는 데 필요한 교훈들을 홀로 혹독히 터득해야 했다. 우선 관객들을 감동시킬 다양한 레퍼토리를 가르쳐 줄 스승이 없었다(하지만 그는 피나는 노력을 통해 관객들을 감동시킬 수 있는 수천 가지의 레퍼토리를 갖게 된다). 또한 검은 눈빛을 가릴 수 있는 짙은 선글라스를 골라 주는 안경점 주인이나, 코트 소매에 묻은 핏자국을 말끔히 제거하는 방법을 일러 주는 세탁소 주인도 없었다. 피에 대한 갈증이 처음으로 샘솟던 날, 그는 비틀거리는 취객들을 쫓아 리치몬드 시내를 수 시간 동안 쏘다녔지만, 결국 그들을 습격할 엄두가 나지 않아 포기하고 말았다.

피에 대한 갈증이 극도로 심해지자, 그는 미칠 것만 같았다. 결국 그는 피를 보기로 마음먹었다. 그러나 일을 치를 곳은 리치몬드가 아니었다. 아이보리빛 피부의 여인을 만난 지 20일 후, 부스는 해가 지기를 기다려 말을 타고 인간 사냥에 나섰다. 해리

슨이라는 부농이 햄릿을 구경하러 왔다가, 찰스시티에 있는 자신의 담배농장에 저녁식사를 하러 오라고 초대한 적이 있었다. 초대받은 날짜까지는 아직 일주일이 남았지만, 부스는 좀 더 일찍 찾아가보기로 마음먹었다.

그는 노예 막사로부터 8야드 떨어진 곳에 있는 과수원 나무에 말을 묶어 놓았다. 노예 막사는 다닥다닥 달라붙은 똑같은 벽돌집 열 개였다. 막사의 굴뚝에서는 연기도 피어오르지 않았고, 작은 창문에서는 불빛도 새어 나오지 않았다. 그는 가장 가까운 벽돌집 하나를 선택해 창문을 통해 안을 들여다보았다. 밖에는 달빛도 없었고 안에는 난롯불도 피워져 있지 않았지만, 그는 워낙 어둠에 익숙했기 때문에 벽돌집 안을 훤히 들여다볼 수 있었다. 벽돌집 안에는 다양한 연령대의 흑인 남녀 열두 명이 - 일부는 침대에서, 일부는 바닥에 깔려 있는 카펫 위에서- 곤히 잠들어 있었다. 창문 바로 밑에서는 일곱 살 내지 여덟 살의 흑인 소녀가 남루한 잠옷을 입고 평화롭게 잠들어 있었다.

몇 분 뒤, 부스는 흑인 소녀의 시체를 양팔에 안고 과수원에서 있었다. 그는 흐느끼고 있었다. 그의 송곳니와 턱에서는 소녀의 붉은 피가 흘러내렸다. 그는 무릎을 꿇고 소녀의 시체를 바짝 가슴에 안았다.

그는 악마였다.

부스는 소녀의 목 근육 깊숙이 송곳니를 꽂고는, 다시 피를 빨기 시작했다.

V

링컨 부부는 하루 종일 수소문한 끝에 연극 구경에 동행할 커플을 하나 찾아내는 데 성공했다. 헨리 라스본 장군과 그의 약혼녀인 클라라 해리스 양 이었다. 링컨 부부는 극장으로 가는 도중에 라스본 장군 일행을 만났다(앞서 달리고 있던 라스본 장군의 마차가 링컨의 마차를 알아보고 후진했다). 뉴욕주 상원의원 아이러 해리스의 딸인 해리스 양은 검은색 실크 드레스와 보닛으로 한껏 멋을 내고 있었다. 링컨은 검은색 모직 오버코트에 흰 장갑을 끼고 있어 매우 따뜻해 보였다. 두 커플은 연극 상연시간인 8시 30분에 겨우 맞추어 극장에 도착했다. 연극은 이제 막 시작되고 있었다. 약속시간에 늦는 것을 싫어하는 링컨은 도어맨에게 정중히 사과하며 극장 문을 들어섰다.

이때 링컨의 보조 경호원인 존 파커가 허겁지겁 달려와 링컨에게 인사를 건넸다. 파커는 워싱턴의 경찰관으로서, 링컨의 수석 경호원인 윌리엄 크룩으로부터 '극장에 먼저 도착하여 대통령 일행을 기다리고 있으라.'는 지시를 받았다. 그러나 파커는 근무시간보다 세 시간이나 늦게 극장에 도착했다. 파커는 근무중에 술을 마시고 잠에 곯아떨어지기로 유명한 주정뱅이였는데, 하필 이날 저녁 에이브러햄 링컨의 생명을 혼자 도맡아 책임지게 되었다.

링컨 일행은 안내를 받아 좁은 계단을 통해 귀빈실로 갔다. 귀빈실에는 좌석 네 개가 준비되어 있었다. 맨 왼쪽에 놓인 의자는 흑색 호두나무로 만든 흔들의자로서, 대통령의 자리였다. 대통령 오른쪽으로 메리, 클라라, 라스본 장군이 차례로 자리를 잡았다. 네 사람이 자리에 앉자 연극이 잠시 중단되었고, 대통령 내외가 극장을 방문했음을 알리는 안내멘트가 나왔다. 링컨은 당황한 듯 자리에서 일어섰고, 오케스트라는 대통령 찬가를 연주했다. 이와 함께 천여 명의 관객들이 일어나 우레와 같은 박수갈채를 보냈다. 연극이 속개되자, 존 파커는 귀빈실 문 밖에 자리를 잡았다. 그가 이 자리를 잘 지키고만 있었더라도, 외부인이 귀빈실로 접근하는 것을 막을 수 있었을 것이다.

한 시간 후, 존 윌크스 부스가 극장에 도착했지만 아무도 신경쓰는 사람이 없었다. 그는 포드극장의 전속배우로서 극장을 자유자재로 드나들 수 있었다. 부스는 종종 상연중인 연극을 참관하기도 했지만, 이날 저녁 그의 관심사는 연극을 보거나 젊은 여배우들과 잡담을 하는 것이 아니었다. 그는 극장의 구조를 훤히 꿰고 있었기 때문에, 사람들의 눈에 띄지 않고 이런 저런 통로로 귀빈실로 통하는 계단에 도착했다. 계단에서 귀빈실을 올려다본 그는 깜짝 놀랐다. 귀빈실 문을 지키는 경호원이 단 한 명도 없었기 때문이었다. 그는 경호원이 문을 지키고 있을 경우를 대비해, '당대 최고의 배우가 위대한 대통령 각하에게 경의를 표하려고 합니다.' 라는 아부성 멘트와 명함까지 준비해 왔다. 그러나 귀빈실 문 앞을 지키고 있는 것은 빈 의자 하나뿐이었다.

존 파커는 화가 단단히 나 있었다. 귀빈실 문 앞의 의자에서는 연극이 보이지 않았기 때문이다. 그래서 그는 2막이 진행되는 동안, 근무위치를 무단이탈해 연극이 잘 보이는 좌석으로 가서 앉아 있었다. 그러다가 3막이 시작될 즈음에는, 아예 극장 문을 박차고 나가 근처 스타 살롱이라는 술집으로 자리를 옮겼다. 이제 부스와 링컨 사이에는 좁은 계단 하나밖에 남아 있지 않았다.

귀빈실에서는 메리 링컨 여사가 남편의 손을 잡고 앉아 있었다. 그녀는 클라라 해리스 양의 손이 무릎 위에 단정히 올라 있는 모습을 훔쳐보며, 링컨의 귀에 대고 속삭였다. "해리스 양이 우리 모습을 보고 어떻게 생각할까요?" 링컨은 이렇게 대답했다.

"아무렇지도 않게 생각할거야."

역사가들은 대부분 '아무렇지도 않게 생각할거야.' 라는 말이 에이브러햄 링컨 대통령이 이승에서 남긴 마지막 말이라는 데 동의하고 있다.

부스는 살며시 계단을 기어 올라가 귀빈실 밖에 서 있었다. 그는 관객들이 크게 웃는 대목이 나오기를 기다렸다.

'이제 곧 총소리를 덮을 만큼 큰 웃음소리가 들릴 것이다.'

무대 위에서는 해리 호크가 홀로 등장해 관객을 향해 열렬한 독백을 토해내고 있었다. 부스는 호크의 목소리가 극장을 쩌렁쩌렁 울리는 동안 끈기 있게 참고 기다렸다. 그는 총구를 링컨의 뒤통수에 겨누고 조심스럽게 공이를 젖혔다. 링컨이 열 살만 더 젊었더라도 '클릭' 소리를 들었을 것이고, 그는 놀라운 스피드와 파워를 발휘해 부스를 무력화시킬 수 있었으련만…. 그러나 링컨은 이미 늙고 지쳐 있었다. 그는 오로지 자기 손 위에 얹혀 있는 메리의 따뜻한 손길밖에 느낄 수 없었으며, 그의 귀엔 호크의 커다란 독백소리만 들렸다. "점잖은 여성이 에티켓도 모르시나? 나는 당신이 까무러칠 만큼 많은 걸 알고 있다구, 이 늙은 요부야!"

호크의 명대사가 나오자 관객들은 열광했고, 이와 동시에 부스의 총이 불을 뿜었다.

총알은 링컨의 두개골을 관통했고, 그는 즉시 의식을 잃고 흔들의자에서 앞으로 고꾸라졌다. 메리는 총소리에 깜짝 놀랐지만, 어찌된 영문인지 몰라 주춤거렸다. 잠시 후 사태를 파악한 메리는 비명을 지르기 시작했다. 부스는 사냥용 칼을 꺼내 다음 목표물을 향해 돌진했다. 그러나 그랜트 장군은 온데간데없고, 그 앞에는 라스본 장군이 있었다. 라스본 장군은 의자에서 벌떡 일어나 암살범을 제지하려고 손을 뻗었다. 부스는 칼로 라스본 장군의 이두박근을 찌르고 난간 쪽으로 달아났다. 클라라의 비명이 메리의 비명과 이중창이 되어 울려 퍼졌다. 관객들의 시선이 하나 둘씩 사건이 일어난 쪽으로 쏠리면서, 웃음소리는 점점 웅성거림으로 변해갔다. 라스본 장군은 한쪽 팔에서 피를 흘리면서도, 반대편 손으로 암살범의 코트자락을 부여잡았다. 그러

시커먼 눈의 존 윌크스 부스가 링컨의 머리에 권총으로 치명상을 입히자, 헨리 라스본 장군이 자리에서 벌떡 일어나 손을 뻗고 있다.

나 오래 지탱할 수는 없었다. 부스는 라스본 장군을 뿌리치고 귀빈실의 난간을 딛고 올라가, 무대 위로 뛰어내렸다. 그런데 그의 오른쪽 신발 박차가 귀빈실을 장식하고 있던 재무부 경비대 깃발*에 걸리면서, 그는 엉거주춤한 자세로 무대 위에 떨어졌다. 그때 그의 왼쪽 발목이 부러졌다.

부스는 비록 부상을 입었지만, 관객을 향해 멋진 대사를 날리는 것을 잊지 않았다. 그는 다리를 질질 끌면서 관객 쪽으로 돌아서서는, 라틴어로 "Sic semper tyrannis!"라고 외쳤다. 이것은

* 이 깃발은 그날 아침 에드먼드 스팽글러가 귀빈실을 장식하기 위해 설치했던 것이다.

버지니아주의 모토이기도 했는데, '독재자의 끝은 이렇게 되기 마련이다!' 라는 뜻이었다. 하지만 관객들은 이미 패닉에 빠져 그의 대사를 음미할 여유가 없었다. 그는 이 대사를 마지막으로 영원히 무대를 떠났다.

이 대사 역시 – 그가 공범들을 설득할 때 사용한 셰익스피어 연극의 명대사와 마찬가지로 – 사전에 치밀하게 연습해 둔 말이었음에 틀림없다.

VI

이와 비슷한 시각, 루이스 파월은 "내가 미쳤지, 내가 미쳤어!" 라고 뇌까리며 수어드 국무장관의 집 현관을 허겁지겁 빠져나오고 있었다. 수어드를 암살하는 그의 임무는 수포로 돌아갔지만, 그는 이 사실을 아직 모르고 있었다.

소심한 약사 헤롤드는 맡은 일을 다 했다. 그는 오후 열 시쯤 파월을 수어드의 집 앞까지 잘 안내한 다음, 먼발치에서 그가 수어드의 현관을 노크하는 것을 지켜보았다. "누구세요?"라는 집사의 목소리가 들리자, 파월은 연습해 두었던 대로 대답했다. "안녕하세요. 국무장관님께 드릴 약을 갖고 왔습니다. 제가 장관님을 직접 만나 뵙고 투약해야 합니다." 잠시 후 그는 수어드의 방이 있는 2층으로 안내되었다. 그러나 파월이 회심의 미소를 지으며 수어드의 방으로 들어가기 직전, 수어드의 아들인 프레드릭이 나타났다.

"아버지께 무슨 용건이시죠?"

파월은 똑같은 말을 반복했다. "안녕하세요. 국무장관님께 드릴 약을 갖고 왔습니다. 제가 장관님을 직접 만나 뵙고 투약해야 합니다." 그러나 프레드릭은 파월이 아버지에게 가까이 가게 하지 않았다. 뭔가 일이 꼬이기 시작하고 있었다. "아버지는 지금 주무세요. 내일 아침에 다시 오세요."

파월은 달리 방도가 없었다. 그는 리볼버 권총을 꺼내어 프레드릭의 머리를 겨눈 다음 방아쇠를 당겼다. 그러나 오발이었다.

'내가 미쳤지, 내가 미쳤어.'

다급해진 파월은 권총 손잡이로 프레드릭의 두개골을 강타하고, 복도 한 구석으로 몰아 세웠다. 프레드릭의 코와 귀에서 피가 뿜어져 나왔다. 파월은 황급히 수어드의 방으로 뛰어 들어갔다. 그런데 방 안에는 또 한 명의 복병이 숨어 있었다. 수어드의 딸인 패니였다. 패니는 갑자기 들이닥친 침입자를 보고 비명을 질렀다. 파월은 패니를 무시하고, 칼을 꺼내 침대 위에 누워 있는 수어드의 얼굴과 목을 연거푸 찔러댔다. 수어드는 마룻바닥으로 굴러 떨어졌다. 즉사한 것 같았다(적어도 파월은 그렇게 생각했다).

그러나 수어드는 3주 전 마차사고에서 구사일생으로 살아나, 목에 금속 보호대를 착용하고 있었다. 파월의 칼은 그의 얼굴에

심한 상처를 입혔지만, 그의 숨통을 끊지는 못했다.

파월은 패니에게 다가가 그녀의 손과 팔을 칼로 찌르고는 수어드의 방을 빠져나왔다. 그는 계단을 내려와 1층 현관을 통해 밖으로 도망치면서, 수어드의 또 다른 아들인 오거스터스와 손님, 전보배달부 등을 차례로 칼로 찔렀다. 그런데 놀라운 것은, 지금까지 그의 공격을 받은 사람 중에서 사망한 사람이 한 명도 없다는 것이었다.

밖으로 나온 파월은 헤롤드를 만날 수가 없었다. 그는 패니의 비명소리를 듣고 놀라 이미 줄행랑을 친 뒤였다. 주변의 지리에 어두운 파월은 할 수없이 혼자 길을 찾아야 했다. 그는 피 묻은 칼을 가까운 하수구에 버린 다음, 준비해 두었던 말을 타고 어둠 속으로 사라졌다.

그는 수어드를 암살하느라 천신만고를 겪었지만, 그나마 조지 애처롯에 비하면 나은 편이었다. 처음부터 이번 거사에 참여하는 것을 탐탁지 않게 생각했던 애처롯은 – 부통령을 암살할 용기가 나지 않아 – 커크우드하우스 근처의 술집에서 술을 마시다가, 결국에는 술에 만취해 동이 틀 때까지 하릴없이 워싱턴 거리를 배회하게 된다.

VII

스물 세 살의 젊은 군의관인 찰스 릴은 동료 병사들과 함께 불의의 총격에 쓰러진 대통령을 모셨다. 그들은 링컨을 들고 포드 극장 맞은편에 있는 피터슨 하숙집 1층 방으로 갔다. 그러나 링컨의 키에 알맞은 침대를 구할 수가 없어, 대통령을 침대 위에 대각선으로 눕히는 수밖에 없었다. 그는 링컨이 저격당할 당시 객석에 있었기 때문에, 링컨의 용태를 가장 먼저 살필 수 있었다. 그는 우왕좌왕하는 관객들 사이를 헤집고 나와, 계단을 거쳐 귀빈실로 들어왔다. 그는 링컨이 의자 위에 고꾸라져 있는 것을 발견했다. 링컨을 귀빈실 바닥에 눕힌 다음 진찰을 해 보았으나, 맥박과 호흡을 감지할 수가 없었다. 그는 링컨의 머리 주변을 살피다가 왼쪽 귀 바로 뒤에 구멍이 뚫려 있는 것을 확인하고, 상처 부위의 핏덩이를 제거해 링컨의 호흡을 회복시켰다.

릴은 젊었지만 매우 신중하고 침착했다. 그는 평소에 이런 종류의 부상을 많이 봤기 때문에, 결말이 어떻게 될지 잘 알고 있었다. 링컨이 저격당한 지 몇 분 후, 릴은 냉정하지만 정확한 소견을 제시했다. "대통령 각하가 입은 부상은 치명적입니다. 회복이 불가능합니다."

메리는 남편이 죽어가는 것을 차마 곁에서 지켜볼 수가 없었다. 그래서 그녀는 피터슨 하숙집의 응접실에 머물면서 온 밤을 눈물로 지새웠다. 자정이 조금 지나 로버트와 태드가 도착해 링컨의 곁을 지켰다. 그들이 아버지의 곁을 지키는 모습은 50여 년 전 링컨이 어머니의 임종을 지키던 모습과 흡사했다. 그 후 해군장관 기디언 웰스와 법무장관 에드윈 스탠턴이 찾아왔다. 워싱턴의 명의들이 줄줄이 찾아와 대통령을 치료하려고 최선을 다했지만 아무런 소용이 없었다. 링컨의 주치의인 로버트 스톤 박사는 밤새 링컨을 진찰한 결과, '가망이 없다' 는 판정을 내렸다.

이제 사망은 시간문제였다.

다음날 아침 해가 뜨자 많은 군중들이 모여들었다. 대통령의 호흡은 밤새 더욱 희미해졌고, 심장박동은 불규칙해졌다. 체온도 식어갔다. 의사들은 모두 "이 정도의 부상이라면 보통 사람은 두 시간도 넘기기 힘들다."고 말했다. 그러나 링컨은 아홉 시간을 버텼다. 사실 에이브러햄 링컨은 이제까지 항상 남과 다르게 살아왔다. 그는 숱한 죽을 고비를 넘긴 역전의 용사였다.

엄마의 보살핌과 사랑을 받았던 아기,
아기를 사랑했던 엄마,
엄마와 아기를 축복했던 아빠,
세 사람 모두 영원한 안식처를 찾아 떠나가네.*

---

* 스코틀랜드의 시인 윌리엄 녹스(William Knox)가 지은 《유한함(Mortality)》이라는 시의 일부이다. 이 시는 링컨의 애송시로 알려져 있다.

1865년 4월 15일 오전 7시 22분, 링컨은 마침내 숨을 거두었다.

대통령의 주변을 지키던 사람들은 고개 숙여 기도하기 시작했다. 기도가 끝난 후 애드윈 스탠턴은 "고인은 이제 영원한 안식처로 들어가셨습니다."라고 선언했다. 이 말을 마치자마자, 스탠턴은 존 윌크스 부스를 미국 전역에 긴급 수배했다. 이제 스탠턴은 추격자가 되었고, 부스는 도망자가 되었다.

VIII

부스와 헤롤드는 11일 동안 용케 북부군의 추격을 피할 수 있었다. 그들은 처음에는 메릴랜드로, 그 다음에는 버지니아로 피했다. 그들은 물속에 숨거나 차가운 땅바닥에서 잠을 자기도 했다. 부스는 자기가 남부연합의 구원자로서 영웅 대접을 받으리라 기대했다. 그러나 남부인들의 반응은 냉담했다. 그들은 하나같이 "당신은 너무 앞서 나갔어. 북부인들이 당신을 찾기 위해 볼티모어에서부터 버밍엄에 이르기까지 모든 농장에 불을 지를 거야." 라고 말했다. 부스는 그럴 때마다 속으로 '너희들이 남북전쟁의 진정한 의미를 알아?' 라고 뇌까렸다.

부스와 헤롤드는 식량이 부족했다. 부스는 헤롤드의 피를 빨아먹는 문제를 심각하게 고려하기도 했다. 그러나 당장 중요한 것은 그게 아니었다. 그들은 포위되어 있었던 것이다.

4월 26일, 부스는 밖에서 군인들이 외치는 소리에 잠이 깼다. 그러고는 모든 것을 눈치 채고 말았다.

'빌어먹을 이중첩자놈 같으니라구.'

부스를 내치지 않은 몇 안 되는 버지니아인 중에 리처드 개럿이라는 사람이 있었다. 그는 부스에게 먹을 것을 주고 하룻밤 지낼 수 있는 따뜻한 헛간을 제공해 주었다. 그러나 밖에 북부군이 몰려와 있는 것으로 판단해 보건대, 개럿은 보상금을 노리고 부스를 북부군에게 밀고한 것이 틀림없었다.

헤롤드는 이미 눈에 띄지 않았다. '이 겁쟁이 놈은 항복했구나.' 그러나 헤롤드의 항복은 중요한 문제가 아니었다. 밖에는 이미 어둑어둑 땅거미가 깔리고 있었고, 밤은 뱀파이어인 부스에게 절대적으로 유리했다. '조금만 더 기다려라. 이제 곧 내가 누구인지 보여주마.' 부스의 부러진 다리는 그 동안 다 회복되었다. 그가 굶주림 때문에 많이 약해졌다는 점을 감안하더라도, 군인들은 그의 상대가 될 수 없었다. 적어도 어둠 속에서는.

"항복해라, 부스. 이번이 마지막 경고다!" 군인들이 소리쳤다.

부스는 아무런 대응도 하지 않고 가만히 있었다. 그러자 북부군은 약속대로 더 이상 경고를 하지 않고 헛간에 불을 질렀다. 그들은 건초더미에 불을 붙이고, 지붕 위에 횃불을 던졌다. 헛간은 삽시간에 불길에 휩싸였다. '옳거니!' 부스는 쾌재를 불렀다. 불꽃은 그림자를 만들어, 헛간의 구석진 곳을 더욱 어둡게 하는 효과가 있기 때문이었다. 오래된 기둥들이 머리 위에서 딱딱 소리를 내며 갈라졌다. 벽에서 매캐한 회색 연기가 피어올랐다. 부스는 불타는 헛간의 정 중앙에 버텨선 채, 코트 깃을 잡아당겼다(이는 그의 오랜 배우생활에서 나온 습관이었다). 그는 절체절명의 위기상황에서도 자기의 가장 멋진 모습을 보여주고 싶었다. 그는 악마 같은 양키놈들에게 자기가 누구인지를 똑똑히 보여주고 싶었다. 그런데…

'누군가 이 헛간 안에 있다.'

부스는 갑작스러운 인기척에 놀라 경계 자세를 취했다. 그의 위턱에서는 날카로운 송곳니가 솟아나왔고, 동공은 최대한 확대됐다. 그는 어떠한 공격에도 대응할 태세가 되어 있었다. 그러나 아무도 보이지 않았다. 사방에는 온통 연기, 불꽃, 그림자뿐이었다.

'느껴져. 누군가 나를 죽이려 하고 있어. 도대체 누굴까? 그리고 이 전법은 도대체 뭐지? 어디 있는지도 알 수 없잖아.'

"그건 당신이 약하기 때문이야."

부스는 소스라치게 놀라며 목소리가 들려오는 방향으로 몸을 틀었다. 헛간의 가장 어두운 구석에서 헨리 스터지스가 모습을 드러냈다.

"게다가 당신은 생각이 너무 많아."

'이 자는 나를 파멸시키려고 왔구나.'

부스는 이제야 모든 것을 알 것 같았다. 이 낯선 사람은 부스에게 뭔가를 강제로 하려는 것이 분명했다.

부스는 자신을 향해 다가오는 헨리를 피해 뒷걸음질 치며 물었다.

"당신은 나를 죽이려고 하나요? 인간 편이냐고요!"

헨리는 아무런 대꾸도 하지 않았다.

헨리의 송곳니가 솟아나오고, 눈빛이 변했다.

'이제 끝장이구나.'

부스는 모든 것을 체념한 듯 허탈한 미소를 지었다.

'집시 노파의 말이 옳았다.'

존 윌크스 부스는 비참하게 생을 마감했다.

역사가들에 의하면, 부스는 농가의 헛간에서 목에 관통상을 입고 피를 많이 흘려 사망했다고 한다. 그러나 역사는 언제나 진실의 반쪽만을 말해줄 뿐이다.

14
부활

나에게는 꿈이 있습니다. 언젠가 이 나라가 어리석음에서 벗어나, "모든 인간이 평등하게 태어났다는 것은 자명한 진리이다."라는 독립선언문의 참뜻을 실천하며 살아가리라는 꿈입니다.

–마틴 루터 킹 주니어,
1963년 8월 28일

I

에이브러햄 링컨은 꿈을 꾸었다.

한밤중 그는 어느 지붕 위에 웅크리고 앉아 뱀파이어의 움직임을 지켜보고 있었다. 건물 안에는 사람들이 여러 명 모여 있었는데, 뱀파이어는 먹잇감을 찾아 이리저리 돌아다니는 중이었다. 놈은 사람들 하나하나를 유심히 살펴보더니, 그중 한 명을 희생양으로 골랐다. 그러더니 자기가 마치 신이라도 되는 양 그를 노려보며 비웃었다. 놈은 인간의 무력함을 조롱하는 듯했다.

'그러나 각오해라. 오늘 밤 무력한 것은 인간이 아니라 바로 네

놈이다.'

링컨은 매일 밤 예행연습을 통해 기량을 연마해 왔다. 이제 모든 준비는 끝났다. 그는 강력한 파워와 번개 같은 스피드로 뱀파이어를 요절낼 수 있게 되었다. 그는 뱀파이어의 검은 눈을 노려보며, 놈의 숨통이 영원히 끊어지는 장면을 상상했다.

'오늘 밤이다.'

링컨은 스물세 살 전성기 시절의 파워를 완전히 회복했다. 그가 이제까지 겪었던 슬픔, 의심, 죽음, 절망은 모두 이 순간을 위한 것이었다. 그동안의 시련은 그의 가슴에 불을 지피는 장작이 되었고, 그리하여 그는 새로운 힘을 얻었다. 그는 평소에 기도를 자주 하는 편이 아니었지만, 뱀파이어를 습격하기 직전에 갑자기 좋아하는 기도문 하나가 생각났다.

> 적의 몸놀림이 빠르다면, 저에게 더 빠른 몸놀림을 허락해 주십시오. 적의 힘이 강하다면, 저에게 그들을 제압할 수 있는 힘을 주십시오. 왜냐하면 저는 지금까지 늘 정의, 평등, 밝음의 편에 서 왔기 때문입니다.

매일 밤 갈아서 날카로워진 도끼날은 이제 공기도 벨 수 있을 정도였다. 수많은 연습으로 인해 닳고 닳은 도끼 자루는 손바닥에 꼭 맞게 길들여졌다. 그와 도끼는 한 몸이었다. 그가 도끼를 잡으면, 어디까지가 그이고 어디부터가 도끼인지 분간할 수 없었다.

'지금이다!'

링컨은 지붕을 박차고 날아올랐다. 뱀파이어는 고개를 들어 위를 쳐다보았다. 놈의 눈이 새카매지고 송곳니가 솟아나왔다. 링컨은 공중에 뜬 채로 도끼를 힘껏 날렸다. 링컨의 손을 떠난 도끼는 빙글빙글 공중제비를 돌며 표적을 향해 날아가, '빠지직' 소리를 내며 뱀파이어의 두개골을 반으로 쪼개 버렸다. 인간의 무력함을 비웃던 뱀파이어의 미소 역시 세로로 두 동강 났다.

링컨은 땅바닥에 착지하는 순간, 방금 뱀파이어의 희생양이 될 뻔했던 사람의 얼굴을 흘깃 바라보았다. 그는 – 자기가 구조된 것을 아직 모르는 듯 – 공포에 질려 어찌할 바를 모르고 있었다. '당신을 위해서 뱀파이어를 처치한 게 아니오. 뱀파이어 때문에 죽어 간 사랑하는 사람들의 넋을 달래기 위해서라오.'

링컨은 도끼가 손을 떠날 때부터 앞으로 벌어질 일을 이미 알고 있었다. 그는 도끼가 그릴 운동궤적과 그것이 파괴할 표적을 정확히 파악하고 있었다. 그의 목표는 예나 지금이나 항상 똑같았다. 뱀파이어의 영원한 생명을 멈추는 것이었다.

다음날 아침, 링컨은 백악관의 대통령 집무실에서 일어났다.

그는 옷을 갈아입고 사우스론이 내려다보이는 창가의 작은 책상 앞에 앉았다. 창밖에는 완연한 늦여름 아침의 풍경이 펼쳐져 있었다.

오랜만에 워싱턴 나들이를 하니 정말 기분이 좋다. 오늘 열리는 행사에 참석할 생각을 하니 벌써부터 가슴이 설렌다. 아마 역사에 길이 남는 성공적인 행사가 될 것이다. 나는 이번 행사가 평화적인 행사로 기억되기를 바라며, 일부에서 염려하는 것처럼 폭력사태로 번지지 않았으면 좋겠다(소식통에 의하면, 어떤 사람은 불상사가 일어나기를 은근히 바란다고 한다). 아직 아침 여덟 시도 안됐는데 벌써부터 엘립스 공원을 가로질러 워싱턴 기념비 쪽으로 가는 사람들이 눈에 띈다. 얼마나 많은 사람들이 모일까? 연설은 누가 할까? 연사의 연설이 과연 사람들을 감동시킬 수 있을까? 몇 시간 후면 모든 게 밝혀지리라.

이번 행사가 다른 곳에서 열렸더라면 얼마나 좋았을까? 행사장 근처에 비밀숙소를 구하기가 얼마나 어렵던지! 그러나 백악관의 대통령 집무실 소파에서 잠을 청하는 것이 그리 불편하지는 않았다. 아니, 오히려 이곳은 내게 익숙한 곳이라 너무 좋았다. 이곳은 백 년 전 내가 노예해방을 선포하는 문서에 사인한 곳이 아니던가. 내게 집무실을 기꺼이 빌려준 케네디 대통령에게 고맙다는 메모를 남겨 놓아야겠다.

II

1865년 4월 21일 아침, 링컨의 장례열차는 워싱턴을 떠나 그의 정치적 고향인 스프링필드로 향했다.

오전 8시 5분, 열차가 볼티모어 & 오하이오 철도역을 떠날 때 수천 명의 군중들이 선로변에 서서 위대한 대통령의 마지막 가는 길을 배웅했다. 시신 운송을 위해 특별히 마련된 열차는 객차만 아홉 칸이었는데, 모두 하얀 화환으로 장식되었다. 기관차 앞부분에는 고인의 대형 영정이 걸렸다. 모자를 벗어 든 신사들과 머리를 숙인 숙녀들의 눈에는 눈물이 그렁그렁했다. 병사들은 선로를 따라 일렬로 서서 전임 군 통수권자에게 마지막 경의를 표했다(병사들 중에는 이 자리에 참석하려고 성 엘리자베스 병원의 병상을 박차고 나온 부상병들도 있었다).

링컨의 관 옆에는 아들 두 명이 있었다. 로보트는 어느덧 스물한 살의 어엿한 군인 장교로 성장해 있었고, 윌리의 관은 워싱턴 묘지에서 나와 링컨의 관 옆에 놓였다. 태드는 워싱턴에 남아 메리의 곁을 지켜야 했다. 큰 충격에 빠진 메리가 백악관을 떠나지 못했기 때문이다. 장례열차는 13일에 걸쳐 북부의 이곳저곳을 순례한 다음 최종 목적지인 스프링필드에 도착했는데, 열차의 총 이동거리는 장장 1,700마일에 달했다. 장례열차는 이동 중에 미리 지정된 도시에 정차해 각 도시별로 별도의 장례식을 치렀다. 필라델피아에서는 30만 명의 군중들이 모여들어 암살당한 대통령의 시신을 구경하려고 야단법석을 떨었다. 뉴욕에서는 50만 명의 시민들이 한 줄로 늘어서서 운구행렬을 지켜보았는데, 그중에는 여섯 살의 테오도어 루즈벨트도 포함되어 있었다. 시카고에서는 "선(善)의 수호자, 정의의 순교자"라는 글자가 아로새겨진 제단을 설치하고 그 위에 링컨의 시신을 전시했는데, 수십 만 명의 시민들이 제단 주위에 모여들었다.

시민 2천만 명이 선로 변에서 장례열차를 지켜보았으며, 백만 명 이상의 시민들이 관 속의 시신을 직접 알현했다.

1865년 5월 4일, 링컨의 관은 백마 여섯 마리가 끄는 마차에 실려 스프링필드 근교의 오크리지 묘지에 도착했다. 검은 양산으로 햇빛을 가린 조문객 수천 명이 링컨의 장례식을 지켜보았다.

매튜 심슨 주교가 감동적인 추도사를 하는 동안, 검은 안경을 끼고 검은 양산을 받쳐 든 조문객 하나가 링컨의 관을 뚫어지게 바라보고 있었다. 그는 눈물 한 방울 흘리지 않았지만, 그날 오크리지 묘지에 모인 조문객 중에서 그만큼 링컨의 죽음을 슬퍼한 사람은 없었다.

링컨과 윌리의 관은 묘가 완성될 때까지 납골당에 임시로 보관되었다. 헨리는 납골당 문이 닫힌 후에도 오래도록 그 자리에 남아, 40년 동안 벗이었던 링컨의 시신을 지켰다. 그는 미국을 노예제로부터 구해내고, 어둠의 세력을 물리친 링컨을 잊지 못했다. 헨리는 – 때로는 깊은 상념에 잠기기도 하고, 때로는 조문객들의 꽃다발이나 기념품에 붙어 있는 메시지를 읽기도 하면서 – 밤늦도록 무덤가에 머물렀다. 그는 조문객들이 남긴 메시지에서 다음과 같은 글귀를 발견하고 가슴이 뭉클했다.

"나는 독재의 적이며, 조국의 친구다."*

1871년, 어머니와 함께 시카고에서 살던 태드 링컨은 결핵에 걸려, 같은 해 7월 15일 열여덟 살의 꽃다운 나이에 세상을 떠난다. 그의 시신은 스프링필드의 링컨 묘역으로 옮겨져 아버지 에이브러햄 링컨과 두 형제 윌리, 에디 곁에 묻힌다. 유가족 중에서 태드의 장례열차에 오른 사람은 맏형 로버트뿐이었다. 메리는 완전히 제정신이 아니었기 때문에 이번에도 장례식에 참석하지 못했다.

링컨의 네 아들 중에서 로버트만이 유일하게 살아남아 20세기를 맞이한다. 그는 결혼해서 자녀 세 명을 낳고 대통령 두 명을 섬기게 되는데, 그 대통령들의 이름은 제임스 가필드와 체스터

* 셰익스피어, 《줄리어스 시저》 5막 4장.

A. 아서이다. 그는 특히 아서 내각에서 전쟁 장관으로 일하고, 1926년 버몬트의 자택에서 향년 82세에 평화로이 눈을 감는다.

태드의 죽음은 메리에게 돌이킬 수 없는 상처가 되었다. 태드가 죽은 후 그녀는 자주 정신착란을 일으켰다. 한밤중에 죽은 남편이 나타나 어둠 속에서 자기를 노려본다고 울부짖었다. 피해망상에 걸린 메리는 다른 사람들이 자기를 독살하거나 자기 물건을 훔치려 한다고 주장하기도 했다. 그녀가 도난 방지를 위해 56,000달러 상당의 국채를 페티코트 안감에 넣고 꿰매 버렸다는 일화는 유명하다. 급기야 메리가 자살을 기도하자, 태드는 더 이상 어머니를 돌볼 수 없다는 판단을 내리고 그녀를 정신병원에 맡기기로 결정한다. 후에 정신병원에서 퇴원한 메리는 스프링필드로 돌아가 1882년 예순세 살의 나이로 파란만장한 생을 마감한다. 그녀는 링컨 묘역에 들어가, 사랑하는 세 아들 곁에 누워 영원한 안식을 찾는다.

남북전쟁 후 링컨의 시신을 탈취하려는 시도가 여러 번 있었다. 모두 미수에 그쳤지만, 1901년 로버트의 요청으로 링컨의 관은 시멘트로 봉해졌다. 이제 도굴꾼들이 링컨의 시신을 훔치는 것은 불가능해졌다. 하지만 링컨의 관 뚜껑은 너무 무거웠기 때문에, 굳이 시멘트로 봉하지 않더라도 도굴꾼들이 링컨의 시신을 훔치는 것은 사실상 불가능했다.

설사 도굴꾼들이 두꺼운 시멘트를 제거하고 링컨의 관을 여는데 성공했더라도, 그 안에 무엇이 들어 있는지 확인하는 순간 그들은 기절하고 말았을 것이다.

Ⅲ

1963년 8월 28일, 헨리 스터지스는 링컨 기념관 앞에 서 있었다. 그는 예전과 달리 최신 유행의상으로 멋을 내고 있었지만, 피부와 눈을 보호하려고 쓴 검은 우산과 검은 안경만큼은 그대로였다. 그의 옆에는 유난히 키가 큰 친구 한 명이 서 있었다. 그는 어깨까지 내려오는 갈색 머리칼에 헐렁한 중절모를 썼고, 얼굴에는 레이밴 선글라스를 끼고 있었다. 그는 덥수룩한 턱수염으로 각진 얼굴을 감추어 한결 부드러운 분위기를 내고 있었다. 자세히 보면 그의 얼굴은 기념관에 있는 거대한 대리석상의 얼굴을 빼다박은 듯했다. 두 사람은 흐뭇한 표정으로, 한 흑인 목사가 25만여 명의 청중 앞에서 연설하는 모습을 지켜보고 있었다.

"지금으로부터 100년 전 일입니다." 목사는 연설을 시작했다. "한 위대한 미국인이 노예해방을 선언하는 문서에 서명했습니다. 지금 우리에게 시원한 그림자를 드리우고 있는 저 대리석상의 주인공이 바로 그분입니다. 노예해방은 가혹한 불평등에 시달려 온 수백만 명의 흑인들에게 희망의 빛을 비춰준 거대한 등대와도 같았습니다. 그것은 어두운 억압의 세월을 끝맺는 반가운 사건이었습니다. 그러나 그로부터 100년이 지난 지금도, 우리는 '흑인은 아직 자유롭지 않다.' 는 비극적인 현실을 보고 있습니다."

링컨과 헨리는 자신들이 한 세기 전에 시작했던 작업이 완성되는 것을 돕기 위해 이 자리에 왔다. 그들은 남북전쟁 후의 재건기간 동안, 해방된 노예들을 공격하는 뱀파이어들을 처단하는 활동에 참여했다.

"내게는 꿈이 있습니다. 언젠가 조지아의 붉은 언덕에서, 노예였던 사람의 아들과 주인이었던 사람의 아들이 함께 식탁에 앉아 동포애를 나눌 때가 올 것입니다."

링컨과 헨리는 미시시피주에서 흑인들을 학살하던 '흰 두건을 쓴 악마' 들도 처치했다. 그들은 십자가를 불태울 때 발생하는 빛으로 악마들을 물리쳤다.

"지금이야말로 하나님의 자녀들을 위해 정의를 실천할 때입니다."

1939년부터 1945년 사이에 유럽에서는 제 2차 뱀파이어 봉기가 발생했다. 이를 진압하기 위해 수백만 명이 귀중한 목숨을 바쳤다. 링컨과 헨리는 이 봉기를 진압하는 작전에도 참가했다.

그러나 그들에게는 아직 할 일이 남아 있었다.

"마침내 자유를 얻었네, 마침내 자유를 얻었네. 전능하신 하나님의 은혜로, 마침내 우리는 자유를 얻었네."

연설이 끝나자 청중들은 열광적으로 박수를 쳤고, 흑인 목사는 자리에 앉았다. 이날은 미국 인권운동사에 결정적인 의미가

된 날이었다. 날씨는 전형적인 늦여름 날씨였고 98년 전 에이브러햄 링컨이 스프링필드 무덤에 묻히던 날과도 별반 다르지 않았다. 그날은 헨리가 다음과 같은 신념 하에 중요한 결정을 내렸던 날이기도 했다.

"세상에는 너무 중요해서 죽으면 안 되는 사람이 있다."

역자후기

2009년은 미국 역사상 가장 위대한 대통령 중의 한 명으로 손꼽히는 에이브러햄 링컨이 탄생한 지 200주년이 되는 해였다. 2009년 8월 역자는 출판사로부터 한 통의 전화를 받았다. 미국에서 참신한 아이디어를 지닌 작가로 한창 주가를 높이고 있는 있는 세스 그레이엄 스미스가 링컨을 소재로 하는 기발한 소설을 구상 중인데, 번역해볼 의향이 있느냐는 것이었다. 때마침 서점가에는 스미스의 패러디 소설《오만과 편견과 좀비》가 번역돼 나와 독자들의 주목을 받고 있던 참이었다.

나는 먼저《오만과 편견과 좀비》를 구해 읽어 보았다. 하지만 평소에 서양의 고전을 탐탁지 않게 여겨 오던 나에게 이 책은 그다지 큰 감흥을 주지 못했다. 다만 소설의 줄거리 속에 좀비라는 괴물을 투입하여 독자들의 상상력을 자극하는 작가의 능력만은 높이 평가할 만했다. 나는 출판사 측에 좀더 상세한 자료를 요구했고, 출판사에서는 수십 페이지에 달하는 소설의 시놉시스를 메일로 보내왔다.

시놉시스는《뱀파이어 헌터, 에이브러햄 링컨》이라는 황당한 제목으로 시작되고 있었다. 작가 서문을 통해 작가가 밝힌 집필

동기는 더욱 황당했다. 에이브러햄 링컨은 당대의 뛰어난 뱀파이어 헌터 중의 한 명으로서, 뱀파이어와의 전쟁에 관한 일생 동안의 이야기들을 몇 권의 비밀일기로 남겼는데, 작가는 비밀루트를 통해 링컨의 일기를 입수하여, 이를 바탕으로 링컨의 전기를 쓰게 되었다는 내용이었다. 이를테면 역사책에 나오지 않는 링컨의 비화가 담긴 전기를 새로 내놓겠다는 이야기였다(이것은 소설의 성립을 위해 작가가 의도적으로 도입한 허구적 장치였다).

나는 작가가 이번 소설에 어떤 내용을 담겠다는 것인지 궁금하여, 첨부된 개요와 샘플을 읽어 보았다. 순간 나는 흥분을 감출 수 없었다. 작가는 – 미국 건국 초기에서부터 시작하여 서부 개척시대를 거쳐 남북전쟁의 발발과 종전(終戰)에 이르기까지 – 미국역사 상의 주요 사건들을 들춰내면서, 요소요소에 뱀파이어를 도입하여 사실보다 더 사실적으로 역사를 재구성하겠다는 야심찬 포부를 밝히고 있었다(물론 스토리의 핵심을 이루는 것은 링컨과 남북전쟁이었다). 나는 두말할 것도 없이 번역을 승낙하고 소설이 완성되기를 기다렸다.

소설이 완성되기까지는 예상보다 많은 시간이 걸렸다. 당초 2009년 10월 말, 늦어도 2009년 말까지는 완성될 것으로 생각했었지만, 스케줄이 지연되어 해를 넘기면서 《뱀파이어 헌터, 에이브러햄 링컨》에 대한 나의 관심은 차츰 수그러들었다. 심지어 '소설이 과연 탄생할 수 있을까?' 라는 의구심마저 들 정도였다. 그러나 올해 2월 중순경 출판사를 통해 전달받은 《뱀파이어 헌터, 에이브러햄 링컨》의 완성본은 나의 의구심을 완전히 불식시켰다.

이 책은 링컨의 비밀일기(사실은 작가의 상상력)를 근간으로 하여, 그의 어린 시절에서부터 암살당하던 때에 이르기까지 발생한 모든 사건들을 뱀파이어와 연관지어 재구성함으로써, 링컨의 일생에 새로운 의미를 부여해 준다. 또한 남북전쟁 뒤에 숨겨진 뱀파이어와 관련된 비화를 발굴해 내는 동시에, 뱀파이어가 미국의 탄생, 성장, 위기에 미친 역할을 밝혀 냄으로써, 화석화된 역사에 생명력을 불어넣는다. 이 책에서는 링컨이라는 인물을 둘러싼 역사적 상황과 뱀파이어라는 허구적 설정이 너무나 절묘하게 결합되어 있어 현실과 허구를 전혀 구분할 수 없을 뿐만 아니라, 간간이 삽입되어 있는 뱀파이어와의 격투장면은 독자들로 하여금 손에 땀을 쥐게 한다.

미국에서 먼저 출간된《뱀파이어 헌터, 에이브러햄 링컨》에 대한 미국인들의 반응은 뜨겁다. 3월말 현재 유튜브에 올라온 PR 동영상의 조회수가 30만 건에 달하고, 아마존 차트에서 선전하고 있으며, '색채의 마술사' 로 알려진 팀 버튼 감독이 영화제작을 위해 이 소설의 영화 판권을 구입했다는 뉴스도 들려 온다. 반면 일각에서는 성스러운 링컨 대통령의 이미지를 희화화함으로써, 그의 생전의 업적을 폄훼할 수 있다는 우려의 목소리도 들린다. 그러나 모든 사람의 비위를 맞춰 가면서 세상을 살아갈 수는 없는 노릇이다. 이 책에 대한 평가는 오로지 독자 개개인의 몫이다.

이 책의 장르를 굳이 논한다면 역사적 사실에 작가의 상상력을 가미한 역사 판타지(historical fantasy) 류로 분류될 수 있겠다. 따라서 독자의 성향에 따라 이 책은 두 가지 방식으로 읽힐 수 있다. 첫 번째 방식은 이 소설이 갖는 역사적 의미를 의식하지 않고 소설의 줄거리 자체에만 집중하는 것이다. 이 책은 흥미 위주로만 읽기에도 충분할 만큼 다양한 이야깃거리들을 포함하고 있어, 독자들에게 많은 즐거움을 선사해 줄 것으로 확신한다. 두 번째 방식은 소설에서 언급되는 사건들의 역사적 의미를 음미해 가며 읽는 방식이다. 이 책에 등장하는 인물과 지명은 99.9%가 실제이기 때문에, 이에 관하여 보다 자세히 알아보다 보면 소설의 내용을 이해하는 데 큰 도움이 되며, 소설을 읽는 재미도 배가(倍加) 될 수 있다. 자료수집의 범위는 독자의 형편에 따라 달라질 수 있지만, 구글과 위키피디아 정도만 있어도 이 소설의 진수를 만끽하는 데 충분할 것으로 생각된다. 나아가 링컨과 뱀파이어의 투쟁을 통하여 작가가 우리에게 말하고자 하는 것이 무엇인지를 생각해 보는 기회를 갖는다면 금상첨화라 할 수 있겠다.

끝으로, 가난한 목수의 아들로 태어나 기득권층의 멸시와 천대를 극복하고 미국 대통령에 당선되어, 인간의 자유와 평등을 실현하기 위해 목숨을 바친 에이브러햄 링컨 대통령에게 경의를 표한다. 아울러, 작가적 상상력을 총동원하여 현대인의 마음 속에 링컨을 부활시킨 세스 그레이엄 스미스에게도 경의를 표한다. 나는 이 소설을 번역하는 동안 '도대체 그의 상상력의 끝은 어디일까?' 라는 의문을 한 순간도 지울 수 없었다.

2010년 부활절 아침

역자 양병찬

뱀파이어 헌터, 에이브러햄 링컨

저자 | 세스 그레이엄 스미스
번역 | 양병찬
1판 1쇄 인쇄 | 2010년 5월 12일
1판 2쇄 발행 | 2012년 8월 28일

펴낸곳 | 조윤커뮤니케이션
펴낸이 | 안혜경
편집장 | 최몽순
주소 | 서울시 종로구 내수동 74번지 광화문시대 1502
전화 | 02-730-8841 팩스 | 02-730-8814
출판등록 | 제2-3307호
등록일자 | 2001년 4월 13일

ISBN 978-89-91216-45-7 03840
값 16,000원

* 잘못 만들어진 책은 구입하신 서점에서 교환해 드립니다.